AU SOLEIL DES LOUPS

DOMINIQUE REBOURG

AU SOLEIL DES LOUPS

Roman

Pygmalion
Gérard Watelet
Paris

Sur simple demande adressée aux
Éditions Pygmalion/Gérard Watelet, 70, avenue de Breteuil, 75007 Paris
vous recevrez gratuitement notre catalogue
qui vous tiendra au courant de nos dernières publications.

ISBN 2-85704-450-X

Quel homme es-tu, toi caché par la nuit,
Qui trébuches dans mon secret ?

William Shakespeare
(*Roméo et Juliette*, scène II, acte 2)

A Yann,
le poète disparu.

Personnages historiques

BRETAGNE

Jean de Bretagne, Comte de Montfort (1293-1345)

Fils d'Arthur II, duc de Bretagne de 1305 à 1312, et de Iolande de Dreux, ex-reine d'Ecosse, Comtesse de Montfort-l'Amaury. Demi-frère de Jean III, duc de Bretagne de 1312 à 1341. Qualifié duc de Bretagne de 1341 à 1345.

Jeanne de Flandre (morte en 1374)

Epouse de Jean de Bretagne, Comte de Montfort. Mère du duc Jean IV. Fille de Louis de Flandre, Comte de Nevers et de Jeanne, Comtesse de Rethel.

Jean, Comte de Montfort (1340-1399)

Duc de Bretagne sous le nom de Jean IV de 1364 à 1399. Fils de Jean de Bretagne, Comte de Montfort et de Jeanne de Flandre.

Jeanne de Bretagne, Comtesse de Penthièvre (1322-1384)

Epouse de Charles de Blois ; porta le titre de Duchesse de Bretagne de 1341 à 1364. Fille de Jeanne d'Avaugour et de Guy de Bretagne. Nièce de Jean III, duc de Bretagne de 1312 à 1341.

Charles de Blois (1319-1364)

Neveu du roi de France Philippe VI de Valois. Epoux de Jeanne de Bretagne, Comtesse de Penthièvre. Porta le titre de Duc de Bretagne de 1341 à 1364.

Olivier de Clisson (1336-1407)
Fils d'Olivier de Clisson, seigneur de la marche pictavo-bretonne et de Jeanne de Belleville. Combattit dans le parti de Montfort.

FRANCE

Philippe VI de Valois (1293-1350)
Roi de France de 1328 à 1350. Fils de Charles de Valois et de Marguerite de Sicile. Neveu de Philippe le Bel. Oncle de Charles de Blois.

Jean II de Valois, dit « Le Bon » (1319-1364)
Roi de France de 1350 à 1364. Fils de Philippe VI et de Jeanne de Bourgogne.

Charles V de Valois, dit « Le Sage » (1337-1380)
Régent du royaume de France en 1356, pendant la captivité de Jean II en Angleterre. Roi de France de 1364 à 1380. Fils de Jean II le Bon et de Bonne de Luxembourg.

Bertrand Du Guesclin (1321-1380)
Chevalier de la Motte-Broons, qui combattit dans le parti de Charles de Blois. Sera connétable de France en 1369.

ANGLETERRE

Edouard III Plantagenet (1312-1377)
Roi d'Angleterre de 1327 à 1377. Fils d'Edouard II, roi d'Angleterre et d'Isabelle de France, fille de Philippe le Bel. Tuteur du jeune Jean de Montfort, futur Jean IV.

Edouard de Woodstock (1330-1376)
Prince de Galles, dit le « Prince Noir ». Fils d'Edouard III et de Philippa de Hainaut.

John Chandos (mort en 1370)
Capitaine du roi d'Angleterre. Héraut du Prince de Galles. Descendant d'un compagnon de Guillaume le Conquérant.

Robert Knolles (1317-1407)
Général anglais. Un des chefs des Grandes Compagnies.

Hughes de Calverley
Chevalier d'Angleterre.

Personnages romanesques

Isaine Le Hac de Trézhuel
Fille d'Onfroi Le Hac de Trézhuel et de Rozenn Meldoc de Krell.

Onfroi Le Hac de Trézhuel
Baron breton au service de Bertrand Du Guesclin ; partisan de Charles de Blois.

Miliau Le Hac de Trézhuel
Frère d'Isaine et fils d'Onfroi et de Rozenn.

Gosselin Daouën de Kerrud
Cousin d'Isaine et de Miliau. Ecuyer et ami de Jean de Montfort, futur duc de Bretagne.

Gurval Daouën de Kerrud
Chevalier breton, partisan de Jean de Montfort. Père de Gosselin.

Gwenn Meldoc de Krell
Tante d'Isaine. Mère de Gosselin. Epouse de Gurval Daouën de Kerrud.

Luc Meldoc de Krell
Père de Gwenn de Kerrud et de Rozenn de Trézhuel. Grand-père d'Isaine, de Gosselin et de Miliau. Partisan de Montfort.

Basilie Jeandeleur
Intendante de Kerrud.

Garin Jeandeleur
Neveu de Basilie et ami d'Isaine. Ecuyer de Gosselin.

AU SOLEIL DES LOUPS

Rennequin de Ferveyant
Ecuyer d'Onfroi de Trézhuel.

Geoffroy Guillaume
Ancien écuyer d'Onfroi de Trézhuel. Ami et tuteur de Gosselin.

Isselbert Houarn
Chapelain de Trézhuel puis de Kerrud.

Brenda
Guérisseuse et accoucheuse.

Even Bodmaël
Intendant de Trézhuel.

Lena Bodmaël
Epouse d'Even.

Berched Bodmaël
Fille d'Even et de Lena. Amie d'Isaine.

Renan de Saint-Blin
Ecuyer de Miliau de Trézhuel.

Regnard et Tiphaine de Vives
Nobles bretons.

Alys Siward de Worthley, Dame de Quercus
Veuve d'un noble anglais. Amie de Gosselin de Kerrud.

Gaud et Yvon le Diable
Des naufrageurs. La petite-fille et le grand-père.

Géraude la Marteleuse
Forgeronne, amie de Brenda.

Le Nan
Fils de Géraude la Marteleuse.

Lucas de Piouvallec
Prêtre aventurier.

Prologue

Le chêne de la forêt d'Angus

ISAINE galopait loin de la chasse, loin de Kerrud le vieux donjon. En riant, elle serrait les flancs de sa jument et le vent de la course, tiède en ce plein été, arracha de sa tête bouclée le petit chaperon de fauconnier qu'on nomme galeron. Elle entra dans le bois en froissant des taillis.

Tout n'était plus que galop et battement, temps rythmé d'un bonheur parfait qui frappait en cadence. Pulsations de son cœur, martèlement des sabots de la jument, coups réguliers du fer des cognées aux troncs des baliveaux. Et ces mouvements d'ailes, soudains, brassant l'air à grand essor, avec un cri d'effroi, un soupir de feuilles, un flocon de plume qui, dans la molle descente du silence, retombait sur la mousse du sous-bois.

Elle retint sa cavale, lui laissa prendre le pas, reprendre le souffle, flâner dans les fougères si hautes qu'elles frôlaient le poitrail musclé, soyeux, moiré d'écume. Des senteurs lourdes d'humus, de champignons, de sève vive montaient autour d'elles comme des fumées, entêtantes, exaltant leur ivresse joyeuse. Si épais était le plafond de feuilles que pas un fil des rayons du soleil ne parvenait à s'y glisser.

Jamais elle n'était venue si loin au cœur de la forêt. Qui voudrait venir ici, hormis les fées et quelques vieux enfants-lutins au sourire racorni ? Elle était allée si bien et si bon train qu'elle s'était engagée entre les deux fiefs de Kerrud et de Trézhuel, sur une parcelle indivise qu'on appelait le Bois d'Angus. Les arbres y étaient beaux ; droits, forts, jeunes encore : cent ans à peine. Des bûcherons y couchaient les arbres que leur indiquait un personnage encapuchonné de noir, une espèce de géant qui menait l'abattage. D'une main déférente, il caressait l'écorce beige des jeunes rouvres, geste tout juste aperçu qui troubla Isaine.

Elle salua. Mais le capuchon noir ne broncha pas, continua de palper le chêne avant d'en claquer le tronc comme on le fait de la cuisse ou du col d'un bon cheval.

– Celui-là, dit-il.

Sa voix était si grave, si profonde, avec une vibration de timbre si basse qu'elle vous coulait du chaud entre cœur et ventre. Si les arbres de la forêt avaient parlé, ils auraient eu cette voix-là !

De toutes les voix d'hommes qu'Isaine de Trézhuel avait eu en sa vie loisir d'entendre, aucune ne ressemblait à celle-ci. Celle de son père s'apparentait au tonnerre ou aux colères de l'océan. Celle de son frère claquait comme sarments sous le gel ou bien vous harcelait de douceur, poignante jusqu'à l'agacement, telle la plainte du vent sur la lande rase. Toutes les autres se ressemblaient peu ou prou, grasses ou grinçantes, brutales ou molles ; seuls l'accent ou l'emploi particulier de certains mots aidaient à nommer les bouches d'où elles sortaient. Celle-ci était autre. Retenue. Et l'on pouvait imaginer que sans cette retenue elle eût produit mille couleurs, évoqué des formes, créé des mondes rien que sur un son. Isaine ressentit tout cela quand le géant au capuchon prononça : « Celui-là. » Elle prit comme une peur et talonna sa jument.

La bête s'appelait Heureuse. Sa robe avait la brillance, le ton sombre et chaud de la châtaigne. Sa longue crinière noire ressemblait à une chevelure et traînait jusque sur la crosse des fougères, parfois se prenait aux taillis où elle se parait de ramilles, de feuilles infimes, de baies bleues ou rouges. Les interminables crins de sa queue lui faisaient une traîne d'ombre, voletaient en fripant l'air lourd et sirupeux de la futaie pour écarter l'abeille dorée, le taon noir et hargneux, la mouche sottement taquine. Heureuse avait reçu ce nom à cause de son grand œil clair au globe duquel pétillaient des bulles de joie toute animale ; à cause de sa lèvre longuement et finement fendue qui lui donnait l'air de sourire ; à cause de son humeur toujours égale et sereine. Elle était jeune, robuste. Elle n'avait rien d'une haquenée de princesse mais c'était une compagne fidèle, solide et inventive ; ce qu'elle perdait en finesse de corps et en élégance, elle le gagnait en bonne santé et en intelligence. Et puis dans sa démarche, dans son port de tête sans hautaineté, il y avait une certaine noblesse, toute campagnarde certes, mais noblesse tout de même ! Comme sa maîtresse, c'était une sauvageonne ; une sauvageonne avec de la race, du sang dans les veines et du cœur.

Isaine avait grandi dans un monde d'hommes et de rudesse. Elle avait de bonne heure perdu sa mère. Des six frères qu'elle avait eus, il ne lui restait que l'aîné, tous pressés qu'ils furent, chacun selon son goût et à son heure, de quitter ce monde. Parce que son père lui en voulut grandement de rester là vivante et forte, fille inutile, quand ses fils étaient morts ; parce que personne et tout le monde ne s'était préoccupé d'elle, elle avait poussé au petit bonheur et parfois même au grand malheur. Plus souvent redressée au poing qu'à la caresse, elle avait glané çà et là, presque au hasard à moins que ce ne fût à l'instinct, tous les fétus, toutes les brindilles que sa grande fringale d'apprendre lui faisait ramasser. Ainsi savait-elle un peu lire, écrire et compter les choses. Elle savait filer, coudre une chemise. Elle montait à cheval comme un écuyer, aux arbres comme un écureuil, était capable de descendre le grand escalier du donjon en tenant sa robe pincée de deux doigts avec une grâce et une sûreté en soi que la duchesse elle-même aurait pu lui envier. D'autres jours, elle portait la lourde cotte d'armes, enfermait son corps délicat dans des fragments de carapace métallique. Elle savait se battre à l'épée et faire tourner la quintaine sans dommage. Elle avait grandi libre et, ne sachant point ce qu'était le bonheur, elle ne s'était jamais sentie malheureuse. C'était lorsqu'elle avait approché de ses treize ans que son frère Miliau l'avait emprisonnée dans son affection jalouse.

Depuis des heures, elle avait perdu la chasse de son frère Miliau. Elle n'entendait plus corner les trompes ni hucher les valets et la voix des chiens s'était tue.

Le bois se fit plus clair. À quelques toises du chemin, les ruines d'une chapelle haussaient parmi les éboulis capitonnés de lierre un beau vitrail éteint d'où jaillissaient des branches, où nichaient des effraies. Les grosses gouttes brûlantes d'une averse d'or pur tombaient maintenant dru sur ses épaules et sur sa tête. Elle ferma les yeux, tendit son visage à ce déluge solaire.

Heureuse fit un long hennissement qui ressemblait à un rire : elle avait senti l'eau. Entre de gros rochers massifs, granit modelé à la caresse du temps, tavelé d'ombres, peint de jaunes lichens, une source affleurait. Paresseuse fontaine, elle s'étalait parmi le cresson, les lentilles d'eau et les carottes sauvages. Puis, silencieuse, elle ruisselait, couleuvre d'argent qui musait avec les racines et les cailloux.

Sous les courtes boucles châtaines d'Isaine de Trézhuel, la sueur se faufilait, glissait à ses tempes battantes de chaleur, sinuait aux courbes de sa nuque, le long du dos, venait entre les seins rouler des perles tièdes que buvait la chemise de lin.

L'air était gonflé d'été comme un gros fruit de pulpe blonde, juteuse, et la mer, proche, y mettait le sel et l'épice pour la soif. Isaine s'humecta les lèvres d'une pointe de langue rose. L'herbe était drue, souple et grasse, d'un vert profond, luisant. Tellement, que l'envie lui vint de la prendre à pleines touffes et d'y mordre à pleines dents. Elle se laissa glisser de selle contre le flanc frémissant d'Heureuse, plongea à genoux dans la douceur velue de cette fourrure végétale.

Sur l'onde, un couvercle de mousse aux nuances colorées d'une extrême tendresse oscillait. Affolés par l'aigrelette chanson des grenouilles aux prunelles de topaze, des insectes aux pattes d'aiguilles, aux ailes de filigrane, s'y affairaient avec moins de bruit que le souffle d'un ange. Isaine y plongea ses deux bras aux manches retroussées bien haut et l'écume verte lui fit au-dessus des coudes des bracelets mouillés et froids. Ses mains pétrissaient cet univers fluide, ce monde invisible et frais. Elle touchait de tout petits crânes durs aux chevelures rases et gluantes, la peau lisse et glacée des visages de pierre qui dormaient au fond et sentait entre ses doigts monter des bulles, fuir d'infimes êtres agiles et glissants dont le contact fugace, doucereux, lui jetait des frissons en grappes aux aisselles et tout le long de l'échine. Avec des cris brefs de joie enfantine, de bien-être éperdu, elle retira ses bras de la belle flaque verte. Largement, elle échancra sur sa poitrine la chemise au cordon délacé puis, avec un long soupir d'aise, enduisit son visage de ce sang frais, limpide, de la terre. L'été fondait sur sa peau brûlante et elle se sentait bien, au-delà de toute parole.

Les grenouilles sous la palme dentelée des fougères soudainement se turent. Le gazouillis tapageur dans l'entrelacs des branches cessa comme si, d'un seul geste, on avait tranché net toutes les petites têtes siffleuses. Heureuse leva le chef bien droit, pointa les deux oreilles, écarquilla les naseaux, qu'elle avait pâles et veloutés, et puis fit quelques pas, appelée de mystère et de secrète urgence. Isaine ne bougeait plus, le souffle et le geste suspendus par un charme.

Quelqu'un venait.

Avait-elle par un trop humain désir dérangé l'esprit de la fontaine ? Éveillé ses gardiens, intemporels et redoutables ? Isaine de Trézhuel ne comptait pas parmi ces jouvencelles pusillanimes qui, pour une brindille qui craque ou un buisson qui remue, s'effarouchent et piaillent comme poulets au renard. Cette sorte de courage, chez une fille, horripilait prodigieusement son père Onfroi et confondait d'inquiétude son frère Miliau. Pour Miliau, une fille qui n'avait pas peur était une fille en perpétuel danger. Comme si la peur pouvait vous protéger du destin, vous soustraire aux épreuves qui vous sont dues et réservées ? ! On prétendait ces temps-ci les forêts de Bretagne dangereusement fréquentées. Des seigneurs dévoyés, des mercenaires sans solde et sans armée, que le traité de paix entre le roi de France et le roi d'Angleterre [1] avait laissés au gré des routes, cherchaient fortune par brigandage. Mais qui craindre en ce lieu ? Son père était sur son fief maître très obéi... et suffisamment brigand lui-même pour n'en pas laisser d'autres trimarder en ses terres ! Son frère, qui tenait le château de Kerrud, aurait s'il l'avait cherchée fait bien plus de tapage. Cependant, pouvait-on, en ce monde, vivre sans se méfier ? « Méfiance » et « trahison » furent les premiers mots qu'Isaine apprit, car ce furent les premiers qu'elle entendit. Elle avait toujours connu la guerre. Celle pour la succession au duché de Bretagne avait commencé l'année de sa naissance ; à son vingt et unième été, elle durait encore. Elle savait ne jamais être sûre de demain ni du jour qui s'achève. L'ami du matin pouvait au soir vous planter une dague entre les deux épaules, empoisonner votre ordinaire, placer sur votre chemin la machinerie à vous faire choir, la machination à vous faire déchoir. « Méfiance » et « trahison ». Mais aujourd'hui encore, elle n'était pas parvenue à en bien saisir et comprendre le sens exact. C'était dans sa nature ; elle ne savait pas se méfier tout à fait et elle trouvait aux traîtres mille excuses qui les chan-

1. Le traité de Brétigny (1360), par lequel Edouard III renonçait à la couronne de France mais prenait à Jean le Bon le sud-ouest de la France et trois millions d'écus d'or pour recouvrer la liberté (il était prisonnier en Angleterre depuis la bataille de Poitiers (1356).

geaient en honnêtes hommes. C'était chez elle une native et indéfectible espérance en cet animal si singulier : l'humain.

Grincements de branches, infimes fugues dans les taillis, puis encore le silence. Heureuse s'éloigna en trottant, répondant à l'appel, au mystère, à l'irrésistible.

Quelqu'un venait.

Ou bien, tout simplement une bête de la forêt ? Non : le sanglier par cette chaleur somnolait dans sa bauge cachée et le loup, haletant sur le flanc au fond de sa tanière, attendait la nuit pour chasser. Il n'y avait rien. Personne. Un orage peut-être arrivait ; il avait fait si chaud, si chaud... Ce fut à l'instant où du bout des doigts elle écartait à nouveau la frémissante végétation aquatique qu'elle vit l'homme sous le chêne.

De surprise, elle avait laissé tomber un cri bref. Le sombre miroir liquide s'était brouillé, l'image s'était effacée.

Elle n'eut pas immédiatement la tentation de se retourner, mais une incontrôlable curiosité lui fit une fois encore repousser la toison verte et se pencher sur l'eau, comme si l'être à peine entrevu ne pouvait venir que du fond de la source, monté avec elle à la surface du monde. Quand la fontaine redevint lisse, transparente, elle ne distingua tout d'abord que ses propres yeux, terriblement agrandis par l'attention, que sa bouche entreclose dont elle retenait le souffle pour ne pas perdre à nouveau la vision.

Il était là.

Il lui sembla qu'il s'était décollé du tronc de l'arbre, qu'il s'était approché d'elle. Il était parfaitement immobile. Le capuchon noir qu'il portait lui dissimulait le visage, n'en laissait entrevoir qu'un menton pâle, imberbe. De ses épaules, larges, robustes sans lourdeur, tombaient les plis d'une houppelande de drap sombre. Idée saugrenue que de se tant couvrir en été ! À moins de ne vouloir se cacher, bien sûr. C'était encore l'esprit de l'eau qui jouait à la mystifier, qui poussait dans son crâne des inventions, des êtres sans consistance, des bonshommes de songe. L'inconnu en houppelande, au menton blanc, au chaperon noir, n'était qu'un chêne parmi les chênes ; un rejeton sylvestre dont par seul jeu d'esprit elle avait fait un homme.

Mais voilà qu'à présent cette illusion parlait ! Avec la voix de tout à l'heure, la voix entendue dans la chênaie, qui disait : « Celui-là », qui lui avait fait penser : « C'est la voix de la forêt elle-même. » Celle qui sort de terre avec les champignons et pousse les racines dures jusqu'à les tordre ; celle qui creuse des brèches au cœur des vieux limons, y ouvre des sillons ténébreux et moelleux où faire dormir des âmes, des cœurs, pêle-mêle. Avec au fond du fond des échos infinis et en tête des rires, des tempêtes et des feuilles à bruire.

Les mots que la voix prononça pénétraient en elle tel un baume sur une plaie à vif. Allait-il la désigner du doigt, comme l'arbre tout à l'heure, dire : « Celle-là » ? Que disait-il ? Il parlait en français, en breton. Elle ne bougeait pas. Il devait la croire idiote ou folle. Il s'adressa alors à elle dans le langage de la Grande Ile, qu'elle ne comprenait pas.

Qu'il fût le spectre d'un capucin, le vieux Merlin veillant sur les fontaines, Satan lui-même déguisé en mendiant, qu'il fût seulement une ombre, elle ne ressentait nulle peur.

Depuis sa prime enfance, elle avait appris à ne rien redouter des ombres. Elle avait même tenu tête à la peste noire, enfant qu'elle était, âgée de huit ans. Mais elle savait ceci : une ombre qui parlait anglais exigeait que l'on batte en retraite sur-le-champ !

C'était un homme d'Edouard, le roi anglais, l'allié du parti de Montfort, l'ennemi ! Un tailleur de flèches, un coupeur de langues ; glaneur de frêne pour faire des lances, pourfendeur de braves gens. C'était un de ces fauves aux crins blafards, qui n'emportent à leurs semelles que cendres, fange rouge, boue de honte et de malheur. De ceux qui violent, égorgent, dépècent. De ceux qui pillent et qui affament, saccagent et ruinent !

Mais alors, que faisait celui-ci à choisir des arbres au Bois d'Angus ? Peut-on savoir qui est qui et ce qu'à un moment donné il fait de bien, de mal ?

Au jour qui à l'instant lui sautait à la mémoire, elle était toute petite Isaine de Trézhuel. Elle n'avait que deux ans mais elle se rappelait bien, se rappelait tout et n'oublierait jamais. C'était au nom du roi de France, au nom du duc Charles de Blois, le bon duc, le père aimé de la Bretagne. C'était au nom de ces deux preux chevaliers et pour une juste cause qu'ils étaient venus, dix-neuf ans plus tôt, pacifier ce nid de rebelles qu'était Kerrud où aujourd'hui elle habitait avec son frère. Kerrud, son château, ses villages. Qu'avaient-ils fait les braves, les justes, pour la noble cause ? Elle l'avait encore sur les yeux la fresque qu'aucun pleur, fût-il le plus amer, n'effacerait jamais. Démence assassine : pillage, viol, feu et mort. Ah ! ça, Kerrud fut nettoyé ! Il n'y eut plus un seul rebelle, tous qu'ils furent soigneusement, bien pieusement et noblement passés par le fil de l'épée ! Tout ce qui restait au château fut cassé et brûlé, sauf ce qui avait valeur d'argent qui fut gardé par vol ou vendu. Jusqu'à l'héritier, un enfant, qui fut tué. Le seigneur Gurval de Kerrud, heureusement, était mort l'année précédente, éventré en chasse par un sanglier : il ne vit rien de tout cela, qui maintenant encore horrifiait la mémoire d'Isaine. Dans les hameaux autour du château ce fut pareil : mort, morts. Feu et mort. Il ne resta personne, que deux : la tante et le neveu, Basilie et Garin Jeandeleur, qui s'étaient cachés dans le bois. Il ne resta personne, car deux c'était comme personne. C'était au nom du roi de France, au nom du duc de Bretagne. C'était pour la cause noble et juste. Mais la dame du château mis à sac était sa tante Gwenn et les courageux pacificateurs de rebelles se nommaient Onfroi de Trézhuel, chevalier de Bretagne et Miliau de Trézhuel, neuf ans, page : son père, son frère.

Telle était cette guerre, fratricide, parricide et impie. Le frère contre le frère, l'époux contre l'épouse. Douter de ses deux mains si l'une agit pour Jean de Montfort et l'autre pour Charles de Blois ; et de même pour les yeux ! Alors, celui qui se tenait là devant elle en valait bien un autre. Ami, ennemi, quelle différence ? Quelle importance ?

Ici, ils n'étaient l'un et l'autre que deux âmes solitaires, face à face, deux êtres que tout opposait et que pourtant tout rassemblait. Il pouvait bien dire : « Je suis breton », depuis plus de vingt années cela voulait dire deux choses différentes, incompatibles, ennemies mortelles. Deux choses et c'était une de trop. Qu'il l'écrasât maintenant ou passât son chemin, qui s'en émouvrait ? Mais... fuir était peut-être encore le projet raisonnable ? !

Elle bondit tout debout, fit volte-face avec tant de brusquerie que ses pieds pris au piège de l'herbe humide glissèrent et qu'elle tomba au beau milieu de la fontaine, dans un éblouissant jaillissement d'eau, un sauve-qui-peut de grenouilles et de petits oiseaux.

D'étonnement, l'étranger avait reculé d'un pas. Il eut un mouvement de pitié aussi fugace que spontané, s'esclaffa, puis tout bonnement se mit à rire.

Isaine restait assise dans les ondes calmées, les mains plaquées sur ses cuisses où l'étoffe cramoisie des chausses qu'elle portait pour chevaucher, imprégnée d'eau se collait à la peau, modelait à merveille et sans plus rien cacher les lignes de ses jambes élancées et musclées. Les feuilles rondes du cresson qui garnissaient ses cheveux emmêlés, endiamantés d'eau, descendaient portées par des gouttes sur son front et sur ses joues. Le sauvage potage était à ses lèvres bien amer, mais elle avait beau faire, un sourire s'y était appliqué qui s'y élargissait. Et l'autre encapuchonné qui explosait de béatitude au lieu de la tirer de là ! Jamais elle n'aurait supposé que la joie pût ainsi voler en éclats. C'était à la fois haut et profond, mat et clair, vibrant et reposant. C'était beau, tout simplement. Ce rire lui fouaillait le cœur et les entrailles d'une radieuse envie, qui n'était pas seulement l'envie de rire. Il provoqua de nouvelles palpitations dans le sous-bois où, bien après s'être tu, il résonnerait encore.

La capuche noire dans cette grosse joie avait basculé en arrière. L'inconnu se tenait à visage découvert. Il avait cessé de rire. Elle le voyait bien, baigné de la lumière du ciel au beau milieu de la clairière.

Si l'on avait pu mélanger la rassurante dureté du granit, la rousse douceur du miel, l'obscur flamboiement de ce soleil de nuit, lune rouge qui gèle les récoltes et que l'on nomme « soleil des loups », on aurait obtenu de cet alliage l'homme dont à présent elle voyait le visage.

Elle n'aurait su dire s'il était beau. Elle éprouvait seulement la certitude sereine de le connaître depuis toujours. Sous son regard, il s'empourpra, se renfrogna. Elle fit de même et, frappant du poing dans l'eau sur une pierre où elle s'écorcha, lui jeta :

– Me laisserez-vous noyer, à la fin ? ! Mauvais cœur failli !

– C'est tout au plus votre amour-propre que vous allez noyer, damoiselle ! prononça-t-il en lui tendant une grande main ferme et tiède, blanche et piquetée de fleurs blondes.

Il baissa sur son regard la frange beige et serrée de ses cils. Pourtant, sa main gardait la sienne. Et puis, finalement, le regard de grand animal timide soutint le sien.

Tandis qu'il la tirait vers lui, elle s'agrippait à son bras, se laissait enlever de terre, arracher à la source. Elle se trouva si près de lui qu'elle sentit son souffle sur son oreille, qu'elle éprouva dans ses deux bras le vaste mouvement de sève et de vie qui parcourait ce corps.

Alors quelque chose en elle commença à fondre, comme un reste d'enfance. La chaleur violente qui, de son ventre, montait à ses joues n'était point de la honte.

Plus tard, beaucoup plus tard, elle ne parvint plus à se remémorer la couleur de ses yeux.

PREMIÈRE PARTIE

De mémoire de pierres

(Août-septembre 1362)

I

L'azur et l'échiquier

Il y avait eu la nuit. Toute une nuit paisible : silence, obscurité, repos. Ce fut à l'aube crevant que la chose se produisit.

Un bruit. Juste un bruit. Un son mat et lourd qui ressemblait au tonnerre et que prolongea un long roulement sourd. Le silence qui suivit fut bref, mais si profond, si parfait, qu'on ne pouvait s'empêcher de lui préférer le fracas auquel il succédait.

Isaine, jetée hors du sommeil, se tenait près de la fenêtre. Elle avait tiré le volet de bois. Nue, tremblante et fourrageant dans ses cheveux emmêlés, elle écarquillait les yeux sur les vapeurs de brouillard rosâtre qui pendillaient de l'ogive, tentures importunes du petit matin qui l'empêchaient de voir. « Un mauvais rêve », pensait-elle, quand un second coup ébranla la muraille. L'air ronflait plus fort que la pire des tempêtes aux mois noirs !

La jeune femme s'était rejetée d'instinct contre la tapisserie, dont les vieux fils lui râpaient le dos. Son cœur sautait dans sa poitrine et elle avait posé ses deux mains sur son ventre pour en protéger ce qu'au fond elle redoutait qu'il n'hébergeât. Car cela faisait un mois qu'elle attendait le sang et qu'il ne venait pas. Et cela faisait un mois aussi que tous les jours elle se faufilait, passait la porte ronde qui donnait dans les douves par deux marches, prenait la barque plate cachée sous le buisson de saule puis s'enfonçait dans le bois jusqu'au vieux chêne de la forêt d'Angus pour tâcher de revoir l'étranger de la source. Mais cela faisait un mois qu'il n'était pas venu. Elle gardait de leur première et unique rencontre un souvenir amer et doux en son cœur, une brûlure au ventre. Qui des deux avait pris l'autre ? Avec un égal délice, un seul et même cri, une égale répugnance à s'arracher l'un de l'autre, l'un à l'autre, ils s'étaient appartenus.

Appartenus, c'était le seul mot qui lui venait à l'esprit. Car à elle-même elle ne s'appartenait plus. Malgré l'absence, elle respirait d'espoir, d'amour, et le sentait en elle. Pourvu, pourvu qu'il n'y ait pas !... Pourtant, combien elle l'aurait désiré cet enfant, ce petit inconnu qui ressemblerait à l'inconnu du bois ! Un homme en capuchon noir, avec une voix de chêne, un air de lune rousse, qui lui avait tout donné d'un seul élan, tout repris du même coup, et dont elle ne savait même pas le nom. Dont elle ne savait plus de quelle couleur étaient les yeux... Miliau, son frère, la tuerait si elle portait l'enfant d'un inconnu !

Le jour de la chasse, c'était par jeu qu'elle avait faussé compagnie à Miliau. Pour se rendre compte s'il lui serait possible une seule fois de déjouer sa vigilance, d'écailler un rien la gangue de cet amour trop vif. Seulement cela. Elle ne savait pas qu'elle était... attendue.

Un vrombissement de l'air, de nouveau. Un terrible tremblement de tout la fit, glissant le long du mur tapissé de vieille trame, s'accroupir et se recroqueviller sur cette naissance d'elle-même, ce fruit de ses amours sauvages, qu'elle s'imaginait porter et qui désormais lui ôterait toute peur. Isaine tomba de son rêve.

Miliau, debout sur la passerelle de bois qui, par un escalier, menait de l'enceinte au donjon, en enjambant la cour, braillait :

– Qu'est-ce que c'est, Rennequin ?

Elle entendit la voix de l'écuyer couvrir celle des chiens de la meute, qui, dans le chenil, s'étaient mis à aboyer leur rage, peut-être leur peur.

– Un mangonneau [1], monseigneur !

– Et qu'est-ce qu'il fait là, par le diable ? !

– Il balance des pierres sur le donjon ! Grosses comme dix fois votre tête, monseigneur !

Tandis que dans la cour une féroce agitation installait son règne, Isaine en hâte, se heurtant à des gens affolés, courut rejoindre son frère, s'empêtrant dans les mailles brunies d'âge d'un vieux haubert [2] qu'elle enfilait sur ses vêtements passés en désordre.

Miliau était avec Rennequin de Ferveyant, juste au-dessus de la grande porte, qu'ici l'on nommait orgueilleusement « barbacane ».

– Vil bâtard de chienne et de porc, je les vois bien tes pierres ! Mais qui ?

– Il y a du brouillard, monseigneur. Si votre père était là...

– Mon père a cru bon d'être ailleurs. Nous ferons sans lui. Et il n'a point, que je sache, un don particulier pour percer le brouillard ! Cesse, avec tes « monseigneur », ou je t'envoie rejoindre ceux qui sont là en bas : tu verras peut-être mieux leurs bannières !

– Ils ont des yeux et ils ne voient pas. Ils ont des oreilles et ils n'entendent pas, marmonna le père Isselbert Houarn qui venait de monter l'escalier de la tourelle.

---

1. Engin balistique employé dans les sièges.
2. Chemise de mailles à manches, gorgerin et coiffe, que portaient les hommes d'armes au Moyen Age.

Sans tenir compte du haussement d'épaules et du rictus de mépris que lui avait jetés Miliau de Trézhuel, il ajouta :

– Vous ne devriez pas être ici, Isaine, ma fille.

Il avait passé un haubergeon [1] sur son habit ecclésiastique, couvert son saint chef d'un cabasset [2], et ces deux précautions suffisaient à prêter à cet être aux traits de vieil enfant doux un air tout à fait martial. Cet homme au visage plein de bonté, plein d'innocence, cachait une grande force d'âme, un esprit fort cultivé, fort fin, sous les dehors fragiles et quelconques d'une taille médiocre et d'un corps maigre. En sa qualité de prêtre, il n'avait jamais tenu pour bon de prendre ouvertement parti en matière de politique. Ce campagnard tranquille était tout à Dieu et tout à l'étude.

– Ma sœur est là où je suis ! trancha Miliau d'un ton cinglant.

Vrillant au fond des yeux d'Isaine un regard acéré, lui poignant le bras à la faire gémir, il ajouta, à sa seule intention cette fois :

– Je la préfère sur ce rempart plutôt qu'à courir les bois comme une chienne folle, comme une louve chaude.

Sa voix avait une terrible douceur ; le grand œil sombre était lénifiant tel un poison d'amour.

Rennequin de Ferveyant abattit son poing sur le merlon [3] où son gant de fer fit jaillir des étincelles.

– Ce sont les Léopards d'Angleterre, messire Miliau ! A côté d'eux, l'Azur et l'Echiquier. Ça ne vous rappelle rien ? Non, bien sûr... vous étiez trop jeunet quand il y a eu « tout ça ».

Miliau ricana :

– J'avais neuf ans, messire de Ferveyant. L'écuyer de mon père s'appelait alors Geoffroy Guillaume. Il était son pro-

1. Petit haubert.
2. Casque sans visière.
3. Partie pleine d'un parapet entre deux créneaux.

tégé. Vous en étiez jaloux et vous aviez tort : c'était un traître. Quant à l'Azur et à l'Echiquier...

Il cracha par-dessus bord et Isaine vit un peu plus loin sur le chemin de ronde un archer qui s'essuyait la joue.

– Maudits soient-ils ! Ce sont les couleurs de Kerrud !

Quand il avait prononcé « Kerrud », le mot avait raclé sa gorge avec infiniment plus de haine, de dégoût, d'amertume, que ne l'avait fait le crachat d'à l'instant.

Au seul nom de Kerrud, Isaine avait senti une sueur de givre s'étoiler entre ses deux épaules et à ses tempes deux mains glacées se poser. Kerrud, c'étaient des pierres, un lieu. Pas des gens. Plus des gens, depuis longtemps ! Depuis la terrifiante nuit de février 1343. Dix-neuf années ! Autant dire « vingt ans » ! Mais ils étaient tous morts maintenant. Il était impossible qu'ils soient revenus, qu'ils se trouvent aujourd'hui devant leur château, avec leur bannière. Ils étaient tous morts ! Qu'il restât un seul Kerrud quelque part dans ce monde, il ne reviendrait pas, vingt ans plus tard, faire le siège de son propre château ! Ce serait une grande merveille et bien la chose la plus stupide et la plus insensée qu'on puisse imaginer !

En bas, ce fut soudain un effroyable vacarme. Le brouillard fut réduit en lambeaux par le cri déchirant des cornemuses et par les vociférations de plus de cent bouches gueulardes, qui braillaient leur vindicte au pied des murailles. Se mêlaient à ce tumulte guerrier le cliquetis des armes, des vêtements de combat, le métallique grincement du harnachement des chevaux, le sourd trépignement d'impatience et d'excitation des hommes et des bêtes. Sur les murs de Kerrud, en revanche, régnait un silence d'une qualité rare. On attendait. Vaguement un ordre, plus sûrement une attaque imminente. Certains avaient envie de rire, tant la circonstance paraissait invraisemblable ; d'autres se signaient ; quelques-uns couraient vers les latrines ou à l'abri d'un merlon pour soulager la peur, les vieux souvenirs, les vieilles histoires importunes ou d'autres spectres indigestes.

Le soleil était maintenant levé tout à fait. Il embrasait la forêt, entre deux rouleaux de nuages d'un noir d'acier, qui tentaient mais en vain d'en écraser l'éclatante lumière. Le brouillard, que la musique avait semblé éparpiller en flocons, s'était dissipé et il n'en traînait plus que quelques fibres entortillées aux premiers arbres du bois.

Miliau ne pouvait détacher son regard de la bannière à l'Echiquier : « d'azur, à la bordure échiquetée d'or et de sinople ». Elle avait assez flotté sur ses cauchemars, la garce ! Oh ! Non point à cause de la haine : il n'éprouvait pas à l'instar de son père Onfroi cette vive et inépuisable détestation pour tout ce qui fût du sang de Kerrud. Vieux dépit ; vieille jalousie. Cruelle vanité des affaires humaines ! Avant, ils étaient une famille et l'histoire de cette famille aurait pu se narrer ainsi :

« Deux hommes avaient épousé deux sœurs. L'un était baron de Trézhuel, l'autre chevalier de Kerrud. Tous deux faisaient partie de la noblesse de Cornouaille. Les deux sœurs étaient aussi dissemblables que deux sœurs peuvent l'être. Pourtant, elles étaient jumelles. Autant Rozenn était blonde et dolente, autant Gwenn était brune et vive. Elles étaient les filles d'un veuf – qui n'avait qu'elles et point de fils –, le seigneur de Krell, Lug Meldoc. Un homme rude et preux, juste et bon, qui avait fait sa fortune dans les tournois et ne possédait pour demeure qu'un modeste manoir en pays vannetais. Il était dans les lices redouté comme fort habile jouteur et ce fut dans ces mêmes lices qu'il rencontra ses deux futurs gendres : Onfroi Le Hac de Trézhuel et Gurval Daouën de Kerrud.

Lug, qui aimait tendrement ses jumelles, leur laissa choisir lequel des deux prétendants elles préféraient. Elles étaient dotées à part égale et très confortablement. Rozenn choisit Onfroi de Trézhuel parce qu'il était le plus glorieux et le plus riche. Gwenn choisit Gurval de Kerrud parce qu'elle en était tombée amoureuse. Choix qui montrait encore combien les deux sœurs avaient des caractères différents ! Onfroi de Trézhuel possédait un fief étendu, un grand et solide château à deux enceintes. Le chevalier de Kerrud habitait, sur un surplomb rocheux au-dessus de l'océan, l'antique et massif donjon de ses pères.

Les deux mariages se firent ensemble – ce qui, dit-on, ne porte pas bonheur – l'année 1333 au manoir de Krell, chez le père des deux fiancées. Après quoi chacun emporta son épouse chez soi. Restait à vivre et à fabriquer des héritiers.

Ce fut Rozenn de Trézhuel qui ouvrit le ban en mettant au monde le 13 novembre 1334... lui-même : Miliau. Gwenn de Kerrud, elle, prit son temps, fit des ébauches, pour finalement donner le jour à un fils, le 16 février 1336, qui fut nommé Gosselin.

L'année suivante, au printemps, s'engagea la guerre entre Philippe VI roi de France et son cousin Edouard III roi d'Angleterre. Le duc Jean III de Bretagne participa avec huit mille Bretons, aux côtés de Philippe de Valois, à la campagne de 1339. Gurval de Kerrud, Onfroi de Trézhuel, Lug de Krell firent partie des huit mille Bretons. Quand, le 24 juin 1340, la flotte française fut coulée à l'Ecluse, en Flandres, par les navires anglo-flamands, Kerrud, Trézhuel et Krell y étaient aussi sur un des vaisseaux de l'escadre de Bretagne.

Le 30 avril 1341, naquit Isaine et ce même jour mourut, sans héritier et sans en avoir désigné, le duc Jean de Bretagne. Entre son demi-frère Jean, comte de Montfort et sa nièce Jeanne de Penthièvre, épouse du neveu de Philippe de Valois, Charles de Blois, la lutte s'engagea pour obtenir la couronne ducale de Bretagne.

Elle était bien unie alors, la famille. Le Hac, Daouën, Trézhuel, Kerrud, tout cela ne faisait qu'un. Miliau et Gosselin étaient les meilleurs amis du monde parce qu'à cet âge on n'est encore l'ennemi de personne. Ou du moins ne le sait-on pas ! On tenait tous pour Montfort. Comme ça, une idée, parce que la petite noblesse s'était mise de son côté ; parce qu'il avait fait les choses, au début, avec un certain brio. Mais Montfort pour sa guerre demanda secours au roi d'Angleterre contre le roi de France suzerain de Bretagne. Onfroi de Trézhuel n'avait pu ni comprendre ni accepter cette alliance qu'il jugeait félonne. Onfroi Le Hac se détacha du parti, rejoignit celui de Charles de Blois et de Jeanne de Penthièvre. Gurval Daouën et son beau-père Lug Meldoc demeurèrent fidèles à Montfort.

Plus tard, il y eut la nuit du 14 février 1343... »

Miliau continuait de fouiller des yeux la foule toujours beuglante et toujours la singulière et bruyante aubade se jouait là en bas. Celui qu'il cherchait, c'était un mort. Un mort qui, s'il ne l'était pas, devait avoir à peine moins de son âge : son cousin Gosselin Daouën, héritier de Kerrud. Point de haine, non, chez Miliau mais quelque chose comme un remords, qui lui avait jusqu'à présent rongé le cœur et qui, aujourd'hui, le brûlait d'un impensable espoir, d'une peur. On a beau ne pas croire aux fantômes, il y a des faits qu'il faut admettre et, sous peine de folie, les admettre sans trop rechigner.

Le 14 février 1343, son père Onfroi de Trézhuel avait donné mission à l'écuyer Geoffroy Guillaume de tuer l'enfant de Kerrud, cette nuit sanglante de « pacification ». On n'avait jamais revu ni Geoffroy ni Gosselin. La dame Gwenn, elle, s'était tuée quatre ans plus tard. Impardonnable lâcheté. Mais de ceux qui l'avaient défendu ce sang de Kerrud, les âmes étaient toutes et depuis des lustres en des régions dont l'entendement des simples mortels n'avait même pas idée.

Patient, entêté, audacieux Gosselin de Kerrud ! Ce jour serait-il celui de la colère, de la vengeance ?

On disait que le fils de Jean de Montfort avait débarqué d'Angleterre. Ayant atteint l'âge de sa majorité, il venait prendre ce qu'il considérait comme son juste héritage : le duché de Bretagne. Coïncidence ? Des bannières oubliées venaient flotter devant Kerrud, la renégate citadelle d'autrefois, parmi les Léopards ennemis.

Quand sa vue tomba sur la bannière blasonnée de Montfort sortant du bois et des ultimes flottements du brouillard,

Miliau sut qu'il ne s'était pas trompé. Gosselin de Kerrud était vivant et il venait reprendre son bien.

Les yeux rougis de rage, Miliau Le Hac voulut donner un ordre qui resta dans sa gorge.

Le terrible grincement des cornemuses s'était tu et les voix des hommes aussi ; d'un coup. On n'entendait plus que le souffle des chevaux, le ronflement dru et continu du vent dans l'étoffe des bannières, que loin derrière le château, par-delà les murailles et les chemins de ronde, le froissement liquide et infini de l'océan.

Ce fut alors qu'un cavalier se détacha du groupe des hommes montés, traversa la cohue compacte des piétons et s'avança sur son cheval rouan [1] jusqu'au bord du fossé. L'homme et l'animal étaient pareillement immobiles. L'homme se mit à parler sans relever son mézail [2], de sorte que sa voix forte et bien posée vibrait à l'intérieur du métal, s'échappait par les trous de vue et de respiration et montait jusqu'à ceux qu'elle interpellait avec l'éclat, la netteté et la percutante résonance d'un bourdon de cathédrale :

– Au nom du duc Jean de Bretagne, dont je porte ici les couleurs, au nom de mon seigneur et suzerain le roi Edouard d'Angleterre, et à celui de tous les défunts seigneurs de Kerrud, je vous requiers et vous somme, gens de Trézhuel, d'ouvrir les portes de ce castel et de nous y laisser entrer !

Appuyé de tout son poids au granit et se penchant entre deux merlons, Miliau cria :

– Jamais ! Jamais, tu n'entreras ici, Gosselin Daouën ! Je n'ai pas oublié ton nom, encore qu'il m'arrache la gorge et la tripe, et la gueule ! Vermine félonneuse ! Animal puant ! Anglaisés que vous êtes, toi et tes amis de Montfort ! Race de chiens !

Dire qu'il forçât un rien l'injure ne serait que vérité. C'était pour se donner au cœur davantage d'ardeur mauvaise car il le

1. Se dit d'un cheval à la robe mélangée de poils blancs et de poils rouges, avec les crins et les poils des extrémités noirs.

2. Visière mobile d'un casque fermé.

sentait, ce cœur, tout près de faiblir. Gosselin et lui étaient de même sang ; du temps de leurs enfances, ils furent unis, frères. Seulement, leurs pères n'avaient, dans la guerre de Bretagne, pas choisi la même cause, pas aimé le même duc, pas servi le même roi. L'héritage de la haine : tel était leur legs.

L'autre, sur son grand cheval, s'esclaffa puis lança de nouveau son carillon de basse-taille jusqu'aux créneaux à présent noyés de lumière crue, balayés d'un souffle vif :

– Vous parlez à merveille, cousin, à propos d'anglaisement ! Vous qui vous êtes fait le valet du Valois ! Cela sonne bien, au reste : « le-valet-du-Valois » !... Mépris et dérision ! Mais je n'exerce pour l'heure de justice que la mienne : ce château est celui de ma famille, j'y entrerai et m'y installerai. Ce fief est mien, de droit et par héritage. Je le prendrai !

– Jamais ! Les vôtres furent bannis, exilés de Bretagne pour traîtrise et félonie envers le roi !

– Quel est ce roi qui exile des morts ? Je ne suis pas ici comme vassal du roi de France et ne me tiens ni ne me suis jamais tenu pour tel ! Il y aura donc bataille ! Et avant ce soir, beaucoup de mes gens et des vôtres auront à pâtir de votre mauvaise foi, de votre entêtement !

– Et du vôtre, cousin ! Que n'êtes-vous resté parmi ces morts en compagnie desquels mon père vous avait envoyé et où nous vous croyions tous ! Je veillerai à ce que vous y retourniez promptement ! Faites-m'en confiance !

– Confiance ?...

En tournant bride, Gosselin Daouën partit d'un grand rire. Et c'était bien, sous le mézail du bassinet, un rire d'outre-tombe ! Il égratigna les cœurs et secoua les nerfs de tous ceux qui se tenaient sur les murs du château.

Isaine le reçut telle une gifle, ce rire, un coup de fouet en plein visage, un coup de lance porté à l'honneur de Tréhuel ; et l'amour qu'elle vouait à son frère s'en trouva tout meurtri. Elle plaqua ses mains sur ses oreilles, son front contre l'épaule de Miliau, qui l'enferma aussitôt dans ses bras couverts de mailles de fer.

Cependant que les deux cousins parlementaient et s'injuriaient d'un côté à l'autre du fossé, John Chandos, capitaine d'Edouard III, avait avec quelques hommes jeté un pont de bois flottant sur l'eau des douves et s'apprêtait à le franchir. Il n'y avait pas sur la Grande Ile de soldat plus vaillant, d'homme si plein de sang et de jovialité que ce Chandos, le héraut du Prince de Galles. La fleur de la chevalerie d'Angleterre, avec moins de raideur et plus d'extravagance. Haut dans l'estime du roi Edouard, Messire John, et, pour ses éveils de sagesse, pour ses élans de modestie en pleins débordements, bien l'ami de ce monarque.

Un petit homme trapu, affairé et alerte, était avec lui. Sa silhouette, pour peu qu'elle restât immobile, évoquait un pommier : arbre noueux, sombre, débonnaire et généreux. C'était Geoffroy Guillaume.

Ils étaient armés de haches à deux tranchants et, contre les projectiles qui à présent pleuvaient des mâchicoulis de la barbacane, les grands pavois de fer doublés de bois que dix hommes tenaient sur eux en manière de toiture, les protégeaient. Quand les deux haches s'abattirent sur le chêne massif bardé de ferraille du pont-levis plaqué au mur et qu'on entendit les premiers éclats du bois ricocher dans les douves, ce fut comme un signal. Une averse drue, serrée, sifflante ; une averse inversée, qui montait du sol vers les nuages, vint cingler les créneaux et ceux qui s'y trouvaient, fauchant les hommes ainsi que la grêle en orage couche les épis. Le mangonneau venait de se remettre en besogne. Gosselin de Kerrud ne plaisantait pas. C'était à se merveiller, à confondre l'entendement, que cet homme qui semblait prêt à détruire son propre château pour l'orgueil d'en posséder... les ruines !

Isaine trouvait que c'était là vanité bien sotte, aberration et démence meurtrière. Elle tremblait d'émotion, de colère ; pas de peur. Elle avait toutes les peines du monde à refouler des larmes de rage, d'impuissance et de dégoût.

Dès les premiers vols de traits, elle s'était trouvée jetée au sol par son frère. La mort fondait par vagues chuintantes sur ses compagnons qui ripostaient par des tirs plus lents d'arbalètes et par le harcèlement continu de ceux qui tentaient d'abattre le grand pont. Il gémissait, craquait, grinçait de toutes ses fibres mais refusait l'espoir de la plus petite fente.

– Descends ! cria Miliau. Ne reste pas là ! Rentre au donjon ! Dieu te garde et te sauve, petite sœur !

Elle ne discuta pas l'ordre de son frère, bien qu'il lui répugnât de le quitter dans le danger. En rampant, elle gagna une trappe et s'engouffra dans l'étroit escalier de l'une des tours portières. A l'instant de disparaître dans les profondeurs de la barbacane en émoi, elle eut le temps d'apercevoir entre deux merlons des cavaliers qui faisaient mouvement. Ils étaient menés par celui qui s'était présenté comme l'héritier de Kerrud, qu'elle reconnut à son immense cheval orangé et noir, au ventail de son bassinet en bec d'oiseau. Fuyaient-ils ? C'était hors de sens : ils étaient trop peu nombreux pour que leur contremarche ressemblât à une déroute. Ils avaient laissé les bannières, celles de Montfort et de Kerrud.

Au moment où Isaine débouchait sur la cour, une énorme pierre vint s'écraser à vingt pas d'elle, fit un trou dans l'herbe, faisant s'élever un glapissement de terreur parmi les femmes et les pucelles agglutinées aux soupiraux des cuisines où elles s'étaient réfugiées.

Quatre ou cinq blocs de pierre jonchaient la cour sans y avoir provoqué grand dommage. « Voilà des manipulateurs d'engin et un maître en balistique bien peu doués ! » en conclut Isaine. Elle se rencogna sous la porte de la tour et attendit le prochain tir, afin de calculer approximativement le temps dont elle disposait pour gagner le donjon, gravir l'escalier en planches, se faire ouvrir la porte. Elle n'eut guère à attendre : un féroce oiseau, dans un vrombissement de fin du monde, s'abattit sur un arbre, éraflant quelques pierres du puits.

Kerrud connaissait son château : il ne faisait pas tirer au hasard. Avec une remarquable mémoire, il avait réglé l'engin et donné ses ordres en sorte que les murs ne pâtissent point. Effrayer les occupants des lieux, les empêcher dans leurs mouvements, les étourdir de bruit, telle était la mission du mangonneau.

Non seulement il n'était pas sot, ainsi qu'Isaine l'avait tout à l'heure supposé, mais redoutablement organisé et d'une insolente rouerie. Il se jouait d'eux. Le défi, le déploiement des bannières, la musique, l'assaut, n'étaient que les points soigneusement orchestrés d'une scrupuleuse et crapuleuse mise en scène ! Mais alors... ce repli vers la forêt ? Un nouveau leurre de Gosselin Daouën, ce virtuose de la feinte ?

Une brusque lueur se fit dans l'esprit de la châtelaine : le souterrain ! Les fins renards retournaient en forêt car celui qui les conduisait savait l'endroit exact où débouchait le souterrain. Ils allaient entrer au cœur même du château, sous le donjon, par la salle des piliers. Personne, hormis ceux de Kerrud, n'avait connaissance de ce passage. Isaine l'avait elle-même découvert pendant la grande peste, alors que seule valide elle donnait la chasse aux rats noirs.

Elle sut exactement ce qu'elle devait faire. Se jetant dans la cour entre deux tirs du mangonneau, elle hurla à pleins poumons :

– Garin ! Garin Jeandeleur ! Garinininininin !

Il lui semblait que sa poitrine, son cou, son crâne allaient éclater tant elle mettait de force dans son appel que le tumulte autour d'elle noyait. Le jeune palefrenier surgit soudain devant elle, essoufflé, coiffé d'un armet [1] grand ouvert et bosselé. L'épée qu'il tenait se faisait menaçante et l'on sentait, rien qu'à la manière dont il l'empoignait, qu'il savait s'en servir.

Isaine et lui étaient bons camarades ; elle savait lui pouvoir faire confiance.

– Quoi, damoiselle ? On te fait la peau ? On te coupe la gorge ?

– Ça ne va pas tarder si tu ne te dépêches pas ! Trouve des hommes. Beaucoup d'hommes. Le plus possible. Bien armés

1. Petit casque fermé.

et solides ! Emmène-les à la salle des piliers ! Je vous rejoins.

Isaine se fit vêtir en guerre par Basilie Jeandeleur et quelques servantes effarouchées à l'idée de voir à l'instant surgir le maître maudit et ressuscité de Kerrud.

Quand la châtelaine en armure s'engagea dans le grand escalier, son épée Grisandole au poing, pour rejoindre Garin à la salle des piliers, elle entendit Basilie marmonner :

– Qu'il entre, Gosselin Daouën. Que Dieu l'aide !

II

Une demoiselle de fer

La salle des piliers, au rez-de-chaussée du donjon de Kerrud, ne possédait aucun accès par l'extérieur. On n'y pouvait venir que depuis les étages supérieurs de l'imposante bâtisse ovale, ou bien en y montant des cuisines situées au sous-sol. Pour mériter son nom, elle arborait six piliers à son pourtour, un septième en son centre. En temps de guerre – c'est-à-dire en temps ordinaire ! – elle tenait lieu de salle des gardes et de salle d'armes. Exceptionnellement, on y donnait un banquet, un bal... Mais Isaine ne se souvenait pas y avoir vu telles joyeuses assemblées. Pour l'heure, elle était vide car tous les batailleurs du château se trouvaient aux remparts.

Isaine s'avança, foulant aux pieds le blason de Kerrud peint devant l'entrée, à même les dalles de granit poli. Elle parcourut d'un regard rapide sa farouche armée : une quinzaine de gars bien charpentés, aux mines déterminées.

A peine Garin et elle avaient-ils eu le temps de se concerter sur la tactique à suivre, que devant leurs compagnons ébahis un pan de mur pivotait, entre deux piliers. Il libéra une ouverture étroite et basse d'où l'on vit sortir, bec en avant, un grand oiseau de cuir et de métal.

Pour longer le passage fort exigu à certains endroits, Kerrud et ses hommes s'étaient dépouillés de leurs coquilles de fer, avaient attaché leurs épées sur leur dos afin de ramper plus à l'aise, gardant seulement leurs casques, leurs gants de mailles ou de lames métalliques.

Le guerrier qui se dressait devant Isaine portait sur des chausses en mailles de fer très serrées une cotte de même texture. Sous le bassinet, le camail [1] lui ruisselait aux épaules ainsi qu'une chevelure. Un surcot [2] sans manches, en cuir renforcé de croisillons de peau cloutés, couvrait le haut du corps jusqu'aux hanches. Il était ganté de mailles. Il semblait ainsi tout brodé d'un fil d'argent à l'éclat mat. « Un chevalier de tapisserie », songea Isaine le temps d'un éclair. Mais, à la différence des preux de lin, de soie et de laine qui ornaient les murs du logis seigneurial, il était vivant ! Redoutablement vivant.

Derrière lui, les envahisseurs rusés sortaient l'un après l'autre du boyau souterrain. Ce fut ce qui les desservit : cette queue leu leu leur ôtait tout l'avantage du nombre. Ils se faisaient cueillir à leur sortie de terre, où certains retournaient vite et pour toujours, tandis que d'autres plus chanceux avaient juste le temps de se mettre en garde et de se défendre. Garin avait bien choisi son monde : des rudes, des braves.

L'adversaire qu'Isaine s'était octroyé était de prix et de taille ! Mais bien qu'il la ménageât au début de l'engagement, pensant avoir affaire à un tout jeune damoiseau, elle comprit vite qu'elle avait joué de témérité, voire d'orgueil insensé. Ce zèle qu'il mettait à ne pas trop la malmener cingla son amour-propre, décupla sa rage et du même coup ses forces. Il était infiniment plus grand qu'elle, sans aucun doute excessivement plus fort, se battait à merveille. Il n'attaquait jamais, se défendait avec une sorte de placidité, un calme, une préci-

---

1. Armure de tête en tissu de mailles.
2. Vêtement porté sur la cotte.

sion, une singulière fausse lenteur qui, en lui prouvant qu'il s'amusait, mettaient les nerfs d'Isaine à rude épreuve.

Au contraire de lui, elle était petite, légère et extrêmement mobile. Elle cherchait à l'épuiser par un harcèlement de guêpe. Elle visait au ventre, au cœur, cherchait à atteindre la gorge. En vain. Avec une inébranlable sérénité qui la fondait de sueur et de fureur, il déjouait ses pièges l'un après l'autre.

Le principal souci de Gosselin de Kerrud était à l'évidence de gagner l'escalier. Il essayait sans arrêt de s'en rapprocher et Isaine se démenait pour l'en empêcher. Que voulait-il faire là-haut ?

Elle oubliait qu'il était chez lui.

Elle parvenait au bout d'elle-même. A chaque coup qu'il assénait à Grisandole, elle sentait dans ses bras un fourmillement qui lui grimpait aux épaules, à la nuque. Sous le globe de fer de son armet, la tête lui cuisait. La sueur lui brûlait les joues, les yeux, les lèvres. Des larmes de colère et d'épuisement se mêlaient à la salive que son souffle rauque éjectait sans qu'elle s'en rendît compte, inondaient son menton et son cou.

Après la féroce confusion qui autour d'eux avait régné et dont Isaine n'aurait su évaluer la durée, l'air s'était à présent comme figé. Il se peuplait de gémissements, de râles ou de silences plus angoissants encore. Des ombres ou des lueurs, selon les foucades du soleil, basculaient des fenêtres jumelles qui donnaient sur l'océan en surplomb des rochers. Ces capricieux clairs-obscurs se traînaient sur les dalles entre les piliers, parmi les corps remuants ou inertes.

Isaine ne sut pas comment Garin s'était retrouvé à ses côtés pour lui prêter main-forte. Le géant calme du coup s'énerva. Avec un grognement de sanglier forcé et un formidable coup de taille, il les expédia tous les deux à terre, l'un boulé au pied d'un pilier, Isaine contre la cheminée où elle alla porter violemment de la tête sur un chenet.

Puis il gravit en courant les degrés de pierre de la tour d'escalier où il disparut.

Quand Isaine ouvrit les yeux, Garin Jeandeleur était agenouillé devant elle. Il lui avait retiré son bassinet, lui tapotait les joues. Un bon sourire illumina son visage lorsqu'il vit qu'elle reprenait ses sens.

Elle porta ses poings à son crâne, grimaça de douleur, fit un effort pour s'asseoir. Ce fut à ce moment-là qu'une voix de tonnerre éclata dans l'escalier :

– Je suis Gosselin de Kerrud ! Où est ma mère ?

C'était elle qu'il cherchait là-haut, bien sûr ! Comment Isaine n'y avait-elle pas songé ? Il ne savait pas que... Mais non ! Comment l'aurait-il su et qui lui aurait dit ?

D'un bond, elle fut sur ses jambes. Elle était encore tout étourdie mais elle s'essaya à gonfler la voix :

– Je suis Isaine de Trézhuel ! Votre mère...

Mais elle s'arrêta net. Elle venait de le voir. Ils étaient face à face. Il était si pâle, si vacillant soudain ! Au bord de défaillir. Et elle ? Pareil, ô combien ! Il avait rengainé son épée, retiré son bassinet et ses gants de mailles grises ; ses cheveux se collaient à son front, sabraient ses joues de balafres de feu. Isaine ne pouvait détacher ses yeux des ruisselets de sueur qui couraient en scintillant sur ce faciès de craie, que la lutte d'à l'instant aurait dû vermillonner. Des vagues d'émotion, où l'horreur et la joie infinie se ballottaient l'une l'autre, déferlaient en elle, brouillaient ses sens.

Comment n'avait-elle pas reconnu la voix d'arbre ? Comment son cœur avait-il pu rester muet devant ce géant de fer et de cuir ? Son imagination pourtant fertile d'ordinaire n'était pas allée cette fois jusqu'à l'invraisemblance, pourquoi ? L'homme de la source, son inconnu de granit et de miel, son improbable, son merveilleux amour... était son cousin Gosselin de Kerrud ! L'ennemi redouté des siens, le traître, le félon Kerrud ! Son grand bonheur caché, immense, sa secrète merveille, se muait en cauchemar. Il était là, devant elle, tremblant comme elle. Elle voulait le haïr et son être tout entier chantait. Il était sa naissance et il était sa mort.

Fut-ce par mégarde, fut-ce par folie qu'elle échappa à sa stérile fascination ? Sans en éprouver l'absolue conscience, elle arracha des mains de Garin Jeandeleur Grisandole son épée, qu'il avait ramassée en même temps que la sienne. Avec un hurlement qui n'avait plus d'humain que le corps d'où il jaillissait, elle se jeta sur Gosselin en brandissant sa lame. De rouges éclairs sillonnaient sa vue, dans lesquels elle croyait voir déjà le sang de son ennemi, qui par une sinistre ironie du sort se trouvait être aussi son amant.

Lui, frappé de stupeur, se rejeta en arrière, laissa tomber heaume et gants. A mains nues, il retint la lame à une ligne de son visage, s'entaillant cruellement les paumes.

Garin, tout bouleversé de perplexité, ne savait que faire et donc ne faisait rien. Ses regards de limier soudain privé de flair rebondissaient de l'un à l'autre.

D'une brusque secousse et sans sourciller, Gosselin désarma Isaine, qui de la fureur aveugle tomba dans l'abattement. Baissant la tête, elle prononça avec la voix d'un spectre :

– Venez, Gosselin de Kerrud. Je vais vous conduire à votre mère.

Elle le prit par la main, autant pour lui faire mal que pour sentir sa peau contre la sienne, son sang à lui filer entre ses doigts à elle.

Méfiant, Garin Jeandeleur les suivit.

Les assaillants à présent, Bretons et Anglais, se trouvaient dans l'enceinte même. Ils y étaient entrés de la façon la plus commune – c'est-à-dire par la porte – sans rencontrer le plus fragile obstacle. Ce qu'en revanche, ils rencontrèrent, ce fut une grande surprise.

Selon le plan prévu, Kerrud et sa troupe une fois dans la place devaient ouvrir en grand les portes de la barbacane. De même que les pierres du mangonneau n'étaient destinées qu'à frapper et endommager les esprits, sinon les murs, l'acharnement de messires Chandos et Guillaume à démolir le pont-levis à coups de hache n'était que beaucoup de bruit pour détourner sur eux l'attention. Les autres pendant ce temps filaient vers la forêt et vers le souterrain.

C'était faire bien peu de cas de l'éventuelle intelligence des tenants de la place ! C'était compter sur l'ignorance de ceux-ci quant à l'existence du passage en sous-sol ; ce sur quoi Gosselin compta... sans grand bonheur ! C'était prendre Miliau de Trézhuel pour un imbécile. C'était tout compte fait assez bien pensé, et cela faillit aller ainsi.

Isaine avait cru retourner la farce en cueillant les rusés blaireaux à la sortie de leur terrier. Elle se trompait. Quelqu'un d'autre avait brouillé le jeu.

Dès le départ de Gosselin et des siens, John Chandos et Geoffroy Guillaume ainsi que les porteurs de pavois avaient fait mine d'abandonner leur bûcheronnage de fous. Ils s'étaient retranchés sur la berge des douves, sachant que bientôt le pont allait descendre gentiment, manœuvré par leurs alliés. Le temps de se retirer tout en se protégeant, de démonter la passerelle flottante, d'éviter la noyade dans les fossés d'eau noire quand le grand pont viendrait sur eux et... le grand pont venait sur eux.

Quand il se fut reposé sur ses butoirs au ras du rivage, un silence inattendu s'y posa avec lui. Ce qui sur les remparts n'était que consternation, au bord des douves se précisa en un étonnement difficile à décrire. Ce que les « envahisseurs » virent devant eux, en lieu et place des leurs en armes et vêtements de fer, ce fut une armée de robes et de bonnets blancs.

Les femmes, toutes les femmes de Kerrud, menées par Basilie Jeandeleur, se tenaient là. Elles avaient fait baisser le pont, lever la herse, ouvrir la porte à deux battants. Elles attendaient, entre ombre et lumière, deux haies vivantes aux bras croisés ou les poings sur les hanches. Faciès sérieux dont les lèvres cadenassées de trop pesante lassitude et de peurs incrustées criaient plus fort que mille bouches béantes : « Entrez, et puis qu'on en finisse ! » Ce que serait cette fin nul n'aurait su le dire. Mais, tout un instant, ceux d'en face n'auraient pour rien au monde osé engager sur le pont la pointe d'une botte ou le fer d'un sabot : stupéfaction. Respect, aussi.

Et puis, ils entrèrent.

A travers le château et les cours en grand embarras et remue-ménage, enjambant les pierres crachées par le mangonneau, parfois un corps humain recroquevillé sur un bois de flèche, évitant les groupes qui se battaient, Isaine conduisit Gosselin jusqu'à un minuscule jardin qui derrière le donjon dominait l'océan par un mur crénelé.

En ce lieu tout était calme. On entendait l'océan tour à tour rire et se fâcher avec les rochers. On entendait le vent chanter sa messe étrange, courir en tapinois tout le long du grand mur ou cavaler les ailes déployées, plongeant avec les cormorans. On entendait aussi le cri des grands oiseaux de mer, qui éveille les frissons et fait venir aux paupières des larmes de joie poignante. On entendait le faux ton lointain de la bataille. Et puis on entendait, pour peu qu'on s'en approchât, pour peu qu'on y prît garde, le murmure cristallin d'une fontaine à la margelle ronde et moussue que surmontait un dragon de granit. C'était lui qui, dans sa minérale sagesse, crachait cette eau claire dans un bassin de bulles. Immuablement. En ce lieu tout était calme car on n'y entendait pas encore de voix humaines.

La demoiselle de Trézhuel entraîna son compagnon jusqu'au parapet de pierre, tout au bord, tout au vide entre le ciel si haut et l'océan si bas. Sans lui lâcher la main, elle tendit le bras vers les rochers où l'émeraude explosait en écume de neige, cria, tant pour dominer les éléments que pour tuer toute émotion :

– Elle est là, votre mère, la dame Gwenn Daouën de Kerrud ! Là !

Et devant la pâleur mortelle, le visage douloureux de Gosselin, devant les larmes muettes qu'elle voyait couler sur ses joues, elle fondit. Elle déprit sa main que le sang poissait et collait à la sienne, baissa la tête et murmura :

– Et moi, je crois qu'elle reviendra.

Mais c'était si bas, si faible, si fragile et vain espoir... Il ne l'entendit pas ; il avait trop de chagrin. Isaine recula doucement, écrasée par cette si grande peine dans un si grand corps, puis s'en alla avec Garin, vers le château.

Il demeura seul, longtemps. Prit le temps de passer de l'étouffement au souffle nouveau. Prit le temps de la grande tristesse, qui d'un coup de reins vous jette à terre, vous piétine et vous brise avant que de vous rendre au monde ; vieilli, assagi. Marche par marche, il remontait de son anéantissement, Gosselin de Kerrud, comme un que la vie a mal tué et qui remonte du caveau, décidé à continuer.

Tout était dit, tout était fait. Ou du moins le plus gros de l'ouvrage. La place était reconquise. Il ne restait qu'à faire la paix. Ce soir, dans la grande salle, le long des tables, on évoquerait les moins mauvais des souvenirs communs. On trinquerait, on conclurait des pactes. Le vin aidant, on trouverait ou retrouverait un bel élan de fraternité. Des sanglots complaisants monteraient aux gosiers avec les chansons, avec les rots. On s'interpellerait : « cousin », « ami », en se claquant cuisses et épaules.

Mais avant, il faudrait aligner les morts, dans la chapelle, sous des buissons de cierges ardents, des taillis de repentir tout bourdonnants de l'essaim des requiems. Veiller sous la voûte de granit, les deux genoux aux dalles froides, le front déjà sillonné de pensées autres et de demain. Veillée funèbre : cataplasme d'orgueil à panser les remords. Aligner les morts sans oser les compter, et les laisser en paix, entre eux, dormir leur long sommeil.

Il faudrait aussi aligner les vivants, dans la paille des granges et des greniers, dans les lits – en prenant précaution de confisquer les dagues – et les laisser en guerre, en fatigue ou en rut, hors d'eux, dormir jusqu'au matin ou s'y user le corps à des amours douteuses.

Mais elle ? Sa mère, son rocher de douceur qu'il avait quitté sans un pleur, sans même se retourner. Maintenant, il pleurait. Bien tardivement. Bien amèrement. Sans plus penser à ses blessures ni à celle qui les lui avait faites – celles dont pour l'instant il souffrait étaient infiniment plus profondes, plus mortelles –, il s'agriffait aux pierres du parapet, y laissait des lierres écarlates. La poitrine écrasée d'une inutile tendresse, il se laissait aller à ses sanglots d'enfant, le grand homme roux. Le visage tendu vers le ciel sans bonté, il pleura dans le vent :

– Mère ! J'étais revenu pour vous ! Chaque jour, pendant dix-neuf années, je n'ai respiré que dans le projet de vous revoir ! J'étais revenu pour vous ! Et vous vous êtes damnée !

Il fallait qu'il revînt, quel qu'en fût le mobile, l'excuse, ou ce que sans raison on nommait « la raison ». Il était revenu.

III

Le loup, le chien et la lice

Ce n'était pas que Miliau Le Hac n'éprouvât ni honte ni colère. C'était que la honte, la colère, étaient si cuisantes, avaient si bien grillé tout ce qui au-dedans de lui-même était lui-même, qu'il n'en éprouvait plus la morsure cruelle. Plutôt une sorte de soulagement, dont il n'aurait su débrouiller s'il couronnait la fin d'un remords ou s'il claironnait une lâcheté. Ouf ! Tout était fini ! Défaite ou erreur, quoi qu'il en soit : fini !

Kerrud pesait trop lourd et depuis trop d'années.

Il allait rentrer chez lui, à Trézhuel. Il essuierait la rage de son père comme on « essuie » le sang d'une plaie vive. C'était cela Kerrud : une plaie dans la chair de Trézhuel ! Il fallait en guérir. La Providence faisait aujourd'hui mine de vouloir se charger de cette guérison, tant mieux !

Il allait rentrer chez lui, sur ses terres... ou qui du moins seraient un jour les siennes. Il effacerait de son écu la tour de gueules [1] qu'il y avait peinte, brochant sur l'or et le sable [2] de

---

1. La couleur rouge, en héraldique.
2. Le noir, en héraldique.

Trézhuel, quand son père Onfroi lui avait donné Kerrud. Donné Kerrud... Usurpation, vol, vilenie, mensonge, trahison... Toujours les mêmes mots à tourner dans sa tête. Mais ainsi s'étaient passées les choses et ainsi en était-il advenu d'eux...

Lorsque après le siège de Nantes, à la fin de l'année 1341, Jean de Montfort fut fait prisonnier par le roi de France, Gurval Daouën revint à Kerrud. Et là, chez lui, dans ses bois, il rencontra sa mort. Laquelle se présenta à lui sous l'aspect d'un gros quartanier [1] aux soies brunes.

Onfroi de Trézhuel n'en voulait pas à son beau-frère uniquement pour divergence d'opinions politiques. Dans cette fin prématurée de son adversaire, il aurait vu un signe du Ciel lui offrant Kerrud et ses domaines, si la veuve ne s'était pas montrée aussi catégorique sur son aptitude à gouverner seule son fief. Si elle n'avait pas eu à ses côtés un héritier bien vif, qui attaquait gaillardement sa sixième année. Il lui fallait trouver autre chose, à Onfroi Le Hac ; un argument qui eût suffisamment de poids pour lui permettre d'enlever l'affaire, mais qui se teintât, pour sa protection, d'un badigeon de légalité.

A l'hiver de l'année suivante, l'occasion se présenta. Le roi de France et son fils le duc de Normandie étaient entrés en Bretagne. Onfroi Le Hac de Trézhuel leva une troupe et les rejoignit. Mais... point de bataille, point de haut fait d'armes, point de belle justice ! Le 19 janvier, on signait une trêve [2]. Avant que Philippe VI ne rentre à Paris, Onfroi, déçu et en colère, prenant son destin à bras-le-corps et son honneur en dérision, dénonça au roi sa famille de Kerrud comme félonne et toute acquise à l'Angleterre par le truchement de Montfort. Philippe de Valois déclara la famille Daouën déchue de ses droits seigneuriaux et donna à Onfroi tous pouvoirs sur Kerrud.

1. Sanglier de quatre ans.
2. La trêve de Malestroit, 19 janvier 1342.

Pendant ce temps, lui, Miliau, Isaine, Guy et Morvan, leurs frères, avec leur mère Rozenn s'enfuyaient devant les résidus désœuvrés de l'armée anglaise qui avaient investi Trézhuel. Il faut croire qu'en ce bas monde existe un... équilibre ! Leur fuite les conduisit à Kerrud. La jumelle blonde, dans le malheur, rejoignait la jumelle brune. Ce fut au donjon de la tante Gwenn et du cousin Gosselin que leur père Onfroi les rejoignit. Dans quel état d'esprit ? Il était passé par Trézhuel occupé... C'était le 14 février 1343.

Il effacerait la tour du blason, Miliau, sans peut-être tout à fait effacer la faute. La tour rouge ; rouge comme le sang versé à conquérir Kerrud... Il n'avait plus qu'une seule pensée, lancinante, ressassant l'urgence, le malaise : rentrer chez lui, avec sa sœur. Tout laisser. Abandonner... Fuir... Ou bien ? Négocier ? Quoi ? L'amitié de jadis ?

De la journée, il n'avait pas approché Gosselin. Ils ne s'étaient parlé que pour se provoquer et s'insulter entre pré et remparts ; échange qui ressemblait tellement aux jeux d'autrefois qu'il lui en montait de grands souffles du fond du cœur, moitié rire, moitié nausée.

Rentrer... « Fils, tu n'as pas la carrure. » Il l'entendait déjà, le père ; ce mépris, cette haine. Certes, il n'avait pas la carrure d'un Onfroi de Trézhuel, ou pas encore. Peut-être qu'à la longue il apprendrait et saurait tout à fait comment on s'y prend pour pareillement détester. « Maître en détestation », avec toute la panoplie des armes à bien servir la haine : fiel et poison ; mauvaise foi, jalousie ! Pour l'heure, il était recru, partagé entre l'envie violente de cracher une salive amère et le désir poignant de dormir.

Il était assis dans la grande salle du donjon de Kerrud, au premier étage, vaste espace ovale qu'éclairait plutôt chichement une demi-douzaine de torches de résine, fichées dans des serres de fer à la muraille. Il n'y était point seul et pourtant s'y sentait glacé de solitude.

Les tables avaient été dressées vers le soir, tandis qu'on pansait encore les blessés, qu'on rangeait soigneusement les défunts des deux camps dans la chapelle et que les palefreniers tassaient aux écuries, dans tous les recoins de l'enceinte, la cavalerie des « hôtes ». Aux cuisines, on taillait en chapons et gélines comme tantôt de l'épée.

Ils étaient tous là, dans la salle ; ceux d'ici, ceux d'ailleurs et d'Angleterre. Tous. Mais lui n'en voyait qu'un : Gosselin Daouën.

Revenu en ses murs, celui-ci paraissait cependant n'en tirer aucune gloire. Un embarras, une timidité, un rien d'ennui.

Il était debout à côté de la cheminée, haut, droit, bien taillé, une épaule appuyée au manteau de granit dans lequel s'incrustaient l'Azur et l'Echiquier, rehaussés de couleurs vives. Ses regards plongeaient aux brasiers de l'âtre, ses bras étaient croisés avec en place des mains deux cocons de toile blanche. « Tu l'as repris à pleines pattes ton château, Kerrud ! Et visiblement sans gants ! » formula Miliau en songe morne. La vive lumière de la flambée incendiait sa crinière de broussailles en automne, son teint clair moucheté de son, affirmait ses traits nets et pleins, rudes et harmonieux, faciès calme d'enfant sérieux grandi d'un coup. « Un peu la gueule du grand Gurval, pas de doute. Bonne gueule ! Mais tourmenté quelque part, le cousin ; comme si quelque chose s'était cloué au fond, qui ne voudrait plus partir. Je veux bien croire... Et en dix-neuf ans... le clou a rouillé ! Tu penses à Gwenn Daouën, cousin ? J'en aurais à te dire, sur elle. Mon père aussi en aurait à te dire. Mais lui, tel que je le connais, il trouvera moyen de te le dire un jour. » Pas fier, le maître de Kerrud. Pas hautain dans sa gloire. La vêture sobre, le maintien sobre, le triomphe sobre... Cet assemblage démesuré de sobriété horripilait Miliau au-delà de toute expression, l'importunait d'admiration. Il l'aurait préféré tonitruant et buvant. La modestie a cela d'intéressant qu'elle paraît souvent feinte. Cette feinte, chez Gosselin, amusait Miliau : innocent, le rouquin ? Pur ? Non : incandescent d'orgueil, de la racine des pieds à la pointe des cheveux ! Un très grand fagot d'orgueil auquel on a bouté le feu de la revanche !

Tous attendaient pour passer au dîner que la demoiselle parût. On avait corné l'eau depuis longtemps et les gens du commun commençaient à montrer de bruyants signes d'impatience le long des tables disposées pour eux au pied de l'estrade des maîtres. Mais point de demoiselle.

Si Miliau ne fut pas tenté dix fois d'aller chercher sa sœur, il ne le fut pas une. Il avait détesté sa désobéissance. Il trouvait inepte et hasardeuse cette folie dans laquelle elle s'entêtait de vouloir jouer à l'homme, se conduire en tout comme si elle briguait la chevalerie ! Il n'aimait guère qu'elle frayât avec ce valet de Garin Jeandeleur. Il supportait difficilement qu'en un pareil moment elle ne fût pas près de lui ainsi que la plupart du temps.

Il fixait la porte afin de surprendre sa sœur dès l'entrée. Il sentit qu'ils étaient deux sur cette affaire. Remontant le fil du regard, il s'en vint jusqu'au banc d'encoignure d'une fenêtre, où un homme aux crins ras et blancs, à la formidable mâchoire chevaline, aux yeux vifs profondément embusqués sous l'encorbellement des sourcils, passait sur un coussin son impatience à coups de poing réguliers. « Geoffroy Guillaume ! Je t'avais oublié, bougre de vieille rosse ! C'est toi qui nous l'as ramené, hein, le cousin Gosselin ? Vieux gredin ! »

Les regards se croisèrent, s'accrochèrent, restèrent un moment entortillés l'un à l'autre. De même, malencontreusement, s'entortillent parfois les chaînes des fléaux d'armes, en tournoi. C'est dangereux ; c'est à qui des deux adversaires tirera le plus fort pour jeter l'autre à bas, lui faire crier merci ou l'achever. Duel à armes d'yeux, qui plongent jusqu'au fond des âmes. « Miliau de Trézhuel ! Miliau le sombre, le fourbe, le ténébreux. Pas besoin de te trop connaître pour savoir ! Même mauvaise graine que ton père ! »

Un silence tout à coup, qui dans le brouhaha de la salle de Kerrud s'était ouvert une voie, courut parmi les bancs, le long des murs, éteignit les voix et les rires, devint total. C'était Isaine de Trézhuel qui venait d'entrer.

Au mutisme stupéfié avait succédé un bourdonnement grave. Libérant Miliau, qu'il tenait sous son regard comme corbeau en glue, Geoffroy Guillaume ne put retenir un « Sang-Dieu ! La diablesse ! » puisque – allez savoir pourquoi ? – on compare toujours au démon plutôt qu'à Dieu ce qui est beau.

Elle avait deux ans la dernière fois qu'il l'avait vue, Isaine Le Hac. C'était une nuit de février 1343. Il n'avait d'elle que le souvenir d'un bébé hurlant de terreur. Cette apparition le frappa. Qu'elle était saisissante cette somptueuse figure de la féminité au fond d'un vieux donjon, si au bout des terres de Bretagne !

Spectre ravissant, né de la pénombre et par elle modelé, elle s'avançait, confuse sincèrement de ce qu'elle provoquait d'émoi autour d'elle, portant la tête bien posée dans un mouvement de menton tout en même temps noble et timide, qui faisait prendre envie immédiate de l'aimer.

Chaque pas qu'elle faisait menait le velours de sa robe du pourpre à l'écarlate, où l'onctueuse caresse des flammes brodait de grands ramages d'or rouge et d'orangé. Son visage, son cou, ses épaules dont on devinait la rondeur soyeuse ; cette corolle qui, dans l'échancrure du vêtement, révélait avec joie la naissance de beaux seins en fruits ; tout cela, selon ce qu'en offrait et l'ombre et la lumière, était d'une carnation telle que l'on pouvait sentir au regard battre le sang sous la peau. Ses doigts étaient abandonnés aux plis de l'étoffe, le long d'elle, dépassant seuls des étroites manches ajustées qui s'évasaient en un trèfle sur la main.

Qu'elle fût venue au monde avec cette robe, que la robe eût grandi avec elle, tel conte n'aurait qu'à peine étonné la compagnie, tant le velours suivait chaque ligne et mouvement du corps, tant le corps passait d'épiderme à velours sans autre transition que cette magie d'une femme.

Pas une passementerie, pas un bijou, pas la plus menue chaînette au cou ou à la taille ; rien. Simplement – et sans doute par décence naïve – elle avait enfermé ses boucles de cheveux dans une coiffe dont le gros bourrelet de cendal [1] cramoisi la couronnant mettait en valeur ses seuls joyaux : deux émeraudes pâles, enchassées sous les paupières fines, où la lumière du soir faisait passer de beaux éclats d'or, où l'ombre des longs cils recourbés posait d'infinies et secrètes langueurs.

Avec des gestes courtois, un visage serein, la demoiselle Isaine invita les convives à prendre place le long des nappes blanches. Au plus près d'elle et de son frère, elle fit venir les notables personnes de l'assemblée : Gosselin Daouën et John Chandos.

Geoffroy, qui avec Rennequin de Ferveyant se trouvait au bas bout de la table, pencha le buste en avant et regarda Isaine. Son frère l'avait saisie par un poignet pour l'inviter à s'asseoir ; mais il y mit tant de brutalité qu'elle en frémit par tout le corps et fut jetée sur son siège. Cette scène fut si fugace que lui seul avait dû la percevoir... Et peut-être Gosselin, qui se trouvait proche d'elle et lui sembla avoir vibré d'un imperceptible sursaut. Geoffroy en demeura pensif.

– Vous portez à ma sœur un grand intérêt, messire Guillaume. Elle vous impressionne, n'est-ce pas ? A l'instar de tous ceux auxquels je ne permets pas qu'ils la regardent ainsi que vous le faites en ce moment, elle vous impressionne. Vous rappelle-t-elle quelque chose ? Quelqu'un ?

– Le passé, messire Le Hac. Le passé.

... Une femme dans un bois, avec toute son escorte... Une vilaine affaire ! On n'avait pas entendu les cris. On n'avait jamais su. Une femme vêtue de rouge, comme ce soir la demoiselle de Trézhuel. Une femme qui portait un enfant dans le ventre. Une femme avec de grandes quenouillées de cheveux, qui traînaient dans les feuilles... Il y avait du sang sur les feuilles. On n'avait jamais su...

---

1. Sorte de taffetas.

La mémoire de Geoffroy Guillaume, le vieux chevalier, venait buter rudement contre cette image, soc de la charrue qui au champ du labour rencontre par hasard une statue des anciens. Du sillon qu'il portait à ce passé profondément enfoui montaient des relents nauséabonds ; pourriture et stérilité. S'il y associait Isaine de Trézhuel, c'était que la chose avait eu lieu le jour de sa naissance.

– Le passé ! gronda Miliau. Vous en êtes par ma foi tous malades, du passé ! Vivez votre présent, par le diable, messeigneurs !

Il vida d'un trait son hanap de vin de Loire et reprit plus posément :

– Il me tarde d'être loin de ces murs et de tout ce « passé » qui nous prend à la gorge, à la tripe et au crâne, depuis ce matin !

Il oubliait le cœur. Gosselin lui répondit, de sa profonde voix tranquille :

– Vous n'êtes, cousin Miliau, ni prisonnier ni otage. Vous partirez. Dès que nous aurons ensemble vu les registres de comptes, visité le domaine. On ne revient pas sur un fief au bout de vingt ans sans avoir énormément à en réapprendre. Vous étiez ici... intendant, je crois ?... de votre père, Onfroi de Trézhuel, mon oncle. Vous serez donc mon guide sur mes terres.

– Vos terres..., articula Miliau sans achever sa phrase.

On eût dit que Kerrud lui répugnât et que cette répugnance lui procurât une intolérable souffrance.

Isaine se mordit les lèvres. Pauvre frère, le mot ne lui avait pas plu : « intendant ».

Miliau savait signer son nom, déchiffrer une devise d'écu pourvu qu'elle ne fût pas en latin, compter cent pommes sur un pommier à condition qu'il n'y soufflât point trop de vent... et c'était à peu près tout. Il n'avait jamais aimé les embrouilles de tête. Sa sœur était instruite pour deux, il avait donc recours à elle dans la plupart des cas. Intendant ! La belle affaire ! Leur père l'avait mis là pour garder Kerrud comme on met un chien aux ordres près d'un carnier. Avec interdiction d'y fourrer les dents trop avant. Il y avait environ quatre ans qu'Onfroi Le Hac avait racheté Trézhuel aux Anglais. C'était un comble, mais c'était à la mode du temps ! Onfroi s'y installa et laissa le château de Kerrud à son fils. Ou plus exactement laissa-t-il son fils au château de Kerrud !

Miliau voulut garder sa sœur auprès de lui. Ce à quoi leur père, qui détestait la pucelle sans qu'elle ni personne ni même peut-être lui sût au juste pourquoi, ne vit aucun inconvénient. Elle, bien sûr, accepta de grand cœur ! Ce fut un soulagement. Plus de coups de poing, de ceinturon ou de plat d'épée. Plus de pincements ni d'attouchements brutaux. Combien elle préférait la vie près de Miliau ! Malgré ses travers, malgré même quelques flagrants et navrants défauts, elle aimait Miliau, le « gardien » de Kerrud.

« Un jour, Kerrud sera à toi. » Le père disait souvent cela au fils... C'était pour l'heure compromis. Pauvre Miliau !

Et puis, il y avait ces actes, que Gosselin Daouën avait lui-même rédigés cet après-midi : une lettre pour son oncle Onfroi de Trézhuel, une autre pour Jean de Montfort. Et c'était un fossé de plus entre les deux cousins. Pas à cause de l'envie. A cause de la différence. A cause de l'admiration. Isaine avait lu cette admiration dans l'attitude de son frère : jusque dans les fibres de sa chair, il éprouvait combien il était douloureux d'admirer un homme que toute sa vie on lui avait appris à détester, à mépriser. Petites humiliations ? Vétilles ? Mais qui sur le caractère fier et ombrageux de Miliau pouvaient produire les effets les plus inattendus, voire occasionner de grands ravages.

Isaine regarda Gosselin, qui ne la regardait pas. Elle baissa la tête. Ce n'était que pour Gosselin qu'elle s'était ainsi mise en dame et il avait été le seul à ne point paraître s'émouvoir, avec à la physionomie l'air de grande lassitude, le sourire doux, l'œil indulgent, propres à ceux qui sont raisonnables.

Mais lorsqu'elle était passée devant lui pour s'attabler, elle avait surpris dans ses prunelles tout un pétillement de complicité en paillettes, qui ne voulait que trop clairement signifier : « Alors, espèce de fée, tu peux cela aussi ? Et quoi d'autre ? Combien y a-t-il d'Isaine de Trézhuel ? » Ç'avait été tellement bref, elle s'était jugée tellement sotte de l'avoir ainsi regardé aux yeux, provoquant le geste violent de son frère, qu'elle pouvait aussi bien croire s'être trompée.

Elle tourna la tête vers lui, vers ses mains emmaillotées de linges blancs, blessées par elle. Un désir puissant l'enlevait de saisir ces mains, de les poser sur elle. Son cœur s'emballait. Une joie la montait, la démontait. Il était si près d'elle qu'elle s'en trouvait tout étourdie, comme d'une liqueur forte. Et pourtant si lointain.

Il parlait, il riait, ne mangeait pas. Délicatement, presque négligemment, il prenait les morceaux qu'elle lui offrait puis, la viande avec les os et tout, les glissait dans la gueule soyeuse d'un grand chien au pelage clair, aux flancs creux, aux yeux doux.

Il était revenu chez lui après bientôt vingt années écoulées. Il parlait, il riait, le seigneur de Kerrud, mais où était-il donc ? Sous le gros chêne de la forêt d'Angus, avec elle ? Mon Dieu ! Ce secret ! Miliau, frère, si tu savais...

Miliau était très pâle, les muscles de sa mâchoire frémissaient, donnant l'impression que d'infimes animaux fourrageaient dans un sac de cuir fin.

Des musiciens entrèrent, gravirent les marches de l'estrade, se mirent à jouer.

Dans la salle, on chantait. Gosselin aussi chantait ; mieux et plus fort que les autres. Sa voix ayant tout emporté, on le laissa finir seul la chanson. Gravement, Miliau constata :

– Décidément, cousin Gosselin, vous savez tout faire.

Geoffroy Guillaume avait l'oreille fine, l'esprit à trancher court la corde des mauvais penseurs. Il se chargea de la réponse :

– Tout, Miliau Le Hac. Hormis le mal.

Et l'autre, suave, sans daigner baisser les yeux sur celui qui parlait :

– Cela s'apprend, messire Guillaume. Cela s'apprend.

Y avait-il dans cette assertion une allusion au passé de Geoffroy Guillaume ? Au passé tout court ?... Ou bien ?...

Alors Isaine sentit cette chose, que toujours elle serait prise entre ces deux hommes : Miliau et Gosselin. Les trois places de ce soir, à table, c'était un signe. Le signe de tout ce qui serait, pour eux trois, à venir de malheur.

IV

De mémoire de chair

Le vent chantait dans les charpentes du mangonneau, échevelait les feux de bivouac autour desquels veillaient des hommes, balançait à sa potence la grosse cloche près de la porte. Le ciel était en course, à grands souffles, un joyau de lune opalescent piqué au cœur de la mêlée. Les âmes là-haut, les âmes du Paradis, roulaient en courant, en riant, leurs étoupes d'éternité avant de les filer.

Isaine resserra autour de ses épaules sa cape qui se soulevait en ailes de raie. Basilie resterait à Kerrud. Avec Garin. Elle avait été ferme et Isaine savait qu'il n'y aurait pas à y revenir. Pour elle, pour son neveu, le maître de Kerrud s'appelait Kerrud ; l'une et l'autre n'avaient cessé de lui appartenir, quand même ils l'avaient cru hors de ce monde. L'attachement du cœur est une chose qu'on ne peut point comprendre si on ne l'a pas éprouvé ; c'est aussi une chose qu'on ne peut pas détruire.

Isaine aurait de la peine à se séparer de Basilie. Comme elle aurait de la peine à quitter Kerrud, ses gens, ses pierres. En fallait-il de la rancune et des misères pour que ce jour funeste de février 1343 demeurât telle une brèche dans le mur du passé !

Tout avait commencé par le pillage de Trézhuel ; mais cela, on l'avait oublié ! Isaine avait deux ans. Son père faisait la guerre. Il avait rallié le roi de France contre Montfort et ce roi, en janvier, ayant fait une trêve, chacun s'était remis à ses affaires. Les armées s'étaient dispersées. Au nom du roi Edouard, ceux qui étaient demeurés prenaient dans le duché ce qui se trouvait à leur convenance. Trézhuel, son fort château, ses domaines, convinrent à l'un de ces opportunistes, chef de compagnie, seigneur brigand [1].

Rozenn de Trézhuel avait eu le temps de fuir avec ses enfants : Isaine, Miliau et deux frères qu'ils avaient alors. Il fallut marcher loin, longtemps. « Marche, Isaine ! Marche ! » Seul écho bien vivace qui lui revint de la voix de sa mère... Elle avait de toutes petites jambes mais elle marcha !

Comment on arriva à Kerrud tous à peu près vivants, Dieu lui-même doit encore se le demander ! Quand la tante Gwenn Daouën eut sur eux refermé ses bras et la porte de son donjon du bout de la péninsule, on se sentit vraiment en sécurité. C'était mal penser. Quelqu'un trouva aisément le chemin de Kerrud : Onfroi de Trézhuel, son père.

Quoi de plus doux, de plus rassurant qu'un père, quand l'adversité vous écrase ? Pas le sien, qui est à la grande peine ce que l'huile est au feu, le sel à la plaie.

Tout à la grande rage d'avoir vu le roi Philippe de France et son fils le duc de Normandie rentrer à Paris, alors qu'ils auraient pu régler une fois pour toutes le sort du duché en y imposant Charles de Blois, en en chassant l'Anglais ; tout à la joie immonde d'avoir traqué de jalousie et de haine son beau-frère jusqu'au fond du tombeau, d'avoir trahi ses mânes et sali son souvenir, Onfroi eut de mauvaises surprises à son retour à Trézhuel. Déterminé à se venger sur Kerrud et

1. Froissart nous dit des chefs de Grandes Compagnies : « Ces brigands conquéroient villes fortes et bons châteaux et les roboient et tenoient puis les revendoient à ceux du pays et bien chèrement. »

tout ce qui en portait le nom des déboires qui lui advenaient, il y entra à la sauvette.

On ne se méfia point de lui, malgré cet air qu'il avait de s'être fait remettre toutes les clefs de l'Enfer pas plus tard qu'à l'instant. On pensa qu'il venait rejoindre épouse et héritiers. Mais dès qu'il y fut...

Rien qu'à y repenser, le sang d'Isaine lui en caillait aux veines ! Avec Gwenn et Rozenn, Miliau, Gosselin, Guy et Morvan, ils s'étaient réfugiés dans une chambre tout en haut du donjon. Des heures durant, ce ne furent que hurlements de mort de ceux qui la donnaient, de ceux qui la recevaient. Et puis, avec ses hommes, son père – son père ! – avait enfoncé la porte.

Ils se mirent nombreux pour arracher Gosselin aux bras des jumelles, et l'emportèrent. La tante Gwenn, la pauvre dame de Kerrud, épouvantée, voulut se jeter à leur poursuite. Des hampes d'armes croisées, des coups, l'en empêchèrent. Elle tomba à genoux, les bras tendus, le cœur en croix, sur les premières marches du grand escalier tournant et, sans voix, vit partir son fils unique. Il avait sept ans, Gosselin.

Ce fut le surlendemain que Basilie Jeandeleur arriva, haillonneuse, noire comme un charbonnier de trois nuits et des jours qu'elle avait passés dans la forêt à se cacher. Marquée des traces de l'incendie du village, elle tenait contre ses seins nus un minuscule enfançon né de quelques heures : Garin, son neveu. Les autres, tous les autres, étaient morts.

Des doigts amicaux serrèrent son épaule. Le vent éteignit la bougie et Isaine sentit sur son oreille la brûlure d'une giclée de cire :

– Isaine, ma mie, au hameau, dans les flammes, je l'ai vu passer. Y criait pas, y pleurait pas. Un bonhomme le cramponnait devant lui, sur le col du cheval. Y cavalait, l'animal ! Y cavalait ! Mais je l'ai vu ; bien vu. Ce petit qu'on nous prenait, Jésus misère !... Aujourd'hui, il est revenu. Tu crois, ma fille, que je peux partir pour te suivre ?

– Non, Basilie. Tu ne peux pas.

Isaine se dégagea du seuil et de cette affection, traversa la cour où des flammes dans des pots tourbillonnaient et fumaient au vent. Des hommes par groupes tiraient la nuit sans pouvoir la dormir. Elle louvoya entre les pierres de baliste jusqu'au donjon.

Pour atteindre l'escalier intérieur et monter à sa chambre, Isaine devait passer par la salle où ils avaient tous dîné. On avait remis du bois dans le feu car il flambait haut et clair. On avait éteint les torches de résine, mais trois chandelles blanches brûlaient sur un trépied de fer aux larges bobèches, posé à même les dalles où la jonchée achevait de se racornir.

Gosselin était là. Seul.

Il avait placé devant la cheminée un siège sans dossier et s'y tenait assis, face à l'âtre, pensif. Ses mains aux linges tachés de pourpre étaient posées sur ses genoux. Ses cheveux sur son front, sur sa nuque, roulaient des copeaux de feu, les plumes du phœnix, l'écume d'or des océans lunaires.

Il semblait en repos et les traits de sa physionomie, détendus, leur carnation avivée par la chaleur du foyer, rayonnaient d'une beauté moelleuse rassurante.

Elle fit un pas dans la lumière :

– Gosselin de Kerrud, dit-elle, épousez-moi.

C'était humblement demandé. Il sursauta, la vit, la mangea des yeux. Ils étaient châtains ses yeux, maintenant elle ne l'oublierait plus. Doux et ronds comme ceux des chiens, et rapprochés du nez, pareils. Ils étaient châtains et pailletés d'or, creusés d'ambre. Profond le regard ; si profond et si chaud qu'elle s'y sentit sombrer et répéta :

– Epousez-moi.

Ce n'était plus la requête timide d'à l'instant, c'était un ordre. Il entrouvrit les lèvres sans qu'aucune parole n'en sortît, passa sur son front le revers de son poignet comme si ce silence l'avait épuisé. Très lentement, il se leva et elle leva la tête pour suivre son mouvement, insista :

– Epousez-moi. Je ne retournerai pas à Trézhuel.

Elle venait d'en avoir l'idée. Maintenant, il fallait trouver une bonne raison. Elle n'eut même pas à écarter l'argument du petit enfant peut-être conçu sous le gros chêne un mois auparavant : elle n'y songea point. Sa demande était sincère et si pur son amour qu'il n'y entrait ni calcul ni raisonnement. Elle sentait tout simplement l'urgence de demeurer près de lui et la pensée même d'un départ lui était intolérable.

Lui, il la considérait toujours sans un mot et l'expression de découragement amusé qui s'imprimait sur son visage la contraignit à vite jeter entre eux :

– Mon père ne m'aime pas. Il m'insulte et me bat.

Oh ! Ce doute au regard de l'ami ! Il pensait à leur duel. Il allait se moquer : elle qui se démenait si bien dans l'armure, le fer au poing, n'était-elle pas de taille à se défendre contre ce méchant père-là ? Il devait penser cela, Gosselin, mais il n'en souffla rien. Il avançait, la couvrait de son ombre haute, l'enveloppait de son odeur, de ses couleurs, de sa franche beauté douce, solide. Tout cela l'écrasait d'un bonheur presque inconvenant, d'un désir violent, impérieux.

D'un doigt, il lui caressa les lèvres. Ce doigt était brûlant et il réprima une grimace de souffrance quand elle les lui prit tous pour les baiser doucement. Elle était tout en haut d'un nuage et elle tombait en pluie.

– Ce n'est pas seulement à cause de mon père. Je t'aime, Gosselin.

Pouvait-on savoir ? Il reprit sa main, un peu trop vite. Il s'enquit, un peu trop sèchement :

– Je ne suis plus votre ennemi, damoiselle de Trézhuel ?

– Tu ne l'as jamais été. Je ne savais pas.

C'était vrai. Vrai aussi que le bonheur pour venir peut prendre des chemins détournés, un visage inattendu ou bien s'affubler de masques pour rire... ou pour ruser. Ainsi ne sait-on pas toujours le reconnaître. Mille choses qu'elle aurait voulu dire et qui butaient à ses lèvres sans en pouvoir sortir. Gosselin laissa tomber en notes de glas :

– Nos mères étaient sœurs, Isaine. Sœurs jumelles. Rozenn et Gwenn Meldoc, demoiselles de Krell. Nous sommes cousin et cousine. Nous ne pouvons pas nous marier.

Il entra tant de malicieuse complicité dans le regard qu'elle lui décocha qu'il revit à l'instant la scène du bois. Elle, sortie de la fontaine. Lui, embarrassé, ému, troublé comme jamais, qui lui tendait la main. Cette chaleur lorsqu'elle la saisit, cet embrasement ! Ils n'étaient plus des êtres, ils étaient les fagots d'un bûcher de Saint-Jean dressés l'un contre l'autre et grondant leurs hautes flammes ardentes. Qu'elle séchât promptement l'eau de la fontaine dans cette fournaise ! Au moment de se reconnaître, ils se parcouraient de gestes, par tout le corps, des mains et des lèvres, pour s'apprendre l'un l'autre, tout à l'émerveillement fébrile de s'être enfin trouvés. Depuis des années, ils se cherchaient ; depuis le commencement du monde. Et pendant tout ce temps cheminaient l'un vers l'autre sans savoir. « Pourtant, de l'enfance, nous devrions nous souvenir », pensait-elle. « Mais quelle sorte de souvenirs en aurions-nous ? » songeait-il. Elle dit :

– Tu sais, Gosselin, ta mère... Gwenn. Cela veut dire « Blanche ». La nuit où tu lui fus enlevé, ses cheveux, tous ses beaux cheveux sont devenus blancs. D'un coup. Elle était si pâle... Gosselin, jamais aucune dame au monde, aucune, je te le jure, ne porta mieux et si justement ce nom de Blanche !

Blanche... Isaine... Lui, il était resté près de la source, au fond de la forêt d'Angus et les choses évoquées de naguère attisaient son désir, peignaient des certitudes au fond de son cœur.

Ils s'étaient pris comme deux qui voudraient se dévorer. Et s'étaient dévorés sans en laisser une miette.

Tandis qu'il songeait ainsi, il lui avait pris le visage à pleines paumes sans ressentir la brûlure de ses chairs à vif. Qu'importait la douleur quand Isaine était là, quand c'était encore entre eux qu'ils s'étaient fait ce mal-là ? Près de la fontaine, il avait pris une pucelle, un corps pur, sans savoir. Par seule force d'amour l'avait portée au monde. Elle, elle avait laissé dans l'herbe, au fil de l'eau, des fleurs de jeunesse. Et ils s'étaient ainsi pris et dépris, longtemps. Jamais rassasiés, sans cesse étonnés qu'un tel bonheur fût vrai, possible. Jusqu'à ce que vers le soir...

Le soleil doucement déclinait. Le vent levé, tels des buissons morts sur la lande, les roulait loin l'un de l'autre, les rejetait l'un à l'autre. Après qu'ils se fussent quittés, sans un mot, bien après, ils se cherchaient encore.

Il n'était plus que la moitié d'un être, plein de confiance et perclus de chagrin. Il lui manquait la moitié d'elle-même mais elle était femme. Alors, qu'ils se retrouvent...

Tout un mois, il était revenu traîner comme rien, à peine en volonté, près de la source. Tout un mois, il l'avait vue venir sous le chêne, à la nuit, et parfois jusqu'à l'aube il l'avait contemplée. Mais n'avait pas bougé. Mais n'avait pas osé.

Il y avait ses préparatifs pour reprendre Kerrud. Les allées et venues entre le Bois d'Angus, où avec ses hommes il construisait le mangonneau, en se cachant, et Vannes, où son ami Jean de Montfort hébergeait ses projets de paix en Bretagne. La paix devait passer par la guerre... Pour l'amour, il pensait qu'il n'y avait pas de place ; qu'on ne mélangeait pas tout. Enfin, si ses os et tout lui n'étaient pas devenus charbon et cendres au long de ce mois-là, tant il grillait de la prendre encore et de lui demander son nom, c'était qu'il y avait une justice et une grâce pour les indécis. Ou les raisonnables.

Il la serrait dans ses bras, la soulevait de terre. Elle avait passé ses deux bras autour de son cou et ces deux âmes chaviraient dans deux corps tremblants. Et c'était trop de peine, puisque aussi bien la Main qui les avait unis, aujourd'hui leur désignait leur faute grande et combien ils seraient désormais séparés.

La Main alors se fit Voix et parla au cœur de Gosselin. Une idée dans l'instant lui vint qui l'emporta de joie. Il voulut la lui dire, il n'en eut pas le temps.

Ce fut un frôlement, un rien. Un geste de l'air, en l'air ;

moins que le soupçon d'un bruit. Mais ils surent qu'ils n'étaient plus seuls. Ils se lâchèrent, s'écartèrent l'un de l'autre, le souffle aussi court qu'après un combat.

– Que sais-tu de Blanche de Kerrud ? demanda Gosselin en jetant comme par rage une bûche dans le feu, puis une autre, qui firent chanter la plaque de fonte armoriée, s'effondrer de gros joyaux brûlants et voler des bluettes.

Les plaies de ses mains s'étaient rouvertes, à cause des bûches. Isaine tira un siège à côté du sien, déroula les bandes de toile qui couvraient les entailles.

– Tu sais comment font les bêtes pour se soigner ? demanda-t-elle.

Et sans attendre de réponse, elle lécha doucement le sang clair qui séchait.

Les plaies étaient saines, quoique profondes et peut-être dangereuses quant à l'agilité future des doigts. De la langue, elle en parcourait les lèvres. Gosselin ferma les yeux, retira ses mains, jeta au feu les linges souillés.

– Alors ? Ma mère ?

Il y avait de l'agacement, presque du mécontentement dans cette question hâtive.

– Je l'aimais. Elle s'occupait bien de moi. Mieux que la mienne...

– Ce n'est pas ce que je te demande.

Il avait radouci le ton mais c'était bien la même urgence. Quand celui-là avait décidé quelque chose, il ne devait pas être facile de lui en faire passer le goût ! Bien sûr, ce n'était pas ce qu'il lui demandait ; elle avait assez de jugeote pour le comprendre ! Qu'il joue les têtes de bois, elle jouerait les têtes de linotte ! Et puis, elle ne pouvait pas lui dire, voilà. C'était impossible. Dire cela...

Qu'elle avait six ans. Qu'elle jouait sur le chemin de ronde : elle y allait souvent, pour échapper aux volées de son père. Là, elle avait tout soudain entendu un grand cri, un cri terrible, à la fois strident et rauque, qui en passant vous arrachait des épluchures de cervelle.

D'épouvante, elle avait levé la tête vers la chambre de la Dame. Elle n'avait rien vu que les mouettes qui s'envolaient des toits et des rochers, et qui criaient. Elle avait vu la fenêtre béante, un soulier sur le bord du vide et les gargouilles.

Les gargouilles aux chefs moussus, enchaperonnées de vent, plongeaient leurs gueules largement ouvertes dans le flanc des nuages. Ils avaient beau courir, elles les mordaient, goulues les dévoraient, et dans leur minérale colère, elles avalaient du vent. Ce ne pouvait être que ces monstres de granit qui hurlaient ainsi !

Elle n'avait rien vu d'autre ni personne. Que les monstres de pierre.

Elle s'était sauvée en courant, avait dévalé les escaliers aux marches si hautes, traversé des corridors et des ponts de bois, buté contre les carapaces dures des hommes de la garde.

Elle était allée se jeter dans les bras de son frère Miliau, qui l'avait serrée contre lui pour calmer sa terrible peur.

Tout le monde était déjà dans la chambre de la Dame, dont Onfroi, son père, avait abattu la porte à coups de hache. Son père ne savait plus, depuis longtemps, ouvrir une porte sans la démolir !

Plus de Gwenn de Kerrud. Pour tous, elle était morte, jetée de la tour. Pour Isaine, c'était une fée, qui s'était évaporée dans les airs, qui allait revenir. Elle eut beau dire et affirmer que la Dame n'était pas tombée, qu'elle s'était transformée en goéland et avait piqué vers les vagues avec ses compagnes ; elle eut beau soutenir que la Dame n'était pas morte et que c'étaient les gargouilles qui avaient crié... on ne l'avait pas crue. Elle n'y avait gagné qu'une grêle de soufflets et de coups de poing, dont son frère l'avait protégée du mieux qu'il avait pu, essuyant quelques éclats au passage. Tant pis ! Elle savait ce qu'elle avait vu. Ou plus exactement n'avait pas vu.

Tous les jours, elle avait attendu que la Dame revînt, dans le jardin de la fontaine au dragon où ce matin elle avait conduit Gosselin à travers les cours en émoi de guerre.

Chaque fois qu'un vol criard tournoyait et plongeait dans les rochers au pied du donjon, son cœur se serrait à lui faire mal, puis tel un coursier dont le mors aurait cédé, caracolait de fol effroi dans sa poitrine plate d'enfant. Etait-ce la Dame qui revenait ? Son esprit sous l'apparence de la mouette blanche, du noir cormoran, de la sterne vive ? Ou bien ses chairs en lambeaux que les oiseaux dévoraient ?

Les chevaliers de la mer aux ailes de dragon, le ventre frôlé des crinières écumeuses, le cou plongeant aux vertes chevelures des vagues, s'en allaient plus loin, brassant l'air mobile étincelant de gouttes, jetant au ciel qu'ils déchiraient, jusqu'au cœur de l'enfant qu'ils lacéraient, leur cri de dérision cruel, ainsi qu'en bataille on hurle son enseigne, sachant qu'à la mort elle vous mène au galop. L'enfant se penchait, du plus qu'elle pouvait, écartant de ses yeux le rideau des mèches envolées, les cordes de tresses qui l'empêchaient de voir, amarraient sa pensée, ligotaient ses espoirs. L'enfant se penchait à risquer la chute, agrippée des ongles tendres au granit gluant de pluie, tendue dans le vide tonitruant, jolie gargouille de chair et d'étoffe dont la voix trop fluette s'égarait au dédale des éléments maîtres : « Oh ! Dame !... Ma Dame ! »

Rien, personne. Et pas non plus sur les rochers, quand la mousse d'écume s'était retirée, ces chairs molles, ces rouges gluances qu'elle redoutait. La mort point constatée de Gwenn de Kerrud devenait alors au cœur rassuré d'Isaine ce qu'un amour non avoué demeure au cœur de la femme éprise : non avoué, non démenti. L'espoir demeurait, qui de bonheurs subits, fugaces, profonds, lui gonflait le cœur. Tant qu'elle n'aurait pas vu de ses yeux la Dame morte, elle continuerait de la croire ailleurs. Mais tuée par elle-même, mais damnée !... Non.

Elle ne pouvait pas dire cela à Gosselin, même s'il voulait savoir. Alors elle s'entêta :

– La Dame Gwenn s'est tuée parce qu'elle avait trop de chagrin. Je te l'ai dit. L'histoire des cheveux blancs, c'était avant, quand tu es parti. Après, elle s'est tuée.

Un sursaut de protestation le tourna d'un bloc vers elle, sourcils froncés, qu'il avait dorés et bien arqués :

– Je ne suis pas « parti » ! Ton père m'a jeté entre les pattes de son écuyer Geoffroy Guillaume. Il lui a dit : « Enlève ça de ma vue. Fais-le disparaître. Noie-le ou étripaille-le, mais que je n'entende plus jamais parler d'un héritier à Kerrud ! » L'écuyer a fait « Oui », et il m'a emporté sous son bras. Un bestiau qu'on va saigner ! J'avais beau me démener, il me cramponnait. Il n'arrêtait pas de me rabâcher : « N'aie pas peur, n'aie pas peur. » Facile à dire quand on sait que dans le temps d'un souffle on aura deux pouces de fer dans le corps et plus la force de récupérer son âme. Je fermais les yeux et j'attendais le coup. Il aurait suffi de m'envoyer d'un revers de botte bouler dans les rochers. Il m'avait chargé au garrot et nous allions pleine course, l'étincelle aux fers. Nous avons traversé les villages en flammes. J'avais rouvert les yeux, l'impression qu'ils allaient me sauter du crâne pour filer loin de cette horreur ! Heureusement, la vision du désastre fut extrêmement brève : le cheval piqué au sang filait comme le diable un jour de pardon. L'homme suait, haletait, poussait l'animal de la voix et le relent de leurs deux corps m'entêtait. Moi, j'étais froid ; autant dire déjà mort et je me disais que c'était de la peine gagnée.

« Le brave gars, pour je ne sais quelle obscure raison, avait faussé compagnie et obéissance à son chevalier, ton père. Une dette de rancune, une vengeance d'humiliation, ou simplement la pitié qu'il avait prise de moi, firent qu'il s'était décidé à me conduire au manoir de Krell, chez le grand-père Meldoc, pour me cacher.

« Deux jours après notre départ forcé de Kerrud, nous arrivions à Krell. Le manoir était ouvert en plein et les sept vents s'y battaient. Une poignée de mauvais larrons y ripaillaient plutôt grassement. Lug Meldoc, notre aïeul, était mort au cours du siège de Vannes, l'automne précédent.

« Il n'y avait plus qu'à désespérer ou à fuir plus loin. Geoffroy n'avait en tête que deux idées : sauver l'enfant de Kerrud et mettre le plus de distance possible entre nous et Onfroi de Trézhuel. Moi, “l’enfant de Kerrud”, je beuglais comme un veau qu’on aille chercher ma mère. J’ai toujours eu mauvais caractère. Il a dû me trouver ingrat, Geoffroy !

« J’ai tout appris de lui. Comme je lui dois d’être vivant. Durant toutes ces années d’exil, il m’a tenu lieu de père, de mère, de pédagogue et de maître d’armes. J’ai été son écuyer avant d’être celui de Montfort. Geoffroy a gagné sa chevalerie au service de notre cause et de celle d’Angleterre.

« Edouard III, depuis la trêve de janvier, attendait à Vannes bon vent pour retourner dans son île. Il emmenait avec lui l’épouse de Jean de Montfort, prisonnier du roi de France à Paris. La dame de Montfort avait près d’elle ses deux enfants. Nous avons embarqué avec eux. Au cours de la traversée, la tempête faillit nous tuer tous... »

– Quel dommage qu’il en ait été autrement ! entendit-on devant la porte qui venait de s’ouvrir.

V

La promise du rouge barbet

Miliau s'avança, du pas souple et silencieux qui lui était caractéristique, vers eux qui s'étaient levés. Il paradait, par jeu, avec cette prestance hautaine, charmeuse, qui le faisait à l'instar de son père Onfroi fort admirer des dames. Une flamme blanche de malice dans l'œil, de cette voix qu'il avait, point laide mais un peu montée dans le nez, il claironna :

– Vous rendez-vous compte, beau cousin, sœur ma mie, combien de calamités nous auraient dès lors été épargnées ? ! Plus de roi d'Angleterre. Plus de bébé Montfort. Plus de guerre !

Il jetait en l'air ses mains robustes aux doigts courts, musculeux, où une pierre carrée, jaune, brillait.

– Et plus de cousin Gosselin ! lança joyeusement l'héritier de Kerrud en le singeant.

Miliau prit une mine contrite :

– Ne raillez pas. Au nom de l'amitié que nous avons eu l'un pour l'autre, je ne pensais pas à cela. Vraiment. Sommes-nous – je veux dire vous et moi – responsables des actions de nos pères ? Sommes-nous tellement abrutis de haine, que nous ne puissions plus trouver cette entente de jadis ? Nous, Gosselin, nous sommes l'avenir de Bretagne et si nos cœurs ont des penchants... différents, qu'au moins nos corps se réconcilient. Cousin, votre récit m'a touché...

– C'est parce que tu écoutes aux portes, Miliau.

– Restons amis, Gosselin, je t'en prie.

– Bon. Et qu'est-ce que tu souhaites que fasse mon amitié dans l'immédiat ?

– Me laisser rentrer dès demain à Trézhuel.

Comme son cousin souriait en coin, il leva un geste d'apaisement :

– Je n'irai pas par quatre chemins : ton duc est revenu en Bretagne, je le sais – tout le monde le sait – et quelle meilleure preuve que de te voir ici devant moi ? Le mien, que, pardonne-moi, je tiens pour l'unique et vrai duc, Charles de Blois, ne se laissera pas dérober le gibier...

– Avec l'épouse irascible qu'il a, certes non. Mais avec la rançon qu'il doit à Edouard... il va avoir du mal à lever une armée.

– Nous avons celle du roi de France avec nous. La plus forte et la plus nombreuse armée d'Occident !

– Oui. A Crécy, à Poitiers, on a bien vu...

Cette allusion aux deux plus cuisantes défaites françaises des vingt dernières années [1] piqua Miliau sans qu'il réagît. Il était fermement déterminé à ne pas engager de polémique avec son cousin, mais à négocier.

Il y avait toujours chez Miliau ce vacillement au bord de la sincérité, cet oscillement perpétuel entre l'orgueil mauvais, l'envie, l'âpreté, et le besoin d'accorder sa confiance, d'être bon, d'être vrai. Il parvenait infailliblement à se rétablir et demeurait dans une indécision de sentiments qui le faisait passer pour enrager d'ambition. Car ses amitiés elles-mêmes étaient des moyens, non des fins.

---

1. Bataille de Crécy, 1346 ; bataille de Poitiers, 1356.

Gosselin parlait d'un ton calme :

– Vous pensez, cousin, que les négociations de paix en Bretagne entre Blois et Montfort n'aboutiront pas et que cette guerre va continuer. Ce qui est fort possible. Vous voulez rentrer chez vous afin d'empêcher votre père de disperser ses forces à venir ici se revancher de moi, et ce faisant priver Charles de Blois et son parti d'un bras solide et d'un renfort précieux. Pardon, je devrais dire de deux bras solides ! Car j'oubliais le vôtre. Ai-je bien compris votre démarche, cousin Miliau ?

– A peu près, oui.

– C'est déjà ça. Et qu'est-ce qui m'assure qu'une fois chez vous, vous n'allez pas, malgré les promesses – que du reste vous ne m'avez point faites encore –, avec votre père et quelques... amis, fondre sur Kerrud à forces armées ?

– Outrecuidant chevalier de Kerrud ! Ou bien dois-je rire ? Qu'un petit feudataire de votre espèce réclame garantie à un baron de Trézhuel ! Faraud que vous êtes, pour ce fifrelin de fief, une rocaille où poussent trois pins, deux chênes et des épines ! Qu'en aurions-nous à faire ? ! Ah ! Cette amitié qui me porte à vous malgré moi... Mais vous êtes toujours, vous et la mémoire des vôtres, entachés de félonie ; en conséquence de quoi, nous pouvons encore vous briser !

Calme et logique, Gosselin lui rétorqua que de ce « fifrelin de fief » il avait pourtant bien « eu à faire » dix-neuf années durant. Toutefois, il ajouta, les yeux posés sur ceux de son cousin, tranquilles :

– Ne perdez jamais de vue, cousin Miliau, que si nous sommes moindres seigneurs que vous, ceux de Trézhuel, nous ne sommes pas pour autant vos vassaux.

Ils se dévisagèrent un moment, qui à Isaine immobile et tendue parut une éternité tant, sous l'apparente sérénité, elle les sentait tout près de se sauter à la gorge.

Mais Miliau rompit de deux pas, se passa une main sur la nuque :

– Ma parole te suffit-elle, Gosselin ? Ma parole de chevalier ?

– Non.

Miliau avait pâli. Sa voix était aussi blanche que son front et ses joues :

– Alors, quelles sont tes conditions ?

– Que ta sœur Isaine demeure à Kerrud jusqu'à ce que tu reviennes en personne m'apporter l'acte signé de ton père assurant entre nos deux familles paix et neutralité absolues en cas de rencontre sur un champ de bataille ; qu'il ne soit mal fait ni à nos gens ni à nos biens, sous aucun prétexte, qu'il fût politique ou personnel... Mais tu connais cela que nous avons signé cet après-midi, toi et moi. Pour les comptes et l'état du domaine, ma cousine sera une aide digne et efficace. Tu pourras donc retourner à Trézhuel dès demain matin.

Isaine, en sa qualité d'otage, baissait humblement la tête. Mais cette sage modestie hébergeait une joie sans mélange, qu'elle s'évertuait à ne pas laisser exploser en rires. Gosselin la voulait près de lui ! Il la gardait ! Le temps irait pour eux. Elle était si sûre de tout, si confiante, qu'elle ne broncha pas quand Miliau rejeta sèchement cette condition.

Gosselin ne s'émut pas. Foulant les dalles de ses longues enjambées sonnantes, joignant les mains par le bout des doigts à hauteur de sa bouche, il proposa benoîtement :

– Bien. Donc vous, cousin, resterez ici. Isaine, avec une bonne escorte...

– Non ! C'est pire ! Je ne la veux point savoir sur les chemins !

– Evidemment, c'est pire. Alors ?

Le silence retomba entre eux trois, goutte à goutte, telle l'eau des cavernes, avec des résonances infinies. Le feu. Le vent. Et puis, brusquement, Miliau se précipita, main tendue, vers Gosselin :

– J'accepte votre marché, cousin.

Il serra d'une poigne de fer la main taillée à vif et tint ses yeux fichés en plein dans le regard de l'autre pour y déceler un vacillement. Gosselin ne cilla pas ; son œil était pur. Un fil de sueur simplement glissa de son front à l'aile du nez, jusqu'à sa bouche où il le cueillit d'un bout de langue entre ses lèvres closes serrées.

*
* *

Le matin donc, conformément aux dispositions prises la nuit même entre les trois cousins, Miliau s'apprêtait à quitter Kerrud avec ceux de la mesnie [1] et de la garnison qui avaient accepté de le suivre.

Gosselin avait dès matines entretenu Geoffroy Guillaume sur la situation de son cœur, très clairement et sans détour et sans rien occulter. Tel était Gosselin : tout droit, tout vrai. Il lui fit part de l'idée qui lui était venue tandis qu'il tenait Isaine dans ses bras. Geoffroy la trouva bonne, quoique un rien téméraire, et l'assura qu'il l'aiderait dans cette entreprise tant qu'il pourrait.

Isaine avait dormi d'un sommeil plein de rêves et trouvé à son lever la robe rouge brûlée entre les chenets. Elle y lut un présage douteux, se vêtit d'une jupe et d'un surcot de gros drap bleu, qui la faisaient ressembler à une fleur de lin, et descendit dans la cour.

On s'y affairait au départ du jeune sire de Trézhuel.

C'était un de ces matins de septembre comme à côté du monde. Un matin du bout des terres, avec du gris, de l'argent vif, du mouillé, qui vous rentraient aux yeux et au corps. C'était l'appel des oiseaux à l'éveil, que l'on ne voyait pas. C'était sur le brouillard les ombres agrandies par le poing jaune des torches, gigantesques, ployées, impressionnantes. C'était, profondément derrière les murailles, le ressac étouffé par le trop petit jour de l'océan gonflé.

1. Ensemble des gens qui constituent une maison.

Dans la forge, le maréchal depuis la mi-nuit ferrait diligemment. Des courroies de cuir, des sangles, pendaient aux potences des poutres soutenant l'avant-toit et jusque dans les branches d'un vieux pommier qui s'appuyait au mur.

Des hommes passaient avec des armes, des coffres, des sacs ; des femmes avec du linge, des paniers, des cages où se tassaient des volailles, où grouillaient des lapereaux, où, parfois, chantaient des petits oiseaux. Chacun avait un mot, un geste, une exclamation, un bout de plaisanterie, trois notes d'une chanson qui mettaient de l'entrain, du mouvement, tout un tohu-bohu. Tout cela piétinait l'herbe rase, la mettait en boue, en cavités multiples, spongieuses ; en ornières où des chiens furetaient, museau bas, en grognant.

Sur des chariots bâchés, roues pleines à l'antique, on chargeait des tonneaux, encore des coffres, des meubles et du bétail.

Gosselin de Kerrud, qui circulait parmi cette presse, flanqué du père Isselbert Houarn, contrôlait, vérifiait, faisait parfois décharger tel sac de grains, tel panneau de boiserie ou tapisserie pliée, qu'on remontait ensuite, soit dans le chariot, soit au donjon. Et de compter les bêtes, pieds et cornes, laine et groins. Il effectuait ce labeur minutieux sans cesser de chanter ou de siffler des airs, avec une mine de nuit blanche. Ses sourcils soudain se fronçaient, son front se barrait d'une ride orageuse, son sifflotement s'arrêtait. Il bougonnait ou lâchait un juron, puis entamait une chanson nouvelle, une trille qui portait aux nerfs du chapelain Isselbert.

Isaine le rejoignit, prête à lui accorder son aide à pleine volonté, volubile et pimpante pour ce que devant elle s'ouvrait une nouvelle vie. Parce que Gosselin était là. Parce que maintenant ils ne se quitteraient plus. De temps en temps, comme on jette du pain à un canard, il lui jetait une œillade d'ambre, enjouée, provocante.

Le père Houarn, un registre calé à la ceinture, une plume pincée entre les lèvres, les suivait à pas serrés, protégeant de son bras replié dans sa cape les écritures menacées d'humidité, reniflant des gouttes de brouillard qui scintillaient à son nez pâle.

Miliau était partout, allait de l'un à l'autre, l'œil sur l'épaule pour épier son cousin Gosselin.

Geoffroy Guillaume et Garin Jeandeleur s'occupaient des chevaux.

Jusqu'environ l'heure de none [1] il en fut ainsi de ce grand arroi. Puis, sous un soleil blanc, qu'étouffaient des cardées de nuages cendreux, que criblaient des pluies fines, subites, éphémères, le branle-bas s'organisa. En longue file, lourdement, faisant tout un bruit, tout un vent, il se mit en mouvement. On aurait eu le temps de faire dix fois le tour des remparts au pas de promenade avant qu'on ne pût voir la queue des derniers mulets de bât ! Et cela passait, roulait, marchait, piétinait, résonnait sous la voûte de la grande porte telle une noce de démons en cathédrale.

Aux toiles à voiles marines qui couvraient les arceaux des chariots, les armes peintes de Trézhuel ; à leurs flancs, quelques bannières roulées. A certaines coiffures, des plumes de couleur que l'ondée faisait pendiller comme des algues. Des dos de cuir teint ; des croupes luisantes, sombres ou claires. Sur les armets et sur les mailles, des chiquenaudes de lumière jaunasse tintaient.

Le cheval de Miliau – qu'on nommait Le Noir parce qu'il était blanc – trépignait des quatre fers. Lui le tenait serré, Isaine le poignait au mors, pour les adieux.

Gosselin s'était approché, traînant une nonchalance rieuse. Sous une pèlerine de manant à tour crénelé, il portait un surcot long, d'un vert gorgé de noir, serré à la taille par un ceinturon de cuir ; les chausses étaient sombres. Ses souples bottes à chevaucher, de celles qu'on appelle « heuses », étaient de teinte incertaine et s'effondraient sur ses

1. La neuvième heure du jour. 1/6e du temps entre midi et le coucher du soleil : le début de l'après-midi.

chevilles. Il les remonta d'un geste insouciant, les deux index en crochets dépassant des bandages. Malgré cette mise négligée, malgré la cannetille d'or cuivrée qui lui emprisonnait les joues et le menton, malgré sa tignasse en coup de vent et les menues feuilles de haie qui s'y étaient prises, il avait cette grande allure, une façon de porter la tête, de poser la voix pour dire « Adieu, cousin », de bouger même, qui à ceux de son entourage conférait quelque chose d'empoté, d'étriqué.

Il avait cependant fière tournure, Miliau de Trézhuel, et son cheval il l'avait fait beau. Ah ! Il partait en grand seigneur, pas en hobereau contrit qui détale devant ses vainqueurs ! Le Noir, houssé d'or et de sable, roulait à la face d'Isaine des yeux et des naseaux à donner le cauchemar à moins hardie qu'elle. Le cavalier était vêtu de jaune safran, une cape puce aux épaules, sur le chef un chaperon jaune couvrant le camail – précaution contre les mauvaises rencontres ? – s'ornait d'une plume de paon. « Diable ! songeait Gosselin, qui retenait un sifflement d'admiration gouailleuse, fichtrement bien atourné, le cousin ! »

Par cet après-midi frisquet, cela vous mettait un air de fête, cela faisait flamber l'air par taches.

Isaine avait lâché Le Noir, après avoir de son frère reçu un baiser rapide sur le front, s'était reculée jusqu'au groupe que formaient Geoffroy Guillaume et Garin, Basilie Jeandeleur et le père Isselbert, John Chandos, qui discrètement veillait depuis le matin à ce que ne survienne aucune escarmouche.

Gosselin et Miliau demeuraient face à face. Puis Kerrud s'effaça avec un haussement d'épaules, un faciès grave, fit du bras le geste d'ouvrir la route au sire de Trézhuel, son cousin. On sentait que ces deux-là n'auraient plus rien à se dire avant longtemps. On sentait aussi qu'ils n'avaient pas tout dit, que l'essentiel restait entre eux. A résoudre.

Miliau Le Hac éperonna, rejoignit le train de ses gens au pas digne de sa monture. Ce fut au moment où Gosselin donna l'ordre de relever le pont que tout se détraqua.

On vit la robe du Noir, la cape de Miliau, tournoyer de l'autre côté des douves. Une volte-face précise, rapide, l'animal aussitôt fondant au grand galop sur le pont dont les chaînes tremblaient déjà, où la pétarade des sabots ferrés éclata en tonnerre.

Stupéfiés, réduits à l'inaction par l'époustouflante rapidité de la scène, tous virent Gosselin bondir en arrière pour éviter d'être renversé et piétiné, se retenir à l'un des piliers sous le préau de la forge. Dans le même temps, se baissant sur sa selle, Miliau rafla d'un bras sa sœur médusée à la barbe de ceux qui l'entouraient, statufiés ; l'enleva dans les airs, la jeta devant lui sur l'encolure de la bête, jupes par-dessus tête, et repartit d'où il avait surgi dans des gerbes de boue, des éclaboussures d'eau de flaques et la vaste ovation de saisissement de tous ceux qui se trouvaient là.

Cependant, le pont montait toujours et la herse descendait dans un grincement, un cliquetis, tout un mâchement de ferraille et le râle du bois lourd dans les rainures de pierre, un craquement sourd de navire chahuté. Miliau et Isaine passèrent sans trop de peine.

On vit alors débouler à leurs trousses Gosselin, qui avait enfourché son Guingamor, lequel attendait, sans harnachement, une couverture sur le dos, son tour pour être ferré de neuf. Il survint en tempête, lancé telle une furie, hurlant qu'on baisse le pont et qu'on relève la herse avant qu'il aille s'y aplatir avec son cheval. Mais pont et herse étaient presque à moitié de leur course, ne repartirent que péniblement en sens inverse après s'être arrêtés en vibrant dans un grand écrasement crissant de machine malmenée.

Un silence complet tomba sur Kerrud. On n'entendait plus que le cheval et les grands rouages du mécanisme.

Guingamor jeté à plein galop, rodé aux joutes, obéissant au doigt et à l'œil, vif et courageux, escaladait la pente raide, gluante de pluie, son cavalier couché sur le garrot pour éviter les dents du grand ratel. D'un bond pharamineux, ils franchirent l'espace entre le bout du pont et la berge. C'était prouesse et miracle et à l'intérieur, comme on ne les voyait plus, on les crut morts.

Au silence succédèrent aussitôt des cris d'émeute. En foule, on cavalait vers la porte. Isselbert Houarn s'était jeté à genoux et en prière, le registre de comptes abîmé devant lui dans la boue. Geoffroy Guillaume longeait les murs au pas de charge pour éviter le gros de la mêlée et grimper au chemin de ronde d'où l'on avait toute vue. Derrière Garin Jeandeleur, tout le monde courait, Basilie ramant dans la presse à vastes signes de croix tout en suivant le flot. Prudent, Chandos attendait que le pont retombât pour lancer ses guerriers au secours du seigneur de Kerrud.

Guingamor ébroué, vigoureux sur ses quatre pieds, Gosselin bien solide sur son dos, filaient derrière Miliau et sa captive, remontant la caravane des gens de Trézhuel.

Mais le matois cousin à la plume de paon avait élaboré son plan. Il ne s'agissait nullement d'une foucade de dernière minute. Dès qu'il eut avec son fardeau gigotant franchi les arbres en lisière du bois, une rangée de piquiers, armés d'épieux pour la chasse au gros gibier, protégèrent leur fuite.

Une première pique vint se ficher en vibrant dans l'herbe rase, après être passée à un pouce du poitrail de Guingamor, qui se cabra en hennissant. Puis ce fut une pluie drue de hampes empointées.

Gosselin fit reculer son destrier pas à pas, les traits ronflant à ses oreilles, le cœur lui battant dans la gorge. Folie que de s'entêter ! Il ne passerait pas, il y laisserait sa peau.

A demi évanouie dans les bras de son frère, les paupières dévorées de larmes, la bouche empâtée d'un singulier ragoût de jurons et de mots d'amour, Isaine entendit la belle voix sonore qui, en lui poussant au cœur un espoir féroce, la secoua toute.

Retenant par les crins du col son immense cheval, Gosselin gueulait :

– J'irai en Avignon ! J'aurai dispense du pape ! Je vous épouserai, Isaine de Trézhuel ! Promis ! Je vous épouserai !

DEUXIÈME PARTIE

Des gerfauts et des hommes

(Septembre 1362-avril 1363)

VI

Jean, fils de son père

– AMI Montfort, salut !

Jean de Montfort se retourna, l'air pénétré, ses sourcils dessinés d'un trait franc frôlés de contrariété. Une crispation légère effleurait ses lèvres aux lignes nettes.

Ce qui frappait de prime abord chez cet homme jeune – que malgré ses vingt-deux ans Edouard d'Angleterre s'entêtait à appeler « l'enfant Montfort » – c'était l'énergie des traits, la volonté du menton sans trop de finesse ni de lourdeur, la sobre et rassurante robustesse du corps et des membres, sans autre élégance que la simple et vraie noblesse. Altier sans arrogance, autoritaire sans tyrannie, juste et droit. Brave, pétri de ce courage qu'on attrape à se frotter à la vie rude.

Tel était Jean de Montfort ; tel il était pour son ami Gosselin de Kerrud.

Avec aussi cette intelligence vive, native, presque instinctive, qu'on décelait sur le front haut et lisse où des mèches drues et châtaines s'éparpillaient, qu'on lisait dans le regard calme et clair des yeux larges.

– Salut à toi, Gosselin Daouën. Et je suis heureux, sincèrement, tu le sais, de pouvoir dire enfin « de Kerrud » ! Il va falloir, ami, nous résoudre à la guerre. Dieu m'est témoin que je ne suis pas venu pour cela !

– Tu n'es pas venu, Jean. Ton tuteur Edouard t'a lâché. Comme on lâche un daim élevé en cage devant une meute ! Pardon, c'est le chasseur en moi qui parle ! Mais Charles de Blois et son épouse te feront courir loin et longtemps, et souffle court ! Ta « liberté », ton « épreuve » plus exactement, ce sont les deux rois, Plantagenêt et Valois, qui l'ont signée à Brétigny il y a deux ans. C'est contraint et forcé qu'Edouard t'a rendu ton duché. Il n'avait pas le choix, à cause du traité, du vingtième article de ce traité...

– Traité de fausse paix, Brétigny ! Les Valois ont sauvé leur couronne, car Edouard y renonce. Mais c'est en héritant trois quarts du royaume de France !

– Tu n'as pas encore appris, mon seigneur, que les traités sont tous et toujours marchés de dupes ? Des gribouillis, des griffonnages de vanité, d'hypocrites traces d'encre pour donner bonne conscience. Pour jalonner la guerre et l'horreur de repères imbéciles et sans effets, de bornes de faux repentir. Si les lois sont établies pour être détournées, les trêves sont écrites et signées pour n'être point respectées ! Et quant à la clause vingtième de ce fallacieux traité, qui engage les rois nos suzerains à œuvrer ensemble pour mener à un accord vos deux têtes de mules à toi et à Blois...

– J'ai toujours été prêt à accepter un accord. Tu sais dans quelles dispositions d'esprit je suis arrivé ici !

– Parfaitement. Partager la Bretagne. Chacun sa part. Un duc à Nantes, un duc à Rennes, et plus d'histoires.

– Sombre moquerie, Gosselin. Tu n'approuves pas ?

– Non. Pas du tout.

– C'est pourtant le seul moyen d'établir la paix, d'établir...

– Un compromis. J'ai les compromis en horreur. Et quant à la paix, Jean, c'est « ta » paix que tu veux. Le seul moyen dont tu disposes pour échapper à Edouard, pour être enfin maître chez toi, libre de tes actions et de tes décisions. Un souverain à part entière. Un homme à part entière ! Un...

demi-duc, dans un demi-duché !... Tu la maintiendras comment, ta demi-couronne sur...

– Ma tête de mule ? Tu parles comme Penthièvre ! Car si Charles de Blois n'a jamais assisté aux conférences, n'a jamais daigné engager le moindre débat, c'est qu'il y a derrière lui – comme toi derrière moi – cette épouse intransigeante qui ne décramponnera pas une miette de sa Bretagne ! La paix, Gosselin, il nous la faut ! Sans quoi, de cette terre que tu parais aimer jalousement et plus que je ne le ferais moi-même, il ne restera plus rien bientôt que cendres et charognes, qu'Edouard d'Angleterre pas plus que Jean de France ne voudront encore effleurer de la pointe de leurs poulaines ! Et pour ce qui est du reste de tes arguments, je te pardonne tes écarts de langage.

Gosselin alla plier son grand corps dans l'encoignure d'une banquette de fenêtre et grognonna :

– La vérité ressemble toujours à un écart de langage.

Jean fit mine de n'avoir rien entendu et reprit posément :

– Nous sommes le jour de Saint-Michel. Je nous octroie deux années pleines pour obtenir cette paix. Que l'un ou l'autre, de Blois ou de moi-même, l'emporte, ou bien qu'il y ait deux Bretagnes, Gosselin de Kerrud, l'hommage du duché demeurera au roi de France.

Gosselin leva la tête et ricana :

– Et qui sera alors ce roi de France ?

– Pas Edouard, frère. Pas Edouard. Il a renoncé. Définitivement. La mêlée pour la couronne de France est achevée, Gosselin, ou le sera bientôt. Mais la lutte qui a pour enjeu la Grande Duchée d'Armor perdure.

Gosselin se leva, s'étira à gestes mesurés, soupira profondément et dit :

– La Grande Duchée d'Armor... ton tuteur Edouard ne lui a certes pas fait tout le bien que le parti de ton père, en s'alliant à lui jadis, en escomptait. Mais elle est nôtre et tienne avant tout, c'est vrai. Je continuerai à me battre pour notre Bretagne, pour qu'elle te revienne...

– Toute ou partie ? railla Jean de Montfort.

– Pour qu'elle te revienne. Pour qu'elle sorte libérée à la fois de la mainmise de France par le biais de Charles de Blois et de la poigne de fer dont l'étrangle Edouard sous prétexte de protection. Le beau secours, par saint Georges, que celui du poignard qui achève le blessé pour ne plus qu'il souffre !

– Le beau chevalier de Bretagne, qui jure par saint Georges en parfait anglais !

Mais Gosselin avait à peine entendu. Les bras tendus au-dessus de sa tête, appuyé du bout des doigts au manteau de la cheminée, il regardait s'écrouler les braises.

Voyant ses mains blessées, Jean de Montfort lui demanda :

– Souvenir de Kerrud ?

Il faillit répondre « Souvenir d'une dame », mais se reprit :

– Souvenir de Kerrud.

– Tu te souviens de ce que je te disais quand nous étions en Angleterre ? « Tu retrouveras Kerrud quand je serai duc de Bretagne. » Ce n'était pas un ordre. C'était raison. Mise en garde. Défie-toi de l'impatience, Gosselin.

Kerrud se détourna brusquement de la cheminée, lança ainsi qu'à l'étourdie :

– Au fait, Jean, j'étais venu te dire que je partais demain pour Avignon.

Jean dissimula un sursaut. Gosselin de Kerrud arrivait toujours pour vous dire qu'il partait. Généralement en coup de vent. Pressé. Il entrait en trombe, vous annonçait qu'il ne restait pas. Un homme en mouvement, spontané mais peut-être trop timide ou trop orgueilleux pour avouer qu'il venait à vous par plaisir, qu'il désirait et appréciait votre compagnie. L'existence de cet être était un singulier et fort contradictoire mélange d'élans et de retenues, de projets ébouriffants et de progression méthodique. Ce Gosselin de Kerrud avait un temps à lui. Un temps à lui et une tête de bois. Qu'on la lui sculpte au ciseau avec patience ou qu'on la lui équarrisse à la hache avec acharnement, il avait une façon de garder intacte son idée première qui laissait pantois, qui exaspérait. Cette sereine constance, cet imperturbable mépris souriant, son insolence même, désarçonnaient. Et Jean, qui le connaissait depuis l'enfance, se prenait souvent à songer que cet homme qui se disait indépendant pourrait bien n'être qu'égoïste.

– C'est depuis Avignon que tu comptes te « battre pour notre Bretagne, pour qu'elle me revienne, pour qu'elle sorte libérée... » ! Il va y avoir foule en Avignon, cet automne ! Ce pauvre souverain pontife ne va plus savoir où donner de la tiare ! La croisade, toi aussi ? Tu accompagnes le bon roi Jean de France, qui ne jure plus que par sa croisade, alors qu'entre nous soit dit, il devrait y avoir plus urgent...

– Je vais chercher une dispense de mariage.

– Pour toi ?

– Pour moi.

Ce n'était déjà plus de l'étonnement qu'on lisait dans le regard et sur toute la physionomie de Jean de Montfort, mais un sentiment où hilarité et colère subtilement mêlées formaient un alliage dont le mot n'avait pas encore été inventé.

– Et cela t'a pris comme ça ?

– Ah, oui. Comme ça.

– Et tu ne...

– Non. Je ne changerai pas d'avis. Je pars demain, en Avignon, obtenir du Pape une dispense pour me marier.

– Obtenir ! Obtenir ! Mais sacré bon sang ! J'ai besoin de toi, Gosselin ! J'ai besoin de toi dans cette guerre ! Besoin de tes bras, de tes gens ! Besoin maintenant ! Se marier ! Ce n'est pas plus l'heure de se marier que de faire une croisade ! Est-ce que je me marie, moi ? J'ai juré devant témoins, la main droite sur l'Evangile, de n'épouser qui que ce fût ni en nul temps sans le consentement du roi d'Angleterre. J'ai signé. Je n'épouserai personne avant que la paix soit revenue en Bretagne. Et toi non plus, Gosselin de Kerrud ! Nous avons une guerre à faire, tu t'en souviens ? Vingt ans que je l'attends, cette guerre ! Sans la désirer, je l'attends. Pas toi ? Plus toi ? Nous battre, Gosselin ! Pas faire la noce ! Plus tard. Tu as voulu Kerrud, tu l'as repris sans attendre. Très bien.

C'est une place reconquise sur l'ennemi. Mais tu n'iras pas en Avignon et tu te marieras...

– Quand tu seras duc de Bretagne. Non. Je ne suis plus votre écuyer, Jean de Montfort. Vous m'en avez délié. Je ne vous dois plus que respect et amitié. Je partirai, j'aurai cette dispense et je me marierai. Adieu.

VII

Les cœurs contre nous endurcis...

– MILIAU ? Ma robe rouge, c'est toi qui l'as mise dans le feu ?

Elle connaissait la réponse mais elle voulait l'entendre de la bouche du coupable. Elle aimait les situations nettes, Isaine. Or celle-ci ne l'était pas.

– C'est moi. Tu connais, je suppose, la raison qui m'a dicté ce geste ?

La raison ? Si raison il y avait à tant de déraison, elle la savait. Cependant, pour le pousser plus loin, l'obliger à se dévoiler sans mots couverts, elle plaisanta :

– Parce que nous sommes assez riches pour nous offrir des robes de velours cramoisi, les porter une fois et les brûler ensuite.

Il se précipita sur sa sœur, lui serra les deux bras dans ses larges mains dures, lui souffla au visage d'une voix qui tremblait :

– Parce que je ne veux plus te voir accoutrée de la sorte, ni en ma présence ni autrement ! Parce que je refuse et abhorre que quiconque puisse jamais engluer ses regards à ton corps comme s'il était nu ! Parce que je n'ai qu'une sœur et qu'elle est à moi seul !

Elle n'avait pas baissé les yeux ni même pincé les lèvres, attentive qu'elle était, bien moins à ce qu'il disait – et que de manière ou d'autre, pour une cause ou une autre, elle avait déjà entendu cent fois – qu'à ce qui se passait en elle ; à cette vibration chaude qu'elle éprouvait, à cette douleur agréable, doucereuse et maligne, qu'elle ressentait sous ces dix doigts reclos sur elle comme des serres. A ce vertige qui la saisit quand, légèrement haletant, les yeux noyés d'une eau de trouble qu'elle n'y avait jamais entrevue, il approcha ses lèvres des siennes.

Il l'avait bien souvent, presque chaque fois, baisée ainsi aux lèvres. C'était baiser de grande fraternité, de belle et pure amitié. Aujourd'hui, elle le sentait autre. Elle se sentait autre.

Il était pâle et sa beauté tourmentée souffrait ; criait quelque chose qu'elle refusait d'entendre, qu'en même temps elle appelait, ainsi que par désespoir ou excès de douleur on appellerait la mort ; par désir d'inconnu et par peur. Un instant elle trembla, ferma les yeux et se sentit tomber. Il lui enserra la taille brusquement et la plaqua contre lui : ainsi faisait-il toujours pour la défendre. Leurs deux cœurs étaient à se toucher, s'épiaient, s'écoutaient caracoler de chaque côté des cloisons de chair.

La voix de Miliau fut blême d'inquiétude :

– Qu'est-ce que tu as ?

Elle n'eut pas le temps de répondre. Un vacarme d'enfer se faisait entendre et venait vers eux. C'était le père qui rentrait.

Instant redouté. Instant arrivé.

Il avait été mis au fait de ce qui s'était passé à Kerrud. Depuis les écuries où il avait laissé son destrier, jusqu'à la salle où Isaine et son frère se tenaient – se « tenaient » était bien le mot ! –, il ne fut pas un objet qui demeurât à sa place première, en sa forme d'origine. Tout ce qui se trouva sur son passage, il le brisa, le tordit ou le jeta à terre.

D'instinct, Miliau avait plaqué sa sœur contre le mur, s'était campé devant elle, bien d'aplomb sur ses jambes écartées, les bras croisés, la tête haute, l'œil rivé sur la porte, tous les sens au garde-à-vous, ne perdant pas de l'idée qu'une dague était sur le coffre, à portée de geste. Il attendait le père.

Il vint. Ou plutôt, il se répandit dans la salle, pareil à la vague un jour de tempête, à l'ouragan, au feu du ciel.

Il éboula encore quelques meubles gênants, culbuta du pied un chandelier dont il écrabouilla les chandelles, puis se tint immobile, chancelant, écumant devant son héritier impénétrable. La première idée de Miliau fut de lui demander d'une voix suave telle qu'il savait s'en faire une :

– Père, n'êtes-vous point trop fatigué de votre voyage ?

C'était d'une ironie mauvaise, d'un humour plus que douteux, et l'autre en resta coi.

Il était grand, Onfroi, et large, et fort bel homme, et tout vêtu de pourpre. Ses grands yeux noirs, profonds, aux sourcils drus en accents circonflexes, brûlaient d'un feu dévorant. Sur sa tête aux traits autrefois harmonieux, aujourd'hui marqués de haine et d'efforts vains, d'une douleur vivace qui leur donnait toute leur singulière et séduisante force, sa chevelure longue, épaisse, explosait telle une crinière ténébreuse dans laquelle l'âge et les tracas avaient mis des fils d'argent cru. Fut-ce un sourire, fut-ce une grimace, qui découvrit ses belles et solides dents de carnassier en chasse ?

Derrière lui, les chiens de Miliau étaient entrés : quatre molosses à la robe tachée de blanc et de noir, comme les génisses, aux poitrails gonflés de muscles, aux flancs puissants, aux queues battantes tels des fouets de torture ; aux babines pendantes, mousseuses, retroussées sur des roseurs de viande, sur des crocs de prédateurs cruels. Ils aboyaient tous à la fois, faisaient retentir les pierres de leurs voix caverneuses, profondes, vibrantes de joie sauvage et sotte, qui se répercutaient jusqu'aux plus hautes salles du donjon.

Onfroi les fit taire d'un coup de semelle sur les dalles. Les animaux s'en allèrent coucher, la queue rivée au ventre, à petits pleurs soumis de géants incompris, les flancs battus de rauques souffles pénitents. Un seul releva sa belle tête carrée pour grogner un reproche, la confirmation d'un pouvoir animal sur un pouvoir humain.

Cette noble rébellion donna à Miliau le courage de prendre la parole avant que le maître ne la lui tarisse par violence :

– Nous ne reprendrons pas Kerrud, père. Jamais. Il suffit de ces haines, de vos rages. Il suffit ; et cette fois nous ne sommes pas de taille ! Gosselin est revenu. Pas seul. Pas faible. Nous lui laisserons son bien et nous vivrons en paix. Il y a d'autres combats à livrer, d'autres victoires à obtenir que celle qui consiste à spolier ceux de sa famille par amour déréglé du gain, par vaines et tardives vengeances sur des défunts, par seule gloutonnerie de pouvoir. Kerrud est à Kerrud et y restera dorénavant et pour jamais !

Il aurait bien continué ainsi pour prendre tout l'espace, n'en laisser nul vacant où le père pût glisser un seul mot. Mais il était comme essoufflé et avait grande conscience de la vanité de ses déclarations.

L'autre, le grand, le fort, le large, le tout couvert de pourpre, éclata d'un rire qui le ploya sur ses reins, arbre battu au vent mauvais. Un rire qui montait, descendait, et remontait encore, avec des « ha ! », avec des « ho ! » et de gros raclements de gorge, et qui faisait tinter l'air et les choses comme cloches, pointer les oreilles des chiens, filer le long des murs quelques ombres effarouchées. Puis le rire cessa net. La larme aux paupières, les paupières mi-closes, il prononça d'une voix grave et lente, terrible dans sa douceur :

– Noiraud couard. Belle âme sans consistance. Sot imbécile sans nerfs et sans tripes. Est-ce là mon fils ? Mon fils ! La chair de ma chair ; l'espoir de ma race. Tu langagies, Miliau Le Hac – j'ose à peine dire « de Trézhuel » ! –, tu langagies comme un petit écuyer minable qui a peur de l'orage. Comme un étroit coquin ; un chevalier de poésie, pour pucelles, qui a trouvé un os dans son blanc de poulet ! Disparais de ma vue, tu me tournes le cœur et l'estomac ! File d'ici avant que je ne sois par trop tenté de te clouer d'un coup d'épée à ta honte, d'où tu pendouillerais du haut de ta stupidité. File, Miliau, file.

Ce n'était plus une voix, c'était un souffle. Les derniers soubresauts de l'écœurement, de la désespérance. Il s'était affalé de tous ses muscles, de toute sa force relâchée, entre les bras d'une cathèdre où il restait pantelant, ses longues jambes bottées de fauve étalées devant lui, les bras ballants aux accoudoirs, la tête renversée et les paupières closes sur une rage rouge qui partait au petit trot, dont il voyait la queue et sentait encore l'haleine lui glacer les tempes et les reins. Les somptueuses étoffes de ses habits roulaient autour de lui des vagues molles et sanglantes. Sa large poitrine se soulevait avec contrainte, ses narines palpitaient et ses lèvres béaient sur des mots envolés.

Il était là, comme aplati d'incohérence ; sa prestance s'en trouvait tassée, éparpillée, et par là même touchante. Cet homme de grand courage, sinon de haute vertu, perdait une illusion et en se détachant, en s'échappant de lui, elle faisait comme un « plof ». Et ce « plof » faisait mal, lui arrachait un lambeau de fierté, une page d'orgueil. Avec un cri. Un long cri.

Cependant, Miliau n'avait pas bougé. Il était pâle. Isaine s'était glissée à ses côtés et lui avait pris la main pour montrer qu'elle était avec lui soudée dans l'adversité.

Tous deux contemplaient la grandiose et subite fatigue de leur géniteur, le seigneur de Trézhuel. Ils avaient appréhendé son retour et se sentaient à présent, dans une certaine mesure, rassurés qu'il soit à nouveau près d'eux. Mais pouvait-on dire qu'Onfroi Le Hac fût jamais « près » de quiconque ?

Il n'y avait que lui pour remplir l'espace, pour s'approprier des parcelles de temps. Cet homme ne respirait pas, il s'empiffrait d'air. Cet homme ne marchait pas, il foulait, il écrasait. Sa main était faite pour poindre, étreindre, briser ; des caresses, elle ne connaissait que le brûlant, le fiévreux, l'extrême. Qu'il se mette à parler, c'était le tonnerre, la grêle ou bien le carillon de cent bourdons maniés par cent sacristains fous, selon que la colère ou la joie le portait. Son rire vous secouait, vous faisait courir le long de l'échine un frisson qui ne devait rien au plaisir : il sonnait comme désordre et un rien de démence.

Avec cela cependant, un homme courageux. Mais est-il courageux celui qui ignore la peur ?

Onfroi, sire de Trézhuel, avait la force lourde et la puissance du sanglier, aussi sa ténébreuse haine et son inquiétante beauté. Il prétendait ne redouter que Dieu, n'aimer personne hors peut-être le roi et sous réserve le duc. Il ne désirait qu'une seule chose au monde : posséder. Il ignorait l'estime, la confiance. Peut-être parce que lui-même ne s'estimait pas, n'avait en lui aucune confiance, ne s'aimait pas ?

Isaine se l'était parfois demandé et se le demanda encore.

Isaine détestait l'inaction ; c'était chez elle comme un vice. Elle ne pouvait supporter de demeurer immobile plus d'un instant sans en éprouver comme un tiraillement de la conscience. Elle lâcha donc la main de son frère et s'en vint à pas menus, quoique sans crainte véritable, relever le chandelier, lancer au feu les chandelles de cire jaune écrasées qui se mirent à fumer, ramasser le chapeau de voyage que son père, dans sa fureur, avait jeté.

Les fumerolles piquantes de la cire brûlée vinrent extraire Onfroi de sa léthargie songeuse. Il se redressa d'un bond, le regard courroucé du taureau qu'un taon a piqué sous la queue, toussa, cracha plus qu'il ne dit :

– Revenue aussi, la bonne petite ménagère ! Bien sûr ! Viens un peu ici, fille, tu ne m'as pas salué comme il se doit à une pucelle aimante et respectueuse.

Quand elle fut près de lui, droite et l'œil clair, claire sur toute sa personne où rien ne vacillait, il l'envisagea le front plissé, l'œil dur et pénétrant, les lèvres sévères. A une lueur fugitive, presque douce, presque bonne, aperçue tout au fond de son grand œil noir, elle crut qu'il allait fléchir.

Ce fut elle qui fléchit, et tout d'un coup, et d'un seul morceau. Car l'agrippant des deux mains gantées aux épaules, il l'écrasa à genoux devant lui. Puis, sans un mot, sans la soulager de son regard, il se rassit et lui tendit ses bottes pour qu'elle les lui retirât.

Elle s'exécuta tout en restant sur ses gardes car elle craignait le coup de pied au menton. Cela lui était déjà arrivé, et plus d'une fois. C'était un jeu qui amusait beaucoup Onfroi, surtout quand elle était petite : elle tirait sur la botte, à califourchon sur la jambe paternelle et lui, d'un coup brusque, levait la jambe, l'envoyant ainsi s'affaler sur les dalles. Jeu qui n'amusait du reste que lui ! Elle pouvait s'attendre à tout, y compris à ce qu'il l'envoie d'un coup de talon rejoindre les bûches dans l'âtre !

Mais Miliau veillait. Elle se sentait en relative sécurité car, aussi peu probable que cela parût, Onfroi craignait Miliau. Il se trouvait avec lui assez de ressemblance pour mesurer de quoi il serait capable, le cas échéant. Il savait aussi quel amour puissant et aveugle il vouait à sa sœur et se gardait en général de la trop brusquer en sa présence. D'ailleurs, que son fils fût resté alors qu'il l'avait sommé de partir en des termes si nettement sentis, ne l'étonnait qu'à peine et il ne songeait plus à renouveler son ordre de repli.

Quand les bottes furent ôtées, quand il eut devant elle rejeté les épaules avec un bref et sec mouvement de tête, pour lui signifier qu'elle devait lui prendre son lourd manteau de voyage, quand il se retrouva en chausses et en justaucorps de beau drap de Flandres et dans toute l'harmonieuse majesté de son corps robuste, rompu aux chevauchées et aux combats, il se fit apporter à boire et de quoi se restaurer.

– Puisque tu n'as pas daigné m'obéir, fils, prononça-t-il d'un ton rogue, reste et causons !

Il fallait bien qu'il eût le dernier mot. Du moment qu'il lui avait ordonné de rester, il n'était plus pris en défaut ; son autorité, son pouvoir, étaient intacts.

– Tu as commis une faute grave, Miliau. Impardonnable. Mais... de manière à ce que je puisse te pardonner, tu vas la réparer. Nous irons, toi et moi, reprendre Kerrud.

Miliau hasarda-t-il l'ombre d'un mouvement de lèvres qui

lui déplut ? Onfroi abattit son poing sur la table en parlant d'un ton doux qui démentait son geste :

– Nous reprendrons Kerrud comme nous l'avons pris autrefois.

Cette fois Miliau fit du bruit à son tour et dit, un peu plus fort qu'il ne l'aurait voulu lui-même :

– Non, père ! J'ai là un acte écrit, signé par Gosselin de Kerrud, mon cousin, et par moi-même, qui m'engage...

– On ne s'engage à rien, avec aucun Kerrud ! Jamais, tu m'entends ? Jamais !

Puis se radoucissant, toujours à dessein :

– Et où est-il cet acte, hein ? Je le veux voir céans et de suite ! Il est mauvais de parler sur du vide, sur des riens. Je veux voir. Qu'on me l'apporte.

Et comme Miliau faisait mine d'y aller, car il avait serré le parchemin dans le coffre de sa chambre, Onfroi l'en empêcha d'un geste tranchant, d'une voix qui tailladait :

– Reste ici. Toi, Isaine, va ! J'ai moins confiance en ce petit chevalier sans entrailles qu'en l'un de ses chiens pour ce genre de besogne !

Isaine apprécia qu'on l'estimât un tout petit peu plus qu'un chien et se sentit en joie à l'idée qu'une pareille mission allait lui offrir l'occasion d'échapper quelques instants à l'atmosphère oppressante de la salle.

Elle partit en courant, gravit les marches de pierre qui conduisaient à la chambre de son frère puis, essoufflée, se laissa tomber à genoux devant le coffre, sur les poils rêches et chauds d'une peau d'ours des Pyrénées. « C'est loin, les Pyrénées », pensa-t-elle. Mais à cet instant-ci elle aurait donné tout ce qu'elle avait, hors l'amour de Gosselin, pour s'y retrouver transportée par magie, au pays des ours !

Elle leva le lourd couvercle, après y avoir fait grincer la clef, y prit l'acte roulé et scellé qu'elle ne put s'empêcher de dérouler et de lire.

Son cœur battit plus vite encore. Oh ! pas à cause du contenu de l'acte, non, bien sûr ; parce que c'était là l'écriture de Gosselin, parce que sa main si chère, abîmée par sa faute, y avait tracé ces signes. Une grande douceur, une grande faiblesse l'envahirent et elle sentit des larmes lui monter aux yeux, lui ravager la gorge.

– Gosselin, Gosselin, mon amour, murmura-t-elle en baisant la grande écriture brune.

Puis elle se trouva sotte, enroula l'acte et referma le coffre.

Ce fut alors qu'une chose insolite frappa son regard. Quelque chose qu'elle n'avait pas vu tout à l'heure et qui à présent lui sautait aux yeux.

C'était, dans la poussière grise laissée par le souffle des grandes flambées de cheminée, cette fine poudre de bois brûlé qui s'étend sur toutes choses, des signes tracés maladroitement, comme par un doigt d'enfant. Mais un doigt à la fois lourd, qui appuie, et hésitant, qui tremble et qui sait mal écrire. Et ces signes disaient : ISAINE DE TREZHUEL N'EST PAS ISAINE DE TREZHUEL.

Elle en fut confondue et impressionnée à tel point que, d'un revers de manche rapide, ainsi qu'on chasse une bestiole dégoûtante qui vous met le frisson, elle effaça le sibyllin message.

Elle sauta sur ses pieds, sans refermer la porte, courut à l'escalier son rouleau de vélin au poing et revint à la salle.

Si c'était Miliau qui avait écrit cette assertion stupide – or cela ne pouvait être que lui –, il savait en effet tracer les lettres de son nom et de celui d'Isaine. Pour le reste, il avait dû se ravager la cervelle ou copier çà et là, peut-être dans le texte écrit par Gosselin ? Elle essaya d'en rire mais le rire venait mal, ainsi que d'un air de chanson qu'on croit savoir et qui sort faux.

Quand elle se présenta devant son père avec l'acte, celui-ci le lui prit des mains et en deux enjambées, sans le lire ni même l'ouvrir, le confia aux flammes de l'âtre, où il flamba immédiatement en se tordant et en pleurant.

Isaine avait eu un mouvement, non vers la chose précieuse que représentait ce traité de paix entre leurs deux familles, mais vers la chose infiniment plus précieuse qu'était tout ce qu'elle conservât de Gosselin en souvenir. Tout ce qu'elle conservât de Gosselin ? Non. Car dans elle, elle en était sûre maintenant au bout de deux mois passés, un autre petit Gosselin poussait tel le blé vert sous le champ noir d'hiver. Grand bonheur et grande peine ! Si Gosselin ne revenait pas bientôt pour l'épouser ainsi qu'il l'avait promis... Elle préférait ne pas imaginer ! Elle ferait tant qu'elle pourrait, mais dans encore deux mois il ne lui serait plus guère possible de dissimuler son état.

A ce geste de son père, qui équivalait à une déclaration de guerre contre Kerrud, Miliau avait bondi et se tenait les poings serrés, prêt à frapper, outré de colère devant le sire de Trézhuel.

– Vous êtes...

– Quoi, fils, je suis quoi ? demanda l'autre d'un ton si tranquillement froid qu'il vous assommait mieux qu'un coup de masse d'armes derrière les oreilles. Je suis quoi, d'après toi ? Hein ? Fou ! Non, fils, non. Rengaine tes petits poings nerveux. J'essaie seulement de recoller les morceaux de ton inconséquence. Nous reprendrons Kerrud et facilement car je sais que le loup n'est point à la tanière ! Ah ! Je te vois t'ébaubir ! Tu te dis : le père n'est pas si fou, ou bien il a de grandes oreilles, bien fines, bien propres. C'est ça : de grandes oreilles et la langue bien taillée et fort bien avisée d'un écuyer fidèle, que j'avais heureusement placé à tes côtés pour te surveiller. Brave Rennequin, qui du temps que j'étais parti guerroyer ma guerre à moi, veillait à mes intérêts. Pas assez cependant, dommage. Il faudra qu'il paie cette défaillance ou bien qu'il se démène pour effacer sa faute. Passons sur Rennequin. Kerrud n'est pas à Kerrud mais au diable Vauvert, à savoir Avignon. Je vous demande un peu pour quoi faire ? Avignon, c'est loin. Kerrud, c'est à deux pas de chevauchée. Tu me comprends, fils aimé ?

– Je vous comprends, père. Mais Gosselin Daouën n'est pas le sot écervelé que vous en voulez faire. Son château est bien gardé.

– Par qui, gardé ?

– Une garnison anglaise, nombreuse...

– Bravo ! Des Anglais, j'en ai vu d'autres ! Et encore ?

– Des gens à Montfort...

– Donc des Anglais! Tu te répètes ! Tu patauges !

– Geoffroy Guillaume est avec eux. Daouën en a fait son capitaine.

– Ah ! Geoffroy Guillaume ! Tiens donc ! Ce corniaud agressif est toujours vivant. Raison de plus pour y mettre bonne fin !

Il se tenait debout entre table et foyer, Onfroi Le Hac de Trézhuel, les poings vissés aux hanches sur lesquelles brillait aux flammes une riche ceinture de chevalerie en boucles d'or ponctuée de pierres rouges, jaunes et vertes. Il brasillait de certitude, inébranlable dans ses propos, et ses deux enfants viraient et tournoyaient autour de lui, trop jeunes lévriers singeant l'hallali d'un vieux cerf.

A bout d'arguments, Miliau soupira, se passa les deux mains sur le visage qu'il avait en sueur, vint à la table où il vida d'un trait un gobelet de vin épicé pour se remettre du sang aux veines, reprit en s'efforçant au calme :

– Père, je ne sais si vous vous faites une juste idée de la situation. A Kerrud, ils ont Montfort avec eux. Et derrière Montfort, le roi d'Angleterre. Reprendre Kerrud par la force serait un acte de guerre et vous seriez en défaut.

L'autre leva les épaules, les yeux aux voûtes de la salle et s'emporta :

– En défaut ! Montfort, Kerrud, c'est même canaille éhontée ! Belle paire d'amis, en vérité ! Rebelles tous les deux à leur seigneur, à leur suzerain le roi de France ! Ce roi, mon roi, m'a donné Kerrud ! Kerrud est à moi ! A moi ! En le reprenant comme il l'a fait, Kerrud, ce Gosselin Daouën que j'avais expédié dans la gamelle du diable pour qu'il s'en fasse pitance, s'est à nouveau mis en position de félonie.

C'était, d'un certain point de vue, assez juste. Miliau était obligé d'en convenir. Cependant, désireux jusqu'au délire d'en finir une fois pour toutes avec Kerrud, de ne plus avoir à nuire à son cousin avant longtemps, plus en tout cas pour des querelles de territoire, de possessions, il argumenta :

– Quand le roi Philippe vous « donna » Kerrud, père, c'était pour le détruire. Comme dans toute rupture des liens de l'hommage pour raison de félonie, il fallait rompre un objet symbolique ou déchoir publiquement et par humiliation Kerrud de ses droits. Or, Gurval Daouën, mon oncle, était mort. Faute de quoi... restait le château. Comme objet symbolique, c'était de taille ! Vous n'avez rien détruit, père. Vous avez conservé Kerrud, pour vous. Kerrud et la dame Gwenn qui y habitait.

Il aurait pu dire, Miliau, tout ce qu'il voulait. Il aurait pu discuter, argumenter, finasser pendant cent jours, cent ans ou cent siècles ; il aurait pu aller jusqu'à l'insulte ou la menace, Onfroi serait demeuré de marbre, aurait contré les coups sans se lasser ni mettre un genou en terre. Tout au plus il aurait encore écrasé quelques objets ou éructé des mots un peu crus. Mais que l'on prononçât le nom de la Dame de Kerrud... c'était là un crime impardonnable et qui mettait en grand danger.

Onfroi devint livide, lui qui l'instant d'avant arborait les couleurs franches de l'homme plein de sang et de vie bouillonnante qu'il était. Voici qu'il avait le teint vert d'un mort, les traits figés d'un gisant.

On ne parlait pas de la Dame devant Onfroi. On n'en parlait plus. Jamais. Et Miliau l'avait fait.

Depuis 1343, depuis cette nuit d'épouvante du 14 février, Onfroi de Trézhuel avait cru tenir Gwenn Daouën de Kerrud à sa merci. Enfin ! Il l'avait toujours aimée, désirée, passionnément. Il l'avait toujours préférée à « l'autre », cette Rozenn insipide et pleurnicharde qui l'avait accaparé pour ses biens ; la sotte femme !

Il aimait Gwenn comme un fou et lui en voulait à mort d'avoir choisi Gurval Daouën de Kerrud plutôt que lui. C'était aussi pour cela qu'il lui avait arraché son petit : pour la faire souffrir, pour lui ôter tout souvenir de Gurval. C'était par amour pour Gwenn qu'il haïssait Kerrud d'une implacable détestation.

Il en voulait à mort à Gwenn de ne pas l'avoir choisi. Il en voulait à mort à Gurval d'avoir été choisi. Il en voulait à mort à Rozenn, son épouse, de ne pas être Gwenn. Et au bout de toutes ses volontés de mort... il était resté seul. Tous étaient morts ! Tous les trois. Rozenn, emportée par la peste, Dieu ait son âme, la terne, la plate Rozenn ! Gurval, d'un stupide accident de chasse, le diable l'emporte et ses remords avec ! De cette mort-là, il était assez fier !... Gwenn était morte. Impossible, invivable, impardonnable mort ! Oh ! Gwenn...

Un brouillard devant les yeux, à la bouche un goût de sang, par tout le corps les fourmis en myriades de la passion confuse, d'un cœur massacré qui se jette en avant pour abattre l'obstacle, le souvenir, la peine infâme, la douleur sans nom ni visage. Etreindre le vide ou tuer un homme... quelle vanité ! Comme il aurait été bon si elle l'avait aimé ! Elle ! Il ne fallait pas parler d'elle. Et Miliau l'avait fait.

Miliau le vit fondre sur lui comme une bête folle et put à peine parer le coup. Ils roulèrent ensemble sur le sol, le père sur le fils, grognant et cherchant à se faire mal comme des loups, comme des fauves, comme des démons.

Les chiens s'étaient remis à aboyer. Dressés sur leurs pattes musculeuses, ils se tenaient à distance et se contentaient de donner de la voix.

Isaine avait vécu suffisamment d'autres pareils moments de douceur familiale pour ne point trop s'émouvoir de ce pugilat ! Elle saisit son père aux cheveux, les deux genoux appuyés à ses reins, tira de toutes ses forces arc-boutées. Il poussa un cri rauque, se secoua pour se défaire de cette harpie et toute sa rage se retourna contre elle.

– Cesse de te mettre entre nous, femelle ! hurla-t-il d'une voix qui ressemblait au brame du cerf.

Et de se ruer sur elle à coups de poing, de pied. Elle crut que la tête allait lui tomber du col quand il la gifla ; sa lèvre éclata tel un fruit. Il la secouait si fort qu'elle tomba et tandis que Miliau le retenait en beuglant qu'il allait l'assommer, l'étriper, l'occire en bref, et qu'il appelait à l'aide, Onfroi qui ne se sentait plus lui-même envoya sa fille rouler sous la table d'un coup de pied au ventre.

Des pas couraient, de partout on accourait. Quelqu'un fit sortir les chiens et Rennequin de Ferveyant parvint à calmer son maître ou du moins à lui faire reprendre quelque sens.

Isaine gisait, comme morte. Elle ne bougeait plus. Elle osait à peine respirer. Elle poussa un grand cri. Un seul. Et puis se tut. Et ce cri, c'était la douleur ; pas celle du corps : le chagrin et le soulagement.

Quelqu'un l'avait quittée. Pour toujours. L'enfant de Gosselin s'en était allé. Il ne fallait pas qu'elle perdît connaissance. Il ne fallait pas qu'on l'emportât. Il ne fallait pas que quiconque vît et sût. Personne pour l'aider, personne !

Elle rampa, rejetant Miliau avec un semblant de douceur, une voix si blanche qu'elle en était transparente, qui se voulait rassurante. Elle se traîna jusqu'au mur, s'y appuya et se remit sur ses jambes tremblantes.

Miliau était près d'elle et comme il ne regardait que son visage tuméfié, sanguinolent, il ne voyait rien d'autre, n'imaginait rien d'autre.

Elle rassembla toute son énergie et, marche après marche, elle parvint jusqu'à sa chambre, deux servantes la soutenant, que Rennequin avait envoyées à son secours. La porte atteinte, elle la claqua au nez des meschines [1] interdites, donna deux tours de clef et tomba, au fond d'un grand trou noir, sur la jonchée de fougères.

---

1. Servantes.

VIII

Le petit pain de l'ange gardien

ELLE y resta si longtemps dans le puits noir sans fond, sans eau, qu'elle y perdit jusqu'à la notion d'elle-même. Une moins forte, une moins solidement constituée, serait morte de l'aventure. Pas Isaine. Elle se réveilla.

Ainsi était cette nature, avec Dieu dans Sa grâce pour veiller sur elle.

Il faisait nuit profonde quand elle ouvrit les yeux et elle aurait pu se croire évanouie encore si à la fenêtre elle n'avait aperçu une étoile. Elle fixa cette étoile comme un clou de salut, un joyau bienfaisant qui dans sa douce, lumineuse et lointaine magie lui envoyait un fil à remonter le cours de la vie, à la reprendre en main. A se reprendre en main.

Tout était silencieux. Personne n'était venu. Oh ! Ce ne serait pas pour elle qu'Onfroi de Trézhuel démolirait une porte ! Elle n'avait au reste nulle envie de le voir. Tout le monde devait la croire enfermée par caprice, par vexation et bouderie, méchante fille qu'elle était !

Elle ne souffrait qu'à peine, mais était tout endolorie et sa figure cuisait comme si on la lui avait ointe de vinaigre. Sa tête était chaude, ses tempes bourdonnaient d'un grand froissement qui ressemblait au bruit de la mer, lent, régulier, infini ; à celui du vent dans les feuillages de la forêt... C'était peut-être d'ailleurs le bruit de la mer, le bruit du vent dans les arbres ?

Elle essaya de s'asseoir, y parvint tant bien que mal, fut prise de vertige.

Dès qu'elle avait bougé, il lui avait semblé entendre de l'autre côté de la porte un léger frôlement. Elle écouta. Derrière le bois, elle en était sûre, on écoutait aussi. Miliau ? Non, Miliau aurait parlé, aurait appelé. Miliau devait être retenu en bas, peut-être sans soucis d'elle ? Elle fit un bruit, pour savoir : c'était avec sa main remuer les fougères sur le sol. Alors une toute petite voix s'insinua par les fentes du chêne :

– Damoiselle Isaine ? Damoiselle Isaine ? Vous êtes pas morte ?

Cet affolement fluet, cette question bizarre, la firent rire et ce rire réveilla une vive douleur dans son ventre. Elle se souvint. Elle pleura et les larmes lui firent du bien au cœur, du mal au visage en irritant ses égratignures. Elle vint à genoux tourner la clef dans la serrure.

– Ouvre, dit-elle.

La porte grinça et elle vit une toute petite tête qui la contemplait avec anxiété : de grands yeux sous un bonnet blanc que la flamme d'une chandelle jaunissait.

– Tu es qui, toi ? Une fée ? fit-elle mine de sourire.

– Je suis pas une fée, assura le bonnet blanc. Ma mère m'a dit qu'il fallait vous soigner. Que j'étais petite, qu'on me ferait rien. Le seigneur Onfroi y veut pas qu'on vous soigne. Le seigneur Miliau y m'a donné ça.

L'enfant lui tendit un flaconnet de terre cuite, vide, où persistait l'odeur d'un onguent.

– Qu'est-ce que c'est ? Où est mon frère ?

La petite fille renifla le flacon, haussa les épaules avec une moue puis articula, un doigt sur la bouche :

– Parti.

Miliau parti ? Mais où et pourquoi ? Et la fiole ?... Elle eut l'idée que peut-être il était allé chercher celle qui avait un jour fabriqué cet onguent : une femme, qui vivait dans la forêt. Une qu'on disait sorcière parce qu'elle guérissait les gens et mettait les enfants au monde. Brenda. On ne la connaissait que sous ce seul nom : Brenda. C'était elle qui avait accouché Rozenn de Trézhuel, pour Miliau, pour Guy et Morvan, et Erwan et Lug et Even, les pauvres défunts, et pour elle, Isaine. Oui, c'était peut-être cela : Miliau était allé chercher Brenda pour qu'elle la soignât, en cachette de leur père.

La fillette la tira par la jupe :

– J'ai de l'eau, dit-elle.

Et elle montra une grosse jatte de terre.

– Viens, dit seulement Isaine.

Elle referma la porte sur elles deux et sur la jatte. Dans un coffre il y avait du linge. Isaine se déshabilla et indiqua à la petite pucelle comment l'aider. C'était la Providence qui lui envoyait cette enfant. Ne sachant pas ce qu'elle allait voir, ignorant ce dont souffrait Isaine, elle ne dirait rien du minuscule enfançon en allé.

Elle se coucha. La petite fille près d'elle lui chanta une chanson et quand la bougie fut près de s'éteindre, Brenda entra. Seule.

Les courts cheveux de la femme lui faisaient une auréole hérissée. Son nez peignait une ombre triangulaire sur la petite bouche aux lèvres charnues, le menton replet piqué de duvet, qui ressemblait au ventre des canetons, posé sur quatre plis de cou que la crasse soulignait. Dans le visage sculpté et verni à toutes les tempêtes du ciel et de la vie, les yeux évoquaient ceux d'un rat : petits, ronds, noirs, brillants d'intelligence. Son corps était rond et ses gestes alertes.

Elle avait chassé Miliau dès le seuil et fait sortir la petite fille. Quand elle eut soulevé la courtepointe, Brenda grogna d'un air entendu puis sourit à Isaine en hochant du chef.

– Dors, ma belle, chuchota-t-elle. Dors. Ce n'est rien.

Et Isaine dormit.

*
* *

Ce n'était pas « rien » comme l'avait assuré Brenda. Isaine fut malade, très malade.

Elle passa tout l'hiver dans sa chambre et presque toujours dans son lit, tant elle était faible. Elle n'avait plus revu Brenda. Elle se tenait le plus loin possible de son père, qui du reste ne s'occupait nullement d'elle et ne fit même pas demander de ses nouvelles. Il était souvent hors de Trézhuel et Isaine priait pour que la mauvaise saison l'empêchât de tenter quoi que ce fût pour reprendre le château de Kerrud.

Miliau venait la voir souvent. Il parlait peu, jamais de Kerrud. Quand elle était trop mal ou que la fièvre l'empêchait de lui répondre, qu'elle somnolait, il restait des heures sans bouger, sans rien dire, assis par terre, la tête appuyée au matelas, une main posée sur elle. Il veillait.

Quand Miliau était ailleurs, c'était la petite fille du premier soir qui lui tenait compagnie. Isaine avait appris au fil des jours qu'elle s'appelait Berched, qu'elle se souvenait avoir vécu six fois pour voir les fleurs sur les arbres. Si on y ajoutait quelques années, desquelles elle n'avait aucun souvenir, elle pouvait avoir huit ou neuf ans. Le régisseur du domaine de Trézhuel, Even Bodmaël, était son père ; sa mère, Léna, qui avait donné la jatte d'eau pour Isaine, commandait à toute la domesticité du château.

Berched avait de grands yeux gris, qui ressemblaient au pelage d'argent de certains petits rongeurs, et qui étaient pareillement doux. Elle avait aussi de très longs cheveux blonds, dont les tresses descendaient en cordes d'or jusqu'au milieu de ses cuisses. Elle était assez grande pour son âge supposé, mince, avec une peau blanche et fine où l'on voyait serpenter par endroits – aux tempes, aux poignets – des réseaux de petites veines d'un azur profond. Berched avait une façon raisonnable de parler, puis tout à coup de rire, en fronçant le nez, en rejetant la tête brusquement, en découvrant des gencives roses et brillantes, qui n'était qu'à elle.

Les premiers temps de sa « maladie », Isaine flotta entre deux vies : la vraie et celle des songes. Son corps ne se rappelait à elle que par de vives et fugaces poussées de douleur.

Dans son délire revenait cette phrase insensée, mystérieuse : « ISAINE DE TREZHUEL N'EST PAS ISAINE DE TREZHUEL. » Quelqu'un se penchait sur elle, la secouait, lui chuchotait à l'oreille : « Isaine ! Isaine ! Lève-toi vite ! Kerrud brûle ! » Elle s'éveillait en sursaut, prête à sauter du lit, mais restait là tremblante, essoufflée, couverte de sueur, le visage ruisselant de larmes.

D'autres fois, les chiens de Miliau venaient. Elle sentait près de sa couche, sur ses mains et ses joues, les mufles chauds et humides, les souffles rauques et haletants, les truffes glacées et mouillées. Etaient-ils vraiment là ? Les avait-elle rêvés ?

Elle ne rêvait jamais de Brenda. Elle ne rêvait jamais de Gosselin.

Une nuit, elle sut que c'était Noël, pour ce que toutes les cloches du château et des environs se mirent à sonner, à minuit. Elle tendit l'oreille pour entendre celle de Kerrud et la découvrit parmi les autres. Alors elle n'entendit plus qu'elle.

Combien de Noëls passés à Kerrud ! Elle pensa à Basilie, à Garin : comment allaient-ils ? Ils lui manquaient, ô combien ! Elle pensa au père Isselbert, qui disait sa messe de minuit. Elle pensa à Gurval, seul sous la terre du jardin, où elle n'irait plus désormais attendre la Dame Gwenn. Elle songea à Gosselin et ce songe, tout en lui poignant le cœur du chagrin de l'absence, la souleva d'espoir, lui fournit à l'instant toute la force nécessaire pour supporter les moments pénibles qu'elle vivait.

Car c'était encore vivre, cet enfermement douloureux, cette suite sans suite de pensées nébuleuses, cette lutte à cœur nu, à mains vides, avec un père !

Elle sut aussi que c'était Noël parce que Miliau était venu. Ils avaient soupé tous les deux dans sa chambre tandis que la Nuit sainte, dehors, scintillait de givre. Onfroi, lui, festoyait en bas ; à grand bruit, à grand faste, comme toujours. Il avait réuni tous les seigneurs voisins ses amis, avec leurs dames.

Miliau, cette nuit-là de Noël 1362, fit à Isaine un cadeau : c'était une bague. Un tout petit croissant d'or, très finement ciselé. Chacune des cornes du croissant portait un rubis. Quand Miliau la lui eut passée au doigt, elle se trouva confuse d'affection et de reconnaissance. Car ce n'était pas une bague ordinaire : c'était la matérialisation précieuse d'un souvenir d'enfance à tous deux ; c'était un pacte d'amour fraternel entre eux scellé à jamais ; c'était la certitude qu'en tout lieu et tout temps, Miliau se souviendrait, Miliau serait près d'elle.

Quand, enfants, ils marchaient ensemble dans la forêt ou au creux des chemins herbus bordés de talus et de haies épineuses ; dans les escaliers, les salles de Kerrud, sur les chemins de ronde où les pas résonnaient, il arrivait fréquemment à Isaine de sursauter et de se retourner brusquement. « J'ai l'impression qu'on me suit », disait-elle, le regard élargi scrutant l'herbe ou le sable des dunes, persuadée qu'elle allait y déceler des empreintes de pas. « C'est ton ange gardien qui marche derrière toi », expliquait Miliau.

Isaine imaginait cet ange comme une petite Isaine toute blanche, avec des ailes bien entendu, portant une couronne sur les cheveux et, ce qui était plus original et qu'elle ne parvenait pas franchement à s'expliquer, ce fac-similé de pucelle ailée et couronnée portait aux bras deux paniers par les anses, contenant des petits pains ronds et blancs. On les devinait moelleux de consistance. Sur le dessus des paniers, il s'en trouvait deux ou trois autres en forme de double corne, arborant à leurs extrémités des cerises confites.

La bague de Miliau, c'était le petit pain de l'ange gardien ; c'était l'enfance ; c'était l'amour et la confiance.

*
* *

Dans les premières semaines de l'année 1363, Miliau, qui était venu lui rendre visite entre deux chevauchées aux côtés de Bertrand Du Guesclin, lui demanda à brûle-pourpoint :

– Si je n'étais pas ton frère, Isaine, tu m'épouserais ?

Quelle étrange question ! Mais elle se sentait encore faible, en outre la présence de Miliau la réchauffait et la comblait ; alors elle répondit, pour rire, ainsi qu'ils jouaient autrefois :

– Bien sûr. Tu sais bien. Tu es l'homme que j'aime le plus au monde.

Il ne souriait pas. Il la scrutait de ses beaux yeux noirs, tristement trouva-t-elle. Il travaillait beaucoup avec Du Guesclin, pour le service du roi de France ; sans doute était-il fatigué, soucieux... Il demanda encore :

– Mieux que Gosselin Daouën ?

Elle sentit son cœur se crisper, comme écrasé par une main trop chaude, ainsi qu'on presse une éponge aux étuves, pour en exsuder l'eau. Elle répondit d'une autre voix, autrement colorée, dont les mots venaient avec un attendrissement, une réserve, que Miliau supporta mal :

– C'est autre chose, Gosselin...

Elle n'avait pas remarqué le trouble de son frère, l'ombre ténébreuse qui se faufila dans son regard. Il dit encore :

– A propos, sais-tu qu'il est revenu ? Il ne t'a pas fait visite ? De la part d'un fiancé, c'est un comportement pour le moins... bizarre ! Tu ne trouves pas ?

Il parlait avec une feinte indifférence, sans la regarder, s'amusant de la pointe du pied à empêcher l'itinéraire d'une souris venue grignoter la jonchée.

– Quand est-il revenu ? demanda Isaine soudain redressée, bouleversée.

– Pour la Noël, je crois, expliqua Miliau en saisissant par la queue l'infime rongeur, couinant comme un oisillon. En tout cas, il était à Vannes début janvier. J'y ai rencontré ton ami Garin Jeandeleur...

Il s'approcha de la cheminée pour y jeter la souris. Malgré son impatience et son trouble extrême – que de toute évidence son frère prenait plaisir à attiser, à prolonger –, Isaine lui prit des mains le minuscule animal et le laissa s'enfuir. Miliau le regarda disparaître, puis fixant sur sa sœur un regard candide :

– Garin, tu sais ? Ton ami. Le palefrenier de Kerrud. Eh bien, il est l'écuyer de Gosselin Daouën maintenant.

– Tu as parlé avec Garin ?

Miliau prit un temps, remua des braises dans le feu, y remit une bûche :

– Non. Je vais repartir bientôt, petite sœur. Il me peine de te laisser seule... Peut-être en danger...

– Je sais me défendre ! Et de qui devrais-je craindre ? !

– On ne sait pas trop...

Il avait pris pour regarder vers Kerrud un air inspiré qui fit pouffer Isaine. Puis, se tournant brusquement, il lui mit les mains aux épaules, lui parla avec douceur, presque avec commisération :

– Isaine, Gosselin de Kerrud ne t'épousera jamais. Je crois qu'il n'en a jamais eu réellement l'intention. Il est comme ça, Gosselin, tu sais ! Je le connais depuis longtemps ! Toi, tu étais trop petite ; tu ne peux pas te rappeler. Toujours prêt à lancer de grandes idées, de grandes promesses... Mais à rarement les tenir, Isaine, ma mie. Bien rarement !

Elle secouait la tête avec un sourire indulgent :

– Miliau ! Il m'aime. Et je l'aime.

– Déjà ! Vous ne vous êtes vus qu'une fois ! Et pour commencer par vous battre !

Bien sûr, elle ne pouvait pas lui expliquer qu'ils s'étaient déjà vus avant ni dans quelles conditions... une espèce de combat, mais ô combien plus doux que celui de la salle des piliers ! Que pouvait-elle lui répondre sinon :

– J'ai confiance en lui. Une confiance sans limites.

– Bien. Mais tu as peut-être tort.

– Il est allé en Avignon. Il avait promis cela aussi ; il l'a tenu. Tu vois bien !

Elle croyait avoir trouvé un argument imparable, mais il n'impressionna pas Miliau le moins du monde :

– Qu'il soit allé en Avignon, c'est certain. Gosselin ne tient pas toujours ses promesses mais il est têtu, volontaire. Admettons qu'il ait pu voir le Pape – ce que je t'accorde au bénéfice du doute. Si le souverain pontife lui a consenti sa dispense de mariage, le moins qu'on puisse dire, c'est qu'il ne s'empresse pas de te le venir annoncer. Avec joie et transports, ainsi qu'il conviendrait en pareille circonstance. Donc...

Isaine attendait. Silencieuse, calme encore. Miliau acheva en baissant les yeux, comme si cette évidence prononcée le désolait absolument :

– Donc, il n'a pas obtenu la dispense du Pape.

Isaine sentit qu'elle perdait pied. Elle retint son souffle, réfléchit un court instant puis jeta, rayonnante :

– Dans ce cas, il retournera en Avignon. Père dit que le Pape Innocent est mort et qu'un autre sera pape à sa place. C'est une nouvelle chance ! Tu verras !

Ni son amour pour Gosselin, ni la confiance absolue qu'elle avait mise en lui ne vacillaient. Les arguments de son frère n'étaient qu'à peine parvenus à l'ébranler. Dans son esprit clair et droit, tout ce qui venait de Miliau ne pouvait être que juste et bon ; de même que tout ce qui venait de Gosselin ne pouvait être que juste et bon. Bien sûr, il y avait tous ces jours de silence. Pourquoi ne lui avait-il pas fait un signe ? Il allait venir. Bientôt. Elle en était sûre. Sans doute les affaires de Montfort l'avaient-elles retardé ? Il allait venir.

Miliau, lui, savait autre chose. Depuis la terrible scène du mois d'octobre, Onfroi avait reparlé d'assiéger Kerrud au printemps. Vers la mi-novembre, un courrier était venu d'Avignon, avec un acte de Gosselin renouvelant le pacte d'amitié entre leurs deux familles, dont il n'avait plus eu de nouvelles – et pour cause ! Dans ce pacte, entraient également ses négociations de mariage ; il y acceptait en outre de faire abstraction de l'enlèvement d'Isaine par Miliau, action qui cependant constituait un défi.

Miliau ayant parlé de la promesse hurlée par Gosselin au moment de leur « départ » de Kerrud, Onfroi changea de figure et de tactique, rit et se mit activement à penser. Ce qui ne laissa pas de fort inquiéter son fils. Et telles étaient ses pensées : s'il ne pouvait reprendre Kerrud par la force sans risquer de se mettre « en défaut », comme disait Miliau, il y avait un autre moyen de se l'approprier : faire épouser Isaine par Gosselin ! Merveilleuse idée, que du reste on avait eue avant lui ! Restait à attendre que les choses fussent plus... officielles. Et puis, l'hiver venant, il avait attendu, laissant Kerrud en paix.

Miliau sourit mélancoliquement, serra Isaine dans ses bras, avec cette tendresse appuyée qui l'étouffait et lui mettait du feu dans les veines. Il ne dit rien mais... Oh ! Si elle avait pu voir ses yeux à cet instant ! Si elle avait pu entendre sa pensée ! « Isaine, amie sœur, Gosselin de Kerrud ne t'épousera jamais. Parce que moi, je ne le laisserai pas faire. »

*
* *

Un matin de février, Isaine descendit à la salle d'armes de Trézhuel. Depuis quelque temps, elle s'était remise à l'exercice. Elle remontait à cheval aussi et se permettait des promenades de plus en plus longues.

Son père et son frère étaient toujours en campagne avec Bertrand Du Guesclin. De Gosselin, elle était sans nouvelles. N'y tenant plus, elle sella Heureuse, se rendit à Kerrud pour tenter de le voir. Elle n'y trouva que Basilie et Geoffroy Guillaume.

– Gosselin Daouën est en Angleterre, avec Garin Jeandeleur, son écuyer.

Discret, Geoffroy n'en dit pas davantage. Lorsque Isaine, timidement, aborda le sujet d'Avignon, messire Guillaume lui confirma ce que prétendait Miliau et qu'elle redoutait. Gosselin était revenu d'Avignon quelques jours avant Noël, sans dispense du Pape. Non, il ne parlait pas d'y retourner.

Déçue, en proie au doute, elle repartit et laissa aller sa pensée si bien qu'elle laissa aussi aller sa jument.

Les animaux, qui sont beaucoup plus fins que nous en ce qui confère à l'impondérable, au mystère, à toute chose venant de Dieu, des dieux, ou les concernant, sont souvent les ponts, les traits d'union, jetés entre nous et ce Monde. L'Autre Monde. Mais pas celui des morts, non : l'« Autre ». Celui qu'on ne sait voir ou entrevoir que si l'on est pur. Pur dans l'âme ; car la pureté du corps n'est qu'apparence ; c'est dans l'esprit, avant toute chose, que résident le bien, le mal.

Si l'on est pur ou si l'on aime. Car ce monde est à présent aux humains ordinaires dérobé. Rendu invisible. Mais il est, toujours.

Par centaines, des cloches d'airain s'étaient mises un jour à carillonner sur toute la Bretagne. Le règne des femmes était passé. Avalon pour jamais s'était retranchée derrière ses brumes, dissimulée au regard profane de ces hommes qui se disaient Chrétiens. L'ombre protectrice de la Grande Déesse se retira du monde ; le chant des prêtresses se tut et se tut aussi, dans la fougère, le galop du Grand Cerf. L'air ne résonna plus alors que de la litanie des moines, de la semonce des prêtres et, par-delà les frontières, des cris de ceux qu'au nom du Christ on égorgeait.

Mais Isaine de Trézhuel était une âme pure et elle aimait. Elle se laissa guider par le trot, plein de sagesse, de sa jument Heureuse et parvint ainsi jusqu'à un village blotti tout au bout des terres, le dos tourné à l'océan et par lequel, en aucun cas, elle n'aurait dû passer pour rentrer à Trézhuel en venant de Kerrud.

Ce village avait pour nom Ruzavel – ce qui, si l'on tient à

le traduire, pourrait à peu près signifier « Rougevent ». Il paraissait dormir, Ruzavel, sous la pluie fine de février.

Il paraissait dormir, mais si l'on prêtait l'oreille, on entendait des voix. Isaine prêta l'oreille et entendit les voix. Des voix d'hommes en colère, dans une cour de ferme, à quelques pas du chemin. En se rapprochant, elle vit un groupe de gens qui faisaient du bruit, de grands gestes et semblaient en vouloir à quelqu'un : une petite forme grise qui se trouvait au milieu d'eux. Autour, des enfants, des femmes, des paysans en blouses et chaperons, regardaient et se taisaient.

Il y avait aussi quelques vaches noires et blanches, courtaudes et trapues, qui s'agitaient et meuglaient dans un enclos de pierre, semblaient danser en braillant leur drôle de musique. Tout un tohu-bohu qui intrigua la jeune châtelaine et la fit s'approcher encore.

– On te fera brûler ! entendit-elle.

– C'est toi, mauvaise, qui les as fait danser, hein ? C'est toi qui leur as mis le diable dans l'corps, qu'elles sont pus bonnes à rien ! Sorcière ! Mauvaise !

Et tous de reprendre en chœur :

– Sorcière ! Sorcière !

Alors Isaine regarda la petite femme grise et elle la reconnut : c'était Brenda.

Ce que Brenda avait fait aux vaches de Ruzavel, ce qu'elle leur avait soufflé dans l'oreille pour qu'elles se fussent ainsi mises en carole et en chanson et pourquoi elle avait fait cela, Isaine n'en savait rien. Ni même si c'était vrai. Le fait était que les vaches dansaient, que les hommes étaient furieux et que Brenda était en fâcheuse posture.

Isaine poussa Heureuse dans la foule, qui s'écarta. Un silence total se fit à sa vue. Tandis qu'elle avançait, lentement, lentement, comme l'on fait pour approcher le danger, Isaine entendait chuchoter autour d'elle :

– C'est la demoiselle de Trézhuel. C'est la demoiselle de Trézhuel.

Et on la considérait avec crainte et respect.

– Laissez cette vieille femme, dit-elle d'une voix douce et ferme. Elle n'a rien fait. Elle n'est pas ce que vous dites. Laissez-la ; ou bien vous aurez à vous en expliquer au seigneur de Trézhuel, mon père. Vous savez qu'il est moins doux que moi !

Puis, comme chacun reculait, s'inclinait, ne faisait plus mine de vouloir brûler personne, elle dit encore :

– Viens, Brenda.

Et elle lui tendit la main.

La vieille petite femme, qui n'avait pas l'air d'avoir très peur, lui fit un clin d'œil, monta sur le bord d'un muret en relevant ses cottes, enfourcha la jument.

Toutes trois repartirent d'où elles étaient venues, laissant derrière elles un sillage de circonspection et quelques bougonnements. Ce qui était arrivé aux vaches de Ruzavel, ce qui leur advint par la suite, nul ne le sut jamais.

A l'orée du bois, tandis qu'elle descendait de la jument pour prendre congé et retourner chez elle, Brenda tint un moment la main d'Isaine dans les siennes et lui dit, la fixant de ses yeux de rongeur pensant, sans sourire mais avec une bonne figure :

– Je sais, Isaine Le Hac de Trézhuel, ce qui te mine et te tracasse en ce moment.

Isaine secoua la tête et sourit amèrement :

– Alors, Brenda, si tu sais cela, c'est que tu es vraiment une sorcière et que j'aurais dû te laisser brûler par ces méchants bougres de Ruzavel !

Brenda reprit d'une voix plus basse, plus grave :

– Tu voudrais de tout ton cœur, de toute ton âme et aussi de tout ton corps – que je connais un peu –, tu voudrais que Gosselin Daouën, le seigneur de Kerrud, ne fût pas ton cousin.

Isaine rougit, retira sa main de celle de Brenda, entrouvrit les lèvres puis les referma. La petite vieille, rondelette, dit encore :

– Tu m'as aidée aujourd'hui. Tu m'as sortie d'un mauvais pas. Je te suis redevable d'un bout de secret. Ecoute-moi bien, Isaine : Gosselin Daouën n'est pas ton cousin. Ne l'a jamais été. Ne le sera jamais. Adieu, belle fille. Je n'en sais pas plus, mais cela je le sais.

Tournant les talons, elle entra sous le couvert.

Quand Isaine fut revenue du coup qu'elle avait reçu, elle talonna Heureuse et appela :

– Brenda !

Et son cœur était prêt à éclater. Mais Brenda avait disparu.

IX

Mars au secret

MARS au chant de l'alouette. Mars aux violettes, en vastes nappes dans les prés, où le givre vient encore, la nuit, sucrer les trèfles menus, leur donner des airs de friandises qui craquent sous la semelle. La fleur au merisier et le jour qui s'attarde.

Mars à la fenêtre, avec les mésanges en jaunes pourpoints, en pèlerines d'azur, qui viennent picorer un espoir en forme de message. Et mars au cœur d'Isaine, plus joyeux que tous les printemps du monde.

Dès que Gosselin reviendrait d'Angleterre, elle et lui ne se quitteraient plus. Ensemble, ils iraient voir Brenda et elle expliquerait tout.

Gosselin n'était pas son cousin, elle pouvait être son épouse, devant Dieu et les hommes, au mépris des mécontents et des jaloux ! Dès qu'il rentrerait ! Mais... quand ?

Elle se sentait bien seule, encore qu'elle eût à s'occuper : le domaine, l'intendance qui la rapprochait de la famille de Berched ; l'exercice qu'elle continuait de pratiquer, aux armes et à cheval, et surtout le soin qu'elle s'était mise à prendre d'elle-même.

Ses cheveux avaient poussé et lui tombaient maintenant plus bas que les épaules. Elle se vêtait plus souvent de jupes et de surcots aux tons francs, aux couleurs soutenues et profondes, qui lui allaient fort bien au teint, lequel elle soulignait parfois d'un trait de fard discret. Elle avait été simplement belle, de cette beauté sauvage et innocente de certains animaux de race ; elle rayonnait à présent cette lumière, cette grâce toute particulière et presque contagieuse de ceux qui sentent approcher le bonheur.

Elle s'affairait dans Trézhuel avec une joie sans arrière-pensée parce qu'elle savait que bientôt elle serait dame de Kerrud. Elle n'aimait pas Trézhuel. Elle s'y sentait perdue, étrangère. Elle n'y avait point de souvenirs et quand elle cherchait le regard des pierres, lorsqu'elle tendait l'oreille aux chuchotements de l'immense bâtiment, elle ne rencontrait qu'indifférence grise et silence pesant de choses pour elle sans âme.

Trézhuel était une construction colossale dont le gros donjon octogonal s'élevait sur sept étages. Ce n'était pas ici la sauvagerie rupestre de Kerrud, mais une somptueuse efficacité, hautaine. Tout y était vastitude et luxe ; l'on y sentait entrer à grands flots, à grands souffles, un modernisme tapageur. Grandes fenêtres vitrées et tapis à images, au sol et sur les murs. Coffres aux flancs sculptés, aux ferrures et serrures parfois finement ciselées. Sièges aux dossiers armoriés, garnis de figures en relief, de bras à têtes d'animaux ; cloutés, tapissés ou tendus des plus beaux cuirs. Aiguières, salières, plats d'argent, hanaps travaillés par la main des orfèvres. Fourrures et soieries, et cires de couleur pour éclairer le quotidien à pleines brassées, à pleins taillis de lumière ! Mille choses précieuses qui ravissaient l'œil mais à celui d'Isaine ne reflétaient qu'ennui et vanité humaine.

Tout ici dénotait le goût des choses belles et coûteuses, trahissait une passion quasiment déréglée de la fortune, de la possession ; sentait à pleines narines le grand seigneur fastueux, cachait derrière ses ors et ses velours, derrière le bruyant scintillement de ses fêtes et de ses chasses, un insondable mépris de la race humaine et de soi-même au premier chef.

Dans l'action ou la réflexion, Isaine cherchait à résoudre l'énigme : qui était-elle ? Lorsque Brenda lui avait assuré : « Gosselin Daouën n'est pas ton cousin », une autre affirmation lui avait saisi la mémoire : « Isaine de Trézhuel n'est pas Isaine de Trézhuel. » Ceci avait bien l'air de confirmer cela. Alors ?

Qu'elle ne fût pas la fille de son père l'aurait plutôt soulagée ; mais cela n'était rien : ce qui valait pour l'occurrence était qu'elle ne fût point celle de sa mère, afin qu'entre Gosselin et elle il n'y eût aucun lien de sang. Pas sa mère, Rozenn ? Bien possible : elle ne s'était jamais senti avec elle ni ressemblance ni affinité d'aucune sorte. Elle respectait la dame de Trézhuel parce que c'était la règle, parce qu'elle était, en ces temps-là du moins, « sa mère ».

Mais Brenda avait parlé de « secret ». Ce qui voudrait dire qu'elle seule ?... Brenda était accoucheuse, elle savait tout ce qui se passait dans l'intimité des dames ; elle seule, et la première, recevait les enfants à l'instant de leur arrivée dans ce monde. Est-ce que ?...

Il entrait dans l'intense méditation d'Isaine plus de curiosité, d'irrésistible attirance vers l'inconnu, que d'angoisse à découvrir qui elle était. Une enfant perdue ? Abandonnée ? Prise par Brenda ? Volée ?

Ce qui la terrifiait seulement, c'était que personne, hormis Brenda, ne sût. Personne ? Et celui qui avait écrit, de son doigt maladroit : « ISAINE DE TREZHUEL N'EST PAS ISAINE DE TREZHUEL » ; qui avait demandé, comme par jeu : « Si je n'étais pas ton frère, Isaine, tu m'épouserais ? »...

Miliau. Miliau ! Elle n'y avait pas pensé sur le moment ; c'était impardonnable oubli et stupide omission ! Il se pouvait, mieux que peut-être, que dans tout ce mystère, Miliau ne fût effectivement pas son frère. S'il savait, il pourrait lui expliquer. Mais si pendant vingt-deux ans il ne l'avait pas fait... d'ailleurs pour quelle raison ? Pour quelle raison « surtout », car il y en avait cent à évoquer, à commencer par la plus simple : ce n'était pas de ces choses que l'on raconte.

Quand Isaine vint au monde, Miliau avait sept ans. Ce qu'il avait vu, il ne pouvait pas l'avoir oublié. Ainsi, chacun d'eux possédait son secret : Isaine, la mort de la Dame Gwenn ; Miliau, la naissance de sa sœur.

Il fallait que Miliau rentrât ! Il fallait qu'elle lui parlât ! Mon Dieu ! S'il n'y avait pas eu cette inscription, ce message dans la poussière, elle n'aurait rien cherché à expliquer du côté d'elle-même. Elle aurait peut-être seulement pensé que Gosselin pouvait être... quoi ? Un bâtard ?... Quelle idée ! Il était, aux dires de tous, trop le portrait de son père Gurval ; il y eut trop de douleur en Gwenn Daouën lorsqu'on le lui ôta, pour qu'il ne fût point conçu et né de ces entrailles-là !

Et si Gosselin allait ne plus vouloir d'elle parce qu'il y avait un doute sur sa naissance ? !... Dans le bois, sous le chêne, près de la source, il paraissait bien loin de pareilles considérations... Mais si Miliau avait raison ? S'il ne l'aimait pas vraiment ? S'il avait lancé par bravade sa promesse de mariage ? Si...

Elle pensait trop, mal, en désordre. La tête lui cognait à force de réfléchir. Alors elle attendit avec une hâte presque égale le retour de Miliau et celui de Gosselin.

Tous les jours, à la croisée des chemins, montée sur Heureuse immobile, elle attendait.

Elle s'emmitouflait de fourrure car le vent soufflait par grandes rafales froides des giboulées de pluie, de neige, ou bien la douce averse de rayons tièdes, selon son humeur de l'instant. Le ciel, lui aussi capricieux, paré de tous ses aspects à la fois, n'en finissait pas d'étaler ses couleurs, ses grands émouvements de lumière vers lesquels Isaine levait parfois la tête avec un long soupir d'espérance, de bonheur anticipé.

Elle redoutait de voir arriver quelque messager de malheur. Elle redoutait de voir arriver Onfroi Le Hac.

Un soir enfin, entre ondée et rayons, Miliau vint.

Il était accompagné d'un jeune écuyer qu'Isaine n'avait encore jamais vu, et d'une petite troupe. C'était au début d'avril.

– Vous n'êtes pas raisonnable, sœur ma mie, de sortir ainsi tous les jours sans même un homme pour vous protéger. Car je suppose que vous m'attendiez ainsi tous les jours... si loin de Trézhuel... C'est bien moi que vous attendez, n'est-ce pas, Isaine ?

– Miliau, dit-elle avec un sourire enjôleur et des yeux pétillants qui montraient bien toute son affection vraie, je suis si contente de te voir ! Sais-tu si...

– Si Gosselin de Kerrud est revenu d'Angleterre ? Non. Je ne suis pas le messager de Gosselin de Kerrud !

Il s'était rembruni et parlait d'un ton sec. Il talonna son cheval avec rage. Isaine ne vit pas la crispation de douleur intense qui venait de verrouiller son visage, et cette inattention lui valut une œillade courroucée de l'écuyer Renan.

Renan de Saint-Blin était un garçon au front bas, aux cheveux ras plantés drus au-dessus des sourcils, à l'œil chassieux et vague quand il n'y passait pas des éclairs de brusque colère animale. L'intelligence étroite mais la force de deux taureaux. Renan était capable d'un dévouement aveugle, pourvu qu'on ne trahît pas sa confiance, et roulait en tout temps à celui qu'il servait des yeux de brute affection bovine. Brave jusqu'à la témérité, d'une exemplaire obéissance, il ne devait qu'à sa force et à sa discipline les progrès considérables qu'il accomplissait dans les armes. Il était le fils d'un seigneur du Léon, qui l'avait confié à ceux de Trézhuel afin qu'ils en fassent un homme puis un chevalier. Renan avait seize ans.

Isaine ne lui rendit pas son salut grognon. Elle n'avait de pensée que pour Gosselin, aussi pour ce qu'elle avait à dire à Miliau au sujet de la mystérieuse et passionnante révélation de Brenda. Elle mit Heureuse au petit trot.

– Miliau, je dois te parler, dit-elle avec une excitation enfantine qui ne réjouit son frère que fort modestement.

Il y avait des pommiers et ils étaient en fleur. Sur un petit escarpement herbu à côté de la route, où des touffes aux teintes tendres poussaient entre les pierres avec les primevères, Isaine entraîna Miliau. La troupe se tenait à l'écart, avec les chevaux, et puisque l'heure du dîner approchait, se mit à casser la croûte au soleil déclinant.

Quand elle vit les difficultés qu'éprouvait son frère à descendre de selle, Isaine s'inquiéta enfin.

– Rien, répondit-il brièvement. Un carreau d'arbalète, tiré des murs de Saint-Pol de Léon par un ami de ton cher Gosselin. Nous avons, avec Messire Bertrand, enlevé Saint-Pol aux partisans de Montfort ; aussi Pestivien et Plogoff. Mais qu'as-tu à me dire ?

Comme sa blessure le gênait, il resta debout, appuyé contre le tronc tordu d'un pommier dont les branches noueuses et moussues de vieillesse ployaient sous une profusion de fleurs d'un rose à la fois doux et soutenu. Il croisait les bras sur sa poitrine et l'expression de sa physionomie contenait plus d'exaltation retenue que de curiosité. Toujours cette crispation de la mâchoire, cet imperceptible tremblement des lèvres, cette palpitation des narines, cette fièvre au noir de l'œil.

Il était vêtu de rouge sombre et du gris des mailles. Ses joues, son menton, se couvraient d'une barbe obscure qui, en durcissant ses traits, en accentuait la sombre harmonie. Cette pilosité nouvelle donnait à sa bouche une expression d'amertume hautaine, de sensualité frustrée, qui n'était pas sans séduction.

Elle portait sa robe bleue – celle qui la faisait ressembler à une fleur de lin – et ses nattes étaient relevées de chaque côté de son visage par une épingle à tête d'émail représentant une fleur en bouton ornée de deux feuilles d'or. A son doigt, brillait le cadeau de Miliau : la bague au croissant. Ses pieds étaient chaussés de bottes en peau de daim, teintes en gris très clair. De ses épaules tombait une houppelande doublée d'écureuil, d'un drap de Flandres épais, munie d'un capuchon ample, car le fond de l'air, malgré la saison, demeurait frisquet.

Elle leva sur son frère de grands yeux, qui à cette heure étaient aux couleurs du temps : d'un bleu changeant, d'un vert très doux. La particularité des iris d'Isaine était que la couleur en variait selon son humeur et celle du ciel, par ce sortilège passait du bleu pâle au gris foncé en empruntant toute la gamme des bleus, des verts, puis les mélangeait pour aller de l'argent au pelage des vieux loups. Le pelage des vieux loups, c'était la colère. Ils n'étaient d'argent pur qu'en cas d'immense chagrin, parce qu'alors les larmes en avaient lavé toutes les teintes, effacé toutes les nuances. Ils se posèrent donc sur Miliau turquoises, se voulant sérieux et sages quand ils avaient envie de rire.

– J'ai parlé avec Brenda, dit-elle seulement.

C'était un petit piège, du reste assez grossier, destiné à faire tomber Miliau : s'il savait quelque chose quant à la naissance de sa sœur, il ne manquerait pas de réagir immédiatement. Si, au contraire, il ne savait ou ne supposait rien, il demanderait : « Et alors ? », avec ennui ou impatience.

– Et alors ? demanda-t-il. Avec impatience.

Elle fut surprise, chercha en scrutant ses regards et son visage à y déceler quoi que ce soit qui pût lui venir en aide. Mais il avait détourné la tête et ce geste, aveu d'une faiblesse ou d'une indifférence, l'encouragea :

– Brenda m'a dit que Gosselin de Kerrud n'était pas mon cousin.

Elle avait prononcé cela avec le ton léger de quelqu'un qui badine ou trouve la farce plaisante. En même temps, elle cueillait autour d'elle de jaunes primevères, qu'elle assemblait en un bouquet rond.

Ce calme, c'était un nouveau collet, dont son frère, du bout d'un sourire, d'un timbre de voix tendre et indulgent, désamorça le mécanisme :

– Quelle drôle d'idée ! Mais quelle bonne idée ! Tu sais, Ise, Brenda est un peu folle. Gosselin est bien notre cousin.

Puis, avec un petit rire agaçant :

– Quoi qu'ait pu faire sa mère, notre regrettée tante Gwenn ! Tu ne te souviens sans doute pas du grand Gurval, notre oncle : Gosselin est son vivant portrait ! Tiens !...

Et, ce disant, il lui mit sous le nez ses deux mains, qu'il avait dégantées avec suffisamment de nervosité pour qu'Isaine s'y intéressât ; c'était pour lui montrer, bien sûr, que les deux Kerrud étaient aussi semblables que ses deux mains pouvaient l'être.

Elle y jeta un rapide regard, qu'elle releva très vite sur le visage penché, dont elle éprouvait l'haleine sur son cou. La turquoise de ses prunelles avait viré au vert d'océan :

– Brenda a dit qu'il n'était pas « mon » cousin.

Il n'avait pas retiré ses mains. Lorsqu'elle eut énoncé cette précision, il lui saisit les poignets, la contraignit avec douceur mais fermeté à se relever. Quand elle fut devant lui et à sa hauteur, il enfonça son regard dans le fond de ses yeux à elle et lui dit :

– Tu t'es laissé impressionner par Brenda. Il ne faut pas. Elle ment. Elle a des visions et les prend pour réalités. Cette femme t'a bouleversée avec ses âneries. Il faut être raisonnable, Isaine. Je te l'ai déjà dit... Ecoute-moi : je vais te faire de la peine, je sais, et crois-moi, j'en souffre grandement. Gosselin de Kerrud ne t'aime pas, amie douce ; qu'il soit ton cousin ou un pur étranger ne change rien à l'affaire.

Isaine serrait les dents, pinçait fort les lèvres pour qu'il n'y vît pas de tremblement, essayait de se dégager de l'étreinte trop poignante de ses doigts, mais, à chaque tentative, il resserrait à peine ses bracelets, lui faisait faire un pas vers lui.

De tout son cœur, de toute sa volonté en alerte, tendue, arc-boutée, elle refusait ses dires. Mais il poursuivit :

– Reviens de ton rêve, Isaine. Remonte vers nous, vers toi. Gosselin est parti en Angleterre ; que penses-tu qu'il y fût allé faire ? Il vit en ce pays d'outre-Manche depuis qu'il compte sept ans d'âge. Il en est revenu l'été passé. Isaine, l'Angleterre est son pays. Il y a ses souvenirs, ses attaches, ses... amours. Montfort est ici, Kerrud est ici, certes ; mais ses amis, ou...

certains d'entre eux, sont là-bas. Une dame, Isaine. As-tu jamais songé qu'il puisse y avoir dans la Grande Ile une dame, à l'attendre, elle aussi, et qu'il fût allé chercher ? Maintenant qu'il a recouvré ses terres, son titre, qu'il n'est plus un exilé, il peut tenir des promesses, données sans doute il y a longtemps. Il est facile et grisant, peut-être, de crier dans le feu de l'action, dans la fièvre de l'aventure et du renouveau : « Je vous épouserai, Isaine de Trézhuel », comme on dirait : « Je boirai jusqu'à tomber pour fêter ma renaissance »... Un jeu. Un jeu dangereux, mais un jeu tout de même. Cette promesse, Isaine, elle ressemble à son mangonneau : impressionnant, mais inutile. Un leurre. Un jeu.

Elle vacillait. Son corps aussi bien que son esprit chancelaient. Miliau ne la tenait plus, elle s'accrochait à lui, blême. Ses yeux étaient gris, du gris délicat et à peine brillant de deux perles d'étain, qu'une lueur trop faible vient frapper. Elle ne put que balbutier :

– Mais...

– As-tu jamais eu cette pensée, logique somme toute, qu'il pouvait avoir une femme au cœur et dans sa vie ?

Il prenait un air chagrin mais en même temps attisait chez sa sœur ce mauvais feu, qui brûlait sans réchauffer, caressait la plaie vive en y enfonçant les ongles.

Elle, elle baissait la tête. Il la sentait contre lui inerte et glacée, respirant à petites gorgées de panique, cherchant dans l'herbe que leurs pieds foulaient des arguments rassurants qu'elle n'y trouvait pas.

Alors, sentant la fibre de ce bois bien tendre et bien amollie, sentant que le ver qu'il y avait mis commençait d'en pourrir le cœur, il y poussa son clou plus avant, à grands coups sans égard :

– En la moitié d'un an, a-t-il cherché une seule fois à te voir ? A te parler ? A te faire parvenir le moindre message ? Par qui que ce soit ? A-t-il seulement fait mine de penser à toi et de te le faire savoir ? Non. Il était occupé, vas-tu me rétorquer. Un homme amoureux n'est jamais occupé que de la femme qu'il aime, et, que ce soient les affaires du pays, le service même du roi – quel que soit ce roi ! –, rien ne l'empêchera jamais ni nulle part de lui faire savoir, encore et encore, cet amour ! Ne suis-je pas moi-même venu te voir plus de dix fois durant ma campagne avec Du Guesclin ?

– Mais toi, tu es mon frère, prononça-t-elle d'une voix chevrotante en levant vers lui un pauvre visage ravagé de doute et de ce chagrin qui lutte pour rester espérance.

Alors, se plantant solidement sur sa jambe valide, il lui prit le menton, qu'il releva plus haut encore, peut-être pour lui rendre cet air de fierté qu'il aimait tant lui voir, peut-être pour qu'elle ne puisse détourner attention ni regard de ce qu'il allait lui dire, et il prononça tranquillement :

– Non, Isaine. Pas plus que Gosselin de Kerrud n'est ton cousin, je ne suis ton frère.

Et comme elle allait tomber, il la retint par la taille, sous la houppelande, la serra contre lui à l'étouffer et parla, la bouche contre la tresse douce d'où s'échappaient des frissons d'un brun chaud, tout près de son oreille :

– Depuis la nuit de ta naissance, je le sais. Père ne sait rien. Mère ne savait rien. Seulement Brenda et moi. Je veillerai sur toi. Toute ma vie, toujours, je serai près de toi. Pourquoi crois-tu que je n'aie jamais voulu prendre épouse ? Pourquoi crois-tu que je ne t'aie jamais laissé partir au bras de ces... étrangers ? Tu es mon secret, si lourd et si doux. J'ai fait ce vœu que jamais je ne t'abandonnerai, que jamais je ne laisserai quiconque te faire souffrir ou t'arracher à moi. Personne. Jamais.

– Isaine de Trézhuel n'est pas Isaine de Trézhuel, prononça-t-elle d'une voix si étouffée, si lointaine, qu'il l'aurait pu croire celle d'une morte, d'une somnambule, du vent.

Puis, avec une force, une violence aussi improbable qu'inattendue, elle se dégagea de ses bras et cria :

– Miliau de Trézhuel, qui est Isaine ? !

Il avait été surpris. Il avait peur. Peur que cette révélation, puis l'attente qui avait suivi les dires de Brenda, puis l'épreuve qu'il venait lui-même de lui faire subir, que tout cela ne la rendît malade, n'éteignît sa raison, n'ébréchât son esprit d'un éclat dangereux.

S'il s'était tu depuis vingt-deux années, ç'avait été pour la ménager elle, pour la protéger elle. Parce qu'il savait qu'il y avait en cette naissance un mystère bien plus grand encore que ce qu'il lui avait été donné de voir, enfant, dans la chambre de sa mère Rozenn, où il s'était embusqué selon ses habitudes de vouloir tout voir, tout connaître, tout entendre.

Que pouvait-il répondre aujourd'hui à cette femme qui était toute sa vie, dont il ne savait rien et qu'il aimait ? Ceci, d'une voix faible, en tendant les bras vers elle qui s'était plantée dans le vent, entre le pommier en fleur et un rayon de soleil rouge :

– Je ne sais pas.

Elle, elle serrait les poings. Une épingle était tombée de sa coiffure quand il l'avait si fort serrée et la tresse se déroulait en ondes soyeuses sur son épaule frémissante. Son visage était exsangue et ses yeux élargis étaient d'un bleu profond, d'un bleu de nuit de lune, qu'il ne lui avait jamais vu. Sa voix fut grave et résonna comme un coup de bélier sur l'huis d'un donjon vide lorsqu'elle demanda :

– Brenda sait ?

– Brenda ne sait pas.

Elle passa les mains sur son visage et ce fut comme si elle avait échangé dans ce geste un masque contre un autre. Elle était rose à nouveau et les paupières closes.

Elle resta un moment ainsi, respirant profondément, puis tourna sur elle-même et se mit à rire sans pouvoir s'arrêter, ainsi que font les enfants, jusqu'à tomber dans l'herbe, saoulée de ce rire jusqu'aux larmes.

Repris de terreur par cette étrange hilarité, il s'était précipité, jeté contre elle sans tenir compte du trou de carreau dans sa cuisse. Mais elle le considérait avec cet air à la fois enjoué et fâché qu'elle avait quelquefois. Rassuré, il la retrouvait, et elle, en refaisant sa natte de ses doigts agiles qui ne tremblaient qu'à peine :

– Mais enfin, Miliau, c'est absurde cette histoire. Toi, tu as vu. Tu as vu Brenda avec un bébé : moi. Elle l'avait bien trouvé quelque part ce nourrisson ! Il y avait... quelqu'un d'autre ?

Il s'allongea dans l'herbe en se massant la jambe car il souffrait, et murmura :

– Seulement Brenda et moi. Et mère, qui était évanouie.

– Mais alors ?...

– Brenda et moi. C'est tout.

Et de douleur, il ferma les yeux. Mais c'était à ce moment-là sa conscience qui lui faisait endurer une souffrance de martyr, qui le torturait jusqu'à nouer dans sa gorge des gémissements qu'il refoulait. Sur vingt-deux ans de silence, sa conscience et son amour pour Isaine se tordaient en hurlant.

Elle se leva d'un bond, donna à sa jupe quelques tapes, chassa de sa cape quelques herbes et un bourdon pelucheux, puis d'un pas décidé redescendit vers les hommes et les chevaux :

– J'irai demander à Brenda, assura-t-elle.

Elle avait retrouvé toute sa vivacité, toute sa personnalité solide et décidée.

Miliau se releva péniblement. Des mèches noires lui retombaient sur les paupières, qu'il rejeta d'un brusque coup de tête. Il ramassa ses gants, la suivit en boitillant, en l'appelant. Cet appel avait quelque chose de plaintif, qu'Isaine ne remarqua pas, mais qui, dans l'esprit lourd de Renan de Saint-Blin, entra telle une goutte d'eau bouillante dans une motte de beurre rance.

– Isaine ! Petite sœur, attends-moi !

Elle s'arrêta, se retourna, lui sourit en lui tendant la main. Oui, elle l'attendrait. Elle comprenait maintenant ce qui la pinçait au cœur quand Miliau disait « petite sœur », lorsque Gosselin disait, avec sa voix de chêne hargneux, « ton père ». Elle n'était ni fille ni sœur de quiconque. Elle n'était plus personne. Et n'étant plus personne, elle se sentait libre !

Renan de Saint-Blin, la mine morose et la lippe luisante encore du repas champêtre qu'il venait de prendre en compagnie des autres, les rejoignit, menant Heureuse et Le Noir par la bride.

Dans l'herbe foulée, près du bouquet de primevères éparpillées, aux clochettes écrasées, brillait le bouton d'émail bleu d'une épingle de tête, oublié.

X

Bleu, vert, jaune...

NUL ne savait où habitait Brenda. On disait « dans le bois ». Mais le bois était vaste, touffu, en certains endroits impénétrable. Bien téméraire qui s'y serait enfoncé seul et assez profondément pour trouver son logis, l'antichambre de messire Satan à en croire la rumeur.

Quand on cherchait Brenda, si l'on avait besoin de ses services, on la dénichait toujours. C'était une grande marcheuse, mais quand elle allait loin de chez elle, elle prenait sa mule. Elle allait clopin-clopant par les sentes les plus abruptes, montée sur ce doux animal têtu. Les caquets les plus péremptoires avaient beau affirmer l'avoir vue caracoler sur une chèvre noire, un bouc unicorne, un balai de genêt, c'était bien une mule et pas autre chose.

On rencontrait la vieille à la croisée des chemins, près des calvaires, au bord d'un sentier ou d'une rivière, à grignoter des pommes, des noix ou des cerises, selon la saison ; à herboriser dans les prés, les layons.

On la saluait la plupart du temps d'un signe de croix, auquel elle répondait par un petit rire en « hi » qui tintait comme le grelot de sa mule, un signe de main.

On la craignait parce qu'on respectait son savoir et on la respectait par mesure de précaution. Sa peine, on la lui payait en nourriture, mais en ces temps de disette, elle recevait plus d'écuelles ébréchées, de vieilles peaux de lapins ou de dentelles roussies que de présents à se mettre sous la dent.

Miliau savait où habitait Brenda parce qu'il l'avait suivie. Il ne parvenait pas à voir dans cette vieillotte débonnaire l'amie de Lucifer, l'épouse de Belzébuth ou la petite sœur de quelque démon secondaire. Pour lui, une sorcière, une vraie, devait forcément être très belle et très jeune.

Miliau de Trézhuel avait eu beau faire pour empêcher Isaine de contacter Brenda, la Providence joua contre lui en mettant dans la plaie de sa jambe une vilaine infection, et l'on dut avoir recours à la guérisseuse.

Onfroi Le Hac était rentré au château, fâché avec Messire Bertrand pour une affaire sordide de butin inéquitablement partagé. Des chicanes entre bandits du roi. Mais c'était pour Miliau un désagrément supplémentaire qui, ajouté à la fièvre, à la douleur, à l'immobilité contrainte, fit qu'il n'y tint bientôt plus et supplia Isaine de partir à la recherche de Brenda.

Ce qu'elle fit en compagnie de Renan de Saint-Blin, qu'elle avait apprivoisé en quelques jours, puis attaché à ses pas et à sa personne du temps que son maître légitime était en repos.

Elle n'eut guère loin à aller : Brenda vaguait benoîtement en mâchouillant quelques paragraphes de grimoire appris par cœur aux alentours du château.

Elle vint à eux tranquillement, prête à leur emboîter le pas, son sac d'onguents et d'herbes sous le bras, après avoir jeté un coup d'œil circonspect au cerbère chevelu qui accompagnait la demoiselle.

– Allons voir la jambe de messire Miliau, dit-elle. Belle enfant, si tu pouvais croire que j'aie lu ça dans mes runes, ou que j'en aie senti l'odeur nauséabonde depuis mon repaire de la forêt, tu me livrerais aux gens de Ruzavel ! Hi, hi, hi !

Pas vrai ? Eh bien, non. J'ai vu rentrer le jeune Trézhuel au début de la lune. Pas de sorcellerie là-dessous ! Il se tenait sur son cheval comme un chien noir qui a le cul dans la braise ! Facile de voir qu'il souffrait d'une patte et que la plaie n'était pas des plus jolies. Allons-y !

Isaine fit monter la vieille en croupe, ordonna à Saint-Blin :

– Va devant, messire Renan !

Il alla devant et elle put parler à Brenda.

– Il faut que tu me dises, Brenda, qui je suis.

– Je sais qui tu n'es pas, ma belle, mais je ne sais pas qui tu es.

– J'ai besoin de savoir, insista Isaine.

– Je sais qui tu n'es pas. Je ne sais pas qui tu es.

Il n'y eut rien à en tirer de plus.

Trois jours plus tard, Miliau était sur pied. Et le matin du quatrième jour, qui était ensoleillé et plein de pépiements d'oiseaux, un messager vint apporter une invitation pour toute la famille à se rendre, d'ici une quinzaine, au château de Vives, chez Regnard et Tiphaine Ortal.

C'était à presque trois heures de chevauchée de Trézhuel. Des gens originaux, qui se disaient vivre uniquement pour la paix et dans un esprit de paix. Ces deux dernières décennies, ils avaient dû souffrir quelque peu de l'ambiance générale !

Tous les printemps, généralement après Pâques, Tiphaine de Vives et son époux organisaient de grandes festivités, qui duraient trois jours et où étaient conviés grands, petits et moyens seigneurs d'alentour avec épouses, enfants et écuyers, nourrices, chiens et chevaux.

Le château de Vives était vaste, construit sur un étang, que Tiphaine appelait son lac.

Et que faisait-on durant ces trois jours de liesse, chez Regnard et Tiphaine de Vives ? On mangeait, on dansait, on devisait, on jouait ; on chassait, on pêchait autour de l'étang ou l'on s'y promenait en barque ; la nuit, on y allumait des feux sur les berges, qui se reflétaient dans l'eau, ce qui était du plus bel effet. Regnard, lui, organisait des joutes, des tournois, des jeux de guerre à armes courtoises, évidemment ! Tant de belles et bonnes choses, qui engageaient de grandes dépenses.

On ne savait au juste de quelle manière Regnard Ortal de Vives gagnait ce qu'il dépensait ; mais on ne cherchait point à comprendre, se contentant de profiter de ses largesses pour y saisir le plus et le plus grand plaisir que l'on pouvait en tirer.

Cependant, si ces réunions de « haute pacificité » n'étaient que pour la joie et la bonne entente, il s'y réglait grand nombre d'affaires. Derrière les tentures, au détour d'un escalier à vis, à l'ombre d'un arbre du verger, sous l'auvent d'une tente champêtre ou le dais d'une tribune de joute, entre deux prises d'armes, parfois derrière les courtines d'un lit : la paix n'engendre-t-elle pas l'amour, et partant, bon nombre de bâtards ?

Mariages, questions d'argent ou de terres, complots de famille ou politiques, et ces deux se confondaient souvent ; réconciliations ou rencontres, tout était possible. Même si tout n'était pas permis. Les de Vives fermaient en apparence les yeux, veillaient avec une vigilance tendue à ce que rien de fâcheux ne vînt à se produire.

Comme en effet on mélangeait tout le monde : adversaires, ennemis jurés, amis, rivaux, concurrents ou parents, sous prétexte de trêve et de paix, on risquait toujours plus ou moins le mauvais coup en joute, l'accident de chasse, l'empoisonnement... Ici, on était en terrain neutre, mais espions et « surveillants » grouillaient parmi la foule joyeuse afin que rien d'irréparable ne survînt. Sans compter que pouvaient arriver de véritables accidents ou que le feu pouvait prendre au château !

Ainsi, ce fut le temps de la fête chez Tiphaine de Vives et toute la famille de Trézhuel y fut conviée.

Un espoir nouveau vint à Isaine qu'elle pouvait y rencontrer Gosselin. Elle se prépara donc à être resplendissante au cours de ces trois jours ; ce qui ne l'empêcha pas jusque-là de venir tous les jours attendre que Gosselin de Kerrud revînt d'Angleterre.

Cette assiduité mettait Miliau en rage, qui rongeait son frein. Quant à Onfroi, la passion de celle qu'il pensait toujours être sa fille et la rogne de son fils le faisaient rire sous cape ou bien ouvertement, selon les moments.

Isaine avait l'impression de devenir folle. Elle supportait de moins en moins l'attente. L'absence de Gosselin la minait, la tuait, doucement, méthodiquement, irrémédiablement.

Chaque matin, elle se préparait au bonheur, à le revoir enfin, à lui parler, à se blottir dans ses bras, à entendre sa voix chaude, à se laisser bercer, porter, emporter par les mots, les promesses, les projets. A entendre son rire, à regarder ses yeux, rieurs ou sérieux ainsi qu'ils pouvaient l'être. Elle se gonflait d'espoir et de joie. Espoir et joie que, tout au long de la journée, les événements d'une part et Miliau d'autre part allaient s'évertuer à détruire, systématiquement et sournoisement.

Invariablement, Gosselin ne revenait pas et elle n'en avait nulle nouvelle. Quant à Miliau, il poursuivait inlassablement son œuvre de sape. Tant qu'il avait été immobilisé par sa méchante blessure, elle s'était trouvée relativement libre de ses mouvements, était retournée une fois à Kerrud.

Elle n'y avait rien appris de mieux, sinon que Gosselin y était attendu. Elle avait eu plaisir à revoir Basilie, qui se languissait de son neveu Garin. Geoffroy Guillaume avait pris une mine sincèrement dépitée pour lui assurer que rien n'avait changé depuis sa dernière visite. Elle n'insista pas, revint bredouille et fort chagrine.

La nuit, c'était pire. Deux phrases la harcelaient, qui lui ôtaient le sommeil : « Isaine de Trézhuel n'est pas Isaine de Trézhuel », « Je vous épouserai, Isaine de Trézhuel. Promis ! »... Encore et encore.

Alors elle se plongeait dans la prière, y cherchant fraîcheur, réconfort et paix. Elle implorait Dieu, se pénétrait des paroles du Pater ; mais les deux phrases démoniaques, contradictoires, incompatibles, s'y insinuaient, ligotaient les mots jusqu'à les étouffer, les faire tomber, leur enlever leur sens et leur sainte magie.

Elle finissait par s'endormir. Alors Gosselin lui apparaissait.

Hormis les rêves au cours desquels elle revivait leur étreinte passée et unique, au point d'en ressentir la jouissance comme s'il fut réellement en elle, songes dont elle s'éveillait en larmes et plus malheureuse encore, l'âme et le corps douloureux de l'absence, du manque, tous les autres étaient voisins du cauchemar.

Elle cherchait désespérément son amour, le voyait sans cesse s'éloigner, insaisissable, indifférent. Elle l'appelait. Sa voix ne portait pas, il ne l'entendait pas. Elle courait, elle galopait pour le rejoindre. Immanquablement elle ou son cheval tombait, trébuchait ou bien se démenait, sans progresser d'un pas. Une seule fois, elle le rejoignit. Mais il fut avec elle si méchant, qu'elle s'éveilla en sueur, se débattant.

Une autre fois, elle le vit mort ; dévoré par les bêtes sauvages, déchiré au point qu'il fût impossible de le reconnaître. Elle fut à l'éveil tellement saisie par cette vision d'horreur, qu'elle se prit à redouter qu'il ne s'agisse d'un rêve prémonitoire.

Elle attendit le seigneur de Kerrud avec plus d'angoisse encore.

Mais, la plupart du temps, c'était le grand rire de Gosselin qui la tirait du sommeil, qui éclatait à ses oreilles, bouleversant ; ce rire qu'elle aimait tant, mais qui se moquait d'elle.

Et puis, deux jours avant la date fixée pour se rendre à l'invitation des de Vives, épuisée de ses nuits, rongée de ses journées, elle décida de retourner à Kerrud. Avoir au moins certitude qu'on n'y avait pas nouvelle de sa mort, car depuis son mauvais rêve, cette idée l'obsédait, sans qu'elle parvînt à se raisonner. Cette hantise allait parfois jusqu'à la terreur, lui ôtant l'appétit, toute couleur au visage.

Miliau la regardait se languir et dépérir, avec une peine sincère, une jalousie plus vive encore que la pitié. Car il avait beau se dire que seule la perte brutale de son identité, la volonté inassouvie et inassouvissable de découvrir qui elle était, la faisaient ainsi mourir à petit feu, il savait pertinemment qu'il n'y avait que Gosselin de Kerrud, son silence, son absence et tous les doutes qu'il avait lui-même instillés dans le sang et dans l'âme de sa « sœur », à être responsables de cette lente agonie.

C'était cependant une mourance tout en soubresauts. Le mal était à l'intérieur. Les ravages qu'il occasionnait ne s'apercevaient encore qu'à la condition que, comme Miliau, on fût un observateur fidèle, attentif et intéressé. A l'extérieur, le désir, la volonté, l'espoir – insensé, certes ; mais est-il sensé celui qui aime ? – donnaient à la jeune châtelaine une frénésie de mouvement, d'action. Affairée d'amour, voilà ce qu'elle était, Isaine.

Il était très tôt, à peine laudes avaient fini de sonner. Elle avait laissé le soleil derrière elle, un clair soleil d'avril tout dispos, tout rose, et s'en allait en direction de Kerrud, au pas sonnant et décidé de sa jument.

Heureuse marchait guillerettement. Elle secouait sa longue crinière, jetait au vent frisquet de brefs hennissements pour accompagner, au long des haies épanouies de blondes feuillescences, le tintamarre des oiseaux.

Isaine avait mal dormi. Pour se remettre en bon état de vivre, elle chantait. Elle portait une chemise blanche à cordons, un corselet de moire verte, serrant la taille étroitement. Lacé de velours jaune d'or sur le devant, il s'évasait en basques longues, taillées en carrés, qui faisaient sur ses hanches et les gros plis de la jupe de drap bleu ciel à ramages couleur de feuilles, une corolle de verdure. Ses cheveux aux ondes chatoyantes, aux douceurs brunes de pain brûlé, flottaient en panache sur son dos, retenus par un simple nœud de velours bleu d'azur, au niveau de la nuque.

L'avait-elle fait exprès ? Oui. Elle portait sur elle les couleurs de Kerrud. Lesquelles étaient aussi les couleurs d'avril. Et elle chantait. Et elle priait le Grand Dieu, là-haut, partout, pour que ces couleurs fussent bientôt les siennes.

A l'occasion des festivités chez Tiphaine de Vives, Onfroi Le Hac lui avait fait faire une robe somptueuse, sur laquelle travaillaient des femmes au château.

Elle se demandait pourquoi, tout à coup, son père terrible voulait qu'elle fût à son avantage. Avait-il l'intention de la marier ? Voulait-il seulement montrer son opulence et son bon goût ? Depuis quelque temps, il ne la battait plus. Il y avait anguille sous roche et Isaine trouvait à cette anguille mauvais genre !

La robe de fête, elle n'avait pas encore eu le droit de la voir. Onfroi riait, en faisait tout un mystère, un jeu qui n'était point du tout dans ses habitudes. Une fille était venue, accompagnée de Berched Bodmaël tout émoustillée, pour prendre ses mesures. Elle avait eu beau les assommer de questions, tout ce qu'elle en avait obtenu était : « Une magnifique étoffe ! » et de Berched en confidence : « C'est réellement très beau. C'est pas une vilaine farce. »

Car de l'imprévisible Onfroi Le Hac, Isaine savait pouvoir s'attendre à tout, y compris qu'il cherchât à l'humilier ou à la ridiculiser en public.

Elle s'évadait dans cette pensée, sans que celle-ci du reste la torturât en aucune manière, lorsque d'un sentier de traverse un cavalier surgit devant elle.

XI

Ainsi gèlera la fleur au pommier

HEUREUSE s'arrêta d'elle-même, sans frayeur, car elle avait reconnu son compère Le Noir, les naseaux tout fumants dans l'air du matin, qui encensait en raclant du sabot pour se faire valoir aux yeux de sa compagne d'écurie.

Miliau était tout de noir vêtu, ce qui lui seyait à merveille, ajoutait à son visage sinistre une touche pathétique.

– Tu te fais du mal, Isaine, murmura-t-il en inclinant la tête avec la mine de quelqu'un qui s'en fait soi-même.

Comme elle ne bronchait pas et prenait son air des mauvais jours, il enchaîna un ton plus haut, mais avec infiniment de douceur :

– Je te l'ai dit, déjà : Gosselin de Kerrud...

Elle ne lui laissa pas le temps d'achever. Eperonnant Heureuse, elle bondit en avant, faisant faire un écart au Noir et à son cavalier, les envoyant piétiner un prunellier sauvage, qui cruellement les retint dans ses griffes noires.

Elle ne voulait plus rien entendre ! Il suffisait à présent des mises en garde bienveillantes, des conseils apitoyés où affleurait la menace doucereuse et nocive ! Et quand bien même Miliau eût été fait par Dieu porte-parole de la raison pure, elle ne voulait pas être raisonnable ! Plus jamais ! Elle aimait Gosselin à en crier, elle aurait Gosselin à ses côtés chaque jour à venir de leurs deux vies ! Ce serait ainsi ! Et ni Miliau, ni Onfroi, ni le diable, ni la guerre, ni personne ne l'empêcherait ! Jamais !

Elle criait tout cela au vent, ainsi qu'à l'adresse du sire de Trézhuel, en galopant vers Kerrud. Son cœur malade allait plus fort, plus vite, plus bruyamment que sa jument et ses yeux étaient de la couleur du vieux loup. Le terrible vieux loup, qui venait quelquefois chercher pitance et aventure dans son regard, ces belles grandes fenêtres de l'âme affamée, où il hurlait sa rage.

Miliau, dépris du taillis, lui avait emboîté le pas. Ou plus exactement le galop. Quand il fut à sa hauteur, il empoigna les rênes qu'il lui arracha des mains, la saisit par la taille. Les deux chevaux se cabrèrent, arrêtés brutalement ; repartirent côte à côte à pleine vitesse. Le frère et la sœur tombèrent ensemble, rudement, sur l'herbe heureusement déjà épaisse du chemin de terre.

Ils demeurèrent un moment étourdis, gémissants, enlacés l'un à l'autre. Leurs yeux étaient clos et leurs souffles courts, hachés, brisés par la chute.

Miliau le premier ouvrit les yeux, bougea une main, qu'il promena sur les cheveux, le visage, tout le corps de la jeune femme qui frissonna.

– Isaine ! appela-t-il d'une voix cassée.

– Oui.

C'était à peine un souffle.

– Tu as mal ?

– Non.

Il respira profondément, posa ses lèvres sur les siennes, comme pour l'éveiller. Se laissa aller sur le dos, lui tenant les deux mains et, regardant le grand ciel où voguaient de lourds vaisseaux de nuages argent et or toutes voiles dehors, déclara d'une voix plus assurée, rassurée :

– Tu n'iras pas à Kerrud.

– Pourquoi ?

– Personne ne t'y attend.

Isaine se releva dans un bond, sa toilette en désordre, de la boue et des traces d'herbe aux joues, une perle de sang à la lèvre. Des mèches de cheveux lui pendaient au visage et ce visage avait la couleur de la craie. Les prunelles étaient d'argent vif, le timbre de sa voix fêlé d'effroi :

– Il est mort !

De saisissement, tant le mouvement brusque ainsi que la sinistre affirmation étaient inattendus, Miliau demeura coi. Il se dressa sur ses coudes, examina l'épouvante de sa compagne avec un intérêt perplexe. Elle, que ce silence et ce faciès figé confortaient dans son horrifique certitude, articula avec une dangereuse exaltation :

– Gosselin est mort. Je le savais. J'en ai fait le rêve.

Miliau se mit à genoux très vite, la prit aux épaules, la secoua. Il souriait bien que ses sourcils fussent froncés d'inquiétude, et les mots qu'il prononça carillonnèrent dans la tête d'Isaine :

– Mais non, pas mort ! Quelle idée ! Gosselin n'est pas mort ! Il a débarqué à Brest hier ! Je l'ai vu, je lui ai parlé ! Il était tout à fait vivant, crois-moi. Et même tout à fait heureux ! A moins qu'on ne puisse mourir de bonheur et que ça lui ait pris cette nuit... il va bien ! Très bien.

Elle avait posé son front sur celui de Miliau. Tandis qu'il parlait, elle poussa une longue plainte douce, qui ressemblait à une chanson, qui s'acheva en rires et en pleurs.

– C'est toi qui vas mal, petite sœur, dit-il en la berçant entre ses bras. Il est grand temps que tu commences à être heureuse, toi aussi.

Pour mettre sans plus tarder ce beau projet à exécution, elle lui échappa et partit en courant.

Les deux chevaux étaient revenus de leur escapade et grignotaient un peu plus loin l'herbe tendre. Avant que Miliau fût revenu de son ébahissement, Isaine avait disparu derrière les touffes d'ajoncs, les gerbes drues des genêts encore verts.

Il se leva. Dressé, noir dans la jeune verdeur de tout, dans la joyeuse et éphémère mouvance des choses et des êtres d'ici-bas, il jeta dans le dos de sa sœur, comme on jette à un affamé une poignée de grains rances :

– Gosselin de Kerrud ne t'aime pas, Isaine ! Il ne t'épousera pas. Je lui ai dit que nous avions pour toi meilleur parti qu'un petit seigneur de son espèce ! Il n'a rien dit, Isaine. Il a souri ! Il a souri !

Isaine n'entendit pas. Parce que des mouettes au-dessus d'elle riaient, parce que le ciel s'échancrait sur des étendues d'or, sur des océans bleus ; parce que l'océan chantait à ses pieds, criblé de soleils neufs et de pluies à venir. Et tout en elle riait et regardait devant, hardiment, avec confiance, avec bonheur, un amour infini, une joie d'enfant qu'elle n'avait jamais éprouvée, enfant.

Gosselin était revenu ! Si, comme le disait Miliau, il était à Brest hier, il serait ici aujourd'hui ! Inutile d'aller jusqu'à Kerrud : elle allait attendre sur la lande ; l'attendre pour le surprendre, pour éprouver tout le bonheur de le contempler un moment sans qu'il le sût. Ce moment tant attendu ! Elle jouerait peut-être à le prolonger un peu... Puis elle courrait à lui, lui dirait tout ce qu'elle avait de si précieux, de tellement heureux à lui dire ; et puis se donnerait à lui, corps et âme, pour toujours.

Alors, de nouveau, comme dans le Bois d'Angus sous le gros chêne, ils ne seraient plus qu'un seul être.

Elle avait tant souffert d'être ainsi divisée, déchirée en deux et l'autre partie d'elle-même à tous les coins du monde ! « Oh ! Gosselin ! Aime-moi comme je t'aime ! Comme je crois que tu m'aimes ! »

Elle descendit à travers brande, par le sentier de la Vieille Tombe. Ainsi elle rejoindrait la route sinueuse, bordée de haies, de taillis de murets, par endroits recouverte de branchages en arceaux, qui menait à Kerrud. Elle tournerait le dos au bois de pins, elle aurait l'océan devant elle.

Elle passa sous les résineux aux troncs rugueux, aux balais

d'un vert profond, qui, mus par le vent, s'en prenaient à ses cheveux telles des brosses. Ses pieds rapides glissaient sur les longues aiguilles du sol, butaient contre les tortueuses racines, contre des pierres brunes. Parfois, un oiseau noir, un oiseau blanc, s'échappaient des branches flexibles, plongeaient aux nues à tire-d'aile, avec un long cri de surprise, un rire de dérision. Ou bien c'était un écureuil véloce, sa flamme de queue derrière lui, affairé, besogneux et craintif, vif et vigilant, sautant de fourche en fourche et parfois d'arbre en arbre.

Plus elle allait, plus fort battait son cœur. Plus elle allait, plus elle imaginait avec clairvoyance le visage de Gosselin quand elle lui dirait : « Tu n'es pas mon cousin. Nous pouvons nous marier. »

Plus elle allait, plus elle se sentait légère, comme au long de sa route le pèlerin fatigué et malade laisse tomber son bagage, ses hardes, sa besace et se retrouve bientôt, léger et nu devant Dieu seul. Libre. Libéré.

Ainsi était Isaine, déchargée de l'attente, de l'angoisse, de toutes ses peurs ; déchargée de l'importun fardeau du tourment de l'absence.

L'épreuve était passée, venait la récompense.

Elle chantait des couplets inventés à l'instant, regardait tout avec délices. Puis, quand la voix de la mer couvrit la sienne, quand elle ne fut plus au couvert de la pinède, elle lécha ses doigts, essuya sur sa joue les traces d'herbe et de boue. Elle tapota sa jupe, lissa l'étoffe du corselet des deux mains à plat sur sa taille et son buste. La chemise blanche était sur une manche déchirée, souillée, et la peau du bras en dessous écorchée, parée de perlettes de sang. A cela elle ne pouvait remédier et se contenta de hausser les épaules, de renouer dans ses cheveux en bataille le velours d'azur.

A peine achevait-elle cette sommaire toilette, que le martèlement des fers de nombreux chevaux la fit s'accroupir, souffle suspendu, derrière un buisson hérissé, éblouissant de fleurs d'or vif.

Une longue, interminable colonne de fervêtus s'avançait. Chevaux, mailles et carapaces. Une véritable armée.

On voyait souvent de tels mouvements de troupes, timbrés des Lys ou timbrés de l'Hermine ; des trois Léopards de Normandie, des deux Léopards d'Angleterre, avec les Lys encore, écartelés [1]. Il y avait là les couleurs d'Edouard III, les grands arcs et les carquois.

Résonnaient des chants aux accents inconnus, aux intonations sauvages.

Il y avait tout un train de valets d'armes et de bêtes de somme, des bagages, des chariots, puis de nouveau des hommes, des guerriers.

Isaine, émerveillée, en dénombra approximativement quatre centaines. Il y avait un an de cela, à tel spectacle, elle aurait couru, en chausses et bottée, alerter son frère, son père, faire tout un tintamarre, le cœur bondissant d'émoi, d'orgueil et de rage, parce qu'elle aurait vu passer un troupeau d'Anglais armés en guerre. On aurait tendu un guet-apens, on aurait... Son sang ne fit qu'un tour : pourvu que ni Miliau ni Onfroi !... Non. Ceux-là étaient trop nombreux et Messire Bertrand, cet émérite chasseur d'Anglais et de brigands, de rebelles et d'indomptables, était en Normandie.

Car aujourd'hui tout était différent. La bannière qui en tête de ces guerriers flottait était d'azur, d'or et de sinople ; l'écu d'azur posé sur l'échiquier si cher à son cœur ! Celui qui la portait, monté sur un beau cheval pie, était jeune et fier, bien droit et sérieux, vêtu aux couleurs de son maître : Garin Jeandeleur. Son ami Garin, son compagnon des jours d'enfance.

Une buée de joie attendrie lui brouilla un instant le regard.

La colonne passa et passa encore. Elle se sentait fondre et faiblir toute, d'impatience, de fièvre. Enfin, elle le vit.

Il venait loin derrière, sur Guingamor le grand rouan. Il

1. Se dit de l'écu partagé en quatre quartiers égaux.

allait lentement ; à ses côtés, une dame. Etrier contre étrier, ils se faisaient visage, devisaient tous deux en souriant.

Même à telle distance, la beauté nette de Gosselin frappa Isaine au cœur. Et son cœur givra. Ainsi parfois, aux nuits de printemps, gèle la fleur au pommier.

Comme souvent, il était vêtu en vert. Sans recherche et presque sans soin. Botté de cuir souple, poussiéreux, où l'on sentait l'usure et un certain confort. Il était tête nue, coiffé de ses seuls cheveux drus, aux boucles rêches ébouriffées par le vent, dont un soleil jaloux tentait en vain d'égaler le feu.

La dame à côté de lui se penchait sur l'encolure de sa monture, lui parlait de près, comme en secret. Il l'écouta en inclinant vers elle sa haute taille, puis se redressant, juste au moment où ils passaient à hauteur d'Isaine, lança un grand et chaud éclat de rire, la tête jetée en arrière. Un rire si beau, si cruel, qu'il éclaboussa Isaine telle une grenaille brûlante, telles mille incandescences, qui s'incrustèrent dans sa chair, au fond, jusqu'au cœur tambourinant, jusqu'à l'âme pétrifiée soudain.

Ils étaient passés.

Elle, elle n'était plus que pierre. Il n'y avait que ses yeux qui eussent encore un peu de vie, assez de vie pour les suivre. Yeux couleur d'argent pur.

Ils disparurent sous la voûte de verdure, au-delà de laquelle on voyait, telle une île, flotter les toits de Kerrud, émerger le gros donjon, entre chênes et flots, entre flots et nuages.

Ils étaient passés.

Mais avant qu'ils ne disparaissent, Isaine entendit la voix de la dame, qui roulait un rire doux comme celui des colombes :

– Attendez, cher seigneur, le jour de la noce pour vous tant réjouir !

Ils étaient passés. Il était passé. Pour jamais. Passé... Que n'était-elle rentrée sous terre ? Que cette terre ne l'avait-elle engloutie ? Un couple heureux, complice, voilà ce qu'elle venait de voir. Et elle ? Elle ?

Rien. Personne. Une sauvageonne sottement apprêtée, avec un bras saigneux et la chemise déchirée, les joues barbouillées et des épines dans les cheveux. Une cousine un peu bizarre, un souvenir à rougir. Une fille folle et peu sérieuse, dont on prenait le corps comme d'autres cueillent une pomme. Une amoureuse de chimères, aux mains griffées d'ajoncs, accroupie dans la lande, avec un vain amour pour lui ronger les entrailles !... Miliau avait raison. Comme elle aurait dû l'écouter ! Mais le pouvait-elle alors ? Miliau avait essayé de lui faire comprendre, de la sauver ; elle l'avait repoussé. Miliau avait vu juste : Gosselin de Kerrud l'avait oubliée et si bien oubliée qu'il en aimait une autre ; une de sa race, une de son camp, une d'Angleterre ! Qui lui ferait de beaux enfants à peupler Kerrud, à maintenir et tenir la lignée ! Une qui l'aimait. Rien à dire.

Comble de tout, elle était belle. La peau blanche et le cheveu noir, tombant sous le voile sombre en vagues serrées, luisantes, sur les épaules fières, jusqu'à la taille bien cambrée ; plus bas encore, se mélangeant sur la croupe de la monture aux plis amples de la cape qu'elle y avait laissé glisser. Belle, oui. Bien plus belle qu'elle ! Ses joues, ses mains, brunies et rougies à tous les vents, aux soleils aigres, aux embruns... L'autre, sur sa haquenée ambleuse, elle se tenait roide et hautaine, souveraine. Et elle « lui » souriait.

Mais eût-elle été laide, vieille, sans estoc, cela n'eût rien changé : il l'avait choisie. Il l'aimait. Lui, son ami, son amant, son tout... Lui...

Au premier pas qu'elle fit pour les revoir encore, surgir au tournant du sentier, passer les arbres en berceau, le sol manqua sous son pied, le ciel l'écrasa de courantes nuées, la piétina tel un troupeau lancé au galop.

A deux genoux elle tomba dans la bruyère : elle avait mille ans.

Elle regarda ses mains aux doigts tremblants, aux paumes écorchées, terreuses, calleuses de ces pommeaux d'épées qu'elle avait tant maniées, y compris contre lui, et elle sut que jamais ces mains-là ne le toucheraient plus. Sur ses lèvres séchées au vent de mer, au ressac infini de son nom tant de jours et de nuits répété, plus jamais à dire maintenant, elle sentait le sel, les embruns. Ils étaient amers.

Ses cheveux s'emmêlaient et de grands souffles d'air les tiraient en arrière afin qu'elle les vît mieux : lui et elle.

Ils chantaient. Ils riaient. Ils se riaient. D'elle ?... Tellement occupés à se contempler et s'admirer l'un l'autre, ils ne la voyaient pas.

Ni n'entendirent la plainte qui la coucha dans les ténèbres.

XII

Tu seras mon porte-flambeau

Elle s'éveilla parce qu'un oiseau gris s'était perché sur sa tête, s'y agitait, pris au piège des rets chevelus. Elle l'aida d'une main faible, s'assit et reprit son souffle.

Si elle était tombée sur un glaive dressé et qu'il l'eût transpercée de part en part, son cœur ne l'aurait pas fait souffrir davantage, elle n'aurait pas ressenti par tout le corps de plus vive douleur ! Elle se dit aussi que s'il en avait été ainsi, elle ne se serait jamais réveillée, jamais relevée et que ç'aurait été infiniment mieux.

Elle se mit péniblement sur ses pieds ; avec des gestes machinaux, défripa sa jupe où s'agrippaient la griffe d'or des ajoncs, l'agrafe d'améthyste des bruyères, quelques insectes.

Elle vit alors que Miliau se tenait un peu plus loin, sous les pins. Droit en selle sur Le Noir, immobile, tenant Heureuse par la bride à son côté, il attendait.

Il avait dû la rejoindre depuis un bon moment. Il avait dû assister au défilé tapageur de ceux de Kerrud. Il avait dû la voir tomber, la voir souffrir. Il l'attendait.

Sans un regard pour lui, d'un pas incertain, elle vint vers Heureuse, dont la crinière enguirlandait les premières bruyères entre lande et pinède, dont la queue échevelée traînait dans les aiguilles sèches. Elle se jucha en selle avec les mouvements lents et gauches d'un être qui ne serait plus de ce monde, mais, par habitude, essaierait encore de regagner le monde des vifs.

Elle remonta le sentier. Miliau suivait à distance, gardait le silence.

Tant de douleur le portait soudain à la vénération. Loin de savourer un triomphe somme toute bien vite venu, aléatoire encore parce que trop aisé, il pleurait avec elle sans larmes, mais avec ce qu'en son âme il avait de meilleur. Un peu de bonté vraie, de compassion sincère, s'étaient détachées de son cœur durci et noir, comme une feuille se détache d'un chou et il la regardait trembler au vent de son amour violent.

Plus tard, sans doute, il parlerait, car sa partie n'était pas encore gagnée. Plus tard. Pour l'heure, il laissait Isaine sortir seule de son anéantissement, de même l'y avait-il laissée s'enfoncer seule, sans secours, en la poussant imperceptiblement vers l'endroit du marais où il n'était plus possible de reprendre pied.

Il avait vu Gosselin à Brest. Il avait vu la dame anglaise. Ils venaient de débarquer. Miliau les rencontra sur le quai : « Bonjour, cousin », « Bonjour, cousin ». Rien de plus. Ce qui s'était passé ensuite, ce qui s'était dit entre eux deux devant un pichet, il aimait mieux ne pas y songer pour l'instant. Il préférait s'en remettre à cette Providence maligne, qui depuis ce matin lui souriait de toutes ses dents cariées !

Miliau ne prononça donc aucune parole et ils arrivèrent à Trézhuel sans avoir échangé ni un geste ni un regard.

Onfroi Le Hac les y attendait. Dès leur sortie des écuries, il s'écria, leur barrant le passage :

– Qu'a donc la péronnelle à faire pareil visage ? Vous vous êtes battus, ma parole ! Mauvaise rencontre ? Hein ?...

– Poussez-vous, père ! demanda Miliau avec juste ce qu'il manquait d'accent pour que ce ne fût pas un ordre.

– Poussez-vous, père... le singea Onfroi.

Puis, de sa voix de tonnerre, encore une lisière de ciel :

– Auriez-vous des comptes à régler derrière mon dos, qu'ils n'en vaudraient pas la peine que tu me parles sur ce ton ! Miliau Le Hac, tu es ici sous mon toit et pas grand-chose de plus que cet âne vêtu de Saint-Blin ! Tu n'as aucun sens des responsabilités ni des charges que te confère ton rang ! Tu ne prends conscience de ton importance que lorsqu'il s'agit d'élever la voix, d'émettre une volonté ! Tu es incapable de gouverner un domaine ; tu l'as prouvé à Kerrud. En vérité, je plains ton cousin : il va avoir du pain sur la planche ! Je m'y suis promené, ce tantôt, sur Kerrud... histoire de voir, de prendre le vent... Félicitations, fils, j'ai rarement vu une terre plus mal entretenue !

Des vagues de fureur et d'orgueil blessé chuintaient aux oreilles de Miliau. Il fit un pas en avant, prêt à frapper. Ces deux-là ne pouvaient se trouver face à face sans se battre ! C'était une fatalité.

Isaine sentit que cette fois encore les nuages seraient poussés plus loin, que l'orage et la grêle éclateraient sur sa tête à elle. Elle n'en avait cure. Elle ne chercha même pas à y échapper. Appuyée au mur de l'écurie, elle attendait, résignée à subir tout ce qui lui adviendrait sans broncher. Qu'Onfroi de Trézhuel la tuât par inadvertance ce jour d'hui à force de violences, elle n'était pas loin de le souhaiter ardemment.

Puisqu'elle n'était plus Isaine de Trézhuel, puisque Gosselin ne l'aimait pas, à quoi bon cette vie ?...

– Vous vous comportez comme si Kerrud vous appartenait encore, grondait Miliau. Vous l'avez perdu. Vous l'auriez perdu de toute façon.

– Kerrud est encore à moi, malgré... les apparences... ou le sera bientôt. La ruse fait plus et mieux que la violence. Tu m'as appris cela au moins ! Ah ! Ah ! Ah !

Miliau pivota sur ses talons, rentra à l'écurie, d'où il ressortit bientôt au galop du Noir, traversa les deux cours où l'on entendit décroître le martèlement des sabots, et gagna la campagne.

– Bon vent, triste ver ! marmonna Onfroi. Je devrais t'envoyer piocher dans mes champs avec mes mottiers [1] pour te donner du nerf et un peu moins de vanité et de gueule !... Reste là, fille !...

Isaine s'était détachée du mur, tel le personnage d'une frise ou d'une tapisserie soudain épris de liberté. Entendre parler de Kerrud massacrait en elle le peu qui persistât encore à se tenir debout.

Onfroi en deux enjambées fut sur elle, lui pinça la taille, lui tordit le bras dans le dos pour la faire crier et tourner vers lui. C'était pour que, ni au visage ni en nulle place visible, on ne pût discerner la moindre trace de coup. En même temps qu'il la cramponnait ainsi, il lui écrasait les pieds à pleines bottes.

C'était plus fort que lui, il ne pouvait pas s'empêcher de lui faire mal ! Cette fille trop courageuse lui portait sur les nerfs jusqu'au vertige de la folie ! Il lui venait, dès qu'il la voyait, des envies, des besoins de torture, et cela depuis toujours... Depuis la nuit de sa naissance. La vue de cette enfant, puis de cette femme, le blessait, bien au-delà du regard... Un criminel face au spectre de son meurtre, ou quelque chose comme ça ! Un criminel... lui ? Quel meurtre ?

La guerre, les nécessités de la guerre. Les nécessités de l'homme de guerre... L'incontournable geste de tuer... Est-ce là meurtre ? Quelle nuit ?

Non. C'était seulement parce qu'Isaine était une fille.

Cette nuit-là, cette nuit où la petite était née, Gwenn était venue. Gwenn Daouën, de Kerrud ! De Kerrud ! Il avait bu. Elle l'avait repoussé, comme chaque fois.

Rozenn piaillait là-haut, dans la chambre, tel un goret sous le couteau. Après, il y avait eu cela : cette chair de fille, qu'il

1. Dans la presqu'île de Crozon, serfs possesseurs d'une « motte » (terre roturière à cultiver et une maison). Le mottier devait payer chaque année un boisseau d'avoine et une poule.

tenait là maintenant devant lui, dans toute l'arrogance de sa beauté de femme ! Mais quel visage ! Que lui avait-on fait ? ! Que s'était-elle fait à elle-même, la sotte... Ces femelles aiment à tort et à travers ! Ne savent rien de rien que les tracas et les intrigues : elles sont si peu de chose, pauvres formes sans âme ! Elles sont si peu de chose et la tête si chargée de malignité !

Une fille, c'est dans une famille plus qu'inutile, nuisible ! Dire qu'il avait eu, lui, Onfroi de Trézhuel, six fils ! Six ! Et qu'il ne lui en restait qu'un. L'aîné, Miliau. Cet agaçant personnage qu'il aimait si fort, bien qu'il s'en défendît, bien qu'il le harcelât de ses incessantes injustices, de ses insultes et jugements iniques ! Ce bougre lui mettait les sangs à bouillir, par cette façon qu'il avait de regarder son père avec insolence, de lui tenir tête ! Ce caractère dur et sombre, ce roué, en qui il plaçait, lui Onfroi, toute sa confiance et tous ses espoirs. Hélas ! L'un comme l'autre pour l'instant trop souvent déçus !

Il aimait Miliau comme un autre lui-même, il aurait voulu le modeler à son image. Quand il était né, il en avait éprouvé tant de joie et de fierté, qu'il avait été tout près de croire être seul à l'avoir fabriqué, ce rejeton-là ; car il était impossible que son ombre d'épouse, cette mijaurée pleurarde, à qui il faisait l'amour par devoir et volonté d'héritiers, eut pu y être pour quoi que ce fût !

Pourtant, c'était une bonne faiseuse de fils, malgré son air de rien et de moins que cela ! Six gars ! Sacré bon sang ! Six gars dont il se répétait parfois les noms, comme on passe en revue les ancêtres lointains : Miliau, Guy, Morvan, Erwan, Lug, Even... Autant de graines d'hommes et de chevaliers, picorés par le destin sans discernement ! Comme pour lui dire : « Onfroi Le Hac de Trézhuel, tu as trop de chance ; nous allons arranger cela ! » Et hop ! Madame la Peste de vous souffler trois pions, en ricanant : Guy, Morvan, Even... et la mère avec, pour que les chers petits se sentent moins seuls à la grande fosse blanche, puante et fumante ! Encore s'en était-il fallu de peu que Miliau ne fût du voyage ! Trop mauvais cœur, Miliau, trop forte tête et méchant bougre pour se laisser traiter et accommoder par la Morille !

Les deux autres, Erwan et Lug, ç'avait été des surprises du Bon Dieu. Celui qui sait tout, qui ne fait que le bien ; Celui qui pourvoit à toutes choses ! Il avait pourvu.

Erwan, c'était l'hiver, un méchant courant d'air, qui l'avait fait s'envoler pour ne plus revenir ; cueilli dans son berceau, avec pas la moitié d'un an de chair sur les os ! Lug, c'était un cheval trop fort pour lui, qui, en sa troisième année, lui avait dans la poitrine gravé un beau croissant de fer, mis à la bouche une fleur de sang. Onfroi avait tué le cheval ; cela n'avait pas ramené l'enfant !

Et dans cette hécatombe, Isaine, la fille, l'inutile, la « fragile », était restée intacte. Même pas un brin de fièvre au moment de la grande épidémie ! C'était peut-être pour cela qu'il essayait de la briser sous ses poings ? Il ne l'aimait pas, c'était tout.

– Père, lâchez-moi, souffla-t-elle hâtivement.

Drôle de façon qu'elle avait de dire « père », depuis quelque temps ! Elle lui envoyait ça par la tête comme une coupe d'eau glacée ! Cette manière qu'elle avait de le fixer aux yeux, avec une froideur calme et lointaine, indifférente... étrangère.

Il fallait qu'elle lui servît à quelque chose. Il allait l'installer promptement dans les bras, les meubles et les murs du neveu Gosselin ! Elle serait, la mâtine, sa bannière vivante plantée sur Kerrud ! Là ou le fils avait échoué, la fille pouvait ériger un empire ! Et si ce grand imbécile de Gosselin Daouën valait son père, il serait bien facile de le manipuler et de l'endormir... d'un profond sommeil ! Les femmes pour cela avaient mille ruses, mille dons, mille forces ; il fallait le leur reconnaître ! Sa bannière vivante !...

– Viens, dit-il, voir ta robe de fête.

Jamais Isaine ne lui avait entendu cette joie, qui perçait dans le ton de la voix, cette presque douceur, qui s'accroupissait derrière les mots.

Il l'entraîna par la main et elle le suivit en courant. Cette course à ses trousses dut l'agacer, car il la saisit à bras-le-corps et la chargea sur son épaule avec un rire qui n'avait rien d'amène, l'emporta ainsi, inerte et ballottée, jusqu'à une chambre du dernier étage, où des couturières, des brodeuses, des dentellières, travaillaient en chantant.

Un labeur qui ne se ferait pas en chansons serait un mauvais ouvrage, parce qu'effectué sans cœur, avec tristesse. Aussi les femmes chantaient-elles en tirant l'aiguille.

Onfroi la déposa rudement sur ses pieds, la secoua un peu comme pour la remettre en état ; ainsi fait-on d'un panache de plumes qui a voyagé dans une malle et auquel on veut rendre toute sa souplesse et sa brillance.

Les travailleuses s'étaient levées, inclinées devant leur seigneur, qui leur lança :

– Montrez à la demoiselle ce que son père peut faire pour elle !

Et il la poussa en avant de deux doigts dans les reins.

Se déploya alors devant les yeux d'Isaine une des images de la somptuosité... et de l'orgueil.

C'était une soie d'or, aux amples plis légers et pourtant lourds qu'ils étaient des broderies qui les chargeaient, de fils d'or elles aussi, représentant des feuillages, des fleurs, des oiseaux et toutes sortes d'animaux des forêts et des champs. Cette flore et cette faune couraient, volaient, rampaient, se tordaient et s'entortillaient tout le long de la jupe, prenaient d'assaut le corps de robe et la manche droite, où elles venaient mourir en une pointe acérée, que terminait un gland d'or minuscule.

Car cette merveille en forêt de lumière n'était que la moitié de la robe. Sa partie droite. L'autre moitié était faite de soie noire, souple, douce et moirée telle une nuit d'été, où explosaient en myriades de perles de jais, de toutes tailles, des constellations, des taillis de nuages aux courbes de fougères, de grandes fleurs d'astres, des étoiles en grappes. S'y tordait en arabesques un très mince ruban de velours, auquel s'entortillaient en spirales diaphanes des fils d'argent bruni. La pointe de la manche, ici, s'achevait par une larme de jais.

Ainsi étaient représentées en pure splendeur les armes de la famille de Trézhuel. L'or et le sable : intelligence, prestige, vertu, grandeur et tristesse. Le jour et la nuit. Le meilleur et le pire !

– Il y aura encore ce cercle d'or pour ceindre ton front, que je vois pour l'heure rembruni et plein de nuages ! Ce cercle d'or avec ses pierres : topazes, perles grises, perles noires et... un diamant ! Et puis cette canetille d'or serrée, qui voilera tes cheveux, lesquels tu porteras roulés sur les oreilles. Point de fard au visage. Ta personne doit être sobre pour faire éclater toute la magnificence du vêtement et mettre en évidence toute sa signification. L'apparence, Isaine de Trézhuel ! L'apparence est la seule vraie force visible ; celle qui frappe les esprits et non les cœurs ! Tu seras éblouissante par ma seule volonté, par mon seul pouvoir de fortune ! Ce qui est de toi-même ne devra en aucun cas intervenir ! Je prendrai le papillon à ma seule lumière et tu seras mon porte-flambeau, Isaine, pour une fois !

Il parlait avec exaltation, allant et venant dans la pièce, piétinant des chutes d'étoffe, faisant voler des fragments de fils, écrasant parfois une perle égarée, comme s'il se fut agi d'une verroterie de pacotille.

Isaine laissa échapper un rire sec, dur, où ne passait nul sentiment d'aucune sorte :

– Vous voulez dire votre porte-bannière.

Et c'était comble de l'ironie, que d'arborer sur soi, aux yeux de tous, les couleurs d'une famille dont on n'était point ! Quel beau mensonge ! Quelle dérision !...

– J'oubliais, dit encore Onfroi, un doigt sur la bouche et ses noirs sourcils joints. Les souliers seront de cuir fin, noirs évidemment, et fourrés de martre. Et tu porteras... ceci.

D'une bogette, qu'il portait au ceinturon, il fit glisser dans sa large main de scintillantes fluidités, qui tintèrent agréablement, roulèrent entre ses doigts en jetant cent feux aux brûlances précieuses. Un collier et deux bracelets : or en chaîne et topazes d'une taille plus que respectable ; perles blanches, grises et noires, disposées telles des menues feuilles autour des pierres jaunes.

Sûr que le « papillon » allait se laisser prendre ! Si papillon il était... car d'évidence cette fois, sans l'avis de Miliau, son père était bien résolu à la marier.

Ce que l'avenir lui réservait, elle n'en voulait rien savoir et n'en avait que faire. Qu'Onfroi la donnât au diable lui-même, elle s'en serait accommodée sans rien dire ni faire, morte qu'elle était d'avoir perdu Gosselin.

Le soir même, un vent se leva, terrible, qui apporta dans ses gonflements furieux un air glacial. Un air qui coupait le visage comme une lame, mettait aux yeux des larmes de givre.

On ressortit des coffres les renards, les zibelines et les hermines doubles, les chauds surcots matelassés, fourrés. On chargea de bois toutes les cheminées du château. Deux jours et deux nuits durant, ce ne furent que grondements, ronflements et crépitements du haut en bas de la demeure ; et au-dehors la tempête et la grêle faisaient de même.

Dans la forêt, on entendait gémir et craquer les grands arbres. Certains comme par la foudre furent ouverts en deux. D'autres arrachés de terre, où ils laissaient des gouffres, filandreux et humides, des trous de galerie béants, tout un petit monde en chaos, où pointait parfois un museau ébahi de renard, d'où déménageaient des familles entières de lapins et de blaireaux.

Miliau était revenu de son escapade cavalière avec un visage à dissuader les meilleures intentions d'embrouille et de conflit : il rayonnait d'une paix intérieure, d'un sourire si radieux, qu'Isaine se demanda quelle grâce l'avait touché au cours de sa promenade ; quelle sorcellerie l'avait de la sorte métamorphosé. Au fond d'elle, elle frémit vaguement à imaginer ce qu'il avait pu inventer, qui le mît ainsi en si radieuses dispositions.

Lorsque tout était fange dans l'esprit de Miliau, il fallait que son corps, en compensation, jubilât. Il allait étancher ses vastes soifs, éteindre ses incendies dévastateurs, que la présence trop proche d'Isaine allumait, que les insultes de son père attisaient, auprès des meschines, des paysannes ou même de quelques dames point trop farouches, ou qui avaient de vieux maris.

Miliau ne restait jamais sans secours : sa beauté d'homme, son charme un peu sombre, son ardeur, tout cela étayé, porté, comme magnifié, par une grande force de persuasion, faisaient que rares étaient celles qui se plaignaient ou refusaient ses assauts. Onfroi, son père, le taxait d'être de ceux qui, sans remords ni conscience, par refus imbécile du mariage, vous anéantissent une lignée.

Il avait une bonne douzaine de bâtards, Miliau, qui poussaient comme chiendent sur Trézhuel, Kerrud et leurs environs ! Et quand à Onfroi... ses bâtards à lui ne se comptaient plus depuis longtemps ! Miliau se demandait même parfois, lorsqu'il besognait une paysanne dans le foin ou une servante dans son lit, s'il n'était pas en train de commettre l'inceste ! Et parmi les petits qui « avaient l'air Trézhuel », bien fin qui aurait su dire avec exactitude lesquels étaient du père et lesquels du fils !

Miliau ne s'était jamais marié parce qu'il s'était toujours dit que seule Isaine pouvait et devait être son épouse un jour. Cela voulait dire, quand l'heure serait venue des révélations et de montrer au jour ce qui avait été enseveli dans la nuit du secret, du mensonge. Le retour de Gosselin avait précipité ce moment. Restait à Miliau deux œuvres à accomplir : prouver qu'Isaine n'était pas sa sœur, puis... l'épouser ! Mais avant cela... que de combats aurait-il à livrer contre l'inattendu, l'impondérable ou l'essentiel ?

Le jour du départ prévu pour se rendre aux fêtes de Regnard et Tiphaine de Vives, le vent tomba brusquement, laissant la nature pantelante, les grèves et les routes littorales encombrées de galets ; des pans entiers de falaise ou de rocaille effondrés dans les flots assagis. Le ciel était d'un bleu lavé ; d'énormes masses de nuages gonflés, fuligineux, montaient de l'océan. Derrière eux, droits, transperçant l'onde qu'ils maculaient d'un sang d'or jaillissant, des rayons pleuvaient.

Pour aller de Trézhuel à Vives, on était peu souvent à découvert. Il fallait traverser la vaste forêt, gravement navrée par la tempête. Sur Trézhuel, forestiers et bûcherons s'étaient déjà mis au travail ; on voyait de nombreux individus ployés, qui venaient au mort-bois. Par endroits, il fallait ouvrir chemins et layons devant le train du seigneur Onfroi.

Isaine allait sur Heureuse, Onfroi d'un côté, Miliau de l'autre. Elle allait raide et apparemment sans vie, mais dans son esprit en tumulte, se reconstruisait un espoir. On dit que la chair est faible, mais l'âme l'est aussi ! Car ce que l'on nomme « force d'âme » n'est que cet indéfectible pouvoir de survie, tissé d'imaginaire ; et cet espoir qu'on affirme « faire vivre », fait en réalité crever ! Car il couvre et occulte de cent couches aux brillantes et rassurantes apparences la vérité crue, saignante, indélébile.

Isaine se remodelait un espoir, une raison d'exister ainsi qu'avec la cire les sorcières façonnent des figurines.

Le premier aspect de cette effigie d'espérance : voir Gosselin de Kerrud chez les de Vives. Merveilleuse probabilité qu'en même temps elle souhaitait, repoussait et redoutait.

Qu'espérait-elle ? Le troubler, l'éblouir, voir fondre à ses pieds joliment chaussés par la bonté d'Onfroi de Trézhuel ce bel et grand édifice d'orgueil et d'inconstance ? Voir revenir à elle ce cœur si faux, si déloyal ? Ou bien lire dans ses yeux d'animal tendre la honte et la lâcheté ?

Par brefs instants, son cœur s'emballait ; il lui venait des idées et des plans de vengeance, des désirs de morsure, de blessures infligées au fer ; méchants échafaudages, qui l'instant suivant croulaient et s'effondraient sous une montée de larmes, une bouffée de tendresse, un désir d'autant plus cuisant qu'elle le savait sevré désormais et pour jamais.

Si elle s'était trompée... ? Non. S'il allait venir vers elle et lui dire... ? Non. Cent fois non ! Elle l'avait vu. Elle « les » avait vus ! Ce bonheur criant et chantant n'était pas, n'était plus pour elle. Mais ce doute, ce doute qui lui sourdait du fond de l'âme et s'élevait en belle flamme claire, fugace ! Tant qu'elle n'aurait point la preuve visuelle de cet autre amour entrevu sur la route, tant qu'elle n'aurait pas entendu, de sa bouche à lui, qu'il allait épouser cette femme... elle voulait encore se conserver une chance. Toute petite, minuscule chance, sur les humbles palpitations de laquelle elle se refermait toute, férocement jalouse.

Son grand amour endolori, languissant, elle en berçait l'agonie avec les mots d'une berceuse dont elle ne comprenait pas elle-même le sens.

Derrière les trois Trézhuel, chevauchait Renan de Saint-Blin, bien mis et bien armé. Suivaient quelques hommes d'escorte, deux chambrières pour la demoiselle, ainsi que la petite Berched Bodmaël, qu'Isaine avait tenu à emmener, par préférence et amitié, et qui s'en trouvait toute surexcitée de bonheur. Puis des coffres sur un chariot, contenant des cadeaux pour les hôtes, les vêtements d'apparat, ainsi que les armures de joute et les armes courtoises.

En avant du cortège ou aboyant au long, les dogues de Miliau allaient et venaient. Isaine songea à Ki-Coat, son chien, qui était resté à Kerrud, l'heureux animal. Mais ce fut une pensée fugitive, car on arrivait en vue du beau château de Vives.

La cour était encombrée de monde, de gens bavards et fringants, de chevaux trépignants et joliment harnachés, de musiciens et de jongleurs en ultimes répétitions.

Partout on n'entendait que rire et plaisanter, parler fort et s'exclamer. Il n'y avait pas une fenêtre de tout l'édifice où ne parût un ou plusieurs visages, où une main ne s'agitât, où une grappe de sourires et d'yeux brillants ne fleurît.

Et dans toute cette joyeuse cohue, Isaine n'en vit que deux : Geoffroy Guillaume et Garin Jeandeleur, auxquels elle ne put donner qu'un salut d'une voix étranglée. Sa main trémulante, son visage figé et blême, où les lèvres glacées, étrécies, se rétractaient sur des balbutiements, où les yeux beaucoup trop grands, beaucoup trop fixes, durent les faire douter qu'elle eût tout son bon sens.

« Ceux de Kerrud » étaient ici. Gosselin était ici.

Elle baissa alors résolument la tête et plongea dans la foule derrière son frère et son père sans plus regarder personne.

XIII

La male-fête

ISAINE était dans la chambre des dames avec son coffre, Berched et les deux femmes commises à sa toilette et à son attifement ; avec aussi un mal d'entrailles qui lui mettait aux tempes des perles de sueur chaude, à la poitrine et sur la langue des soupirs infinis.

Cette chambre tenait un étage entier du donjon rond, où devraient cohabiter tout le temps que dureraient les festivités dames et damoiselles. De larges et hauts lits, où l'on dormirait côte à côte jusqu'à cinq ou six, avaient été dressés et parés ; séparés par de grands pans de tapisserie ou de peaux d'animaux cousues ensembles de manière à former des scènes, des fleurs ou des dessins géométriques. Sur le bord des fenêtres étroites et hautes, sur des trépieds de fer ou de bois sculpté, on avait disposé des chandelles de cire colorée.

Partout, sur les matelas, dans les coussins bourrés de paille, derrière les murs de toile imagée ou de cuir, éparpillant la jonchée fraîche de fleurs blanches, roses, jaunes, de jeunes feuilles, ce n'était que menues courses, cris et rires, sautillements ou embrassades. On se montrait un colifichet, ou parfois d'un galant le portrait sorti d'un corsage. On évoquait à pleins rires ou à petits gloussements des souvenirs de l'an passé, et celles qui n'étaient jamais venues béaient d'admiration craintive.

Toutes ces jolies folles, et même les laides, bondissaient, papotaient, sautaient sur les lits. Ce n'étaient que stridences et frous-frous de jupes, cliquetis de bijoux, et tout un va-et-vient d'objets hétéroclites : miroirs d'acier poli, peignes pour les cheveux, flacons précieux qu'on se passait de nez en nez, avec des airs pâmés ou de brefs cris hystériques, et tout un attirail de séduction, auquel les armes, écus, plumails et autres faire-valoir des beaux messires d'en bas n'avaient rien à envier !

Parfois une voix plus âpre grondait une servante, ou une voix plus vieille tançait une plus jeune. Il y eut bien quelques sanglots, mais dans tant d'effervescence, ils ne pouvaient être dus qu'à la joie, ou à quelque mèche de cheveux tirée trop fort.

Sur tout cela volait, s'entrelaçait un monde de fragrances plus ou moins aiguës, toutes sortes de parfums : des aigres et des doux ; des entêtants et des doucereux ; des légers, des violents et quelques enivrants. S'y mêlait l'odeur des cires chaudes, des fumées, des étoffes et des fleurs : celles de la jonchée et celles qu'à pleines brassées on avait disposées au hasard des recoins, dans des pots et des vases, des chaudrons et des paniers.

Isaine se laissait aller entre les mains de ses femmes, qui mettaient tous leurs efforts et tous leurs talents à la faire belle et à la faire rire. A la faire rire, elles ne parvenaient pas ; et se laissaient gagner par l'ambiance générale, dont leur maîtresse, elle, demeurait étourdie.

Berched courait partout, regardait tout, touchait à tout. Elle s'était déjà fait une appréciable quantité d'amis et avait récolté une taloche, dont elle ramenait les marques tel un trophée, tout animée d'un triomphe modeste.

– Une dame a pris feu ! annonça-t-elle, ses deux mains en étoiles sur sa bouche, le nez froncé d'un plaisir mitigé.

– Et alors ? s'exclamèrent ensemble ses trois compagnes, ainsi que deux inconnues qui n'étaient pas loin.

– Rien, dit Berched, étonnée. Les autres l'ont éteinte. Elle riait en anglais !

– Elle riait en anglais ?

On s'entre-regardait, plein de doute et de perplexité, tandis qu'Isaine levait aux poutres ses beaux yeux impatients.

– La voilà ! reprit Berched tout énervée. Elle n'a pas brûlé complètement ; juste un peu la robe, à la manche, sur une chandelle.

Isaine tourna ses regards vers la miraculée, et aussitôt songea, en même temps que ses joues s'empourpraient et que ses genoux fléchissaient : « Quel dommage qu'elle n'ait pas brûlé complètement ! »

C'était la belle dame brune de la route. La fiancée anglaise de Gosselin de Kerrud.

Isaine ne porterait que ce soir, au grand festin, la magnifique robe offerte par Onfroi Le Hac. Pour le moment, dépouillée de ses vêtements de voyage, elle avait enfilé une jupe de taffetas gris de perle, brodée au bas d'une large bande fleurie, mauve, bleu, rose tendre. Le corps de robe était de velours violet, ainsi que le long surcot sans manches, doublé de lapin blanc, qu'elle portait par-dessus, retenu à la taille par une ceinture d'orfèvrerie.

La masse soyeuse de sa chevelure châtaine était tressée en une seule grosse natte aux brillances de satin, dans laquelle s'entrecroisaient des lanières de velours rose, parme et violet. Sur sa tête, une petite toque de même étoffe et de même teinte que la jupe de dessous, d'un vert très printanier, tenue par un voile de ton identique qui, passant sous le menton, enserrait son visage un peu trop pâle, aux traits tirés, aux yeux gris élargis, aux lèvres tristes, qu'elle avait mordillées au sang pour les rendre plus vives. Ses mains étaient froides et elle ne pouvait s'empêcher d'en serrer et desserrer les doigts, dans un mouvement de nervosité proche de l'affolement.

On attendait encore des invités pour la soirée, mais tout le monde ou presque se tenait actuellement dans les jardins où, à cause du grand vent des jours passés, on avait dû renforcer l'amarrage des vastes tentes de toile avec des pieux et des filins. Il avait fallu la diligence et l'efficacité d'une armée de jardiniers et de serviteurs, pour que l'endroit cessât de ressembler à un champ de bataille : plus une branche brisée, plus une fleur arrachée, plus un oiseau mort qui traînât sur l'herbe ou le sable des allées. Mais on voyait encore, à certaines écorchures sur les troncs, à certaines mortelles blessures dans les hautes ramures des hêtres, au grand tas de branchages et de feuilles qui s'élevait derrière l'étang criblé de bulles, moiré de vase et de glauques arabesques, que le beau jardin de Vives avait souffert sa part du martyre.

Isaine ne tarda donc pas à rejoindre la joyeuse coterie sous les ombrages toujours agités. Ayant laissé Berched et les deux chambrières aller devant prendre leur part de plaisir et de jeu, elle marchait lentement, la tête haut levée pour paraître sûre d'elle, mais portant ses regards au loin, sans rien voir de précis que des taches de couleur, que des traces de lumière, ou parfois un scintillement. A ses oreilles, sous le voile, c'était tout un bourdonnement d'abeilles, tout un tintamarre de musique et de voix.

Son père passa près d'elle sans la voir. Elle l'entendit lancer dans un demi-rire de mépris sarcastique :

– Montfort ne viendra point ? Dommage ! Ah ! Ah !

Il s'adressait à une dame potelée, bellement mise en bleu très vif, que venait couper à propos et fort agréablement pour l'œil un orangé très pâle, du ton de certaines pêches douces au toucher et âpres au goût. Elle avait dû être blonde, cela se devinait à la clarté de son teint. Mais l'âge avait mis dans sa chevelure relevée en tourteaux [1] de blancs filigranes.

---

1. Tresses relevées et roulées en cylindres ou en cônes au-dessus des oreilles.

Elle était cependant encore de joli visage et presque sans rides, comme souvent le sont les femmes un peu replettes. Elle était petite, avec les gestes gracieux et lents des épouses comblées. Isaine la reconnut immédiatement pour l'avoir vue deux fois en sa vie : c'était Dame Tiphaine, la maîtresse des lieux.

Cette dame ne releva pas ce que de la part d'Onfroi de Trézhuel elle jugea être sottise et continua à faire à d'autres les honneurs de son jardin.

Regnard, le seigneur de Vives, devisait à grosse voix. C'était un grand et fort seigneur à l'air bonhomme, au long nez légèrement busqué, à l'épaisse chevelure blanche, à la lippe grasse et rieuse, le tout amarré au corps massif par un double menton, qu'il avait gagné à se tenir la tête en arrière pour avoir plus fière allure ; à moins que ce ne fût par méfiance de son prochain !

Berched se faufilait avec d'autres enfants parmi les personnages de cette scène riante, traînant avec elle des guirlandes de fleurs, quelques petits chiens qui jappaient et sautaient comme des puces.

Isaine trouvait beau tout cela. Un sourire sans contrainte, un soupir de presque bien-être, la détendirent. Ce fut alors qu'elle le vit.

Elle vit Gosselin parmi tous ces gens, ne vit plus que lui et, la langue picorée de cent mille becs d'oiselets méchants, toute chancelante, elle dut s'appuyer au tronc d'un châtaignier.

Dieu-Seigneur ! Il les dépassait tous, en tout ! Il était vêtu sobrement, comme à son habitude, mais avec raffinement : velours d'un vert gorgé de noir. Par l'échancrure triangulaire du surcot très froncé et tenu aux hanches par une large ceinture de cuir, on apercevait l'immaculée blancheur de la chemise au plissage très serré.

Il n'était pas seul : la dame brune était avec lui. Il la poussait doucement aux épaules, devant lui, la présentait avec cette haute timidité rougissante qu'il masquait, mal, par un air pénétré ou un sourire étroit, attendrissant de maladresse et de pureté.

On se retournait sur eux car ils formaient un couple saisissant : tous deux hauts de taille, lui dans son obscure vêture, avec ses cheveux et son teint de lumière ; elle en robe couleur de crème et de lait, rehaussée de rouge vif, la peau blanche et le cheveu noir. Elle portait sur le front, au cou et aux bras, des perles très fines, ainsi qu'aux lobes des oreilles et ses cheveux étaient si longs, si épais, que trois nattes tressées ensemble de chaque côté de la tête, relevées par des peignes d'ivoire, lui descendaient encore jusqu'à mi-dos.

Isaine ne pouvait détacher d'eux ses yeux ni ses pensées, et quand Tiphaine de Vives, qui s'était approchée d'elle sans qu'elle la vît, lui parla, elle sursauta :

– Douce belle, vous regardez notre Alys de bien méchante façon !

La dame Tiphaine avait une voix chantante, avec, posé sur la langue, un léger zézaiement, qui la faisait berçante, câline.

– Qui est-elle ? demanda Isaine en s'efforçant à la gentillesse.

– Ma voisine. Et ma vassale. Alys Siward de Worthley. Enfin, très exactement « veuve » Worthley. Autrefois, elle s'appelait Alice Sivart, du nom de son père. Une bien belle veuve, vous ne trouvez pas ? Si, vous trouvez ; cela se lit dans vos yeux. Une grande amie, une très chère amie du seigneur de Kerrud. Ils se sont connus en Angleterre, il y a fort longtemps à ce que l'on dit, et ne se sont guère quittés. Depuis la fin tragique, en joute, de Lord Worthley, Alys a décidé de revenir vivre en Bretagne. C'est dans l'air du temps, paraît-il !

Elle était gaie, bavarde, entrecoupait ses phrases de petits rires perlés et frais, qui saccageaient les nerfs d'Isaine. Elle cueillit une branche fleurie et reprit :

– Son manoir est tout près d'ici. Il s'appelle Quercus. On en voit, en se penchant sur cette haie, la pointe des toitures. Regardez !

Isaine suivit le conseil et le mouvement de l'hôtesse, regarda par-dessus la haie d'aubépines, vit des ardoises en rond, assez lointainement de l'autre côté de l'étang, par-delà la toison bleutée de la forêt, sur lesquelles flottait un étendard rouge, avec en son centre une figure d'or, que la distance interdisait de distinguer.

– Ses terres touchent celles de Kerrud, continuait Tiphaine de Vives, la bien nommée. C'est tout à fait commode entre amis, n'est-ce pas ?

Isaine s'efforçait de ne pas regarder autre chose que les toits du manoir, de garder un ton neutre :

– Pensez-vous que le seigneur de Kerrud... ?

– Pourrait épouser Alys Siward ? Oh ! Il y aurait grand intérêt ! Le manoir de Quercus n'est pas gros, mais la dame possède, de par feu son époux, Lord Richard Worthley, de vastes et riches possessions en Angleterre, et même, m'a-t-elle confié, jusqu'en Irlande ! Et pourquoi non ? La dame est libre, jeune encore, belle, intelligente et bonne – je la connais assez pour savoir cela. Ce serait un couple fort beau à contempler et, je pense, une saine et solide association. Non ?

Devant la mine affligée de sa compagne, qui venait de brusquement lui faire visage, Tiphaine se trouva décontenancée :

– Vous... connaissez le seigneur de Kerrud ?

– Il est mon cousin, lâcha Isaine d'une voix sèche, si grave qu'elle la reconnut à peine elle-même.

– Ah !...

Il se fit entre elles deux un silence embarrassé, que Tiphaine rompit assez vite, qui n'était jamais embarrassée très longtemps :

– Vous êtes Isaine Le Hac, de Trézhuel, n'est-ce pas ? Je sais. Il paraît que les deux familles n'ont jamais été... au mieux. Isaine, ma mie, je vous prie, oubliez pour trois jours, trois jours au moins, ces vilaines querelles ! Ces temps sauvages que nous vivons ! N'en veuillez point à Gosselin de

Kerrud s'il est heureux. Ici, maintenant, il n'y a plus ni guerre, ni rien de si vain et si laid. Le seigneur Daouën a, ainsi que nous tous, et peut-être, à ce qu'on dit, davantage que nous tous, souffert sa large part. Ne croyez-vous pas qu'il faille laisser aux êtres leur beau temps de bonheur intact ? Et s'en réjouir au contraire avec eux, quand bien même ils seraient nos pires ennemis ?

– Gosselin de Kerrud n'est pas mon ennemi !

Elle avait presque crié, et certains, qui se trouvaient à proche portée de voix, devaient trouver fort plaisant à entendre céans cette véhémente affirmation de bonne entente. Ses yeux, sans qu'elle le veuille, s'étaient emplis de larmes.

Tiphaine comprit alors d'un coup ce qui se passait de drame dans ce cœur. Elle prit un air navré si plein de bonté et de commisération sincère qu'Isaine n'y tint plus et fondit dans ses bras.

Depuis combien d'années ne s'était-elle plus trouvée ainsi, toute petite et toute faible, dans les bras d'une femme ? Une mère, une amie ? Jamais, depuis que la dame Gwenn était partie. Jamais. L'affection bourrue de Basilie, ou les bras trop serrés de Miliau... quel rapport avec cette infinie douceur, ce parfum de fleur après la pluie d'été, qui donnait envie de mourir en paix ?

– Pauvre chère amie. Pauvre petite fille. Tu sais...

Mais la dame de Vives ne savait plus très bien ce qu'il fallait savoir. Elle ne pouvait que soupirer et se taire en caressant les cheveux d'Isaine, toute secouée de sanglots.

– Isaine, amie, c'est la dame Tiphaine qui vous fait si grand chagrin ? Qu'avez-vous ?

Dieu ! Cette voix !... Isaine releva la tête d'un coup, l'air hagard. Tiphaine, très ennuyée, la lâcha, car elle avait l'impression de tenir en ses mains un grand oiseau affolé de terreur et de douleur, qui se débattait. Isaine s'arracha d'elle presque brutalement et se sauva. Elle ne pouvait pas, sachant ce qu'elle savait, souffrant ce qu'elle souffrait, assumer la présence de Gosselin.

Il lui fallut pourtant encore subir son rire. Oh ! Ce rire ! Celui de ses mauvais rêves... Et puis la voix... Obscurité et lumière, profondeurs insondables et élévation. Mais avec la douceur des vieilles terres, où puiser force et courage ; mais avec la sonore, émouvante vibration du jeune ciel où s'étirent et se tordent, dans leur végétal triomphe, les ramures des grands rouvres ; mais avec la passion prisonnière de la sève blanche au cœur tendre des troncs.

– Je lèverai dès ce soir, définitivement, le malentendu... avec votre permission, Dame Tiphaine.

Alys Siward les avait rejoints. Leurs trois rires, accompagnés d'exclamations, de chuchotements, la poursuivirent longtemps.

Il y eut un éclair ; un coup de tonnerre aussi violent qu'inattendu ; une averse soudaine de milliers de perles blanches et glacées. Un infime instant de silence. Et puis un sauve-qui-peut, une ruée dans les ris et les cris vers le château, où servantes et valets ouvraient à toute volée les portes, tentaient de canaliser cette marée humaine qui s'engouffrait en désordre par les huis.

Isaine était restée plantée dans le jardin ; bousculée de toutes parts, quand, dans le grand flot qui l'emportait, la tournait sur elle-même, s'apprêtait à l'engloutir, un bras ferme la saisit à la taille, l'enleva au-dessus de la vague bariolée et piaillante, l'attrapa sous les genoux et la porta ainsi, au galop, jusqu'à la grande salle tout illuminée, où chacun s'ébrouait, où une vapeur doucereuse commençait de s'élever.

Tout était allé si vite ! Trop vite ! Lorsqu'elle ouvrit les yeux, Gosselin souriait devant elle d'un air penaud, des grêlons pris dans ses cheveux. Elle allait tendre la main haut, très haut, pour les faire tomber, mais la poigne de Miliau interrompit son geste, faucha cette main en plein vol, happa tout le bras :

– Ma sœur serait-elle impotente ou blessée, Gosselin Daouën, qu'elle ait besoin de vous pour se soutenir et mouvoir ?

Et plantant là son cousin tout ébahi, Le Hac entraîna sa « sœur » vers le fond de la salle, sous le regard foudroyant d'Onfroi de Trézhuel, qui allait de Kerrud à ses enfants – des fous décidément ! – sans paraître comprendre.

« Besoin de lui pour se soutenir et mouvoir » !... O combien ! Oh ! Pourquoi plus jamais ?... Comme à l'instant ?... Jamais ? Ou bien peut-être ?

Tout tournait autour d'elle. Elle se sentait, invraisemblablement, indiciblement, insensément heureuse.

*
* *

Les tables nappées de blanc, dressées dans la grande salle du château de Vives, avaient été disposées en un immense octogone ouvert : si grand, qu'on aurait pu y faire marcher à l'aise cent chevaux l'un derrière l'autre. Au centre de cette place, des jongleurs, des acrobates, des chanteurs de lais, des avaleurs d'épées et des cracheurs de feu, s'ébattaient parmi les chiens et des petits enfants en robes rouges, qui s'y traînaient à quatre pattes.

De gros bouquets ronds – pâquerettes, primevères, narcisses et violettes – s'épanouissaient entre les plats, se reflétaient dans le flanc dodu des aiguières, l'argent ou l'étain des coupes et des hanaps ; mettaient sur les neigeuses toiles de Damas et le satin des rubans en festons l'or poudreux des pollens, la goutte veloutée d'un pétale tombé.

Partout au long de ce chemin, tracé pour le plaisir des bouches, des narines et des yeux, des agneaux, des marcassins, des brocards, nus et bruns, étincelants de sauce, se vautraient dans les légumes verts ; et puis, à côté d'eux, tous les oiseaux inventés par Dieu, tous les oiseaux avec leurs plumes.

On avait pour la circonstance suspendu par des chaînes aux voûtes du plafond des ais en soleil : douze rayons, qui chacun portait une chandelle dans un godet de terre. Des torches contre les murs ; et encore des chandelles, par trois, par cinq et parfois dix, dans des girandoles ; des torchères à gros flambeaux de cire. Le feu dans la cheminée, à grandes ronflées, à belles herses d'or.

Sur l'appui très profond d'une fenêtre haut percée, qu'on avait prolongé par un plancher, qu'un escalier de bois à rampes enguirlandées reliait au sol, se trouvaient sept musiciens avec leurs instruments.

Les convives se tenaient sur tout le pourtour extérieur du grand édifice tabulaire, assis sur des bancs à coussins, sauf la dame et le seigneur de Vives, qui siégeaient dans des chaires à accoudoirs garnis de figures animales, à hauts dossiers ornés de frises gothiques. Les écuyers étaient derrière, debout, et puis les pages et les valets.

Les aléas d'une mise en scène domestique soignée firent qu'Isaine se trouva avoir juste en face d'elle, en plein champ de vision, par tout le travers de la salle, Gosselin de Kerrud et sa compagne Alys Siward.

La dame d'Angleterre était vêtue et coiffée de noir, velours et soie, qui mettait en évidence et valeur la blancheur de sa peau, l'obscure immensité de ses yeux, l'arc net des sourcils, la perfection des lèvres carmin.

Lui, portait un pourpoint strié sur le devant de larges côtes en faisceau, taillé dans une étoffe qui semblait devoir être douce au toucher, encore que d'une fibre épaisse, d'une trame serrée, dont les plis se cassaient en arêtes aiguës ; de ce brun rosâtre, veiné de bleu profond, qui est la coloration de l'hématite brune, cette pierre de limon, cette pierre de fer.

Isaine, au moment d'en ôter son regard, ne put mieux le comparer qu'à un rocher. Il en avait ce soir la dureté redoutable, la force, le blessant. Et l'épineuse beauté, bien lui fallut le reconnaître !

Avec son amie, ils tenaient discours ensemble, ou bien se regardaient, parfois en plein visage, avec la connivence tendre de ceux qui n'ont plus rien à apprendre l'un de l'autre, mais rêvent cependant encore d'en savoir davantage. A un cœur moins épris que celui d'Isaine de Trézhuel, cet échange d'œillades n'aurait sans doute parlé que d'amitié, de vive affection, sans fard ni passion ; lui, par inconsciente et naturelle séduction ; elle, parce qu'après la perte de son époux Worthley, elle s'était rouverte au monde, rendue aux autres disponible, par sa seule force de caractère, sa seule intelligence et sa solide raison.

Ce dont Isaine ne se rendait absolument pas compte, c'était que tous les yeux ou presque étaient posés sur elle, agglutinés comme frai de grenouilles en mare, à sa robe d'or et de sable, à ses joyaux de perles et de topazes, « prêtés » par Onfroi de Trézhuel, et dont elle préférait ne pas se laisser aller à imaginer où il les avait trouvés ! Puisque personne ne s'était encore levé pour les lui arracher du col et des poignets, force lui était d'en déduire qu'ils n'appartenaient ou n'avaient appartenu à personne dans l'assistance... Elle était le point de mire, le sujet de conversation de la quasi-totalité des invités des Vives et n'en avait aucune idée. Deux yeux au moins, et peut-être seulement, échappaient à cet engluement : c'étaient ceux de Gosselin de Kerrud.

Cela la soulageait. Du moment qu'ils ne se regardaient pas, elle n'était pas en danger.

Elle se laissait envelopper, envoûter, par la grande respiration de la salle du banquet : senteurs piquantes du verjus, émouvante vigueur du fumet des gibiers, brûlance des épices, puissante et moelleuse volupté des vins ; sang lourd des vignes, fraîches eaux des pulpes de fruits, âcre sirop des noix aux chairs blanches se mélangeant au miel. Et là-dessus le grincement des essieux du monde, parfois, quand le silence retombe, un instant ; à peine un instant, le temps d'un battement de paupières, suspendu à tous et toutes choses. Une chandelle à bout de lumière, qui s'éteint à souffle bref, élevant une mince colonne bleue, coiffée de volutes. Puis rien. Rien, c'est-à-dire le recommencement de tout ; de tous les bruits, de toutes les voix, en harmonie, en dissonance : en vie.

Un jeu courait autour de la table, gages, vœux ou questions

pièges, devinettes et charades. Celui ou celle sur qui fondait le sort, devait avouer un secret, ou bien déclarer devant tous ce qui, sur l'instant, lui tenait le plus à cœur. Le hasard vint sur Gosselin ; hasard qui n'en était pas un, car, au geste de soutien et d'entente que Tiphaine de Vives lui adressa, on vit bien qu'il s'agissait entre eux d'une conspiration de bon aloi.

– Votre secret le plus cher, Gosselin de Kerrud. Ce que jusqu'aujourd'hui vous teniez caché. Un grand bonheur, de vous à nous, pour le partager ! lança gaiement et solennellement la dame de Vives, en l'invitant du geste à se lever et à parler.

Il jeta d'abord un coup d'œil rapide et comme désespéré à Alys Siward, qui lui prit et lui serra fort la main. Elle souriait ; il soupira et se leva.

Pâle – malgré la forte chaleur enfumée, le vin bu, les viandes englouties, l'ambiance exubérante et sa naturelle propension à l'empourprement –, il s'appuyait des deux mains à la table, comme s'il était prêt, sa déclaration faite, à s'effondrer. Pourtant, sa voix était forte, belle, calme et bien posée, lorsqu'il dit :

– Dames, gentils seigneurs, amis, voisins et vous mes gens, qui êtes ici, réjouissez-vous avec moi, car je m'en vais, en quelques jours de celui-ci, prendre épouse.

Juste avant de parler, il avait d'un trait vidé son hanap de vin, et dès qu'il eut prononcé le mot « épouse », le sang lui afflua aux joues, au front, enflammant sa chevelure comme un fagot de brindilles sèches, allumant dans ses yeux deux flammes claires et des étincelles.

Isaine, figée sur son banc, ne pouvait de lui détacher son regard, et tandis qu'elle fixait ce beau feu de joie pure, elle-même se sentait devenir glace, neige, pierre que le gel va faire voler en éclats. Son cœur, qui avant-hier s'était décroché à la vue du couple sur la route, rompit ses ultimes amarres, lui tomba de la poitrine au ventre, provoquant une intolérable douleur, tant, qu'elle faillit et crut avoir crié ; puis du ventre ce cœur tomba plus bas encore, et les yeux de l'esprit rivés sur cette horreur intérieure, il lui sembla que sous la table, à ses pieds, les chiens se le disputaient.

Elle se leva lentement, sans presque s'en rendre compte, telle une qui va mourir et veut appeler au secours. Mais aucun mot, aucun cri, ne passait ses lèvres sèches, qu'elle sentait se rétrécir sur l'indicible, roulé en une boule dure et noire sur sa langue amère.

Le temps s'était arrêté. Tout, avec une cauchemardesque lenteur, craquait autour d'elle. Elle était au cœur d'un naufrage, assourdie par sa propre tempête, aveuglée par des larmes au gris scintillant de la mer en orage. Le château de Vives, qui sur elle s'écroulait, ses pierres, ses poutres, les tables de la grande salle avec la vaisselle, les victuailles et les hôtes, tout cela l'écrasait, lui broyait les os.

Elle repoussait des visages, des bras qui vers elle se tendaient ; elle écartait, avec de faibles gémissements, des voix dont elle ne parvenait pas à distinguer une seule parole cohérente. Et au centre de cette incohérence, de cet immense chaos, une pensée claire, nette, unique, inscrite avec force et précision, gravée dans du plomb : « Gosselin ne m'aime pas. Gosselin va se marier. »

Telle une femme saoule, telle une démente, elle quitta la salle à tâtons, refoulant avec une force qu'elle ne se connaissait pas tout ce qui tentait – choses ou gens – d'empêcher sa marche. Elle titubait, elle butait, elle courait, sans savoir à quel instant elle avait commencé à courir.

Le souffle étroit, la gorge déchiquetée d'un mal atroce, se heurtant à des ombres, elle parvint à gagner la cour. Elle se faufila jusqu'aux écuries, enfourcha à la hâte le premier cheval qu'elle vit, sans le seller ni le brider.

Hasard ou volonté ? Ce fut Guingamor. Il se dressa, battit l'air de ses antérieurs avec un hennissement de contentement.

Comme c'était soir de fête, que c'était trêve de guerre et que le crépuscule à peine descendait, les portes étaient restées ouvertes. Le grand destrier prit le galop, Isaine sur ses épaules crochetant sa crinière et ils passèrent en trombe devant les gardes médusés.

XIV

Courre la demoiselle

QUAND Isaine s'était levée, quand il l'avait vue s'enfuir à travers la salle, un vertige avait saisi Gosselin, qu'en son existence il avait éprouvé une seule fois : un coup de lance reçu au cours d'une joute, qui sans le désarçonner lui avait cruellement pénétré la hanche. Sensation que la carcasse explose, que la douleur vous brise, que vous allez avoir du mal à retenir votre vie sans hurler bien fort pour qu'elle revînt.

Or, Isaine de Trézhuel était sa vie, et voilà qu'elle l'abandonnait !

Il se rua à sa poursuite, arrêté dès la sortie de la salle par Miliau, la mine faussement morne, des brillances de mauvaise exultation au fond de l'œil. Renan de Saint-Blin, à son côté, opposait à la précipitation angoissée de Kerrud l'infranchissable, brute immobilité d'un bœuf.

Tous deux avaient posé au manche du poignard une main nonchalante et Miliau prononça avec un sourire blessant de tendresse félonne :

– Je t'avais prévenu, cousin Daouën. Je t'avais mis en garde, à Brest, dans la taverne. Elle ne t'aime pas. Elle ne t'aime plus. Laisse-la. Laisse-la !

Gosselin de Kerrud fondit sur lui, le saisit au collet de son habit de fête, le souleva de terre à pleins poings, tant sa fureur était immense. Il le plaqua contre le mur dont l'arête vive des pierres en saillie entrait en la chair. Son visage, d'habitude si expressif, était à présent sculpté dans la pierre la plus dure, la plus grise, la plus froide qui soit. Seuls les yeux vivaient, et ce qu'on y pouvait lire donnait le frisson. La voix était basse comme un chuchotement, rauque comme un cri d'amour, dangereusement lourde et aiguisée comme le fer d'une hache :

– S'il lui advient de mal quoi que ce soit, Miliau Le Hac, quoi que ce soit, je t'écrase.

Aucune émotion, sinon celle qui a passé toutes les limites, franchi tous les caps. Miliau sentit avec un froid au cœur qu'à cet instant même, il « pouvait » l'écraser.

Gosselin le rejeta de devant lui avec un dédain qui se passait déjà de regard, franchit le seuil et gagna en courant les écuries.

Quand il vit que Guingamor n'y était plus, à demi soulagé, il pensa à un jeu. La coutume voulait que dans certains villages, lors d'une demande en mariage, la fiancée se sauvât pour se cacher ; au prétendant et à ses amis de la chercher. Une future bonne épouse se devait d'être introuvable : question d'honneur. Il en ressentit un violent tressaillement : introuvable ! Mais les nobles demoiselles ne jouaient pas cette partie-là. L'idée d'un jeu cependant le revigorait, à laquelle s'opposait cette certitude plus cruelle : « Isaine ne m'aime pas. Isaine ne veut pas de moi. »

En sellant fiévreusement un autre cheval, il enjoignit Garin Jeandeleur, Geoffroy Guillaume et tous ceux de Kerrud qui lui avaient emboîté le pas, de se hâter.

Onfroi Le Hac était entré de plain-pied et à pleine gueule dans l'une de ses plus rouges fureurs, tempêtant contre cette fille folle dont il avait grand-honte, puis avait rassemblé des chiens et quelques partisans d'honneur. Regnard de Vives lui prêta sa meute, ses meilleurs chevaux et ses plus fins valets, sauta en selle à ses côtés.

Miliau ne riait plus.

S'il voulait Isaine à lui, s'il voulait lui soustraire à jamais tant de gênantes vérités, il lui fallait vaille que vaille la trouver avant eux tous. Avant les dogues et les lévriers, avant son père, avant son cousin exécré.

Il enfourcha Le Noir avec le diable au mors.

Dans la grande salle du festin, en toute indifférence, quelques chevaliers et barons avaient repoussé leurs bancs et, saisissant la main des dames, s'étaient mis à danser.

Berched Bodmaël, parmi les buissons odorants du jardin, ses jeunes pieds volant sur le sable humide des allées, criait :

– Damoiselle Isaine ! Damoiselle Isaine !

Elle avait oublié ses nouvelles amies, les guirlandes de fleurs et les petits chiens : elle suffoquait de chagrin en appelant sa châtelaine. A bout de souffle, elle repoussa l'étoffe de deux jupes, étreignit dans chacune de ses petites mains deux grandes mains froides : celle de Tiphaine, celle d'Alys.

Les deux femmes et l'enfant regardèrent vers l'étang avec une même alarme.

Isaine galopait vers Trézhuel. Elle s'y enfermerait, n'en ressortirait plus jamais ! Et si elle n'y parvenait, eh bien, qu'elle tombe, qu'elle meure !

Elle cherchait son souffle à grands cris douloureux, qui ne la soulageaient pas. D'air et de force, elle n'aurait plus jamais car Gosselin ne l'aimait pas ; car il en aimait une autre !

Elle se laissa aller à ses pleurs comme un brûlé dans un bain tiède : avec délices et douleur. Malmenée de sanglots amers, l'âme et le corps dévastés par les galeries sans fin que creuse à noirs coups de dents et de griffes le mauvais lièvre du désespoir, elle se préparait à ne plus être.

Il faisait froid. Les longs bras de l'air se refermaient sur elle avec rudesse, lui caressaient la poitrine à mains de fer ; la joue du vent se collait à son sein, y coulait un sourire blanc, lui baisait la nuque à lèvres humides. Les ronces agrippaient l'ourlet de sa jupe qui flottait aux flancs du cheval, s'y prenait et s'en déprenait avec un craquement de morsure, un crépitement de gouttes sur un dais trop tendu, une pluie d'infimes déchirements.

Il faisait froid mais elle n'avait plus froid. Elle souffrait ; elle pleurait :

– Gosselin !... Gosselin !...

Plus elle s'éloignait de lui et plus elle l'appelait. Son cœur refusait encore ce qu'une raison hors de raison lui intimait de faire. C'était comme si des ondes liquides avaient couru sous la glace. Elle n'était que sanglots et frissons.

– Gosselin !

Elle s'arrachait ce nom des lèvres ainsi qu'elle se serait arraché la chair du corps.

Bravement, Guingamor foulait la lande et l'on aurait dit que le nom de son maître ainsi clamé le houspillait, l'éperonnait, le fouaillait jusqu'au délire de la vitesse.

Les sombres épineux à pleines serres empoignaient l'étoffe précieuse des vêtements d'Isaine ; vains à la retenir, ils les mettaient en lambeaux.

Ses cheveux s'étaient dénoués et flottaient derrière elle, criblés de feuilles et d'aiguilles de pin.

Les taillis, les branches, dans son sillage se paraient de fanions scintillants, de franges d'or, de gemmes et de noirs cristaux. C'était autant de marques innocentes, improbables trésors, sur la piste de ceux qui bientôt seraient à sa recherche.

Mais à cela elle ne pensait pas. Elle allait toujours. Et à chaque foulée de Guingamor, un nouveau déchirement, un nouveau cri, découpait en zébrures blêmes la peau douce de ce corps de femme éperdue et puis son cœur à nu, mourant.

Sous le bois, entre les fines aiguilles noires, derrière les troncs granuleux, une lune énorme, d'un rouge terne, aux blafardes tavelures, montait au ciel qu'elle rougissait. Tout s'orangeait tristement, et c'était au sol, sous les pins agités et grinçants, des dépouilles sanguinolentes et livides, que d'invisibles carnassiers traînaient vers d'inaccessibles charniers. Mais toujours Isaine appelait :

– Gosselin !

Qu'il la cherche ! Qu'ils la cherchent tous : ils ne la trouveraient pas ! Jamais elle ne laisserait quiconque, et surtout pas Gosselin de Kerrud, ce sans-parole, ce sans-honneur, lui replonger le nez dans sa honte, dans sa douleur, dans son humiliation ! Jamais elle ne pourrait regarder ce couple sans souffrir toutes les morsures du diable ! Jamais surtout elle ne voulait revoir Gosselin : elle tomberait morte à ses pieds.

Elle était seule, elle était forte, elle était libre ! Ils ne la trouveraient pas.

Par-dessus son épaule, elle jeta un œil gonflé de larmes, comme on jette une vieille besace : le bois, la lande, dans la nuit verrouillée par l'astre de rouille, se piquetaient de flammes dansantes : torches et flambeaux. Elle n'entendait pas les voix encore, seulement, çà et là, quand le vent les portait jusqu'à ses oreilles bourdonnantes, les abois rauques ou plaintifs des chiens.

La grande chasse avait commencé.

Sous la lune incarnate, de taillis en futaies, on s'appelait, on huchait, on cornait de la trompe. Sinistres appels dans la malveillante rousseur de tout. Sous la lune incarnate, ce froid avril nocturne, on allait courre la demoiselle.

Les bêtes cette nuit, les fauves sournois, les affamés du bois et de la lande, et ceux aux ailes blanches, farouches spectres aux grands yeux de topaze, se tiendraient en prudence, en souci, à cause des hommes et de tout leur tapage. Les ventres pelus ramperaient à ras de terre et les queues sous les ventres ; les pattes griffues ménageraient la feuille morte, le sarment à craquer ; les oreilles couchées, les longs corps sous le vent, suivraient le signe pâle des grands oiseaux nocturnes.

Elle, elle suivait sa route de hasard et de folie, la course du cheval, couchée sur son col soyeux que l'écume brochait comme un velours d'Italie. Une fois encore elle voulut voir ses poursuivants, apprécier leur avance, se rassurer ou terrifier. La branche d'un fayard la faucha en plein galop, la jeta assommée dans la fougère.

Guingamor courut encore quelques foulées, sur son élan, puis s'arrêta. Il revint en arrière, près de la cavalière évanouie. Il penchait sur elle sa tête aux crins lourds, aux naseaux soufflants, quand une main ferme, une voix persuasive, le mirent en obéissance. Il suivit alors celui qui le menait, ventre à terre, vers le château. C'était Miliau de Trézhuel, qui brouillait les pistes autour de sa sœur bien-aimée, afin de la reprendre seul, de la garder à lui.

Fut-ce le froid piquant ou le galop du grand cheval qui éveilla Isaine ? Du temps, de l'espace, elle avait perdu toute notion, toute sensation. Elle n'était plus qu'un poids sans âme sur une terre sans nom. L'angoisse, immédiatement, surgit : on la poursuivait toujours !

Des aboiements, des trompes avec des chants à vous geler l'esprit au crâne lui parvenaient, lointains, bâillonnés de brouillard. Elle grelottait, trempée de buée froide. Elle baignait dans le sang caillé de la terre, dans la lividité rougeâtre des nues, où des voiles opaques, mal teints, flottaient et s'étiraient, se déchiraient au pelage hérissé de la lande. Lorsqu'elle ne vit plus Guingamor, lorsque l'ayant faiblement appelé elle constata qu'il ne venait pas, qu'il ne viendrait plus, une vague de désespoir la submergea. Le cheval avait rejoint son maître... Ni l'homme ni l'animal ne voulaient d'elle ! A moins que ?...

Dans cet état d'extrême mal-être où elle s'était elle-même jetée, elle imaginait que Gosselin avait organisé cette battue dans le seul but de reprendre son destrier.

Elle gémit sa vaine rage et ne parvint qu'à avaler un peu de terre qui crissa sous ses dents. Avant-goût du trépas, de l'ensevelissement éternel, qu'elle éprouva avec une sauvage et macabre satisfaction.

Qu'elle se lève, qu'elle appelle ! Miliau viendrait, la reconduirait à Trézhuel. Elle serait près de lui comme avant, comme toujours. Elle oublierait cet homme, ce suborneur, ce Gosselin... Dieu ! Ce qu'il lui faudrait d'efforts pour le désaimer ! Le temps ferait son œuvre, ce grand guérisseur, qui oint d'habitudes, d'absence, toutes les plaies et les referme.

Courante et perdue dans le faux jour rougeoyant, aveuglée par le brouillard et par les larmes, elle acheva de se perdre.

L'air opaque, épais de rouges gouttes, étouffait la grosse voix menaçante de l'océan. Elle ne vit pas le bord du gouffre, cette frontière aux franges végétales, entre la terre aux rochers, aux cailloux, et le vide plein de bruit de vents et de mouillures, qui aspire vers la mer en tourbillons de cris. Son pied glissa. Avec un long hurlement d'épouvante, elle tomba.

Jusqu'au fond du bois, on avait entendu ce hurlement. Un instant, bêtes et gens, l'échine glacée, le cheveu ou le crin raidi d'horreur, avaient suspendu à ce cri le geste et le souffle. Il avait fini de déchirer l'air que l'air encore s'en souvenait ; il l'y balançait, l'y traînait. Et chacun à part soi songeait que, si l'on parvenait à s'en souvenir, jamais on n'en reparlerait. Personne, à personne. On pensait à la dame de Kerrud.

Livides tous les deux, jetés côte à côte pour enrayer ce qui n'était déjà plus à enrayer, Miliau et Gosselin volèrent d'un seul mouvement au secours d'Isaine.

Il fallut toute la force de persuasion, et même les coups d'Onfroi de Trézhuel, de Geoffroy Guillaume et des écuyers réunis pour les empêcher d'aller, comme deux frères de démence, se fracasser à leur tour dans les rochers.

Certains avaient dit : « C'est un animal » ; d'autres : « C'est un oiseau », ou bien : « C'est un loup ». Mais Gosselin savait que c'était elle, Miliau savait que c'était elle.

Sur l'océan, reculé un instant devant le cri atroce, le silence retombé en la mer, les vagues recommencées, la lune d'avril montait toujours, glaciale et flamboyante, tel un soleil de nuit : le soleil des loups.

TROISIÈME PARTIE

Saisons de cendre

(Avril-décembre 1363)

XV

Les inconsolés

PLUS de la moitié d'un an s'était écoulée depuis qu'Isaine était morte. C'était l'automne.

Miliau et Gosselin, tout ce temps, s'étaient abrutis de batailles, de joutes et de chasses ; chacun épiant dans l'œil de l'autre la mort lente, ou l'espoir, ou l'idée. Nul n'osait parler d'Isaine en leur présence ; cependant elle se tenait là, entre eux deux, dressée et si fort dressée qu'elle étreignait leurs mains et leurs cœurs, les poussait l'un vers l'autre.

Des mois durant ils avaient, ensemble, fouillé la côte et les rochers, les grèves et les écueils à marée basse pour la trouver. En grand danger, sans la trouver. Il se refit entre eux une amitié solide, toute de grande peine et d'acharnement. Ils s'appuyaient l'un sur l'autre, l'un sur l'espoir de l'autre, l'un sur la peur de l'autre et ils escaladaient ainsi, vers rien, une existence vide d'Isaine.

C'était Gosselin qui le premier avait trouvé un indice. Un filet d'or. Un tout petit filet à prendre de fuyants poissons d'amour, que les vagues ramenaient et reprenaient encore. Il l'avait vu scintiller, Gosselin Daouën, parmi les algues en glauques florescences, frêle cage de canetille qui, un soir, avait emprisonné ses cheveux, ses doux cheveux à elle.

Il allait alors à l'orée d'océan, Guingamor aspergeant des rochers le dos croûteux de coquillages. Ce brillant varech, Gosselin l'avait pêché à bout de lance, puis froissé en sa main, sur son cœur, comme il sentait se froisser ce cœur : Isaine était tout près d'ici, elle y était noyée.

Alors une voix lui avait claironné aux oreilles, et la Voix de Dieu s'adressant à Moïse eut sans doute moins de force, n'eut pas mieux fait gronder les quatre échos du monde :

– Isaine n'est pas morte. Elle est quelque part. Vivante Elle n'est pas morte car une telle chose ne peut pas être !

Mais ils ne l'avaient plus jamais vue.

Certains jours, la haine les reprenait, avec des cris de rage, de douleur, d'impuissance, qui les jetait l'un contre l'autre, prêts à se tuer, se donnant à chacun la faute grande de l'avoir perdue, de l'avoir envoyée mourir, de l'avoir mal aimée. Vains combats qui épuisaient leurs forces et les laissaient tout sanglotants, tout essoufflés, raisonnables à nouveau et frères encore pour quelque temps, essuyant leur sang et reprenant leurs armes pour d'autres luttes.

En mai, le duc Charles de Blois vint assiéger Bécherel, dont les Anglais avaient fait une imprenable citadelle. Bertrand Du Guesclin n'y était pas, ni Onfroi de Trézhuel qui menait pour sa fille un deuil plus que discret. Le refus de celle-ci au mariage qu'il avait quelques heures avant le banquet de Vives accordé à Gosselin, son escapade scandaleuse puis sa fin tragique avaient saccagé les projets du seigneur Le Hac. Kerrud, encore une fois, lui échappait.

En juin, Jean de Montfort vint assiéger de Blois, qui assiégeait Bécherel. A Gosselin, Montfort disait souvent :

– Tu dois te reprendre, Kerrud ! Promptement ! Un chevalier triste ne combat plus... Ou bien il court à la mort.

Juillet vit les deux armées de Blois et de Montfort désagrippées de Bécherel, fort bellement adoubées et alignées dans la lande d'Evran, où le ciel en passant traînait des lumières et des ombres. Il n'y eut pas bataille.

Miliau s'en souvenait, Gosselin s'en souvenait. Eux qui s'étaient juré de s'épargner s'ils venaient, en guerre, à se rencontrer l'arme au poing. Eux qui, chacun à son tour, redoutaient que l'autre se parjure. Il n'y eut pas bataille.

Jour de grande chaleur. Les nuages étaient gris au flanc, or au ventre : mauvais signe. Les corps cuisaient sous les mailles et les lattes de métal chauffées à blanc. Les cervelles bouillaient, fondaient dans les crânes, au creux des bassinets.

Le vent passait par vagues, en miaulant rauque dans ses hauteurs, en rasant le sol rêche et plat à courtes bouffées tièdes, faisant claquer d'impatience, par à-coups, la langue des bannières, des fanons et des flammes ; onduler les robes des chevaux et gonfler sur les corps de fer le lin, le drap ou la soie armoriée des cottes d'armes.

Les trompettes avaient sonné. On était au bord du mouvement, suspendu entre la paix, de belle ordonnance scintillante, flottante, piaffante et cliquetante ; bariolée. Entre cette paix-là qui était déjà la guerre, et la grande ruée, la grande mêlée hurlante de la horde féodale déchaînée de haine, altérée de sang. Bretagne contre Bretagne ! La belle prouesse, en vérité...

Mais en guise du signal d'attaque, du grand cri de mort, on vit surgir du camp de Monseigneur de Blois deux évêques tout chatoyants, portant mitre et crosse. Les hommes de Dieu vinrent jusqu'à Monseigneur de Montfort, qui retira son heaume, mit pied à terre et salua les prélats ainsi qu'il se doit faire en bonne courtoisie et respect.

Il n'y eut pas bataille, mais il fut décidé que la moitié sud de la Bretagne, avec les villes de Nantes, Vannes et Quimper, reviendrait au comte de Montfort. L'autre moitié, avec Rennes, serait à Charles de Blois.

Depuis, l'été était passé. C'était octobre et du sort du duché rien n'était résolu : il n'y avait toujours qu'une Bretagne et elle était en guerre... contre elle-même.

Gueules, pourpre et or se disputaient la bannière minuscule des feuilles aux ramures des grands chênes, où le vent soufflait en orgues ; aux mols gonflements des dômes de la châtaigneraie ; aux panaches roussis des fougères du sous-bois. Une brume rosée, irisée, épaisse, se plaquait à la bouche comme un bâillon d'étoupe mouillée, laissant aux lèvres un goût de vieilles feuilles, de fruits trop mûrs, de sel marin. Chaque pas pénétrait la chair brune du chemin, faisait s'envoler des oiseaux gris au plastron cramoisi, des merles au plumage de deuil, au bec de soleil.

La pleine moitié d'une année était passée depuis qu'Isaine était morte. Dans l'âme de Gosselin et dans l'âme de Miliau la plaie demeurait également vive à ne pouvoir l'effleurer de la pensée sans gémir.

Ils venaient de se séparer. Ils s'étaient encore battus, tout à l'heure, pour une mauvaise parole, pour une peccadille ! C'était plutôt prétexte à aiguiser leur hargne, à exercer leurs muscles. A mesurer aussi tout le poids de cette amitié. Improbable fraternité, qui vit Miliau Le Hac prendre parti et armes contre son père Onfroi, quand celui-ci, en septembre, était revenu assaillir Kerrud.

Plus qu'un château, les deux cousins avaient défendu un souvenir.

Trézhuel avait lâché prise, battu en retraite, était parti retrouver Bertrand en menaçant de revenir, de raser Kerrud par le feu et le sang, de déshériter son fils. Il n'était pas encore revenu à ce jour...

Gosselin se défiait de Miliau malgré tout. Apprivoise-t-on le renard, le serpent ? On peut l'aimer, mais sous aucun prétexte on ne lui doit tourner le dos : le coup tomberait, qui vous plierait à genoux, le crâne brisé... Non, Miliau avait trop de chagrin pour penser à mal faire. Pouvait-on à ce point de désespoir aimer une sœur, fût-elle Isaine Le Hac ? Cette passion souffrante troublait Gosselin et le rendait jaloux. Des deux cousins, lequel avait tué Isaine ?

Tout était de sa faute à lui, Gosselin Daouën.

Il n'avait jamais eu d'autre intention que de l'épouser. Il n'avait, depuis son retour en Bretagne et la reconquête de Kerrud, œuvré que dans ce sens. Quand les choses s'étaient-elles détraquées ? A Brest, au début d'avril, cet avril maudit !

Tandis qu'il débarquait d'Angleterre, où il était allé recruter pour Montfort, d'où il ramenait son amie Alys, il avait rencontré Miliau sur les quais. Devant un pichet, un peu plus tard, Le Hac lui avait déclaré avec cet air à la fois goguenard et sûr de lui, qui dans une certaine mesure faisait sa séduction :

– Père et moi avons trouvé pour ma sœur Isaine un parti acceptable. Elle va se marier. Tu as pris ton temps, cousin Gosselin, trop de temps. Tu n'as pas la dispense du Pape et Isaine a cessé de t'aimer. Ou de t'attendre. Les femmes n'aiment pas attendre, Gosselin : leur cœur est moins bien trempé que le nôtre !

Il n'y avait pas cru. Il avait souri. Il avait confiance ; en lui, en elle. Il avait la dispense à ce moment-là ! Dieu-Seigneur ! Il l'avait ! Son ami Montfort finalement, par l'entremise du roi d'Angleterre, l'avait aidé à l'obtenir du Pape Urbain [1]. Que n'était-il allé lui dire, à elle, immédiatement ? Mais il ne savait pas. Il ne savait rien ; il aimait, c'est tout. Sot orgueil !

Il l'avait brandi sous le nez d'Onfroi, ce chiffon de parchemin aux sceaux illustres. L'oncle avait donné son consentement sans barguigner et du même mot avait donné à Gosselin la vie, grand imbécile qui tremblait d'un bonheur égoïste ! Elle, Isaine, elle se battait avec ses doutes, ses craintes, aveuglée par le reflet de l'apparence.

Dans le jardin, à Vives, il avait eu froid au cœur en la voyant tout amollie et pleurante dans les bras de Tiphaine. Ce cœur s'était brisé en éclats de glace, quand Isaine l'avait regardé, avant de les planter là, Tiphaine de Vives et lui. Dieu ! Ce regard ! Si chargé d'amour et croulant sous la haine ! Quand Tiphaine lui avait expliqué :

1. Urbain V, qui régna de 1362 à 1370.

– Votre cousine de Trézhuel pense que vous allez épouser Dame Alys.

Quel soulagement ! Quels rires ! Oh ! Comme il aurait dû être plus attentif, plus prudent, plus proche d'elle ! Quand il l'avait prise dans ses bras, toute trempée, ballottée et perdue, sous l'orage de grêle, il aurait voulu l'emporter ainsi, loin de Vives, loin de tout, pour toujours. Il savait, il était sûr que ce serait bientôt. Lui, il savait ! Pourquoi avait-il attendu le soir, cette ridicule et prétentieuse mise en scène des vœux et des secrets, à table ? Il avait failli lui dire, lever toutes les incertitudes, briser les mirages de glace, abattre d'un seul mot tous les monstres aux ailes noires qui depuis trop longtemps tournoyaient dans la tête de son pauvre amour. Il avait failli, mais... Elle était si belle, elle avait l'air si désemparé, si fragile et si infranchissable à la fois... Il avait hésité, le temps de se remettre du choc violent de ce regard, de cette beauté malheureuse. Et Miliau était intervenu, la lui avait arrachée. Pour quelques heures, pensait-il, pour quelques heures encore. Et après...

Oh ! Ce cauchemar ! Cette nuit rouge ! Cette horreur ! Comment pouvait-il vivre encore, respirer, se mouvoir ? Au plus chaud de l'été, il avait eu froid jusqu'au fond des entrailles ! Et maintenant... Ces rixes idiotes, et qui finiraient bien par être meurtrières.

Ce matin, c'était à cause de Renan de Saint-Blin qu'ils avaient, avec Miliau, croisé Morrigane et Tubelle, leurs épées. En s'injuriant. L'écuyer avait dit :

– Messire Le Hac, un colporteur a raconté qu'il y avait une fille chez Yvon, dans les dunes, à une trentaine de milles [1] d'ici, qui ressemble à votre sœur Isaine.

Trézhuel avait blêmi, s'était jeté sur Saint-Blin comme s'il allait l'étrangler, l'avait secoué afin d'en savoir plus, promet-

1. Un mille est égal à environ un kilomètre et demi. Trente milles équivaudraient à peu près à 45 kilomètres.

tant de le faire brancher s'il mentait, hurlant qu'on l'y conduise de suite, chez Yvon de la dune...

Gosselin les avait séparés, avait crié à son tour qu'on cessât une fois pour toutes de songer à Isaine... C'était se faire trop de mal. Combien d'inutiles alertes au bonheur avaient-ils eues depuis sept mois ?

Miliau, dans ses colères, dans ses brusques accès de rage qui le prenaient souvent depuis la disparition de sa sœur, ressemblait à Onfroi. Avec toutefois moins de transport et plus de crispation ; moins de mesure dans l'injure. Et puis ce tremblement, cette sinistre pâleur qui montraient que l'esprit prenait pas sur le corps.

Gosselin parait ses coups avec l'énergie souveraine de la révolte ouverte, mettait toute sa force au service de l'acte immédiat, sans songer à la haine, sans l'idée de la vengeance ni celle de la rancune. Ce n'était pas avec lui-même qu'il avait des comptes à rendre, ce n'était pas du sort qu'il avait à se revancher : il essayait tout simplement et bravement de préserver sa vie contre la mauvaiseté débridée de son adversaire ou bien, par force, d'apaiser sa pugnacité.

Si quelqu'un quelque part ressemblait suffisamment à Isaine de Trézhuel pour peut-être se permettre d'être elle, point n'était besoin de hurler et se jeter la tête au mur ! Gosselin voulait savourer en silence cette si belle image d'un espoir. Et puis y aller voir, chez Yvon, dans les dunes. Dieu bon ! Est-ce qu'un miracle... ?

Terrassé par l'effroi d'un échec, d'une possible méprise, le seigneur Daouën s'appuya au fût d'un châtaignier, se laissa glisser jusqu'à l'herbe rase semée de vertes bogues hérissées, fendues. Il ferma les yeux. Trop de nuits sans sommeil.

– Nous devenons fous, murmura-t-il.

Il s'allongea sous l'arbre, des brûlures aux paupières, la tête dans les bras ; non point comme un qui songe ou se repose mais comme un qui meurt.

Les flaques étaient bleues où se reflétait le ciel ; grises l'instant d'après : des fragments de ciel, limpides, tombés sur terre. L'air était vif et pourtant doux, de la douceur automnale d'une nature languissante.

Il n'avait pas pris garde au trot qui s'approchait, au cliquetis des étriers ; n'avait vu ni entendu le cheval s'arrêter, les pas légers venir jusqu'à lui. Aussi eut-il un violent tressaillement quand une main effleura ses cheveux emmêlés :

– Vous avez besoin d'une épouse, Gosselin de Kerrud. Vous avez besoin d'un héritier. Vous avez besoin d'argent. Et moi, je peux vous offrir tout cela.

Alys parlait en femme de tête, en femme qui négocie, pas en amoureuse. Et Gosselin savait que c'était là le type de l'épouse idéale, à tenir un domaine, une maison, à relever un nom. Or, Gosselin de Kerrud était de ceux qui choisissent d'édifier leur existence sur de l'amour et non pas sur des intérêts.

Elle était séduisante, attentive, lucide ; elle avait un sourire d'amitié tendre. Cependant qu'il lui rendait son sourire et qu'il lui venait désir d'elle, il savait qu'il n'aimerait et n'épouserait jamais qu'Isaine.

Il savait qu'il n'aimerait et n'épouserait jamais personne.

XVI

La grande flambée d'Yvon le Diable

QUELQU'UN l'avait ramassée sous la falaise, cette nuit ocre où elle avait perdu Gosselin. Un pêcheur et son équipage qui croisaient en Atlantique, le long des côtes et en Manche : Bretagne, Angleterre, Ecosse, Irlande. Ils cherchaient une crique où s'ancrer pour la nuit. Ce fut le scintillement de ses haillons de fête, de ses parures de joyaux, si insolite dans ce chaos sauvage de roche et d'eau, qui attira le regard des matelots. Epave au souffle menu, improbable sirène, ils l'avaient emportée sur leur navire, toute sanglante et brisée.

Elle avait tant souffert les premiers temps qu'elle se souvenait n'avoir plus été qu'une voix pour gémir. Elle s'était endormie comme on meurt : dans un grand noir, dans un grand mal ; comme on meurt sans absolution, sans pardon du Divin : avec la peur.

Combien de jours sans matin ? Combien de soirs sans la douceur du soir ? Combien de nuits sans lune, ni calme ni vrai repos ? Et des pluies, et des pluies, à en gonfler la mer, à en fondre le ciel en coulées de cire blanche puis à le mettre en cendres, en suie ; en pluie.

De l'homme, son sauveur, elle avait oublié le visage. Ils avaient vogué longtemps et loin. Ce balancement de tous les instants, la côte à filer sous ses yeux mourants, le ciel où remuaient le vent, les nuées, les oiseaux aux chants barbares, il lui avait paru qu'un siècle n'aurait pas suffi à les lui faire éprouver. Et l'odeur du poisson : marée, mouillé ; chairs blanches, roses, fortes ; trop fortes. Ils lui levèrent le cœur, ces relents ; puis ils lui donnèrent faim.

Une nuit de mauvais temps, de brouillard et de peine, tandis qu'ils revenaient au rivage breton, Isaine et les pêcheurs virent briller des feux, blême regard de salut tout au fond de la nuit en tumulte. Perdu depuis des heures, le bateau de pêche luttait, à la merci du Créateur mécontent de Sa création, de Sa créature et qui, pour les mettre à l'épreuve, les jetait l'un contre l'autre.

Des heures durant, ce ne furent que souffles et grondements, craquements et clameurs : de la mâture, du vent, de la carcasse de bois étreinte aux mâchoires d'eau noire, de la voile déchirée dans un cri d'outre-monde et claquant en lambeaux durs et froids ; des hommes arrachés aux cordages et aux ponts inondés, cueillis comme à la treille et projetés à la tonitruance des flots.

On venait sur les feux, sûrs du calme prochain. Isaine ne se souvenait que de cette belle flambée d'espérance, elle qui n'espérait plus rien en ce monde. Elle fut envoyée aux vagues, monstres d'un vert puissant, d'un vert profond, tellement profond !

Sous les crêtes d'écume aux blancheurs mousseuses, pétillantes de rage, elle devinait avec effroi de glauques mondes glacés, des tourbillons grondants, des colonnes de mouvance, à vous aspirer, à vous écraser, à vous tirer au fond. Elle se laissa guider, au fond ; et ce fut doux, bien plus doux qu'elle ne l'eût jamais imaginé.

Mais la mer ne voulut pas d'elle. C'était ainsi : Gosselin de Kerrud n'avait pas voulu d'elle, son cheval l'avait abandonnée, la lande l'avait jetée à la mer et la mer à son tour la rendait au rivage ! Seule vivante parmi les restes de la catastrophe.

De ceux qui auraient pu devenir ses amis, elle ne vit plus trace. Elle reposait sur un matelas de goémon qui crissait sous ses reins ; un feu brûlait près d'elle dans un âtre grossier où pendait un chaudron à gros flancs charbonneux, à gros bouillons de soupe. Toujours l'odeur du poisson.

On avait mis sur un escabeau ses vêtements à sécher : une chemise et des gros bas que lui avaient donnés les marins.

La maison était sombre ; son atmosphère touffue et âcre serrait la gorge. Isaine se sentait le crâne lourd, la bouche salée, le corps faible. Elle avait soif, elle avait faim.

Un visage de fille, plein, en bonnet gris d'où moussaient des frisons blonds se penchait sur elle ; deux mains sur son bras se refermèrent, contact tiède des doigts grassouillets. Gaud – elle s'appelait Gaud – prononça à voix lente, à mots rudes :

– Yvon le Diable t'a sauvé la vie. C'est pas dans ses habitudes ! Maintenant, si tu veux manger, il faut que tu travailles !

– Je veux bien. Quel travail ?

– Tu verras.

Et elle vit. Dès qu'elle parvint à tenir sur ses jambes, dès qu'elle eut assez de force pour marcher sans s'appuyer sur la petite-fille d'Yvon, elle vit. Et ce qu'elle vit ne la fit pas rire.

On arrivait alors sur les derniers jours d'août. Le ciel était gonflé de colère, sur un océan au contraire infiniment calme et lisse, à peine murmurant, quelques bulles de vaguelettes aux gencives de la côte hérissée de crocs rouges.

Yvon depuis le matin était devant la maison, à ravauder des filets pour se donner contenance ; à épier les éléments, à attendre quelque chose qui allait venir, qu'il était seul à entrevoir, et qui d'évidence le réjouissait.

Vers le soir, en même temps que le vent se levait, vinrent d'autres hommes. Trois, cinq, puis six. Ils avaient des mulets : un trotteur par individu, chargé de fagots.

Un petit chauve vêtu de blanc sale, qui ressemblait à une momie, haussa sur Isaine un menton picoteux qui s'allongeait d'interrogation méfiante.

– Pas d'danger, prévint Gaud.

– Pas d'danger, confirma Yvon.

– Baptême du feu ? lança un grand maigre en pinçant la taille de la châtelaine en fuite.

Un troisième, coiffé d'un chaperon bleu lavande à la pointe rongée, à la pèlerine effilochée, l'enveloppa dans une œillade aussi rapide que dubitative, qui lui fit croire qu'on la cinglait de lanières, qu'on la reconnaissait ; il bougonna et deux autres après lui. Le dernier, qui était bigle, lui sourit de biais, sans gentillesse aucune, en entortillant curieusement son regard sans couleur sous ses sourcils en sommets de dunes, où se dressait une pincée de poils fauves.

Comme elle attachait mélancoliquement ses yeux à ces aiguilles de soleil qui lui faisaient souvenir d'elle ne savait plus quoi, le loucheux fit sur sa bouche avec son ongle le signe de se taire, puis tout de suite après, sous son menton, celui de trancher une gorge.

Gaud haussa les épaules et la prit par le bras.

Toutes deux descendirent vers la mer, ainsi qu'à la promenade. La nuit venait par longues rafales tièdes et poisseuses : l'océan faisait le gros dos, noircissait, grondait sourdement. Sous les nuages aux énormes corps de plumes grises, argentées, le Grand Dieu aiguisait sa colère avec des étincelles bleutées, vives, qui faisaient crisser l'air et tourner les oiseaux par vastes envolées tragiques.

L'on descendait toujours par les sentiers de falaise où le vent bousculait. Les deux femmes devant et les hommes derrière, en file, avec les mulets enfagotés ; Yvon fermait le long cortège, qui poignait une torche. Gaud portait une lanterne à huile et un poignard à la ceinture. Isaine ne portait que son angoisse qui, avec l'orage venant, grandissait, lui grignotait le crâne de picotements à la lisière des cheveux.

Quand on atteignit le dessus de la crique, que surplombait un plateau à pic, on s'y installa, les mulets en rond, que les sept gars déchargèrent sous les « Vite ! Vite ! » pressants du vieil Yvon.

– Tu bouges plus. Tu regardes, c'est tout. C'est après qu'on aura besoin de toi.

Gaud la fit asseoir sur un caillou et s'accroupit auprès d'elle, scrutant la mer, ses cheveux volant tout autour d'elle, une main posée sur les genoux de sa compagne.

– T'as peur ? demanda-t-elle sans la regarder.

– Non, répondit Isaine.

Et c'était vrai, en un sens.

L'océan et le ciel maintenant tonnaient à deux voix : eau et feu. Le vent tournait pour concentrer toute sa force, qu'il n'avait pas atteinte encore, prenait son élan du haut des rochers, qui retenaient un moment son écho : air et terre.

Les hommes dressèrent trois beaux bûchers de branches sur la plate-forme rocheuse, où de grands murs blancs et fluides jaillissaient, retombaient en moussant.

– Vite ! Vite ! criait toujours Yvon.

On vit alors venir de l'étroit sentier une grande femme musclée, sans âge, qui conduisait un grand cheval hirsute ; ce colosse aux naseaux écarquillés dans la tempête naissante portait quatre sacs de cuir. Malgré la rumeur d'ici et de partout, c'était tout juste si l'on n'entendait point, sous la charge, craquer les jointures de l'animal. On vida les sacs ; ils contenaient des bûches.

– Faut bien que l'feu mange ! gueula la matrone au nez d'Isaine qui s'étonnait.

Nuit noire. Brame de l'océan ; hurlements du vent ; éclatement tonitruant du ciel. Nuit de violence. Tous s'étaient jetés à plat ventre sur la roche à présent cinglée de grosses gouttes chaudes, salées : larmes des dieux en rage.

– Pissat du diable ! beugla Yvon.

Et il bouta par trois fois la flamme de sa torche dans les tas de branchages. Il était à quatre pattes, activant ses vieux membres avec une vélocité qui donnait à Isaine des grands hoquets de rire nerveux.

Les trois feux s'élevèrent presque ensemble. Malgré le vent furieux, malgré la pluie diluvienne, ils montaient, montaient toujours, criblant la nuit de gouttes d'or, de folles fourchées de foin rouge, qui s'envolaient rejoindre les éclairs tout là-haut.

Cette lumière, pour ce qu'elle préparait de laideur et d'obscur ; cette chaleur grondante, pour ce qu'elle appelait de douleur et de froid éternel ; cette gigantesque flambée dans la tempête, horrifique paradoxe, étaient d'une troublante beauté, d'une singulière grandeur, qui arrachaient à Isaine des cris et des larmes, des pleurs à gros sanglots, que nul n'entendait.

Gaud, qui s'était collée contre elle et serrait sa taille dans son bras, la sentant toute secouée, lui cria dans l'oreille :

– T'as peur ?

Isaine remua la tête pour nier et se griffa le menton à la râpe du granit sous elle.

– Gosselin ! gémit-elle, sans trop savoir pourquoi ni d'où lui revenait ce nom maudit.

– C'est qui ? glapit encore Gaud.

Mais elle ne reçut point de réponse, car ce fut à ce moment qu'on vit venir celui qu'on attendait.

C'était un gros navire, couché sous la grande ire du ciel. Un de ces vaisseaux marchands, qui venaient de Gênes, de Venise ou d'Espagne, le ventre lourd de mille trésors, et passaient par la Bretagne en cinglant vers l'Angleterre ou vers les Flandres.

Il approchait, écartant de ses membrures grinçantes les tentures d'argent de la pluie, de la brume et de l'ombre. Il approchait en sifflant, en craquant de tous ses bois. Dans ses voiles trop gonflées, le vent à coups de griffes et de crocs élargissait des déchirures. Ainsi il s'en venait, attiré par les feux, gros papillon nocturne dans le chaos, droit à la côte.

Lorsqu'il fut assez près, on commença d'entendre la clameur des marins.

Sous la grande roche plate, où se vautraient Yvon et sa bande, la crête dure des vagues de pierre se dressait hors de la crête blanche des vagues d'eau. Ici, tout bouillonnait, giclait, se préparait à l'écrasement. Aveuglée par la flambée, tirée, poussée, halée par toutes les forces de la mésaventure, la grosse nef entrait en la forêt d'écueils.

Isaine voulut se redresser. Horrifiée, gesticulant des bras, elle hurla à pleins poumons une tardive mise en garde ; vain pépiement que le grand chahut de toutes choses emporta, engloutit. Gaud s'agrippait à elle, la voulait faire coucher encore, se taire ; quand des hommes allaient périr et qu'à ce péril on les menait par volonté ! Elle eut beau se débattre, ce fut finalement le vent qui la jeta par terre, tandis que Gaud la martelait de coups de poing et d'injures.

Isaine avait reçu assez de coups et d'injures en sa vie pour ne plus s'en émouvoir ! Si elle n'était que sanglots et refus, c'était à cause de ceux qu'on était en train d'assassiner avec l'aide de l'orage ! Alors se produisit cette chose qui devait se produire, puisque Yvon et les autres avaient tout fait pour cela.

Il explosa contre les écueils, comme un œuf que l'on jette contre un mur : ainsi avait naguère été jetée aux rocs sa coquille de salut, le vaisseau de ces hommes qui l'avait embarquée, ses amis, ceux-là qui étaient morts et auxquels elle devait la vie. Puis il se renversa, se disloqua, avec des bruits qui n'étaient plus des bruits, tant manquaient les mots pour en nommer toute l'horreur. Fracas ; éclatement, clameur. Puis, tout ce qui avait constitué un navire, un équipage, un chargement ; tout ce bel édifice de réalité raisonnable et tangible ne fut plus que flottements, plaintes, ballottements. Jonchée de sacs et de caisses, de membres et de corps, de planches et d'étoffes. Tout cela en lambeaux, en morceaux, que la tempête et le ressac affairés se chargeaient d'éparpiller.

On attendit encore ; que les feux s'éteignissent, que le vent retombât. Après, on descendrait. Sur les mulets, on chargerait les caisses, les sacs. On dépouillerait les morts, achèverait à coups de masse ou de cailloux ceux qui feraient encore mine de vouloir demeurer en ce monde. On glanerait dans ce bouillon de honte un butin de malheur ! Et puis on reviendrait, on mènerait aux cachettes la prise ; un ou deux hommes seulement, les autres ne devaient point savoir. Puis on se séparerait ; jusqu'à une prochaine fois. Jusqu'à un prochain « ordre d'en haut ».

Isaine, à genoux sur le rocher battu de pluie, où les feux faiblissaient, joignit les mains, dont les phalanges blanchirent de ferveur, les yeux baissés sur ce désastre :

– Ce n'est point d'eux, Seigneur, dont il Vous faut avoir miséricorde ; mais de ceux qui sont derrière moi, qui commettent ces crimes ! Et aux maîtres pour qui ils font œuvre de mort, infliger Votre châtiment !

La pluie, à présent fine et tranquille, lavait ses larmes. Gaud la tira par les basques. Alors elle se leva, tremblante, et suivit les autres, en file vers le fond de la crique transformée en charnier marin. Isaine de Trézhuel, qui n'était pas de Trézhuel, allait « travailler » pour gagner sa pitance à la table d'une famille de brigands !

Des oiseaux dans le crachin, tout au bord du jour blafard, où grondaient encore faiblement les derniers chiens de l'orage, tournoyaient sans crier. Isaine voulait croire que la blanche escorte vorace était constituée d'âmes : celles des hommes du gros navire, en partance vers le bel ailleurs...

Le soleil eut beau briller, le temps eut beau passer sans nouvelle « expédition », les grands bateaux revenaient chaque nuit et parfois le jour se fracasser contre sa mémoire. Et plus la saison vieillissait, plus ils revenaient souvent. Dans leurs flancs aux planches disjointes, grinçantes, ils apportaient un autre souvenir : Gosselin Daouën de Kerrud. Le lâche, l'inoubliable !

Pour cette unique fois où ils avaient été ensemble, en amour, pour cette seule joie, avait-elle mérité l'exil ? Pour tous ses rires, était-elle condamnée au silence et aux larmes ? Et lui serein, raisonnable et muet...

Le silence et l'absence sont des armes redoutables. Un poison violent résulte de leur mélange : l'indifférence. Un poison mortel ; mais qui tue lentement, dans d'insoutenables douleurs.

Bien sûr, elle avait tout de suite su... elle savait toutes les choses qui font mal. Celles qui n'arrivent pas. Elle savait tout ce qui manque.

Ses mots, ses conseils, ses promesses : autant de petits oiseaux morts, empaillés et bavards, alignés le long des tables, des chemins... Partout où elle croyait vivre et aimer, vivre parce qu'être aimée ; se donner, recevoir, partout il n'y avait que ces oiseaux morts. Tous morts, et elle qui croyait en eux... Quelles traces laisse un être que l'on a quitté ? Aucune. Il n'en a pas eu le temps. Mais il n'y a pas de courage à avoir pour les choses qui sont. Il n'y a que de dire, et peut-être de faire. Et les portes s'ouvrent ou se referment à toute volée, sur vos doigts et votre âme.

Elle était partie, pas lui. Partie droit devant elle, se jeter là où nul ne souhaitait aller jamais : dans l'enfer sur terre. Là, jour après jour, elle apprenait à n'être plus personne qu'elle-même.

Oh ! Gosselin ! Elle souffrait par lui, mais lui seul aurait pu la consoler.

Etait-il beau à sa mémoire ? Les défauts de ce visage, elle les chérissait plus encore que toutes les harmonies qui les dissimulaient. Ses infimes laideurs lui appartenaient.

Ils avaient été et seraient encore des centaines à entendre ce rire qu'elle avait voulu et ne croyait qu'à elle seule. Combien de femmes, hormis son épouse, avant et après elle, Isaine, qu'il avait prise dans l'herbe du bois, comme font les bêtes ? !

Elle avait construit les murailles de sa vie sur de l'eau et des nerfs. Un songe, une illusion ; de l'eau et des nerfs ! Et ces nerfs seuls aujourd'hui lui gardaient le souffle au corps.

Que Gosselin de Kerrud fût mort, elle n'aurait point souffert davantage. Il vivait et c'était pire ; car loin d'elle, car il ne l'aimait pas. Car pire que tout cela uni, il en aimait une autre, qui était son épouse. Cependant, au plus profond de ce qu'elle ne reconnaissait ni pour du chagrin ni pour du dépit, il lui venait, avec une incorruptible limpidité, que leurs deux pensées se joignaient, attentives, aimantes profondément, sans équivoque et pour jamais. Elle en doutait l'instant d'après, par pure raison, certitude implacable et cruelle, qui incisait à vif son cœur et son âme. Alors une voix en elle s'élevait, la double voix de l'espoir et du désespoir ; de l'amour infini et de la détestation :

– Je mettrai la forêt en marche hardie, aux quatre coins de Bretagne, aux quatre coins du monde d'Occident ! J'allumerai des feux de joie, qui grilleront les nuages comme laine en âtre ! Je pousserai les collines avec leurs châteaux, les falaises en la mer tumultueuse ; et les Montagnes Noires et les grands Monts d'Arrée, avec pas plus d'efforts qu'il ne m'en faudrait pour pousser un coffre en ma chambre ! Par amour, Gosselin de Kerrud ! Par amour seulement ! Et vous, vous resterez en vos terres, à regarder passer les hivers ; vous irez caracoler en vos guerres, sans voir même que le paysage a changé.

Elle ne pouvait que murmurer encore, sans force, des larmes plein les yeux :

– Merci, mon Dieu, de l'avoir mis au monde.

Il y eut d'autres naufrages. Chaque fois, c'était pour Isaine la même épouvante, le même refus de tout l'être en révolte, en souffrance. En vain. Elle n'oubliait pas, ne comprenait pas ; elle subissait. Elle n'osait pas fuir, n'expliquait pas cette lâcheté ; elle demeurait chez Yvon, terrifiée et pleine de haine. Vint l'automne.

Quand elle demandait à Gaud ou à Yvon dans quel lieu de Bretagne ils se trouvaient et s'ils y étaient toujours, l'un, comme l'autre, haussait les épaules, faisait une moue ou marmonnait :

– Ici, c'est la côte. Les dunes.

Rien de plus. Mais, une fois, elle entendit les muletiers,

ces convoyeurs de malheur, parler de Douarnenez. Elle en fit déduction que cette ville était proche ; que l'île qui voguait au large devait être l'Ile Tristan ; comprit aussi qu'elle était loin de chez elle ! Des milles la séparaient de Miliau, du château de Trézhuel et... de Kerrud ! Y reviendrait-elle jamais ? Et si elle le voulait, le pourrait-elle ? Tous, là-bas, devaient porter son deuil, ne la cherchaient plus. Elle qui n'était déjà personne du temps que Brenda lui disait : « Je sais qui tu n'es pas. Je ne sais pas qui tu es », se sentit alors tout à fait morte. Elle pleura.

Puis, quand elle eut fini de pleurer, elle dénombra les coquillages qu'elle avait ramassés pour son dîner – les autres lui plaignaient pitance et trop souvent mangeaient sa part –, vit qu'il y en avait suffisamment et reprit le chemin de la maison du pêcheur d'épaves.

Ce matin, Yvon avait allumé le falot dans la guérite de pierre. C'était le signal. Demain ou le soir suivant, les gars viendraient avec les mulets, les fagots.

Elle se hâtait, sachant qu'on aurait besoin d'elle. Elle allait au-devant de sa hantise, foulait le sable à grandes enjambées. Ce fut lorsqu'elle eut franchi les premières dunes crêtées de graminées échevelées qu'elle vit la fumée, fauve sur le ciel nacré.

La maison brûlait, à grandes ronflées, à grosse averse d'étincelles, en cascades de pourpre, en fluidités blanches à force d'être d'or. L'ossature de ses charpentes craquait, grinçait, se consumait avec des chuintements, des pouffements de rires enfumés.

Allongée dans les dunes, cachée, Isaine regardait. Elle ne pouvait s'empêcher de comparer la baraque incendiée aux vaisseaux drossés à la côte et s'y venant démantibuler. Une voix au fond d'elle chuchotait :

– Les pauvres gens !

Mais une autre aussitôt la couvrait :

– Ce n'étaient pas des pauvres gens. C'étaient des naufrageurs. Des assassins.

Il y avait ici comme un juste retour des choses, elle le sentait confusément. Les corps calcinés d'Yvon et des siens n'étaient que le noir tribut du meurtre, la vengeance en lumière de centaines de marins.

Couchée dans la dune, elle regardait la masure qui flambait comme une meule. Autour, il y avait des cavaliers. Nombreux. Ils ne criaient pas, ne faisaient rien que tourner et tourner autour du feu. Puis ils partirent.

Ils descendirent dans les dunes, vers elle qui s'était enfoncée dans un trou derrière les touffes. Deux chevaucheurs les menaient. Ils étaient lancés au grand galop.

Isaine se leva, agita les bras, ouvrit tout grand la bouche pour les appeler. Aucun son, aucun nom ne put passer de sa poitrine à ses lèvres. Ses bras retombèrent et ses jambes l'abandonnèrent. Avec une longue plainte elle s'effondra dans le sable, évanouie.

Elle n'avait eu aucune peine, malgré l'éloignement, à reconnaître les bouteurs de feu : c'étaient son frère Miliau et Gosselin de Kerrud.

XVII

Les bois rouges

GOSSELIN allait comme la foudre. Miliau avait beau pousser Le Noir, il ne parvenait qu'à grands efforts à rejoindre Guingamor.

Ils avaient traversé les dunes, la lande, étaient entrés dans le bois sans ralentir l'allure. Les arbres filaient aux flancs des chevaux écumants et l'on eût dit que de terreur les grands troncs s'écartaient devant eux.

Kerrud était déçu, ivre de colère.

– On va la chercher encore ! On la retrouvera ! criait Miliau derrière lui.

Alors, d'un coup, il cabra Guingamor, le fit volter. Le Noir fit un écart, hennit de douloureuse surprise et faillit s'effondrer sous la brutalité du mouvement. Hommes et chevaux se firent face. Gosselin Daouën avait la voix grondante des éboulements de rocailles dans les torrents en crue :

– Elle n'y était pas ! Elle n'existe plus qu'en nos crânes malades ! Malades ! On ne brûle pas, on ne tue pas pour des chimères, Miliau ! Pas moi ! J'exècre tes actes ! Je me hais de n'avoir su arrêter ton bras, empêcher ce massacre ! Il faut revenir à la raison, cousin : je ne te suivrai pas dans la folie et le meurtre, non ! Isaine n'est nulle part. Elle est morte. Ton père Onfroi saurait nous dire combien il est redoutable d'aimer les morts et combien l'on meurt soi-même chaque instant à s'opiniâtrer dans cet amour !

– Tu veux dire ?

– Ma mère ! Isaine ! Elles sont ensemble, va ! C'est l'océan qui les a prises. On ne les reverra jamais. L'océan ne rend jamais ce qu'il avale. Et nous...

Sa voix s'était brisée sur un sanglot sec, un de ces hoquets incontrôlables de désespoir sans larmes ; ce grand spasme de tout l'être, à la fois révolte et capitulation.

Le reste de la troupe les avait rejoints. Garin, Renan et les hommes d'armes de Trézhuel et de Kerrud. Les deux écuyers arboraient les mines contrites et embarrassées de ceux qui aimeraient bien donner leur avis, mais se contentent de penser et de serrer les dents. La nuit venait. La saison avancée, l'épaisseur des feuillages, les fûts serrés capitonnés de lierre, de viorne, chaussés de buissons drus, la faisaient précoce. Les mauvaisetés surviennent toujours à la faveur de l'ombre, le mal aime l'obscur. Aussi messires Jeandeleur et Saint-Blin souhaitaient-ils ardemment que l'on reprît ce grand train de chevauchée que l'on avait tenu depuis la maison dans les dunes.

Mais les deux chevaliers ne bougeaient pas, se toisaient, s'écorchaient vifs à la pointe du regard, leurs montures sous eux piaffant et soufflant, têtes basses, crinières pendantes.

La comparaison lancée par Gosselin, l'évidente similitude des deux destins de Gwenn Daouën et d'Isaine, avaient porté un rude coup à Miliau.

– Isaine ne s'est pas tuée !

C'était entre ses dents serrées comme le sifflement d'un grand lézard apeuré. Gosselin le regardait toujours, les prunelles élargies, brunes, avec ce rictus de malheur qui lui fermait le visage à double tour. Il ne répondit pas. Miliau avala une longue goulée d'air, ressembla à un noyé, trancha :

– Si elle a commis... cela !... C'est à cause de toi !

Gosselin prit un air las ; sa voix était si basse qu'on l'entendit à peine quand il dit avant de faire virer son destrier et de repartir au trot :

– Votre conscience soit en paix, cousin Miliau. A votre place, je me haïrais moi-même.

Mais Miliau entendit et un grand froid lui vint au cœur. Ce qu'il se serait plu jadis à qualifier de « stratégie amoureuse », ses calculs, ses mensonges, avaient-ils provoqué ce qui depuis le printemps les consumait, Gosselin Daouën et lui ? Mille fois, oui. Il était coupable. Il avait perdu Isaine, perdu Gosselin et s'était perdu lui-même. Etait-il possible que son jeu de mystère, que son grand amour égoïste, aient poussé Isaine à commettre l'acte ignominieux de s'ôter elle-même la vie ? Etait-il, lui, son frère, son ami, l'artisan de sa folie ? C'était donc l'âme errante et maudite d'Isaine qui les harcelait si bien ?... Sottises. Gosselin venait de dire qu'il fallait revenir à la raison : excellente idée ! Isaine, Miliau la connaissait depuis son premier jour. Elle n'était pas de celles qui se tuent par amour. Elle n'était pas de celles qui cèdent ou rendent les armes ! Si elle l'avait pu, elle avait lutté. Si elle vivait, elle se terrait quelque part. Elle essaierait de les rejoindre. Elle était peut-être tout près.

Et dire qu'il l'avait trouvée, le premier soir, celui de la fête au château de Vives, celui où sous la lune rouge ils allèrent courre la damoiselle. Il avait d'abord cru, ce soir-là, que la partie lui échappait. Il l'avait su dès qu'Onfroi, son père, lui avait appris, avec cet air insupportable de haute satisfaction, qu'il venait de « donner » Isaine à Gosselin de Kerrud. Il se frottait les mains, Onfroi Le Hac, parce que loin de réclamer une dot, cet imbécile de Daouën allait se faire par-dessus le marché dévorer corps et biens par la parentèle de sa chère épouse ! Miliau, lui, n'avait pas ressenti la même euphorie. Plutôt l'envie de tuer. Celle aussi de dire à son père :

– Crétin aveugle et vil, Isaine n'est pas ta fille ! Tu n'as aucun droit sur elle !

Mais cette affirmation injurieuse et sans preuve n'aurait

eu pour effet que de déclencher un scandale, sans doute un navrant combat, et n'aurait rien modifié quant aux dispositions du mariage. Bien au contraire : déliés publiquement de leurs liens de sang, déchargés de l'autorité du sire de Trézhuel, Isaine et le cousin n'auraient plus eu qu'à convoler avec la bénédiction de tous et des autres !

Mais le Malin s'était décidément fait le dévoué serviteur de Miliau Le Hac et son doigt crochu fit une fois encore tourner la roue d'infortune en sa faveur.

Quand Gosselin s'était levé pour annoncer ses épousailles prochaines, Miliau avait été tout près de bondir le clouer là d'un coup de dague. Pour qu'il se taise. Isaine elle-même avait porté le coup en s'enfuyant sans attendre la fin de la déclaration, abusée par les apparences, l'entendement empoisonné par le minutieux traitement de Miliau.

Il avait tenté de retenir son cousin, puis de les séparer à jamais. Hélas ! Il n'avait pour l'heure que trop bien réussi ! Mais on ne retient pas un homme épris à tel point. Lui-même n'avait pu se soustraire à la panique. Puis il l'avait trouvée, Isaine.

Il l'avait découverte, assommée dans le bois, baignant dans cette singulière atmosphère orangée. C'était lui qui avait distrait Guingamor, qui l'avait lancé au galop pour que la chasse vînt après lui, la laissât en paix. Plus tard, il serait revenu ; il l'aurait emportée, aimée, épousée... Mais il n'avait pas eu le temps de revenir. Il y avait eu le cri. Sans cheval, elle ne pouvait aller nulle part ; en tout cas, pas bien loin. Non : elle était allée jusqu'à la falaise et... A imaginer la chute, à se remémorer le hurlement qui avait lacéré le drap rouge de cette nuit funeste, il se sentit une faiblesse, laissa couler ses larmes qui avaient goût de fiel. Qui prendrait garde à ce chagrin ? Il faisait nuit noire.

La compacité du bois conférait à l'obscurité une moelleuse opacité ; une consistance, quelque chose de palpable. Le noir était devenu une chose, qui se glissait le long des corps comme un pelage. Et ce fauve des ténèbres, en passant, éveillait mille bruissements que couvrait la sabotée des chevaux de la troupe.

L'attaque fut soudaine, encore que peu surprenante en ces lieux à pareille heure.

C'était du menu fretin ; toute une bande d'énergumènes guenilleux, édentés et noirauds, brandissant quelques torches crachotantes, qui dispensaient une lumière avare et qu'à un signal invisible ils écrasèrent pour les éteindre. Ils en voulaient aux armes et aux montures.

La rencontre fut rude cependant, car pour ces mécréants sans roi ni duc, la vie d'autrui ne valait pas une poignée de fèves.

C'était grand péril : à n'y voir goutte, on risquait de frapper son compagnon. Miliau songeait qu'en d'autres temps il aurait tenu là l'occasion rêvée d'occire impunément son encombrant rival.

Les deux cousins donnaient de l'épée comme fléau en blé sur ces frénétiques hululants qui les harcelaient à coups de piques, de pointes et de griffes pour les faire choir et périr sans abîmer les chevaux. A croire que le mauvais peuple de la légende avait franchi les frontières de l'invisible !

La discipline, l'entraînement et le nombre prévalurent sur la sauvagerie.

Quand tout fut fini, que les brigands furent rendus à merci, meurtris ou enfuis, Miliau dit :

– Beau travail ! J'aime notre association, cousin Gosselin !

– Moi aussi, cousin Miliau ! gronda Kerrud en essuyant la lame souillée de Morrigane qu'il remit au fourreau. Moi aussi. Je crois néanmoins qu'il est temps d'y mettre fin. Nous allons nous séparer. Chacun mènera sa quête ; non pour soi mais pour que, les forces d'investigation réparties sur un plus vaste territoire, soient multipliées les chances de trouver... quelque chose.

Ce « quelque chose » avait été chuchoté. Il n'osait plus prononcer le nom mais il avait repris l'idée, le fil du courage un instant emmêlé.

Il songeait que, si « elle » n'était pas morte, si elle errait dans ces bois, qu'aurait donc fait d'elle une engeance comme celle qu'ils venaient d'affronter à presque quarante hommes, armés et aguerris ? ! A se l'imaginer aux mains de cette racaille assassine qui infestait la forêt, y imposait sa loi hors la loi, un frisson d'indicible épouvante lui glaçait l'échine ; cent fois, il aurait préféré la savoir dévorée par les loups !

Miliau déchiffrait-il sa pensée ? Il n'opposa aucun argument à la proposition de Gosselin mais déclara :

– Ainsi que nous l'avions fait dès le début de nos recherches, avec Brenda, avec les charbonniers, les bûcherons ou les gens des hameaux côtiers, j'ai interrogé quelques-unes de ces canailles avant que la cervelle ne leur tombe du crâne. Ils ne l'ont pas vue. S'ils l'avaient vue, se seraient-ils contentés de la regarder ?...

Seuls les yeux, les armes, faisaient dans la profondeur du noir des entailles et des points d'argent vif.

Les deux cousins tournèrent bride, leurs écuyers, leurs sergents à leur suite, après qu'ils eurent enterré leurs morts. Ils se séparèrent sur-le-champ, ainsi qu'ils venaient d'en convenir.

Gosselin s'enfonça dans le bois vers Kerrud. Miliau revint en lisière, du côté des landes et de la mer.

*
* *

Quand Isaine avait repris ses sens, il n'y avait plus trace des cavaliers et le jour déclinait. Un vent cinglant lui apportait l'odeur âcre de la fumée et celle, répugnante, de la chair grillée.

Des décombres de la maison pointaient encore çà et là des langues d'un rouge vif ; des volutes brunes s'en détachaient, venaient flotter en nappes sous le ciel.

Les hommes – « ses » hommes ! – avaient pris le chemin du rivage ; elle décida de les suivre. C'était sans doute la bonne direction pour rentrer à Trézhuel ou à Kerrud. Peu lui importait que ce fût l'un ou l'autre : elle voulait les rejoindre, être entre des murs. L'hiver allait venir et elle mourrait si elle ne trouvait pas un toit.

Comment la reconnaîtrait-on, changée qu'elle était, amaigrie et marquée par sa terrible chute dans les rochers ? Qui pourrait l'aimer encore ? Avec ses laides cicatrices, étoiles rouges et bleues, constellations, comètes qui sillonnaient son pauvre corps ? Avec cette douleur intolérable qui la saisissait soudainement à pleines pattes, la contraignait à boiter comme un cheval malade, une vieille mule... une vieille femme ! Peut-être Brenda pourrait-elle la guérir ? Mais où était Brenda ?

Elle mourrait cet hiver dans le bois ; de faim, de froid, ou mangée par les bêtes. Elle mourrait mais tant pis : il fallait qu'elle essayât. Elle se dit que si elle parvenait à couvrir cinq lieues [1] par jour – à condition qu'elle se trouvât bien, ainsi qu'elle le croyait, en face de l'Ile Tristan – il lui faudrait deux ou trois jours pour atteindre Trézhuel.

Elle se mit en route.

D'abord, elle marcha à la frange des vagues. Elle avait retiré ses chausses pour éviter de les mouiller, avait noué sa longue chemise pour ne pas qu'elle trempât.

Quand le crabe au dos de nuit s'enfonça et disparut, quand à la spirale pailletée d'un tourbillon des bulles dansèrent et qu'elle sentit sous ses pieds nus souffler le bernard-l'Ermite, elle sut que la marée s'en venait.

Elle doubla le pas, laissant derrière elle des semelles luisantes tout de suite effacées. Bientôt ses chevilles furent prises, tendrement, fraîchement encerclées, gentiment agacées d'éclaboussures. Ce bain lui était agréable, la délassait, rendait sa marche plus aisée.

Mais la mer avec de doux friselis et des mousses roulant de

1. Une lieue est égale à environ 4 kilomètres. Cinq lieues font donc à peu près 20 kilomètres.

roses coques striées, des cailloux ronds, des algues vertes et rouges en écheveaux, en pelotes, montait.

Les grandes vagues bientôt léchèrent les genoux puis les cuisses de la voyageuse. Quand une plus forte venait, ou une plus froide, Isaine poussait de petits cris effrayés et sensuels. Elle avait passé un pan de sa chemise entre ses jambes, la maintenait en boule dans ses bras repliés. « Je dois remonter, pensait-elle, ou je serai noyée. » Mais elle avait beau remonter, la grande mer amoureuse, aux transparences blanchies de désir vorace, la suivait, la poursuivait, l'enlaçait. Quand elle lui prit la taille, Isaine n'avançait plus qu'en repoussant l'assaut liquide ; lourde, inéluctable puissance qui lui poignait les entrailles de peur vaste et d'étrange soumission.

« Il faut que je monte », se disait-elle. Elle s'arracha aux bras de sel, d'eau et d'écume, s'écorcha les pieds aux rocailles brunes où dormaient les moules bleues en grappes aiguisées. Les petits récifs traîtres, affleurant aux fonds sableux, lui tordirent les chevilles, la forcèrent à plonger, à nager. Elle avait noué ses chausses autour de son cou et le surcot de mouton qu'elle avait ce matin emprunté à Gaud gênait ses mouvements.

Sur un lit de gros galets ronds et mouchetés, elle reprit haleine. Brièvement, car l'océan la rejoignait. Bravement, car elle grelottait de froid et de fatigue, elle repartit. Elle vit alors la masse d'une avancée rocheuse, géant raboteux, mur barrant l'accès à une autre plage, d'autres dunes qu'elle apercevait dans l'anse grise, au-delà.

Consternée, elle sentit la peur s'abattre sur elle à toute volée. Pour avoir peu souvent éprouvé la peur vraie, elle la reconnaissait comme quelqu'un qu'elle n'aurait vu qu'une fois : avec un peu de doute et infiniment de certitude !

Une unique possibilité s'offrait à elle car elle ne pouvait déjà plus retourner en arrière : grimper, tenter l'escalade. Cela, infiniment périlleux, ou bien être engloutie. Que n'avait-elle sa force et sa bonne santé d'autrefois ! Mais ces rochers, cette carcasse de Bretagne à peau de bruyère, elle l'avait vue de si près, l'avait éprouvée si fort en sa chair, qu'elle en ressentait comme une redoutable complicité.

Il faisait nuit maintenant. La lune, traquée par des vols serrés d'étoiles vives, se blottissait dès qu'elle le pouvait derrière des sacs de nuages noirs, jetant de vastes touailles d'obscurité sur la pointe de roc où s'accrochait la jeune femme.

Elle progressait lentement, en grand danger de choir, ou bien d'être emportée, jetée à la paroi, assommée, écrasée. Ses pieds saignaient, enflaient ; sa tête était brûlante, où le vent de mer sifflait ses airs gaillards ; ses mains se taillaient d'écorchures.

Par instants, elle se murmurait à elle-même des encouragements tremblés, formulait de naïves et ferventes prières dans lesquelles se côtoyaient les noms de Dieu et de Gosselin Daouën. Et les mots se confondaient à la respiration perpétuelle de la mer, perpétuellement achevée en pleurs, en pluies, en soupirs infinis.

Une anfractuosité plus profonde, qu'elle ne perçut qu'un peu plus noire sur le noir, lui fit perdre pied et prise. Elle fut avalée par le rocher, glissa, roula, déboula le long d'une déclivité sableuse, sèche.

C'était une grotte marine, un alvéole de mystère sous l'océan. A peine Isaine y fut-elle que, pelotonnée dans l'exacte position où elle s'y était immobilisée, elle s'endormit dans la plus parfaite des ténèbres.

Quand elle s'éveilla, un rayon blanc cru, un rai de lumière, doré comme un grand luth, apportait des cris d'oiseaux ; parfois une grande aile, démesurément légère, brune, passait en vibrant sur la pierre ocre mangée d'algues en toison des voûtes creusées d'ombre, dentelées de beiges épines, minutieusement sculptées par les doigts patients de l'Invisible.

Elle avait froid : ses vêtements demeuraient humides, poisseux de sel. Elle avait faim. Mais surtout, elle avait soif.

Il lui fut impossible de gravir la pente par laquelle la veille elle s'était échouée. L'inclinaison en était forte ; à chaque mouvement qu'elle tentait, le sable en glissant la redéposait en bas. A force d'efforts vains, de colère et de larmes, elle se résolut à abandonner. Un découragement subit l'envahit comme une fièvre.

Devrait-elle achever ses jours ici, squelette blanc parmi les squelettes blancs d'oiseaux, les fines échelettes translucides des poissons, qu'elle voyait autour d'elle joncher le sol de la caverne ?

Elle interrogea la paroi à tâtons, finit par découvrir, tout au fond, une galerie étroite qui s'engouffrait sous la roche. Noir, rugueux, glacial et malodorant était le boyau souterrain, mais Isaine voulut se persuader qu'il menait quelque part. Elle s'y engagea, pleine de détermination.

Longtemps elle rampa sous terre, se déchirant aux arêtes aiguës, la respiration courte. Ainsi allait-elle en sa vie ! Profond et dans l'obscur. Verrait-elle jamais la sortie du terrier ? La lueur devant, au bout du regard ?

L'interminable couloir ténébreux à certains endroits s'étrécissait encore, à d'autres bifurquait, s'élevait ou s'inclinait sans que rien ne laissât prévoir de tels changements. Tout ce qu'elle touchait, tout ce qui la frôlait était immonde, gluant, blessant. L'angoisse l'aveuglait avec de blanches fulgurations, lui donnant l'illusion qu'elle avait enfin regagné la surface du monde. Des animaux fuyaient autour d'elle, sur elle, sous elle, épouvantés par cette intruse qu'ils épouvantaient.

Impossible d'évaluer la durée de cette reptation : il pouvait s'être écoulé une heure aussi bien qu'un jour.

Isaine heurta du front une racine et tout de suite un air frais vint à elle, chargé de senteurs forestières, mouillées. De larges champignons en oreilles d'elfes, des lichens frisés, rembourraient les parois de la grotte dans laquelle elle déboucha. Le rideau de lierre qui la fermait se doublait d'un rideau de pluie.

On eût dit que la forêt fondait, que toute la couleur s'en écoulait au sol, et que si le soleil revenait jamais y briller, elle serait transparente et fragile, comme une forêt de cristal. Le ciel s'acharnait à la briser, à la plier, à l'écraser. Mais elle demeurait debout, gémissante, toute bruissante de souffles aux cimes, toute bouillonnante de la course des torrents qui la ravinaient en s'entrelaçant parmi les racines, sautaient les cailloux, creusaient la pâte sombre de la terre, passaient sur les fougères, folles mains d'eau dans ses plumes vivantes.

Transie, éblouie, Isaine demeura rencognée entre deux pierres saillant à l'entrée de la grotte. Les jambes serrées dans ses bras, le front posé sur les genoux, elle grelottait, attendait que la pluie cessât.

De temps en temps, elle relevait la tête. De l'autre côté de la pluie, dans le scintillement des larmes, de la fatigue, elle vit un cavalier, gris, suivi d'un chien. Comme ils étaient lointains ! Comme ils avaient l'air las ! Trois têtes ployées sur trois corps épuisés... Etaient-ils seulement vrais ? Ils passaient, là-bas, tout là-bas au fond du bois et le bois bientôt les absorba, les dilua, les effaça au regard des yeux et du cœur.

Etait-ce lui ? Etait-ce lui qui la cherchait ? Elle voulut se lever, tendit une main, jeta ce cri de toujours, espérance et désespoir, ultime sursaut de l'âme qui fait front :

– Gosselin !

Mais que ce fût le seigneur de Kerrud ou bien seulement son désir puissant de le voir, de l'entendre, de l'étreindre, qui modelait en imagination les formes d'un cheval, d'un homme, d'un chien, avec l'eau et les feuilles, la boue et les racines de la grande forêt rousse, il avait disparu. Il s'en était allé, traînant sa lourde peine, sans la voir ni l'entendre. Passager à ses yeux abusés ? Chasseur égaré ? Voyageur fourbu, inconnu ?... L'averse avec lui était passée. Isaine sortit de la grotte et se remit en route, foulant la fraîcheur mouillée du sol, éplorant dans sa marche des fougères alourdies de gouttes, des branches noires aux extrémités tremblantes de cristal.

Au pied d'un hêtre, elle reprit son souffle. Il n'y avait de bruit que ce vaste égouttement, que cette dégoulinante agonie végétale autour d'elle, qui dans son touchant requiem, dans son éclat d'automne, dans son ébrouement aux mille tintinnabulis, ressemblait à une renaissance. Non point la mort : l'éternité, l'infinie rotation du monde.

Malgré les sanglots qui étouffaient Isaine et l'aveuglaient, malgré ce spasme dans la poitrine, elle grimpa dans l'arbre. Elle y passerait la nuit, pour échapper aux loups. De si haut, elle s'orienterait. Les branches régulières facilitèrent son escalade.

Quand elle fut au sommet, tremblante de l'effort accompli, secouée par le vent, lorsqu'elle émergea des feuilles rouges, le spectacle qui s'offrit à ses yeux, plus que le vent des cimes, sécha ses larmes.

Ce n'était à perte de vue que moutonnements et houles feuillus. Tous les écarlates et les ors de la palette de Dieu avaient été jetés là par grosses touches mobiles. Cela scintillait, miroitait, voletait, ondoyait et ondulait sans fin. Et puis, il y avait le ciel, tous les gris de la palette, et puis entre les deux, la mer : tous les argentés et le noir, gros trait de charbon sur l'horizon.

Où qu'elle se tournât, de quelque côté qu'aillent ses regards, il n'y avait que des bois ; rouges.

Pas une toiture de donjon à pointer, pas un étendard à lécher les nuages. Rien que des feuilles, et des feuilles, et des feuilles. Et au milieu de tout cela : Gosselin de Kerrud qui la cherchait. Allait-elle rester sa vie durant en haut de son arbre ? C'était impossible cachette, à moins d'être un oiseau.

Soudainement, de ce monde végétal, elle vit une fumée qui s'élevait, droite et brune. Des charbonniers ? Des bûcherons ? Des chasseurs débuchant au feu une bête de sa bauge ? Ou bien la maison de Brenda, que personne, sauf Miliau, n'avait jamais trouvée ?

XVIII

Au bout du voyage

ISAINE avait marché tout le reste du jour, encouragée par ce qu'elle avait vu depuis le sommet du grand hêtre. La pénombre s'épaississait. Elle commençait d'entendre « ceux de la nuit » qui s'éveillaient, se mettaient en chasse avec des grognements, des souffles et des frôlements.

L'image de Gosselin se dressait à chaque pas devant elle, si terrible et si rassurante, si bouleversante, que plusieurs fois elle tendit à ce fantôme ses deux mains afin qu'il la guidât.

La grande fatigue la prenait à bras-le-corps. Elle n'avait au creux de l'estomac qu'une poignée de noisettes, quelques feuilles d'ortie blanche et de l'eau de pluie. Aussi crut-elle à une défaillance de son esprit lorsqu'elle entendit un marteau de forge qui caracolait aigrement.

Elle s'arrêta, écouta.

C'était bien un martèlement régulier, frappant le fer. Il faisait gicler des sons aigus, envolait des carillons de jeune cloche sourde, fêlée, battait les sens d'Isaine d'un tremblement métallique.

Elle avança de quelques pas, contourna une roncière. Derrière le bruit, il y avait une maison, plantée au beau milieu d'une clairière. Sa cheminée fumait à gros bouillons en crachant des étincelles. Sa porte largement ouverte répandait une lumière carmin, chaude, qui embrasait le seuil et devant lui un ample éventail d'herbe rase.

Cinq costauds, cinq forcenés de chiens aboyant comme des diables, venaient sur elle ; puis à un pas firent le cercle, continuant à donner de la voix.

Isaine s'était immobilisée. Les coups de marteau cessèrent tandis que s'encadrait dans les chambranles de la forge solitaire un être impressionnant : une femme de haute stature, massive, les manches retroussées sur ses bras musclés comme ceux d'un homme, tachés de brûlures. Sa tête, ronde, rougeoyante, était enturbannée de toile bise brunie de sueur. Sur sa grosse jupe, elle portait un tablier en peau grossièrement tannée où subsistaient des poils, brûlé par plaques, retenu autour du cou et de la taille par une lanière de cuir et une large ceinture. Plantée là, les poings aux hanches, elle cria :

– La paix, animaux ! Silence, les gueules ! Les dents au chaud, ou je les écrabouille, bêtes de mon cœur ! Tu fais là, toi ? Si c'est pour faire de l'embarras, passe ton ch'min, fille ! Si c'est qu't'as froid, c'est pas l'feu qui manque ici !

Isaine, saisie par cette apparition, ne bougeait ni ne pipait mot. La puissante amie de Vulcain, de nouveau, s'adressait aux chiens qui avaient cessé leur tapage :

– Venez, mes gueules, mes p'tites viandes ! Mes velus ! La soupe est là ! Alors, folle ? Tu causes pas ? T'es comme le Nan ? M'en fallait ben deux !

Une sorte de nain avait surgi, quelques pas derrière elle. Le corps frêle, les membres grêles sous les vêtements flottants, le crâne gros, aux cheveux raides et si blonds qu'ils paraissaient blancs et accentuaient son air de vieil enfant. Ses grands yeux gris ressemblaient à des poissons.

La bouche, large et charnue, riait à pleines dents, longues et bien alignées, sous un nez aquilin et pâle. Il battait des mains en trépignant sur place, émettant des sons de gorge à la manière des blaireaux.

– Nan. C'est tout c'qui sait dire : nan ! A croire que c'gamin-là voulait pas v'nir au monde !

La forgeronne fit entrer Isaine dans son univers de fer et de feu, tandis que les cinq gardiens s'empiffraient dans une auge de pierre où le Nan avait versé la pâtée. Ceux-là avaient oublié les hommes et se remplissaient le ventre avec des grognements et des clappements de vorace satisfaction, l'échine hérissée d'un bonheur goinfre, chacun dans la crainte vigilante que l'autre en avalât davantage. Gardiens fidèles, excellents chasseurs, ils étaient dressés à tuer ; les loups plutôt que les gens ! Irréprochablement obéissants, en cas de besoin, ils tuaient aussi les gens...

– J'm'appelle Géraude, dit l'hôtesse. Depuis qu'j'ai perdu mon homme, j'ai aussi perdu mon nom. On m'dit : « La Marteleuse ».

Dès qu'elle se trouva devant la flambée joyeuse, sous le chaume et en compagnie, toutes les émotions des jours passés sautèrent aux épaules d'Isaine et elle tomba à genoux sur la terre battue. Elle sanglotait et tremblait si fort qu'elle ne parvenait plus à se relever.

Géraude la frictionna, la coucha dans son propre lit, tandis que le Nan s'affairait à lui faire boire du bouillon qu'il avait à grosses louchées tiré d'un chaudron pendu dans l'âtre.

– Demain, ma belle, t'auras d'la viande. Ce soir, ça t'f'rait crever, dit la Marteleuse en soufflant la chandelle de suif et en retournant à sa forge.

Mais, le lendemain, Isaine toussait à se fendiller comme une femme de terre cuite ; sa tête et sa gorge ressemblaient à l'enclume et aux braises des fourneaux de Géraude.

Elle fut bien soignée. Le Nan à tout instant cessait d'actionner le soufflet pour venir prendre de ses nouvelles et sa mère essayait de battre moins fort pour ne pas abrutir la malade.

Elle resta alitée une bonne semaine, ce qui donna le temps à octobre de devenir novembre. La forêt en une seule nuit de tempête avait pris son aspect d'hiver. Il venait aux matins des transparences, des blancheurs, une résonance, qui en étaient les signes. Les feuilles étaient allées à terre, qui noirciraient aux premières gelées.

Quand vint décembre, Isaine se sentit un peu moins faible. Il lui sembla que plus jamais elle ne pourrait quitter cet endroit de chaleur et de lumière, dont le battement scandait les heures, les peines et les joies.

Géraude était une femme bien singulière ! On ne parvenait jamais à savoir ce qu'elle pensait, ni de vous ni des choses. Secrète ; mais à sa manière, avec beaucoup de bruit. Elle pouvait avoir quarante ans et ne parlait jamais du passé qu'après l'avoir généreusement bassiné au vin ou à l'hydromel.

Elle passait son temps à battre le fer. La Marteleuse martelait et ainsi rythmait l'écoulement des jours, parfois des nuits. Ce qu'elle forgeait avec tant de zèle ? Des chaînes. D'interminables chaînes ; un maillon après l'autre, sur l'autre refermé ; tels passent les jours et les années de vie : un maillon, puis un autre, et ainsi de suite.

Isaine avait mis longtemps à savoir.

Il avait été maréchal-ferrant, l'époux de Géraude. Il avait fini jeté dans le feu de sa forge par un mauvais seigneur... qui d'ailleurs n'était pas le sien. Quand Isaine voulut savoir qui était ce mauvais seigneur, Géraude lui répondit seulement :

– Y'a des noms qui vaut mieux pas dire !

Et de cogner de plus belle, et hardi, qu'il en venait des aunes et des aunes de chaîne !

– Un jour, avec ça... tu verras... ficelé qui s'ra, le bougre !... Ficelé !

A part ces anneaux de prison pour un seigneur cruel qui l'avait faite veuve, on ne savait point trop ce que faisait Géraude la Marteleuse, ni de quoi elle vivait et faisait vivre son doux imbécile de fils, ses cinq molosses et son cheval. Car Géraude possédait aussi un gros cheval robuste, un peu dans sa carrure, qu'elle montait ou bien qu'elle attelait, selon la nécessité du moment. Avec le cheval et la charrette, elle transportait le bois pour son feu, le charbon qu'elle allait chercher dans la forêt chez les charbonniers, le fer également, qu'on lui fournissait en lingots, ou celui qu'elle récupérait pour la refonte : des armes, de vieux chandeliers, parfois des fers d'outils.

– Géraude, demanda une fois Isaine, sais-tu où se trouve la maison de Brenda ?

– Qu'est-ce que tu lui veux à Brenda ?

– Elle pourrait m'aider à savoir qui je suis.

– Ah ?

L'insolite argument n'étonnait ni n'intéressait le moins du monde la forgeronne, qui continua son « travail » sans broncher. Mais pouvait-on savoir ?

Tout le rougeoiement lui venait par-devant et Isaine ne voyait que son dos noir, voûté par l'effort.

Ni l'une ni l'autre ne parla plus, mais un peu plus tard dans la soirée, Géraude, en rangeant ses tenailles et son marteau, dit :

– La maison d'Brenda, c'est un s'cret. T'es pas bien chez nous ?

Isaine s'apprêtait à répondre, mais un concert de gueules, grondements et abois l'en empêcha. Elle se leva d'un bond, Géraude et le Nan après elle :

– Ki-Coat !

– Lâchez tout ! Diables de poils ! lança Géraude en faisant sur les échines dressées claquer la mèche d'un fouet qu'elle avait pris en passant.

Ce fut le repli et le calme. Ki-Coat clopina en haletant jusqu'à la salle où il fut soigné et cajolé. Pauvre fidèle ! Crotté, gelé, saigneux, le flanc creux plus qu'à l'ordinaire, des ronces et toutes sortes de baies, de menues feuilles dures, accrochées au pelage ; les griffes ébréchées et les pattes griffées, qu'on lui nettoya avec du vinaigre et de la suie de cheminée.

Isaine était inquiète : le grand chien jaune était-il seul ? Ou bien verrait-elle bientôt surgir cet autre grand chien jaune, à deux pattes celui-là, dont à la fois elle redoutait et appelait la venue ? Non. Ki-Coat était seul. Il l'avait cherchée, seul. Il l'avait trouvée, lui ! Pourvu que... Elle tremblait de tout son être mais, tandis que s'écoulait le temps rassurant, elle s'apaisait.

Quand le chien pèlerin eut mangé, bu tout son saoul et se fut effondré de sommeil sous les caresses des uns et des autres, Isaine raconta l'histoire de Ki-Coat :

– Un hiver, la chienne du château...

– Du château ? s'exclama la Marteleuse, les yeux étincelants de brusque circonspection.

Isaine rougit violemment, se reprit et articula d'un ton qui se voulait serein :

– Le château des seigneurs de Kerrud. J'y étais fileuse.

Instinctivement, le regard de Géraude plongea sur les mains d'Isaine, que celle-ci enfouit précipitamment dans les plis de sa jupe en rougissant de nouveau. « Non, pensait Géraude. Toi, ma mignonne, tu n'as pas des mains de fileuse ! Et si tu étais fileuse chez les seigneurs de Kerrud... tu devais alors être une toute petite fileuse à la tétine ! Car, pauvre belle, des seigneurs de Kerrud, il n'y en a plus depuis plus de vingt ans ! » Pourtant, Géraude était troublée ; à cause de ces hommes qui, au dernier printemps, étaient venus chez elle questionner, fouiller. Ils cherchaient une fille de noblesse qui s'était ensauvée...

Isaine continuait son histoire de chien, sans se douter de ce qui se passait dans la tête de la Marteleuse :

– Un hiver, la chienne partit. D'une demi-année, on ne la revit pas. Les loups l'avaient mangée...

– Oh !

– Mais non. On le croyait. Car elle est revenue un matin, accompagnée d'un chiot ; son chiot. Un blanc. Blanc un peu jaune, pareil de poil à la crème du lait. Il avait de sa mère le fond de robe clair, de son père l'œil fendu, doré ; les oreilles hautes, le poitrail fort et très velu, la queue en panache des deux à la fois. Ses aboiements étaient rauques et lorsqu'il s'asseyait sur son train de velours, levant le cou très loin vers le ciel, le chant qui vous mangeait le cœur n'était point d'un chien. En souvenir de son père, je l'ai appelé Ki-Coat : chien des bois... l'autre nom du loup.

Le Nan était tout ouïe, les lèvres fendues jusqu'aux oreilles, qu'il avait rouges et larges comme feuilles de hêtre, bavant une sève de plaisir et d'attention.

– Ah ! T'entends ça, le Nan ? ! se réjouit la Marteleuse en lui bourrant son coude dans les côtes. C'est d'une autre façon que le loup l'a croquée, la mâtine !

Et tandis que Géraude riait, qu'Isaine pinçait les lèvres sur une singulière nostalgie, le simplet à genoux sur le banc, appuyé à la table les bras tendus, haussant sa grosse tête échevelée de lune, fit le cri du loup. Et cette scène peu commune, dans cet insolite endroit, entre ces personnages sortant de l'ordinaire, avec ce symbole de fidélité, Ki-Coat, surgi de nulle part sur ses quatre pattes ; cet instant, un instant, ressembla au bonheur.

Quand on flaire le bonheur, quand on le reconnaît, c'est qu'il est déjà passé. Le savait-elle ?

*
* *

Le dernier dimanche de l'Avent, Géraude, qui revenait avec un nouveau chargement, déclara en se frottant les joues, des pastilles de neige se détachant de sa capuche :

– Vu Brenda ! F'ra Noël avec nous, ici ! Comment qui va, l'chien blanc ?

– Quand il aura retrouvé bon flair et bonnes forces, il me conduira, répondit Isaine.

– Où ça donc ?... Déjà, faut parler avec Brenda... Faut voir... Où qu't'es née ?

– Trézhuel.

La Marteleuse, on eût dit qu'on l'embrochait, à la façon dont elle sauta en l'air ! Sa mine l'instant d'avant pleine de bonhomie attendrie était méconnaissable. Elle avait levé sur

Isaine son énorme main calleuse, rongée de brûlures, l'en menaçait en grondant, une mousse de salive aux lèvres :

– Dis jamais ç'nom-là d'vant moi ! Ni d'vant l'Nan ! T'as compris, malheureuse ! Prie plutôt l'Bon Dieu qu'tu sois pas d'cette engeance ! Mais parl'pas d'eux ici ! Parl'pas d'eux !

Elle tourna les talons, laissant Isaine pantoise.

Jusqu'à Noël, on ne reparla pas de l'incident. Pour accueillir Brenda le jour de la Sainte Fête, Isaine prépara des crêpes. Elle chantonnait en cuisinant tandis que le Nan s'occupait des chiens. Géraude s'affairait dans la forge bourdonnante de mouches de lumière, toute carillonnante des chocs rebondissant sur l'enclume, à anneler encore quelques coudées de chaîne. A la façon dont elle se démenait, on eût dit que le temps approchait d'en faire usage.

La porte basse à plein cintre s'ouvrit sur la clairière et des tourbillons entrèrent qui sifflèrent au sol et firent fumer l'âtre. Ki-Coat qui somnolait redressa le cou, pleurnichard, sa queue fouettant la terre battue. Une ombre masqua la franche clarté de la porte.

– Brenda ? Géraude ! Le Nan ! C'est Brenda ! lança Isaine joyeusement en se retournant.

Un homme se tenait à contre-jour dans l'ogive de granit. Il pencha à peine la tête et franchit le seuil.

C'était Miliau Le Hac de Trézhuel.

*
* *

Isaine chevauchait, silencieuse, résignée, Miliau à son côté. Il lui avait apporté Heureuse, qu'il tenait à la bride. Craignait-il qu'elle ne s'échappât ?

Géraude et le Nan avaient fait leur possible pour éviter un drame. Dès qu'il était entré, Miliau Le Hac avait crié :

– Femme, tu n'as aucun pouvoir sur tes chiens si je suis là !

Et c'était vrai : dès qu'ils donnaient de la voix, dès qu'ils faisaient mine de bondir ou se montraient menaçants, Miliau avait une manière de les regarder, de claquer de la langue avec un faible gémissement de gorge qui les rendait immédiatement silencieux et soumis. « Ainsi fait-il avec les êtres ? » se demanda Isaine, tête basse, vaincue.

Miliau lança un rire amer et dit :

– Tu nous as fait grand souci, Isaine, ma mie ! Quelle folie ! Nous t'avons crue morte, mon cousin Gosselin et moi. Je dois dire que Gosselin de Kerrud m'a beaucoup étonné : il s'est dépensé corps et âme à te traquer ; allant jusqu'à oublier nos querelles de jadis, le temps des recherches, entre deux flambées de guerre. Car, bien sûr tu l'ignorais, la guerre a repris entre les ducs...

– Pourquoi Gosselin Daouën me cherchait-il ? Il est marié.

Ton sec de la demoiselle, coup d'œil cinglant de son frère :

– Parce que je lui avais promis que s'il te retrouvait, je lui octroierais, avec mon père Onfroi, et cela pour toutes les générations à venir, la paix et la neutralité totale sur Kerrud et entre nous. Qu'en plus de cela, je lui donnerais toute la partie des terres du côté de Ruzavel. Il veut y installer une sècherie. Mais il ne t'a pas trouvée...

– Et toi ? demanda Isaine d'une voix assourdie, comment as-tu fait ?

– Le cousin Gosselin avait perdu son chien. J'ai cherché le chien ! Et puis, moi, Isaine, c'est différent : je t'aime.

QUATRIÈME PARTIE

Les chiens de Judas

(Janvier-avril 1364)

XIX

Les passagers du grand hiver

DEPUIS la veillée de Noël jusqu'à l'Epiphanie, il ne faut point dire le nom du loup : ce serait du malheur à venir.

Ils étaient là pourtant, nombreux, légion ! Cri de l'hiver, qui déchire l'intérieur de soi à petits crocs pointus, qui va chercher à la pointe de la griffe la racine de chaque cheveu pour les faire se dresser bien droit ! Etres sombres, carcasses velues aux yeux de lumière, aux dents de glace. Pattes frêles et tendineuses, ongles en lunes qui ont piqué des boues, où demeure du sang ; queues en fouillis de poils raides, ventres vides, oreilles pointues, têtes dures aux cols touffus ; yeux fendus de jaune fièvre. La faim aux côtes, toujours. La faim ! C'est à nuit close qu'ils méfont. Le jour, ils rôdent, ils s'embusquent. A l'aube, plus une bête, plus un cri : piétinements, varech de rouges dépouilles, de glauques viscères...

Jusqu'aux murs de Trézhuel et de Kerrud, ils venaient pleurer leur lugubre complainte, sinistres passagers à réclamer le gîte. Puis la forêt les reprenait jusqu'à un autre soir.

Hiver en brisures de ciel blanc, jeté sur ce pays, au fil tranchant duquel venait se déchirer l'océan.

On ne put faire autrement que d'en parler. On eut beau se

démener à déguiser le mot interdit, il y en eut un ou une qui le prononça. Basilie Jeandeleur se signa trois fois, croisa les doigts et poussa bien à ce qu'on le fît avec elle, cela ne valut rien : le mal arriva. Il prit son temps, bien deux semaines, mais il arriva.

Le lendemain de l'Epiphanie, vers l'heure de sexte [1], le maréchal-ferrant de Kerrud occit un louvard [2] gris, d'un fer rouge enfoncé en la gueule, alors que l'animal s'apprêtait à lui bondir aux épaules.

Dans les lavoirs et les ruisseaux, de menus oiseaux, des insectes, des feuilles noires de l'an passé, étaient pris dans la glace comme cailles et légumes en gelée. A Ruzavel plus question de faire danser les vaches ! Aujourd'hui, c'était avec les moutons, les porcs, les chèvres et les mules, que tous ensemble ils menaient la même caracole. On s'entassait, on se piétinait, on se roulait d'épouvante sur les litières maculées des bergeries et des étables, des porcheries et des écuries. Et quels chants de détresse, à pleins gosiers, les yeux roulants et les langues hors la gueule ! Et pour les gens, c'était le même tapage ; mais eux, c'était de rage !

Et pareil dans tous les villages que Miliau traversait, au grand galop de son Noir, dérapant au risque de choir sur le chemin gelé, où les pas sonnaient comme sur une plaque d'airain.

C'était pour convocation. Il fallait se rendre à la battue ; appeler tout le monde : les amis, les ennemis, les voisins, les villageois ; ceux de la forêt et de la lande s'il était besoin ! Il fallait faire détaler la bête, faire détaler la peur.

Les hommes et les gars, déjà, avaient pris des fourches, serpes, faux, haches et aussi des marmites, avec des louches pour faire du bruit. Les femmes, selon leur caractère, leur âge, priaient ou pleuraient ; certaines venaient en aide, parti-

1. Sixième heure du jour.
2. Jeune loup de moins d'un an, capable de se nourrir seul.

cipaient, hardies. Les marmots, derrière le parchemin huilé des fenêtres basses où tremblaient des lueurs vagues, piaulaient à pleines gencives sans mesurer exactement l'ampleur de leur effroi.

Dans la cour de Kerrud, on sellait. La meute était prête et les trois lévriers de Gosselin : Ke, Alor et Judul. Daouën serait de la battue. On ferait trêve de tout, pour un jour, deux ou trois ; tous unis pour chasser, écraser le monstre aux cent gueules !

Vêtu du menton aux chevilles de peau de daim fourrée, botté et ganté de cuir fauve, coiffé de renard, Miliau Le Hac, d'un pas vif comme l'air de janvier, rejoignait avec Renan de Saint-Blin le groupe formé par Gosselin, Geoffroy Guillaume et Garin Jeandeleur, tous trois emmitouflés et déjà montés. Avec le maréchal et quelques autres, on commentait de mille façons l'anecdote du louvard à la gorge ferrée. Quolibets et vuiseuses [1] vont bon train, quand la peur gît morte au pavé ! Quelques rires gloussèrent, étouffés par les pans des chaperons, qu'on tournait trois fois autour du cou et jusqu'au nez pour ne pas prendre mal.

Lévriers, dogues et mâtins, flancs frémissants, narines écarquillées, soufflant des fumées pâles, flairaient les hardes d'une vieille peur à se tenir devant eux.

Ceux des villages s'avançaient dans les chemins de terre durcie, faisant leur bruit ; et c'était un tel tintamarre, qu'on eût dit que les capitaines de l'Enfer avaient lancé sur terre tous leurs diables avec des tambours. Cris, sifflets, chansons braillées aux vers injurieux pour la bête, coups de cuillères au fond des bassines, coups de bâton aux rameaux noirs et gelés des taillis. On entendait fuir devant eux, sans les voir, les fauves affolés. Si l'on apercevait un bout d'oreille ou trois poils de la queue, alors volaient les pierres, en grêle. Ainsi débusqués, lapidés, mis en frayeur, en rage et en déroute par

1. Plaisanteries oiseuses, futiles et vicieuses.

les rabatteurs, les loups se repliaient vers le bois. Les archers les y attendaient, adossés aux troncs blanchis et durs des arbres, l'arc bandé.

A cause du froid redoutable, on avait généreusement graissé les cordes afin qu'elles ne viennent à casser sous la dent fine du gel. Les chasseurs portaient mitaines, ou bien avaient à leurs gants coupé les « doigts » : pouce, index et majeur de la main dextre, qui se raidissaient sous la caresse glaciale et sur lesquels ils soufflaient une buée tiède.

Des visages, derrière les fourrures, les laines, les grosses étoffes, n'apparaissaient que les yeux, brillants, larmoyants, et tant s'en fallait encore que les larmes ne gelassent ! Les hommes, tout chaudement harnachés qu'ils étaient, prenaient allure de grands animaux attentifs, et les loups, dans leur peur même, ressemblaient aux hommes.

L'un des fauves, un vieux, un gris, un osseux, était allé vers la mer. Dressé sur un rocher, au-dessus du grondement de l'océan, plomb bouillonnant en son creuset de roc, il narguait les chiens, qu'il rendait furieux.

Sous le bois de pins, entre les troncs aux chefs hirsutes, Gosselin regardait le grand vieux loup qui attendait sur son bout de falaise. Miliau avait suivi son cousin. Guingamor et Le Noir soufflaient des nuages ; des fleurs de givre, pâles, étoilées, se prenaient à leurs crinières de nuit et d'argent.

Gosselin Daouën, ainsi qu'à son habitude, était vêtu avec simplicité ; les bottes, les chausses, le surcot ceint de cuir clouté et les gants, tout était de mouton noir. Sans doute ce feu de crinière, qui en permanence embrasait sa tête, lui tenait-il chaud, car il ne portait pas de couvre-chef. Toute cette nocturne vêture accentuait le contraste entre sa sobriété, qui ressemblait à un deuil, et la richesse des tons et des matières, la somptuosité de cette enveloppe d'emprunt qui couvrait Miliau Le Hac.

Trézhuel lança, avec une courtoisie câline, sœur d'un évident défi :

– Un beau trait d'arc, bellement tiré, suffirait à lui faire faire le plongeon ! Vous qui venez d'Angleterre, vous devez exceller à ce type d'exercice !

Gosselin émit un bref rire de nez. Les mots qu'il prononça, avec une certaine lassitude, poussèrent devant eux des filandres d'haleine :

– Si ce n'est que pour basse flatterie et provocation, cousin, je vous le laisse, cet animal. Il est à vous ! Si c'est seulement pour tuer un loup, tirons ensemble, voulez-vous ?

Et tandis que Miliau de Trézhuel s'étonnait qu'il ne retirât point ses gants :

– Non, dit-il. Serait-ce des gants de fer ! On apprend aussi cela, en Angleterre !

Et de décocher sa sagette, qui férit et fit basculer le loup du haut de son perchoir.

– Vous n'y perdez rien, cousin Miliau. C'était un vieux loup ; la mer l'a pris. Personne ne saura qui l'y a poussé !

Il ne manquait plus que cela ! Cette condescendance gouailleuse ! Cette impardonnable maîtrise du geste, cet exécrable talent ! Miliau, jusqu'au soir, ne décoléra pas.

Quinze loups, au cours de cette mémorable journée, furent tués. Cinq par Miliau et ses chiens, un par Geoffroy Guillaume, deux par des archers de Trézhuel ou de Kerrud avec l'aide de la meute. Mais Gosselin à lui seul en occit sept, dont celui du rocher. Tous les sept à l'arc. Parmi ces victimes du grand art et du grand froid, trois seulement furent suivies et achevées par les lévriers et les dogues.

Dans la vaste salle basse de Trézhuel, on se retrouva tous, le soir, à l'assemblée.

Gosselin avait dans l'intention de ne pas rester, de rentrer à Kerrud. Mais son cousin le pressa d'assister au repas, de trinquer et se réjouir avec eux tous ; n'était-il pas le héros de ce jour ? Sept loups ! Dame ! De quoi pavoiser et se rengorger ! De quoi en tout cas ne pas les priver de sa présence ! Gosselin céda, à contrecœur.

Il ne pouvait pas mettre les pieds à Trézhuel – chose que du reste il faisait fort rarement – sans se sentir pris au piège. De quoi ? De qui ? Il n'aurait su le dire avec précision ; de fait, il s'y sentait mal à l'aise. Cette famille était celle d'Isaine, ce château était celui de ses pères. Tout était là.

Il se fit pour l'occasion un masque d'endurance, de constance et de bonne volonté, le seigneur de Kerrud. A quoi bon s'apitoyer sur des ombres ? Gwenn, Isaine, il les avait au cœur, une fois pour toutes, avec un grand amour fracassé. Mais leurs spectres chéris, ou bien l'ombre ricanante de leur trahison, de leur abandon, flottaient et flotteraient, encore et encore, et encore, autour de lui, ici et ailleurs...

Pour échapper à sa mélancolie, il vint plonger au cœur d'une discussion houleuse qui mettait aux prises Geoffroy Guillaume et Miliau.

– Nous parlons de femmes, Gosselin, lança Miliau. Et nous sommes loin de tomber d'accord, le chevalier Guillaume et moi. Messire Geoffroy prétend que la duchesse Jeanne de Penthièvre est une « mégère boiteuse » et que Dame Tiphaine Raguenel est bien à plaindre d'avoir pris pour époux « ce pourceau de Bertrand ». En d'autres lieux que ce havre de paix et de courtoisie que se doit d'être un... « rendez-vous de chasse »... hum !... je lui eusse demandé réparation pour insulte à messire Du Guesclin et outrage à une grande dame ! Qu'en pensez-vous, cousin Daouën ?

Rire en tempête de Gosselin de Kerrud :

– Je t'approuve, Geoffroy : Du Guesclin n'est qu'un bandit à la solde du roi ; un opportuniste sans tripes ni majesté, qui trahit sa Bretagne en aidant Jeanne et Charles à déposséder Montfort. Lequel ne souhaite que la paix, qu'ils refusent. Que Jeanne refuse. Elle ne veut point quitter, votre Jeanne, cousin, une ligne de son droit, de ce qu'elle croit être son droit. Et sans doute n'a-t-elle pas tort. Mais ce qu'elle ignore, ce qu'elle ne veut pas voir, c'est que sans Montfort, sans cette guerre, elle, son beau droit, son duché, seraient engloutis par la France, par son roi !

– Nous sommes ici, quoi que vous en pensiez, messire Daouën de Kerrud, et au contraire de vous, qui préférez l'Anglais, toujours à ce roi, que vos propos et vos actes insultent ! Et toujours au duc Charles !

Dieu tout-puissant ! Cette voix ! Gosselin de Kerrud blêmit si fort, frémit si vivement, qu'en se retournant il chancela, ainsi que sous le choc d'un soufflet porté avec violence. Obéissant à un réflexe immédiat, Geoffroy lui saisit le bras pour l'empêcher de choir. Il se dégagea brutalement, contempla, fasciné, celle qui se tenait là et qu'il croyait à jamais perdue.

Ils étaient face à face et vidés de leur sang, abandonnés de leurs forces, toute pensée abolie, qui n'était pas lui, qui ne fût pas elle.

Ainsi elle vivait ! Ô, bonheur ! Loin de lui, sans qu'il sût, sans qu'on voulût lui dire... Ô, douleur ! Elle se cachait de lui, elle lui refusait cette part de souffle dont il mourait chaque jour... Elle l'avait rejeté, désaimé. Elle était revenue et lui, benêt plein d'espoirs vains, stupide, il continuait à la chercher... à s'y user l'âme... Rien à dire.

Et pourtant il dit, sec, à voix pressée et à peine perceptible, pour elle seule, comme on poignarde de tout près, vite et mortellement :

– Vous êtes au roi ! Vous êtes au duc ! Vous êtes à votre frère !... Un jour, vous avez été à moi, Isaine de Trézhuel !

Elle vacilla. Qu'elle se sentait donc mal ! Sans parvenir à ôter de sur lui ses regards, sans réussir à s'empêcher de l'aimer encore. Elle avait l'impression de n'être plus personne que lui-même ; d'entrer en lui par chaque ligne de son visage, de pénétrer à travers sa chair, et qu'il le ressentît ; elle s'enfonçait en lui, minuscule et lui immense, l'enveloppant toute, la recouvrant comme vous prend le brouillard, la neige, le marais ; comme on plonge, en cauchemar, dans la chair des morts, avec l'envie d'un cri de répugnance et l'impossibilité de faire autre chose que de s'y mélanger. Elle se sentait poussée en lui, avec une étrange et insurmontable honte. Oh ! Dieu ! Que cela cessât ! Qu'elle mourût à l'instant, ou qu'il ne fût qu'un songe !

Berched se tenait derrière elle. Elle aussi regardait Gosselin Daouën. Berched se tenait derrière elle et elle s'appuya de tout son poids à ce corps ami, si petit et si solide. Miséricorde, miséricorde, Seigneur ! Otez-le de ma vue, ôtez-le de ma vie !

Pourquoi avait-il cet air de souffrance méchante ? Pourquoi ce visage de craie, cette bouche amère, ce tremblement, ce halètement de cerf forcé ? Cet œil humide ? Elle eut souhaité s'endormir là pour toujours, et s'entendit balbutier de colère :

– Taisez-vous ! Comment pouvez-vous évoquer une telle chose ? Ici ! Taisez-vous ! Elle ne vous satisfait donc point, votre dame d'Angleterre, qu'il vous faille vivre de souvenirs vieux d'une année et plus ?

– Isaine !

Oh ! Cette plainte ! Pourquoi ? Mais pourquoi gémissait-il ainsi ? Pas de regret, non. Pas de remords. Pour ne pas continuer à chercher d'encombrantes réponses, elle poursuivit sur le mode haineux, qu'elle s'efforçait d'inaugurer, au prix de mille tourments :

– Vous m'avez prise comme font les bêtes ! C'était votre droit, car j'étais consentante. Cependant, vous êtes vil, Gosselin de Kerrud ! Vil et parjure !

Elle s'en allait ; se coulait au mur et reculait. Berched la soutenait, la guidait, se taisait. Elle tomba sur son banc plus qu'elle ne s'y assit, repoussant à grands coups de courage, à douloureuses déglutitions, le soc d'un grand chagrin, qui lui labourait la poitrine et la gorge sans pitié, lui faisait déborder les yeux. Ses poings serrés, ses lèvres l'une à l'autre rivées, la respiration retenue pour ne pas exploser en sanglots ; son dos, ses reins, sa nuque, redressés dans une attitude de fierté contrainte, de fausse domination de soi ; tout elle-même crispé, tendu à claquer, hurlait : « Je t'aime, Gosselin de Kerrud ! »

Léna Bodmaël, suivie de quelques servantes portant des cruchons de vin chaud aux épices, entrèrent à cet instant, qui firent une agréable et urgente diversion. L'aparté entre Isaine et « son cousin » avait duré un temps infime mais avait frôlé le scandale et Miliau avait tout entendu, tout compris. Ces deux-là s'aimaient encore. Pire : ils s'étaient appartenus ! C'était indéniable ; c'était intolérable !

Miliau avait comploté cette rencontre afin d'éprouver ces deux êtres, qu'il poursuivait d'amour et de mauvaiseté. Afin de mesurer les effets de son pouvoir de manipulation, au moyen duquel, depuis des mois, il préparait le gâchis de leurs deux vies, le couronnement de son triomphe à lui. Il avait encore à faire ! Beaucoup à faire ! Car derrière l'apparente détestation, sous le dais filandreux des nerfs à vif, trônait la passion réfractaire.

Il avait joué de témérité, ce soir, Miliau de Trézhuel. Il avait préjugé bien trop hâtivement et légèrement d'un avenir à lui tout acquis, tout ouvert en champ de gloire. Il lui restait à besogner rudement pour séparer ses plus chers ennemis : il allait s'y employer, qu'on lui fasse confiance !

Il sourit gracieusement, encalminant l'assistance dans son charme plat.

Une idée germait sous son crâne, mauvaise herbe de l'esprit, chiendent redoutable des âmes noires, désir violent, volonté puissante de la pire action imminente : le meurtre. Il enveloppa Gosselin d'un long regard d'amitié féroce, de tendresse-poison, mortelle.

On avait préparé des pâtés, trois porcelets en broche, des entremets et des fruits secs. On avait allumé torches et chandelles depuis le tôt matin, car l'hiver aux blancheurs solennelles, glaciales, était bien sombre aussi.

Et le repas fut gai. On reparla des loups, on but à leur extermination et l'on couvrit encore Gosselin Daouën de louanges, Miliau en tête.

Kerrud, lui, souriait pâlement et mangeait peu. Isaine ne souriait pas et ne mangeait pas.

On en était aux fruits et la nuit allait son train de givre et de lune, quand Rennequin de Ferveyant et Even Bodmaël entrèrent en coup de vent. Ils étaient restés à patrouiller par les ruelles des hameaux et venaient signaler une menace nouvelle.

– Une louve, dit Rennequin. Une gueuse au poil gris, qui assiège à elle seule Ruzavel !

– Une mâtine affamée, renchérit Even, qui hurle sur le pont de bois, à faire décrocher l'astre du ciel ! Une tueuse, qu'on ne peut approcher ! Messire, que faire ?

– Y aller, pardi !

Miliau était joyeux. De son idée venue tantôt, la graine avait fait une belle plante : il en tenait la tige, ferme !

– Mon cousin de Kerrud et moi allons y aller. De suite.

Geoffroy et Garin se regardèrent, brèvement. Berched avait levé les yeux sur Gosselin, avec le pressentiment nauséeux de le contempler pour la dernière fois. Isaine s'était mise à trembler, renversant son hanap, qu'elle n'avait pu mener jusqu'à ses lèvres, que Léna ramassa avec un soupir.

– Je vais chercher les chiens, dit Gosselin en se levant. Garin, selle Guingamor, je te prie, et...

– Non, cousin ! l'arrêta Miliau en levant une main. Non. Laissez là vos lévriers. Nous emmènerons mes quatre dogues. C'est tout.

– Je viens avec vous !

Geoffroy s'était dressé de toute sa petite taille, robuste, et opposait à l'autorité souriante du baron de Trézhuel, à la froide colère de Kerrud, un air farouche et une résolution à poings fermés. Ce fut Gosselin qui, en lui intimant de se rasseoir, acheva de glacer Isaine.

– Geoffroy, mon cousin est d'humeur à jouer. Laisse-lui ce plaisir, veux-tu ? C'est un défi, Miliau, ami... frère. Je le relève. Et je vous suis. Allons.

– Aurez-vous votre huitième loup, messire Kerrud ? Ou bien sera-t-il mien ?... Dames, je vous engage à parier ! Et vous, ma sœur aimée, à sourire ! Par Dieu, votre visage est à faire peur ! Et toute votre personne, ce soir, est un affront à nos hôtes ! Buvons, Gosselin, à cette louve !

Et ils burent. Et les autres ne pipaient mot, rechignant à bien entendre qui était cette louve : l'animal famélique et cruel, qui pour l'heure terrorisait Ruzavel ? Ou bien la belle et malheureuse Isaine de Trézhuel ?

Guingamor fut vite et bien sellé. Et Le Noir le fut aussi, par Renan de Saint-Blin satisfait au fond qu'on ne lui demandât pas de participer à cette chasse nocturne.

Les deux cousins partirent. Autour de leurs chevaux, les dogues mâtinés de Miliau, quatuor d'élite, trottaient avec une allure de féroce décision.

Gosselin huma l'air glacé, tranchant tel le vif éclat d'un grand vitrail blanc, brisé. Soulagé de la présence d'Isaine, délivré de la terrible tension qui lui nouait les nerfs, il se sentit heureux dans cette nuit de verre, soudainement.

Ils allaient, sans mot dire, l'épieu au poing, chevaliers de légende à traquer un dragon. Il s'agissait bien d'une louve, allez ! Ce dragon-là était dans leurs cœurs à tous deux et ils le savaient.

XX

Une amitié entre chien et loup

RUZAVEL ne dormait pas, mais se tenait terré. Pas une ombre, pas une lueur. Sous le pont de plancherie, l'eau ne coulait plus : la rivière en cristal, immobile, avait ciselé les berges de diamants. Ses feux de glace étincelaient, où parfois s'effondraient des fagots détachés de l'arche de charpente, des bûchettes de glace qui tintinnabulaient.

Par-delà les toits noirs, où traînaient des échevettes neigeuses, la mer poussait furieusement ses vagues engourdies aux rivages aigus, festonnés de dures dentelles. Noir était l'océan et noir était le ciel aux étoiles pointues, qui y tombaient en grêle d'argent.

Et elle, elle était là. Petit animal nerveux, insignifiante bête folle dans la somptueuse immensité figée. Et elle hurlait. Sa faim, sa haine des hommes, sa solitude, sa désapprobation absolue, éternelle, à ce grand carnage qu'on avait fait des siens, toute la journée. La louve. Misérable chienne malade, qui sur ses pattes aux muscles durs, son panache grisâtre ondulant à sa croupe, yeux d'or cuivrés de méchanceté, les épiait.

Gosselin mesura l'animal du regard, Miliau derrière lui immobile, qui avait fait coucher les chiens aux sabots du

Noir arrêté. La grise femelle baissa sa grosse tête hirsute, coula sur l'homme et le cheval, par la fente de ses paupières, un brasillant venin ; émit un sourd grondement de gorge, babines retroussées sur les crocs longs.

Guingamor en avait en sa vie éprouvé de plus rudes, mais malgré tout, Gosselin le sentait nerveux, apeuré devant cette rogneuse bête, qui d'un instant à l'autre, au plus petit mouvement, pouvait lui sauter à la gorge, s'y suspendre et lui téter le sang des veines.

Il n'en fut rien. Tapie ainsi que pour bondir, la louve s'aplatissait. Puis, avec une brusque et inattendue volte-face, détala vers les maisons.

Gosselin donna des éperons et lui emboîta la course, épieu levé ; il attendait la feinte, il l'avait prévue.

Au bout du village, il y avait de la lande, l'à-pic des rochers, la mer. La bête tournait en rond, zigzaguait, essayait de surprendre le grand rouan qui déjouait tous ses pièges et ne lui lâchait point le train. Elle repartait en direction du village quand, jetant son épieu avec un juron, Gosselin l'abattit. Si violemment avait été porté le coup, que la louve s'en trouva clouée au sol. Morte. Sans un cri ni une plainte, ainsi que meurent les loups.

Gosselin sauta de selle, reprit son épieu, chargea le fardeau velu et saignant au garrot de Guingamor, que l'odeur du fauve faisait frémir des pieds à la crinière. Miliau le rejoignit, avec une nonchalance affectée. Ses chiens hérissés et grondants reniflaient autour de lui et du Noir, à l'emplacement où était tombée la louve, avec une agitation contrariée, frustrée.

– Votre huitième, cousin ! Félicitations !

Alors on entendit comme un rire. Un rire de bête est infernal parce qu'improbable ! Un rire répugnant de malice et de sauvagerie. Une hideuse hilarité, qui tenait de l'aboiement et du sanglot. Il y en avait un autre !

Assis au milieu de la ruelle, ses deux oreilles pointées vers la lune vive et blanche, qui sur la neige et le givre mettait plein jour, il les regardait. Paisible. Narquois. Il les attendait.

Un vieux loup, avec plus d'un tour dans son sac, qui les entraîna vers le bois.

– Neuf ? ou bien me le laisserez-vous ? ! cria Miliau dans le galop.

On aurait pu le laisser aller, le vieux goinfre aux flancs creusés, car à force de course, il ne menaçait plus le village. On aurait pu ; mais le jeu continuait. Un jeu d'hommes, de chasseurs ; deux orgueils frottés l'un contre l'autre et qui crachaient des étincelles ! Deux forces aussi, et deux talents. Seulement un jeu.

Au bout d'une heure de chevauchée à la piste, on avait perdu le loup au plus épais d'un bosquet. On ne voyait plus la boule noire, chevelue et véloce, cavalant et bondissant entre les fûts, sur la blancheur de tout.

Les deux cousins attachèrent leurs chevaux au tronc d'un baliveau de chêne, décidèrent de prendre le loup à vue. Les chiens trouvèrent la bête mais la firent débucher plutôt que de l'atteindre et de la tenir à morsure. Le vieux fauve passa en flèche devant Gosselin qui, surpris, agit avec trop d'empressement et le blessa. L'épieu avait glissé le long du cou, rendant le loup furieux, qui plutôt que de fuir, les chiens à ses trousses et répandant derrière lui son sang pour les mieux guider, se retourna contre le chasseur et attaqua.

D'un bond, Gosselin fut en reculant adossé à un gros tronc, tira de sa ceinture une dague. Point de Miliau. Plus de dogues gentils.

La masse de fourrure se rua sur lui, les griffes aux épaules qui l'agrippaient telles des serres. Il n'eut que le temps de lever le bras gauche pour protéger sa gorge, son visage, que le droit pour abattre la lame dans l'échine du loup. La terrible mâchoire happa le bras levé en bouclier, comme un chien mord un bâton pour jouer.

Douleur violente, craquement d'os, vertige. Le contact de ce corps animal, malodorant, puissant, le choc de la blessure, faisaient à Gosselin monter une nausée au bord des lèvres. A deux reprises, avec un cri rauque de dégoût, il planta son arme dans l'épaule du loup.

Celui-ci, en grognant, s'accrochait à sa vie, labourant de ses griffes en croissants acérés la poitrine de l'homme qui, l'ayant saisi à pleins poings par les poils du jabot, le forçait à lâcher au prix d'une grande douleur. Il appelait Miliau à son secours, qui ne venait pas. Il gueulait tant qu'il pouvait, mettait toute sa rage à étouffer le loup.

Enfin, il vit s'avancer son cousin, avec ses chiens, au moment où le loup se faisait mou contre lui et roulait à ses pieds. Miliau donna un ordre. Bref. Et les quatre chiens bondirent.

Gosselin fut jeté à terre sans un cri, tant l'horreur et la surprise étaient grandes. Sa dague était restée dans l'épaule du loup. Il était à mains nues et déjà forces diminuées par le mauvais état de son bras senestre. Alors, ce que le vieux loup n'avait pas fait, les chiens le firent ! D'insoutenables, fulgurantes douleurs, partout à la fois le secouèrent, lui mettant à la bouche de grands sanglots de rage, d'effroi, d'incrédulité, et puis le goût salé et infect du sang.

Il agrippait des peaux pelues, humides ; convulsivement arrachait des poils, par touffes. Il repoussait de molles babines dégoûtantes, écrasait des truffes grasses.

En vain, il appelait. Ses forces le quittaient, et son souffle, et sa vie. Il souffrait tellement qu'il ne pouvait plus ni crier ni bouger. Sa vue s'obscurcissait. Sa raison vacillante se fixait sur l'épouvantable certitude que les chiens de Miliau étaient en train de le dévorer. Pas autre chose. Une image fulgurante : son père Gurval, au moment ou le sanglier l'éventra. Choc. Douleur atroce. Mort.

Un grand rire dérisoire lui montait des entrailles en feu, mourait sur ses lèvres, en hoquets. A bout de tout et de lui-même, il jeta un grand cri et Miliau rappela ses dogues.

Les chiens ne bougeaient plus. Couchés, haletants, les babines rougies, les museaux maculés jusqu'aux yeux globuleux, de bave, de sueur, de sang. Ils se léchaient les pattes, gloutons et consciencieux.

Miliau de Trézhuel s'avança, resta un moment à contempler son cousin Gosselin avec une moue de profonde répugnance. Kerrud ne bougeait plus maintenant lui non plus. Le regard égaré, lointain et doux, fixé sur son cousin, il avait essayé de se relever, de se hausser le long du tronc. Mais il n'y était pas parvenu et lentement avait glissé au sol avec une plainte longue et triste d'enfant martyrisé. Plus rien. Paupières closes et plus assez de souffle pour gémir. Miliau alla ramasser la dépouille du loup, la jeta en travers du corps de son cousin :

– Tu as tué un loup, Gosselin de Kerrud ! Mais il en viendra d'autres. Et de ta grande carcasse il ne restera plus rien qui vaille un seul regard d'Isaine !

Miliau recula de quelques pas, siffla ses chiens calmés, serviles, et revint vers l'endroit où étaient les chevaux. Il prit Le Noir, laissa Guingamor attaché, afin qu'il ne donnât point l'alerte ; y prit le cadavre de la louve, qu'il mit sur l'encolure de sa propre monture et revint à Trézhuel.

*
* *

Les roues grinçaient. Leurs cercles de fer, incapables de mordre au gel, dérapaient, patinaient sous le poids du chargement.

– Hue, donc ! Carne chérie ! Hue, donc ! Ah ! Je sais, c'est pas facile ! Mais faut tirer, ma jolie ! Hue !

Et la grande ganache de jument tirait, bandait ses muscles en ballons ; la charrette bondissait, repartait dans un brimbalement de bois, de fer et de charbon sur lesquels ondulaient des peaux mal arrimées.

Un blondin menait les chiens, devant, une torche au poing : cinq gros bâtards aux poils en bataille, aux langues mauves, aux reins robustes, aux gueules carrées. Le jeunet aux cheveux de lune ne disait rien mais chantonnait dans les bourrelets de chaperon entortillés qui lui cachaient la bouche et le nez. Une géante aux larges épaules poussait l'attelage, encourageait l'attelée :

– Ce froid ! Ce froid ! Tire, grande rosse que j'aime ! Tire ! Tiens ? Qu'est-ce que c'est que cette charogne ? Ben !

Déjà les chiens s'étaient précipités, jappant de convoitise, vers un sombre amas obstruant le passage. A deux pas, on voyait bien que c'était un homme. Un homme avec un loup... On aurait dit qu'ils s'étreignaient, et le sang noir au sol était le même, se mélangeait, qui s'enfuyait de ces deux corps. La passante de nuit fit claquer son fouet :

– Arrière, les gueules ! Bougez pus !

Et les chiens reculèrent.

Le Nan, vif d'esprit, prompt de geste sinon bavard, cherchait le cheval du chasseur, ou du voyageur, qu'il voyait là tout mort. Il le trouva. Un Guingamor transi, triste et l'air piteux, qu'il détacha et commença à réchauffer en le frictionnant avec un bouchon de fougères mortes. Le pauvre beau rouan pouvait à peine marcher et sa crinière, sa queue, étaient blanchies et croustillantes de glace.

Géraude, ayant repoussé ses chiens, repoussa aussi le vieux loup mort et s'agenouilla près du long cadavre tout déchiré de l'homme. Ramassant un peu de neige dans son poing, approchant la torche que lui avait tendue le Nan, elle en frotta délicatement le visage inerte et maculé, afin d'en découvrir les traits, voir si elle connaissait ce mort. Elle ne put retenir une exclamation de surprise, regarda autour d'elle comme si elle y cherchait autre chose que ce qui s'y trouvait : un loup poignardé, un cheval que tenait son fils, cinq chiens et cet homme-là, qui lui en rappelait un autre... Elle cherchait un sanglier, et sur les traits immobiles du visage qu'elle lavait à la neige, le sourire de Gurval de Kerrud. Donc, Brenda avait dit la vérité : le fils était revenu ! Il y avait encore des seigneurs de Kerrud ! Ce qu'elle avait pris pour une prophétie n'était que vérité... Y avait-il une fatalité sur cette famille, un sort, qu'ils vinssent tous finir leurs jours en forêt, servir de casse-croûte aux bêtes féroces ?

La peine et la fureur avaient saisi la forgeronne aux épaules, secouaient cette montagne de femme, la forçaient à regarder le passé en face, sans se retourner, simplement en contemplant l'homme couché dans son sommeil de glace et pour toujours. Le passé, pour Géraude, il avait sale mine : il portait des guenilles de souvenirs et des grelots de haine à ses basques, oui ! Le Nan, elle l'avait dans elle à cette époque ; celui qui le lui avait mis, c'était son mari, le Gros François, maréchal-ferrant au hameau de Kerrud. C'était sans doute d'avoir vu et entendu, du fond des entrailles de sa mère, ce qui s'était passé, une certaine nuit, après la disparition du seigneur de Kerrud, que le Nan était venu benêt, avec cet entêtement de négation !

Onfroi de Trézhuel, ce maudit, avait tué tout le monde et mis le feu partout. Gros François avait été jeté dans les braises de sa forge et maintenu au fer, par Onfroi. Depuis, Géraude forgeait des chaînes, pour Onfroi. Elle, Géraude, cette nuit-là, elle s'était sauvée au château, espérant voir la dame Gwenn... La dame avait d'autres soucis : on était en train de massacrer ses gens, on lui avait pris son fils...

Etait-ce bien lui qui était là ? Comment s'appelait-il, l'enfant ? Pas moyen de s'en souvenir ! Et puis tant pis, puisqu'il n'était revenu que pour... Elle sursauta. Tandis qu'elle songeait ainsi sans joie, elle avait incliné son flambeau sans s'en apercevoir : une goutte de résine brûlante tomba sur la joue du seigneur de Kerrud, dont Géraude vit frémir à peine le visage. Se portant en avant, elle colla son oreille à la poitrine dure et froide, y perçut un faible, lointain battement, se releva barbouillée de pourpre, planta son flambeau entre deux racines, cria :

– Le Nan ! Viens-t'en m'aider ! Arrière, j'ai dit, les goinfres ! Vous z'aurez l'loup, avec du fromage dans le ventre, pis Géraude aura la peau ! Mais çui-là, c'est pas l'Bon Dieu qui l'aura ni l'Diab' non pus ! J'va l'ram'ner cheu lui ! Grouille, le Nan ! Grouille ! Va pas très fort !

Dès qu'ils l'eurent touché, Gosselin poussa un hurlement épouvantable, qui leur fit à tous deux dresser les cheveux, hérisser l'échine des chiens et pour un peu aurait réveillé le loup ! Quand le silence fut retombé et le calme avec lui, Gosselin Daouën s'était profondément évanoui, ce qui permit à la Marteleuse et à son fils de le charger précautionneusement sur la charrette et de partir vers Kerrud.

Géraude avait versé à terre tout son chargement, pour allonger le blessé, se disant qu'elle reviendrait plus tard reprendre son bien. Le pauvre fardeau était raide et glacé ; ses chauds vêtements avaient été mis en lambeaux par les dents et les griffes ; le sang gelait sur lui, ce qui avait permis à ses blessures de rester propres, au sang de ne point trop s'épancher. Le froid l'avait maintenu en vie, mais une vie bien timide !

– Couche-toi l'long d'lui, le Nan : ça lui f'ra chaud. Et pis veille bien qui meure pas. Ça va s'couer. Faut qui tienne !

Le Nan se sentit une telle responsabilité dans l'affaire que la fièvre lui monta au corps et que sa chaleur irradiante aida à « dégeler » le seigneur de Kerrud.

Celui-ci, au cours du voyage, gémit une ou deux fois. A chaque plainte, le Nan se fendait d'un large sourire et approuvait du chef : tant qu'on pleure, c'est qu'on est vivant ! Il déployait des trésors de tendresse et de caresses réconfortantes pour le grand corps déchiré et à moitié gelé. De temps à autre, il jetait un coup d'œil au beau cheval inquiet, qui se dégourdissait en tentant des caracoles à côté du chariot et ne quittait point son maître.

On avait allongé sur l'autre flanc de Gosselin un des chiens de Géraude : le plus jeune, le moins mauvais, qui lui transmettait sa vie et lui haletait au visage une haleine chaude, qui faisait fondre dans la toison de feu des cristaux, lesquels roulaient en gouttes sur le front et les tempes avec la sueur maintenant abondante. Certaines de ses plaies, avec la chaleur, s'étaient remises à saigner. On arriva à Kerrud bien avant le jour.

*
* *

Après avoir effectué des tours et des détours, Miliau Le Hac de Trézhuel était rentré en son château. Il fallait laisser à son pauvre cousin tout le temps de mourir ! Et d'y être bien à fond et roide lorsqu'on le trouverait.

Curieusement, Miliau ne ressentait ni sensation de délivrance ni remords. Seulement une grande peine importune, qui lui vissait aux reins une lourde fatigue, un fourmillement d'agacement. Au moment de l'accomplissement, voilà qu'il était de nouveau partagé entre des sentiments contradictoires. Mais non ! C'était fait ; il n'y avait plus à y revenir. Isaine serait à lui et à lui seul désormais. Il mettrait tout son amour, toute son astuce et toute sa force à lui faire oublier cet homme, à combler ce vide, à compenser cette perte. Il allait se substituer à Gosselin Daouën dans l'esprit, le cœur et la vie d'Isaine. Et puis, son père serait content : Kerrud était de nouveau à leur merci, vide, offert !

Le sire de Trézhuel entra au grand trot dans la cour devant le logis, la molle louve pourfendue ballottant à l'arçon, lança à l'adresse de ceux qui venaient de sortir sur le seuil avec des lumières :

– Gosselin Daouën n'est pas ici ?

Il s'étonnait, d'un ton alarmé, en mettant pied à terre.

– Non. Et pas avec vous, messire ?

Geoffroy, entre colère et incrédulité, avait saisi Le Noir au mors.

– Ma bête tuée, j'ai laissé mon cousin derrière un vieux mâle... Oui ! Ils étaient deux, Rennequin ! Des saletés, je vous prie de me croire, vous tous ! Des rusés ! Des mauvais ! Mais Gosselin... je l'ai perdu. Je pensais le retrouver ici. Pas normal cette absence !... Peut-être... rentré à Kerrud, non ? Geoffroy ?

– Pas sans nous !

C'était sec, précis, lourd de doute et d'anxiété.

Miliau prit un air absorbé, se passa les mains sur le visage, selon un geste à lui coutumier, quand il réfléchissait ou se trouvait en face d'un dilemme. Il demanda à voix basse, comme s'il s'agissait de ménager quelqu'un, de ne pas risquer l'affolement général, de ne point entamer les cœurs sensibles :

– Où sont les dames ?

De « dames », ici, il n'y avait pas foule ! Si l'on faisait abstraction des servantes et de Berched Bodmaël qui était une enfant, il ne restait guère que Léna l'intendante et Isaine. Pour Miliau, elle était à elle seule toutes les « dames » à la fois ! Et cette nuit, il ne voulait pas encore la voir ; il ne voulait pas qu'elle se dressât devant lui en entrave ; il ne voulait pas encore l'assommer de chagrin...

– Au lit ! répondit à sa question Geoffroy Guillaume, avec cette fois une ouverte insolence.

Mais Trézhuel ne releva pas, tout à ce grand souci que lui causait l'absence de son aimé cousin.

– Even, Rennequin, Renan, Garin ! Et vous aussi, messire Guillaume ! Partons à sa recherche ! Je crains un malheur !

– Point tant, messire Trézhuel ! grinça Geoffroy en partant seller. Point tant ! Gosselin Daouën est un chasseur exceptionnel... vous le savez !

Tandis que la troupe quittait le château, chacun ne pouvait s'empêcher de penser à cette nuit de l'an passé, qui avait mis toutes les terres d'alentour en grande chasse sur les pas envolés d'Isaine de Trézhuel.

Alors qu'ils gagnaient la campagne, une matrone décidée franchissait la seconde enceinte, marchait vers le logis seigneurial, à la faveur de l'ombre épaisse qui tombait des murailles, sans que quiconque remarquât sa présence, tant son attitude était naturelle et pleine de vie.

C'était Géraude. Elle avait laissé le Nan conduire la charrette jusqu'à Kerrud. Elle portait dans ses bras noués de muscles, tel un gros enfant dolent, le loup pendouillant, lourd, bien qu'elle l'ait vidé de ses boyaux. Quand elle fut à la porte, elle y cloua la bête avec un grand « han ! » et la dague avec laquelle Gosselin avait eu sur lui... victoire.

Dans le chenil, en passant, Géraude entendit ronfler et rêver les chiens de la meute. Elle s'en alla comme elle était venue et reprit le chemin de sa forge solitaire. Comme elle attendait son fils à la croisée des chemins, elle rencontra Brenda, sa vieille camarade.

– Les loups, Brenda ! lui lança-t-elle en guise de salut.

– Quoi, « les loups » ?

– Va don' voir à Kerrud ! Le grand Daouën qu'est occupé d'mourir ! Dévoré qu'y l'ont !

– Hein ?

– Va vite, que j'te dis !

Mais Brenda s'assit et attendit.

*
* *

Ils en firent des pas ! Pour rien, évidemment. Miliau se souvenait parfaitement de l'endroit. On n'oublie point les lieux où adviennent de telles choses !

Il redoutait que les lévriers Ke, Alor et Judul, que Garin et Geoffroy traînaient avec eux, ne retrouvent trop tôt leur maître. Les bonnes bêtes allaient le nez au sol ou bien au vent, avec des couinements de perplexité et de détresse. Ils ne pouvaient point les retenir. Ils ne les retinrent plus. Les chiens filèrent.

– Sans doute un autre loup, argumenta mollement Miliau Le Hac par-dessus son épaule, à l'adresse de ceux qui l'accompagnaient.

Peu convaincu, peu convaincant. Au regard vrillé, enfoncé, noir, incendiaire que lui décocha Geoffroy Guillaume, il prit peur et suivit les lévriers malgré tout, contraint. Peut-être en faisait-il trop ?

Quand ils furent à « l'endroit », que Ke, Alor et Judul parcouraient en tous sens, hésitant entre la joie exubérante et la folie de déception, Miliau, de stupéfaction, faillit vider les étriers. Personne ! Rien, à part une mare rouge sombre, des flaques plus modestes, qui tavelaient la neige piétinée, sillonnée de traces boueuses. Ici, on avait lutté, c'était par trop visible. Cependant, avec un flegme qui donnait à penser, il affirma :

– Eh bien ! Il a occis le loup et puis il est rentré à Kerrud ! Je le pensais bien...

Il ne le pensait pas du tout. Il ne l'avait même pas imaginé un seul instant ! C'était impossible ! Il en tremblait des pieds à la tête et avait toutes les peines du monde à reprendre empire sur lui-même, à dissimuler aux hommes présents cette incontrôlable émotion.

– Oui ! Rentré à Kerrud... avec un chariot !

Geoffroy Guillaume avait pris un ton léger en montrant du doigt les ornières imprimées au layon, puis du menton le tas de ferraille et de charbon, de fagots, qui s'élevait en monticule sous un buisson nu.

– Ce... n'est peut-être pas lui...

– Non ! Vous avez raison, messire Le Hac. Mais allons voir à Kerrud, nous serons fixés.

La proposition de Geoffroy fut faite d'un ton benoît, qui puait la défiance. Miliau s'entendit acquiescer, se vit remonter en selle après avoir d'un grand œil vide observé l'imbroglio des pistes et contre-pistes que le sol révélait. Gosselin n'avait pas pu rentrer ; et pourtant, le cheval n'était plus là lui non plus. Gosselin était mort, il en était sûr. Il pouvait sans crainte aller à Kerrud avec les autres : sa présence même attestait de sa bonne foi et son émoi, réel, prouvait... quoi ?

Une sorte d'effroi, quasi surnaturel, lui zébra le dos, les membres, le crâne. Il était poussé vers Kerrud : en avoir le cœur net ! Et si Gosselin n'était pas mort – hypothèse peu vraisemblable – il le serait incessamment. De toutes les manières, hors d'état de parler. Donc... du calme ! Tout allait bien. Mais... le voir, encore ! Le pouvait-il ?... Sans faiblir ? Allons ! Les larmes seraient garantes de son innocence ! Voilà, il avait trouvé le mot : innocence ! C'était le loup qui avait fait cela... cela qu'il allait faire mine de bientôt découvrir. Le loup. Et personne ne songerait à supposer le contraire ou autre chose !...

Les portes de Kerrud s'ouvrirent devant le chevalier Geoffroy et Garin l'écuyer. Ceux de Trézhuel suivaient.

Ces têtes, qu'ils avaient, tous ! Ceux qui gardaient la porte et ceux qui la franchissaient : pareilles ! Sinistres ! Chiffonnées de tristesse comme des vieux parchemins !

On laissa les chevaux. Aux écuries, mêmes figures ; mêmes gestes lents, lourds de deuil. Aux marches du donjon, yeux rougis, gros comme des œufs, dos ployés sous le poids de ce que l'on refusait encore au fond de soi : le malheur. Et puis la salle, dès le seuil obscure, malgré les torches. La salle à l'air touffu, qui vous sautait aux narines, à la gorge, et ces taches sur les dalles, qu'une servante brossait en reniflant, lavait avec de grosses larmes d'enfant. Miliau eut envie de la coucher d'un coup de pied, d'interrompre cette peine, ce nettoyage obscène dans ce que la souillon mettait de révérence à tripoter le sang de son seigneur, dont elle devait, la triste gueuse, être amoureuse !

Il se gonflait de haine, Miliau, pour parer à ce qui allait venir. Mais il ne vint rien que ce que tous supposaient avec une ténébreuse résignation. Et personne ne lui demanda de comptes. Personne ne prenait garde à lui, qui avait de ces lieux été le maître pendant plus de dix années.

Tous se tenaient là, consternés de chagrin, autour de leur seigneur massacré. Ainsi avaient-ils été, jadis, autour de la dépouille de Gurval Daouën. Il ne manquait qu'une épouse, à hurler, là... Miliau fixait la porte qui donnait sur l'escalier, pour ne pas regarder Gosselin. Et ce fut alors, comme il advient dans les rêves les plus fous, qu'il la vit entrer.

Digne, pâle, dispersant la foule autour de la longue table à tréteaux sur laquelle on l'avait déposé, son ami, Alys Siward s'avançait.

Elle chancela quand elle le vit. On avait nettoyé ses plaies, mais elles étaient si nombreuses et si laides, que seuls Basilie et Isselbert Houarn demeuraient en état d'être secourables : la plupart des meschines n'y pouvant tenir sans malaise, étaient parties se cacher pour pleurer ou vomir. Il respirait mal et n'avait plus la force de se plaindre. Il était de la couleur de la cire la plus pure et des sueurs mauvaises l'inondaient du front aux chevilles, macabre gibier en sauce ! Ses lèvres entrecloses sur des débris d'existence, ses paupières aux cils jaunes rabattus, étaient d'un bleu noirâtre.

Il mourrait, sans aucun doute, mais il était vivant.

Vivant ! C'était à n'y pas croire, et pourtant !... Miliau serrait les dents à les faire voler en éclats. Devrait-il battre ses chiens pour n'avoir pas mangé à leur faim ? Il avait envie de rire et des larmes de rage, impuissantes à déjouer les pièges qu'à lui-même il tendait, roulèrent sur ses joues. Il tourna les talons et sortit.

Il pleurait encore en arrivant à Trézhuel. Ses yeux lui faisaient un mal fou car les larmes y gelaient.

Il se précipita dans la chambre d'Isaine, comme s'il voulait s'y réfugier. Ainsi, il n'y avait pas si longtemps, il venait près d'elle passer ses heures de bonheur, alors qu'elle guérissait des violences d'Onfroi ; parler, rêver, l'aimer sans véritable peur... Cette nuit de Noël, où il lui avait donné la bague au croissant, que n'y étaient-ils encore ! Il se jeta à genoux à la tête du lit, secoua la dormeuse en balbutiant :

– Isaine ! Isaine ! Ecoute-moi ! Réveille-toi !

Berched Bodmaël, qui avait dormi auprès d'elle pour la rassurer du choc éprouvé à rencontrer Gosselin, pour lui tenir compagnie et affection, se dressa d'un bond au milieu des couettes et des fourrures, un doigt sur la bouche et les sourcils froncés. Isaine ouvrit les yeux. Alors, se relevant, baissant la tête, Miliau déclara :

– Les loups ont attaqué et mortellement blessé Gosselin de Kerrud.

– Mortellement ?

Isaine, agrippée des deux mains aux fourrures froides et humides de son « frère », se haussait hors de la couche, contre lui, le regard désespéré s'enfonçant dans le sien à le faire gémir : jalousie et désir. Il la sentait si malheureuse, si prête à se pâmer, à sombrer dans la maladie ou la folie, qu'il ne put s'empêcher de lui dire, en la serrant dans ses bras, en enfouissant sa honte et son amour martyr dans les cheveux soyeux et tout chauds de sommeil :

– Il n'est pas mort encore. Je l'ai vu. Il n'est pas mort.

A cet instant précis, il ne savait trop s'il devait s'en réjouir, ou faire en sorte sur-le-champ qu'il en fût autrement. Ce fut alors qu'il se souvint d'une chose, qui sur le coup, pressé qu'il était de voir Isaine et de lui parler, n'avait que superficiellement retenu son attention : le loup, cloué sur la porte.

Quelqu'un savait.

Il fallait cacher le loup ! Il fallait que Gosselin mourût ! Il fallait que lui, Miliau, épousât Isaine ! Vite ! Vite !

XXI

Maintenant et à l'heure de notre mort

– BASILIE, comment est-il ?
– Mal, ma pauvre belle. Plus mal, on ne peut pas ! Le père Isselbert lui a donné ce matin l'extrême-onction. On a cru qu'il passait ! Nous le perdons...

Elle ne pouvait en dire davantage, les larmes l'étouffaient. Elle se signa en secouant la tête : ce geste pouvait-il rejeter toutes les mauvaises réalités, chasser les oiseaux de malheur, qui tournaient en criant autour du vieux donjon, ressusciter Gosselin Daouën ?

Isaine sentait le sol dur sous ses pieds, avait la sensation de s'y enraciner. Kerrud, ô, Kerrud ! Elle éprouvait de tout son corps le mouvement doux que la dame Jeandeleur lui donnait pour la faire avancer. Mais que disait-elle ? Gosselin mourait ? Elle ne pouvait que se répéter cela, si monstrueux, et n'en point parvenir à comprendre le sens exact.

Elle avait joué à faire semblant, avec Miliau. Joué à la femme qui ne souffrait point, qui supportait qu'on lui arrachât ce qu'il lui restait de cœur, d'espoir, pour le jeter en pâture aux chiens, aux loups, au diable... Quelle importance ?

Elle avait joué à sourire, à mentir, pour ne pas détester Dieu, cette nuit ! Et elle avait pensé.

Quand Miliau fut endormi – la battue, la chasse, la nuit blanche, l'accident, tout l'avait réduit au sommeil profond –, elle le laissa à la garde de Berched, qui devait l'empêcher de la chercher s'il s'éveillait. Elle s'était enfuie vers Kerrud.

Il fallait qu'Isaine vît Gosselin, une dernière fois. La dernière fois ? « Oh ! Non ! Dieu, gardez-le-nous, gardez-le sur terre encore ! Gardez-le et je vous jure : je le laisserai à son épouse, je le chasserai de ma mémoire, je partirai... Je me ferai nonne ! Je... » Dieu avait dû sourire, là-haut, dans son beau Paradis, de la naïveté, de la sotte candeur d'Isaine de Trézhuel, que consumait une passion coupable, un vain amour terrestre ! Il avait dû soupirer d'indulgence envers Sa créature, une fois de plus constatée inculte ! Car Gosselin mourait.

Garin ne se montra pas.

Geoffroy Guillaume entortilla Isaine dans un salut grognon, un regard plein d'éclairs, de tristesse presque animale. Et ces yeux-là disaient : « J'aurais dû être avec lui. Je l'aurais aidé. » Le chevalier Guillaume se détourna et s'enferma avec les chevaux, pour pleurer tout son saoul ; le vieux soldat près du fier destrier délaissé lui aussi par celui que tous deux ils aimaient. Sombres heures, qui n'ont plus d'autre prise au temps que la griffe du souvenir, à labourer les cœurs endoloris, les âmes tuméfiées.

Basilie conduisit Isaine, insensible maintenant à tous et toutes choses. Seul Gosselin comptait. Et Gosselin était là. Mais était-ce bien lui ?

On avait renoncé à le monter dans sa chambre, à cause de la gravité de son état. On l'avait installé dans une minuscule pièce, attenante à la grande salle du premier étage, où on lui avait en hâte dressé un lit.

En angle, une cheminée à l'âtre exigu s'adossait à celle, colossale, de la grande salle. Le mur, en face de l'âtre, s'appuyait au grand escalier tournant, qui desservait tout le donjon jusqu'aux combles.

Le lit était en hauteur, sous une arche d'où tombait une tenture de tapisserie à dessins bleus et jaunes, dont les gros plis durs venaient se casser sur trois hautes marches de pierre. Un petit coffre à couvercle gothique en forme de toiture ajourée, un fauteuil à coussins de cuir, à gros clous à tête de lion, à accoudoirs en pattes de fauves, ainsi qu'une bancelle à pieds croisés, en constituaient, hormis la couche, le seul mobilier. Rien de plus n'y serait entré et l'on avait placé devant le feu de chêne un paravent de fer forgé qui, en diffusant la bonne chaleur, empêchait le blessé de griller.

Sur le rebord de la fenêtre ogivée, pas plus large qu'une archère, qu'obstruait un volet peint en jaune vif, à demi fermé, brûlait une veilleuse à huile ; sur le manteau de la cheminée, une chandelle lançait sa belle fleur dorée en bouton.

Isaine gravit les marches, les genoux en laine, le cœur en bonds de cabri, le crâne bourdonnant d'abeilles noires. Elle repoussa la tapisserie d'une main faible, les yeux mi-clos, les lèvres serrées sur des sanglots, qui lui gonflaient les joues tels de méchants rires. Elle contourna le lit, vint à sa tête et y demeura, penchée, malade à tomber.

Gosselin, elle le caressait du regard, maintenant ; si doucement, si dévotement, si terriblement à lui, que Basilie, discrète et toute chavirée, sortit à reculons pour les laisser seuls, tous les deux.

Gosselin. Isaine le voyait ainsi à l'envers ; grand gisant torturé en silence, visage de pierre, amour de granit sans plus de vie que le granit ! Misère ! Comme il était changé ! Comme il était loin d'elle ! Statue tombée, brisée, martelée, fendue irréparablement.

Gosselin. Il était tout emmailloté de linges, sur la blancheur desquels fleurissaient de brunes et roses végétations. Dessous, il y avait la chair meurtrie, qu'elle brûlait de baiser, de ranimer, de tirer vers la vie avec toute la force de son amour lui aussi condamné.

Près des pommettes livides, où des lueurs traînaient en or pâle, où une griffure cicatrisait déjà, les yeux clos, la bouche aux lèvres assoiffées, les narines pincées et à peine palpitantes, n'étaient que des trous d'ombre dans un bloc de marbre, que vernissait la sueur. Le reste était abandonné, déjà. Plus qu'à demi abandonné à Dieu.

Un souffle pénible, rauque, achevé en plaintes douces, soulevait à peine, à grand-peine, cette si chère poitrine, qu'elle entendait encore résonner du grand rire, des chansons à pleine voix... la voix d'arbre... Oh ! La voix d'arbre !... L'entendrait-elle jamais plus ? « Je vous épouserai, Isaine de Trézhuel ! Promis ! Je vous épouserai ! » Menteur chéri ! Ne meurs pas, maudit amour ! Ne meurs pas !

Elle se mit à genoux. Sans le toucher, les mains derrière elle tordues, doigts entortillés et glacés, elle baisa ses cheveux de soleil vieux, poissés, ternis, en murmurant encore :

– Ne meurs pas, Gosselin.

Puis encore, si bas que c'était comme un souffle, qu'elle aurait voulu lui communiquer : son souffle à elle, sa vie à elle :

– Combien de maisons faudra-t-il bâtir, en rêve, pour que tu y entres un jour ? Combien de murs faudra-t-il abattre ? Une épouse, ce n'est que chair et os, et quelques cheveux. Cela seulement, oui. Mais tout son amour, et le tien. Et l'avant, et l'après, où je ne suis personne. Qu'est-ce qu'un être en ce monde ? Un enfant. Deux. Puis trois. Que tu mettras en elle ; entre toi et moi. Au monde, dit-on. Au monde... où je n'ai rien à faire si tu n'y es pas. J'accepterai tout cela, tous ces gens à nous repousser loin l'un de l'autre. Je supporterai tout, tous. Mais vis, Gosselin. Vis ! Aime ta femme, fais-lui des petits ; mais ne quitte pas cette terre, sans eux, sans moi. Oh ! Reviens ! Combien de millénaires, combien de lieues et de lieues faudra-t-il, pour que nous nous rejoignions ? Alors qu'à l'instant il me suffirait de faire un geste, moins qu'un pas, d'étendre les doigts pour te toucher ; de poser mes lèvres sur les tiennes ; les coller à ton oreille sourde et te dire le fond de ma pensée, les tourments de mon cœur... Cette humanité est bien singulière, qui entre les êtres élève d'invisibles murailles, qui rend impossible l'essentiel ; qui du fruit juteux, vital, de notre cœur, qui de l'âme de notre âme et de nous-même en l'autre fait de cet autre nous-même un étranger !

Exaltée, hors d'elle-même, inconsciente de tout ce qui l'entourait hormis cet homme à l'agonie, elle s'était jetée en prière, balbutiait, le visage dans les mains, les mains appuyées à la tête brûlante et lourde de son cher amant en partance :

– Délivrez-nous du mal, Seigneur ! Délivrez-nous du mal !

– Isaine de Trézhuel ! De quel mal parlez-vous ? !

Isaine ne l'avait pas entendue entrer. Elle se tenait là, devant le lit, droite et belle dans ses vêtements riches et pourtant simples, sombres et cependant chatoyants. Elle se tenait là, sévère. Alys Siward, Alys Daouën, dame de Kerrud. Future veuve aux traits tirés, aux yeux calmes et mouillés.

Isaine se releva, tendit une main vers elle, l'autre sur sa bouche pour retenir les mots, pour retenir les larmes, et balbutia quelque chose qu'elle ne comprit pas elle-même, où se mêlaient l'appel d'un pardon et l'appel d'un secours. Alys ne broncha pas, sa physionomie n'exprima aucun autre sentiment que la fatigue extrême et le sérieux d'une âme en peine :

– Etes-vous venue pour qu'il souffrît davantage ? Vous pouvez partir, damoiselle Isaine ! Tout est fait. Moi qui l'aime tendrement, je ne puis que souhaiter qu'il meure, afin qu'il cessât d'endurer ce qu'à cause de vous il endure... Mais ce serait vaine mauvaiseté, je pense. Partez.

– Dame ! Je vous en supplie...

– Partez vite.

La voix n'était que lassitude, désolation. Point de dureté dans l'ordre donné, point de vindicte ou de regret. Isaine s'approcha encore d'Alys, elles se faisaient visage.

A cet instant Gosselin s'agita, émit un gémissement, épuisé de la lutte qu'en silence il tentait de mener, seul ; sa main valide se souleva en tremblant, étreignit le vide et retomba.

Etait-il possible qu'il les eût entendues ? Etait-il concevable qu'il ?... Isaine saisit Alys aux épaules et dit précipitamment :

– Je connais quelqu'un qui peut le guérir. Je vous en conjure, dame Alys, croyez-moi ! Aidez-le ! Sauvez-le et je disparaîtrai, je vous le promets ! Je le laisserai en paix ; je vous laisserai en paix ! Je le jure ! Mais allons chercher Brenda !

Attendrie par cet accent de sincérité et de désespoir, alors même qu'il évoquait « l'espoir », Alys décida de faire confiance à Isaine. Bien sûr, il fallait sauver Gosselin ! Appelant Basilie et le père Isselbert, qui accoururent auprès du blessé, lequel maintenant haletait et se plaignait à grands râles insupportables, Alys entraîna Isaine vers les écuries en la tirant par la main.

De penser que ces deux mains qui s'étreignaient pour lui chercher secours avaient toutes deux caressé Gosselin Daouën, Isaine, éperdue, fondit en larmes.

Elles trouvèrent Brenda au bout du sentier de la Vieille Tombe, présage narquois, qui fit frissonner Isaine.

Brenda était tellement emmitouflée, tellement immobile, qu'on l'aurait pu de loin prendre pour un petit menhir... s'il n'y avait eu la mule ; car nul ne vit jamais de menhir allant son train sur une mule ! La vieille leur fit un signe entendu ; alors Isaine comprit qu'elle les attendait toutes les deux ; qu'elle était au fait.

Elle leur emboîta le pas, après que les chevaux eurent fait demi-tour, sans qu'une parole eût été échangée.

Alys se sentait une méfiance : en femme à tête froide et bien droite sur le corps, elle n'accordait pas grand crédit à toutes ces choses de magie. Et puis, cette rencontre comme fortuite, cet accord complice qui paraissait établi entre la guérisseuse et Isaine de Trézhuel... Mais elle avait décidé de faire confiance. Gosselin, après tout, ne risquait plus grand-chose et elle-même eût été criminelle de ne pas tout tenter pour le secourir.

Ainsi qu'Isaine en avait à Alys fait le serment, elle n'alla point jusqu'à Kerrud ; elle les quitta et rentra à Trézhuel la mort dans l'âme.

Basilie et Garin Jeandeleur, Geoffroy Guillaume, crispés sur un espoir mitigé, attendaient « la sorcière ». D'ailleurs, tout Kerrud l'attendait. Cependant, dès qu'elle fut dans la cour, au pied du donjon, chacun se retrancha derrière les huis, contrevents, bout de mur, ou tout recoin qui voulût bien le rendre invisible. Brenda ricana intérieurement, puis, les montures abandonnées aux mains d'un téméraire valet d'écurie, gagna la grande salle avec Alys.

Elle ne salua personne parmi les proches du seigneur Daouën, pas plus que pendant le trajet elle n'avait à la dame de Quercus fait l'aumône d'une parole. Elle vint en trottinant diligemment jusqu'à la petite chambre où Gosselin se battait contre son cauchemar toujours recommencé, les mâchoires d'acier aux crocs de feu refermés sur lui, mordant, dépeçant, sans fin. Il ne criait pas, ne se plaignait plus. Mais sa respiration précipitée, au souffle heurté ; ses doigts, qui convulsivement mâchaient le drap ; les larmes, sous les paupières closes silencieusement ruisselantes, tout cela trahissait le terrible combat.

La vieille petite femme monta jusqu'au lit, ôta le drap d'un geste sûr, à la fois doux et rapide. Elle débobina consciencieusement un bandage après l'autre, sans cesser de marmonner d'apaisantes litanies, que seul le blessé pouvait entendre... Si toutefois il lui restait quelque conscience du monde, qui en catimini s'agitait autour de lui.

Elle s'absorba un long moment dans cette vision de carnage, mâchouillant du bout des lèvres quelques âpres négociations avec la Faucheuse, qui veillait au chevet du seigneur de Kerrud. A plusieurs reprises, elle fronça les sourcils, remua le nez comme si elle allait éternuer. Quand elle se retourna vers Basilie et Alys, Garin et Geoffroy, son faciès était impénétrable. D'une voix très calme, posée, sûre d'elle, elle prononça, tout en jetant dans la cheminée le paquet des linges maculés :

– Il y a une morsure de loup : au bras senestre. Les autres, toutes les autres, ont été portées par des chiens. Des dogues... sans doute mâtinés. Ses chiens se sont retournés contre lui. Cela arrive. Les dogues sont mauvaises bêtes et dont on ne peut prévoir les folies.

Tandis que la tante et le neveu échangeaient un regard perplexe, qu'Alys Siward penchait le front sur une idée néfaste, Geoffroy Guillaume, descendu de son étonnement premier, blêmit et cria presque :

– Ses chiens ? ! Mais il ne les avait pas avec lui, ses chiens ! Ce sont des lévriers... de braves bêtes, meilleures que des personnes, et qui l'aiment... Il...

Le vieux chevalier, inclinant sa tête chevaline, se tut. Mais sous le petit œil scrutateur de Brenda, il reprit, la bouche séchée d'un doute, qui depuis longtemps n'en était plus un tout à fait :

– Il n'y avait avec eux – et il appuya sur ce « eux », qui du coup ressembla à une toux – que les quatre dogues de Miliau de Trézhuel. Quatre dogues... mâtinés. Parfaitement obéissants. Et puis...

Il passa sur son front sillonné d'embarras sa grosse patte noueuse, comme s'il avait voulu, par un dernier sursaut de raison effarouchée, faire taire la trop criante évidence, avança avec une sorte de timidité pensive qui n'était pas dans ses manières :

– Il y avait aussi ce nain blond singulier, qui l'a mené ici. Un muet, avec cinq gros chiens...

Brenda pouffa :

– Le Nan ! Le fils à Géraude la Marteleuse ! C'est elle qui l'a trouvé, votre seigneur. Sauvé. Non, gars Geoffroy ! Géraude a des chiens féroces, mais qui ne sont ni dogues ni mâtins. Géraude et le Nan... sont des amis. Mes amis, et les vôtres aussi, ceux de Kerrud !

Puis, sans laisser à « ceux de Kerrud » le temps de comprendre ou de poser une question :

– Je peux faire vivre le seigneur Daouën. Il vivra. Mais vous me devez laisser aller et venir hors et dans le château à ma guise. Je ne demanderai rien pour mes services, qu'un peu de nourriture et cette liberté que je viens de dire.

Tout le monde s'empressa d'acquiescer, et la vieille qui les avait déjà tous les quatre biffés de ses immédiates préoccupations, se disait : « Les blessures faites par loup sont d'ordinaire venimeuses et dangereuses, pour ce que ces fauves mangent des crapauds, charognes et autres saletés. Les blessures de chien ne sont rien, si l'animal n'est pas enragé. Or là, ce qui tue Gosselin de Kerrud, c'est la morsure du chien, car le venin qu'elle contient ronge son cœur et son esprit : la trahison d'amitié. S'il est tel qu'était son père, il ne se vengera pas. Or, il n'y aurait que l'idée de vengeance qui le pût maintenir en vie. »

XXII

Ce que la grêle est au seigle

On ne dormait plus guère à Kerrud. Ou alors brusquement, où l'on se trouvait, pour un court sommeil.

Tout se passait dans la grande salle du premier étage, devant la porte entrebâillée de Gosselin Daouën. De temps à autre, une servante passait le nez, venait à Brenda proposer son aide, qui immanquablement la renvoyait à sa besogne quotidienne. Seule Basilie était tolérée, dont les signes de croix répétés, quoique furtifs, faisaient ricaner la guérisseuse.

– Si tu crois que tes petites pirouettes avec les mains et tes gros yeux tout pleureux vont le tirer de là, tu te fais des idées, ma pauvre femme ! Aide-moi plutôt. Et pleure pas ! Les larmes, ça brûle les plaies, ça fait fondre la chance !

Alys s'était installée à demeure et avec Geoffroy Guillaume avait pris en main les affaires du domaine.

Jean de Montfort, mis au fait du drame par la dame Siward de Quercus, avait envoyé deux mires de Vannes... que Brenda, hautaine, vexée, impressionna fort par ses pratiques dans l'art de guérir. Les deux savants se contentèrent d'observer et... de faire bonne chère en attendant une éclaircie.

Un redoux s'était fait. Un ciel d'aquarelle se traînait sur la mer en chantants ressacs : gris, bleus tendres et filasses de lumières. Puis venaient de grandes bouffées noires, qui tombaient en pluies drues, tambourinantes, se tordaient aux vents folâtres.

Ce temps doucereux et mobile ne fit pas grand bien au blessé, qui fondait de fièvre et demeurait, stoïque, prostré dans sa geôle de souffrance.

Dans le délire de son agonie, Gosselin voyait passer des ombres, d'autrefois et d'alors, et confondait tout. Une fois, il vit son père, aussi vrai et vivant que s'il se fût tenu devant lui, à lui sourire comme jadis.

... Gurval de Kerrud était un homme en or. Il en avait l'éclat, la franchise, et sa main, la tiédeur lisse et pesante. Son sourire réchauffait et de ce sourire il était prodigue. Il avait au fond des yeux un éclat de malicieuse gaieté. Parfois, en devisant, il se contredisait par simple négligence et riait de son étourderie. Mais à la chasse, nul ne l'égalait.

Il ne tuait pas par plaisir, il se mesurait à la bête. C'était une lutte entre frères. Parfois, c'était lui qui rendait les armes ; parfois, il allait loin derrière l'animal, et bien souvent revenait sans sa dépouille. « Il a été le plus fort ! », disait-il en riant, peu soucieux de la déception de ceux qui l'accompagnaient, de leur mépris. D'autres fois, sur la venaison bellement accommodée, il levait son hanap et proférait, l'air pensif : « A ce vaillant animal, qui m'a beaucoup appris avant sa mort, buvons ! »

Gurval Daouën était hardi et parfois téméraire. Non par forfanterie mais par insouciance. A l'instar des enfants qui, par ignorance du danger, risquent leur vie dans un rire, pour un jeu.

Avec la clairvoyance que peut donner la fièvre à ceux qui s'approchent de la mort, il apparut soudain à Gosselin, de façon limpide et sans aucun doute possible, que le sanglier de Gurval avait été son loup et ses chiens à lui. Que son père avait été assassiné comme lui venait de l'être. Par qui ? Et le nom qui mourait à ses lèvres desséchées et brûlantes lui arracha un gémissement, éveillant dans son être une douleur plus atroce encore que celle de la morsure du loup et des chiens, qui pourtant le torturait à hurler : Onfroi de Trézhuel, son oncle.

Le crime du père pour le crime du fils ! Tous les vingt ans, pour une femme, un Trézhuel tuait un Kerrud... Pour une femme. La même histoire.

Il serra les dents sur la souffrance, et ce n'était pas seulement dans son corps qu'il souffrait. Cette trop grande douleur, Gosselin, l'homme droit et serein, l'éprouvait dans son âme meurtrie d'incompréhension. Sur de tels êtres, le Mal n'avait pas de véritable prise ; mais en les confondant, alors même qu'il ne faisait que glisser sur eux, il les égratignait et les laissait à vif.

Gosselin se sentait pris dans un filet dont les mailles allaient se resserrant, au fur et à mesure qu'il essayait de faire un mouvement pour y échapper.

Trézhuel contre Kerrud ! Ce n'était pas fini. Ce ne serait jamais fini. Sauf qu'après lui, il n'y aurait plus de Kerrud.

On ne l'attaquait plus dans ses biens, on n'en voulait plus à son honneur, on ne lui cherchait plus de noises politiques ; on l'atteignait dans sa chair. Ce n'était plus la guerre, c'était du meurtre organisé, commandité, prémédité.

Gosselin pensait cependant, malgré et à travers ses souffrances, qu'elles fussent du corps ou du cœur, qu'on ne l'atteindrait jamais vraiment, qu'on ne le détruirait jamais absolument, qu'on ne le blesserait pas à mort, tant qu'on n'aurait pas atteint Isaine.

« Si je survis, promit-il avant de s'évanouir, j'ajouterai au blason de Kerrud un loup de gueules ravissant. » [1]

---

1. Terme d'héraldique.

*
* *

Miliau attendait Brenda, assis au pied du pin ébouriffé que le vent avait couché sur la Vieille Tombe. Il remâchait son coriace projet.

Non qu'il fut abattu.

Seulement, Brenda à Kerrud, qu'il avait vue en rôdant sous les murs y entrer avec Alys, cela pouvait vouloir dire Gosselin guéri. Gosselin vivant, accusateur et peut-être vengeur.

Se pouvait-il qu'il échouât, Miliau ? Se pouvait-il qu'il fût perdu ? Qu'Isaine et lui ne... jamais ? Pourrait-il échapper à cela qu'il avait lui-même mis en marche, et qui lui courait sus ventre à terre ? Il se sentait le souffle court, Trézhuel. Le ricochet de ses actes et mensonges venait tout juste de lui sauter à la cervelle, et l'épée de l'expiation prochaine lui pointait déjà méchamment aux reins !

Il ne lui restait cependant nulle autre alternative que la persévérance et l'opiniâtreté : poursuivre son œuvre maligne et atteindre son but. Il se sentait traqué, affolé. Quoi qu'il advînt de Gosselin, de son père Onfroi, qui ne donnait plus de nouvelles ; quoi qu'il advînt de la Bretagne, il lui fallait épouser Isaine. Très vite ; afin de la soustraire au reste du monde. Et pour ce faire, il lui fallait les preuves qu'elle n'était pas sa sœur.

Brenda, seule, pouvait l'aider.

Et si elle rechignait, il saurait la contraindre. Au fond, tout devenait facile, du moment qu'il était de plain-pied entré dans le mal, par un acte aussi bas et affreux que de tuer un homme, de la manière la plus horrible qui fût... Un homme : son cousin, son ami d'enfance.

Vanité, laideur et trahison ! Il remontait hardiment ses vieilles rosses de bataille, ces grands complices de la famille Le Hac.

Et puis, il y avait pire encore que l'idée de Brenda au chevet de Gosselin : il y avait Isaine elle-même, qu'il avait aperçue étrier contre étrier avec la belle Alys. Qu'avaient-elles dit ? Isaine savait-elle à présent que l'Anglaise n'était pas dame de Kerrud ? Ce serait alors pour lui la fin des projets, la fin des amours, déjà plus qu'improbables, la fin de la confiance d'Isaine... la fin des fins ! Il n'y voulait pas penser. Faire absolument comme si tout était inchangé.

Le soir où elle était revenue de Kerrud, Isaine, défaite, s'était jetée à son cou. Il avait compris qu'elle ne savait rien au sujet du mariage imaginaire et que seule la santé de leur cousin la préoccupait. Cependant, comme il ignorait tout de la promesse échangée entre les deux femmes, il jugea prudent de faire surveiller la demoiselle.

La soustraire au monde. Quand il l'aurait épousée, il faudrait qu'il l'emmenât loin de Trézhuel et de Kerrud. Il ne pourrait pas éternellement la tenir enfermée. Il ne pourrait pas éternellement la tenir au-delà de la vérité ; ni les soustraire à la colère du père, quand il reviendrait. Elle ne serait qu'à lui et son seul regard se poserait sur elle !

Il y avait, à des dizaines de milles d'ici, un château et ses domaines, auxquels il pouvait prétendre par droit d'héritage : Krell, qui fut autrefois à son grand-père Lug Meldoc.

Quand Miliau avait écouté, derrière la porte de la grande salle de Kerrud, le récit que Gosselin fit de son sauvetage par Geoffroy Guillaume puis de son voyage en Angleterre, il avait appris que Krell avait été abandonné. Qu'en était-il aujourd'hui ? Qui le possédait ? Il décida d'y aller voir.

Il était parti seul, sans rien dire à personne de ses démarches, ainsi qu'il était dans sa nature et ses habitudes de tout dissimuler. Rennequin de Ferveyant et Renan de Saint-Blin veillaient sur Isaine et sur la porte de sa chambre. Il s'était détourné de sa route pour parler à Brenda ; il allait repartir, contrarié par son entrevue manquée, quand la masse courte et trapue d'un muletier remontant le sentier le fit hésiter.

C'était Brenda qui rentrait chez elle.

« Il n'est pas facile, ces temps, de te voir, la vieille ! Qu'as-tu fait de Gosselin de Kerrud ? Viens-tu à bout de défaire mon œuvre ? Vivra-t-il ? Toi qui peux guérir, tu dois aussi pouvoir... Si je te le demandais ? Non ! Ce serait toi alors qui me tiendrais, car déjà tu sais ; et moi je sais que tu sais. Jouons, alors ! »

Tout cela, Miliau ne fit que le penser, puis il dit :

– Brenda, il faut que tu me dises, pour Isaine. Tout ce que tu sais. Tout, tu entends ? Je t'en prie.

Il se faisait insistant et presque câlin, enjôleur. Mais la guérisseuse ne succomba point à ce charme le moins du monde ! Elle répondit :

– Tu en sais autant que moi. Je te l'ai déjà dit. Je l'ai dit à Isaine aussi.

– Pourquoi lui as-tu parlé ?

– Quoi ?

– Pourquoi cette révélation à Isaine ?

– Sur le coup, je n'avais pas de raison de parler. J'avais promis. Tu le sais, tu étais là. Plus tard, et pendant vingt ans, je n'avais plus de raison de le faire. Maintenant... c'est différent. Kerrud est revenu. Ces deux-là s'aiment, c'est entendu ! Ils se croient dans l'impossibilité de faire mariage à cause d'un soi-disant lien de sang... J'ai voulu les aider à se retrouver !

– Alors aide-moi, Brenda. Moi, maintenant !

– Maintenant... que quoi ?

Brenda plantait au fond des siens, dérobés soudain, ses yeux en clous et parlait dans sa tête : « Maintenant que Gosselin Daouën est à l'article de la mort, qu'il rame comme un malheureux vers des rivages d'où personne ne revient ! Et c'est toi qui l'as mis dans la barque, hein ? Mauvais bougre ! »

– Maintenant que je te le demande ! C'est tout !

La voix du seigneur de Trézhuel luttait pour garder un peu d'aménité ; difficilement.

– Que veux-tu faire ? s'enquit Brenda.

– Epouser Isaine.

Elle émit un long sifflement, qui n'était point de surprise d'ailleurs, plutôt d'admiration pour cette soudaine urgence, cette soudaine aisance à dévoiler ses desseins. Cependant, elle répondit sur un ton placide :

– Tout ce que je sais, tu le sais. Tout ce que j'ai vu, tu l'as vu.

Elle pensait sans le dire : « Je me demandais, fieffé assassin, pourquoi tu avais jeté tes chiens contre Gosselin de Kerrud. Je pensais que c'était une histoire... politique. Hum ! Morsure de chien, morsure de loup... Ça se ressemble, c'est vrai ! Ça se ressemble. »

– Ton témoignage, Brenda ! Ton témoignage, est-ce que je pourrai l'avoir ? Qu'au moins on ne me tombe pas dessus l'arme basse pour inceste ! Que je ne sois point contraint de me marier en cachette, à la sauvette, sans que mes héritiers soient jamais reconnus !

– Tu te marieras en cachette si tu veux Isaine, car je ne dirai rien à quiconque. J'ai promis. J'ai déjà assez de remords de l'avoir avertie. Cette histoire est à se damner ! Et pour ça, j'ai déjà ma part du bagage ! Un beau viatique pour l'enfer, hi, hi !...

A bout de patience, Miliau quitta brusquement son déguisement de gentillesse charmeuse, attrapa la vieille au collet. Mais il eut beau la secouer, la menacer de la dénoncer pour sorcellerie – argument usé qui ne l'émouvait plus depuis longtemps ! –, de lui envoyer l'Inquisition, de construire lui-même le bûcher, elle ne démordit pas de son silence et de sa vérité. En désespoir de cause, avec un ricanement de défi, il lança :

– Faute du passé, as-tu pouvoir de dire l'avenir ?

– Pas besoin de mes runes pour savoir ce qui t'attend, Miliau Le Hac ! Vous, les Trézhuel, vous portez la mort sur vous, comme une cotte d'armes, une bannière ; aussi visible que vos armes...

La voix était sombre, grave, presque un chuchotement. Miliau haussa les épaules, se remit en selle et planta là Brenda. La vieille femme, en talonnant sa mule, jeta d'une voix au timbre net et clair, presque la voix d'une jeune fille, joyeuse, sûre d'elle :

– La mort !

La mort étant en ce bas monde l'avenir de tout un chacun, d'autant plus en ces temps de guerres et de conflits où les occasions ne manquaient point trop d'un voyage impromptu dans l'au-delà, Miliau ne s'inquiéta pas outre mesure et s'en alla.

Sa rencontre lui laissait une impression pénible, comme de quelque chose qui se serait collé à sa peau et commencerait d'agir insidieusement, tel un poison... Il se signa trois fois, très vite. Puis, pour compléter et assurer sa protection en haut lieu, et comme on n'est jamais sûr des divinités auxquelles on s'adresse – les vieux dieux de la forêt ou le Dieu des Chrétiens –, il balbutia, les paupières closes serrées :

– Dieux ! Donnez-moi Isaine !

Ce n'était pas une prière, c'était un ordre.

On ne donne pas d'ordre aux dieux. Quels qu'ils soient.

*
* *

Brenda demeura à Kerrud tout le mois de janvier. Un jour de la fin février qu'elle se trouvait près de Gosselin et qu'il regimbait :

– Penses-tu, grand serin, dit-elle, que je vais te faire du mal parce que j'ai été envoyée par ceux de Trézhuel ? Il y a encore deux nuits, tu te laissais faire comme un agneau écorché... Cela prouve que tu vas mieux ! Reste tranquille, grande bourrique !

– Ceux de Trézhuel ?

Il s'agitait, se débattait dans l'incompréhension, l'inquiétude croissante, empêtré dans ses pensées confuses comme dans sa fièvre, ses pansements, la brûlure trop vive par instants des plaies que la vieille femme traitait avec une infinie douceur, laquelle s'accordait mal à son langage brutal et peu respectueux. Mais Brenda ne respectait rien ni personne sur terre, parce qu'elle estimait qu'elle n'avait pas à le faire.

– Enfin, si l'on veut ! articula la vieille. Isaine est venue me chercher.

– Pourquoi « si l'on veut » ?

Dans la semi-conscience, dans la semi-raison que lui procuraient son état et le breuvage calmant que lui avait fait boire Brenda pour qu'il souffrît moins, il lui semblait avoir soudain pouvoir d'un nouvel et étrange, très puissant entendement, qui n'avait rien à voir avec la logique du monde, et auquel il se soumettait sans résistance, avec une sorte de grand étonnement, un bien-être qui lui traînait au fond de la gorge, au bord des lèvres, des gémissements étouffés d'une béatitude proche de la volupté

Brenda le regarda s'enfoncer ainsi. Puis, lorsqu'elle le vit suffisamment endormi pour qu'il ne lui sautât point à la face, mais encore suffisamment éveillé pour qu'il l'entendît, elle mit ses vieilles lèvres tout près de son oreille et y souffla :

– Isaine n'est pas de ta famille. Elle t'aime. Elle souffre. Elle souffrira plus encore si tu ne te réveilles pas, Gosselin de Kerrud. Venge-toi. Venge-la. Tu dois savoir, apprendre qui elle est. Elle est en danger. Miliau va l'épouser.

Gosselin l'entendait lointainement, sa voix comme couverte par le bruit du vent, par le bruit des vagues qui déferlaient en lui et l'emportaient.

Il fit un effort démesuré pour soulever les paupières, pour soulever une main, ne serait-ce qu'un doigt. Mais il était de pierre et dedans de tempête. Brenda vit cependant, à la crispation de ses traits, au frémissement de ses lèvres, au froncement de ses sourcils d'or, où s'enchassaient comme en une chaîne précieuse des diamants de sueur, qu'il faisait cet effort, qu'il l'avait entendue.

*
* *

Vu du chemin, tristement reflété dans les eaux vertes de ses douves, étouffé de lierres et de ronces, Krell semblait abandonné.

Miliau en fit plusieurs fois le tour, sans parvenir à trouver un passage qui le veuille conduire à la haute porte, close. Il eut beau appeler, sonner de la trompe, il ne parvint à déloger des hourds à demi ruinés que des corbeaux et des échos mélancoliques ; nul ne se montra.

Le soir venait et avec les premiers brouillards, une lassitude pesante montait. Ce fut un vieillard, attardé à l'on ne savait quelle besogne d'hiver, qui lui dit :

– Il faut aller à Sainte-Rivanon, monseigneur.

– Sainte-Rivanon ?

– A deux lieues d'ici. Une maison religieuse. Mère Azénor sait, pour le château.

Les deux lieues en faisaient bien quatre. Miliau se perdit et la nuit tomba.

Quand enfin il parvint à la porte de Sainte-Rivanon, ce fut pour demander l'hospitalité. On prit cent précautions avant de tirer devant lui les verrous, lever les loquets et tourner les clefs. On s'étonna qu'il fût seul. Quand il eut décliné ses noms et qualités, il lui fallut attendre encore.

Puis on le conduisit à travers les couloirs aux voûtes blanchies, on longea les arcades du cloître, jusqu'à une belle et vaste pièce, où il put parler à mère Azénor.

Quand il entra, la mère abbesse de Sainte-Rivanon se tenait debout devant un feu de cheminée qui jetait et cassait aux cintres son ombre haute.

Une voix profonde, grave et douce, ainsi que du fond des temps, prononça sans que l'ombre se retournât :

– Je t'attendais, Miliau de Trézhuel. Depuis longtemps, je t'attendais. Ainsi, je pense, le seigle attend la grêle, le noyer la foudre, la laie le chasseur. Viens. Entre.

XXIII

La fiancée de l'ours

L'HOMME s'était assis au pied d'un pommier aux fleurs en boutons, en jeunes feuilles torses. Il avait posé sa besace, étendu devant lui ses jambes, dont les chausses par endroits déchirées laissaient voir des taches de peau poilue, sombre de crasse.

Nul n'avait su comment il était entré. Simplement, tout à coup, il avait été là.

Son allure de mendiant n'aurait impressionné qu'à peine, si la figure de son compagnon n'avait été si saisissante : un être à quatre pattes, de la taille d'un très gros chien, carrure trapue de sanglier, fourrure drue, foncée, et qui, de ses petits yeux vifs, se mit à observer les mouvements du verger autour de lui.

Quelques femmes, à la faveur d'une belle journée de soleil, venteuse sans qu'il fût trop, étendaient des draps et du linge sur l'herbe ondulante, luisante, piquetée de pâquerettes et du gros pompon d'or des pissenlits.

Isaine était avec elles, ainsi que Berched Bodmaël. Isaine avait le visage pâle, les traits tirés, les yeux à la fois agrandis et renfoncés dans les orbites creusées, les lèvres tirées du sourire perpétuel, perpétuellement rêveur et pincé de tics de ceux qui souffrent et ne veulent pas le laisser voir.

C'était sa première sortie depuis des mois. Depuis qu'elle était revenue de Kerrud, le lendemain de « l'accident », elle n'avait plus quitté sa chambre. Elle s'y était réfugiée, impuissante à décoller de sa mémoire l'image de saccage, d'irrémédiable gâchis, qu'elle possédât désormais de Gosselin.

Renan et Rennequin gardaient sa porte, s'attachaient à ses pas. Berched ne la quittait même plus pour dormir, dépensait tous ses pouvoirs d'enfant à tenter de l'extirper de son atroce mélancolie.

Deux mois s'étaient écoulés. On était au début de mars et personne ne pouvait lui donner de nouvelles de Gosselin. Miliau n'autorisait aucune sortie, de quiconque, au-delà du fief. Il était seul à aller et venir, avare de paroles, tout occupé semblait-il à la reconstruction de la chapelle ruinée du Bois d'Angus. Personne n'entrait ici, qui vînt de Kerrud ou d'ailleurs.

– C'est pour ton bien, affirmait Miliau. Tu ne dois plus souffrir. Je suis là pour t'en empêcher, pour te protéger.

Toujours la même litanie, la même tendresse oppressante, au bord d'un aveu.

Elle avait beaucoup maigri et ses vêtements flottaient sur elle, qu'elle serrait à la taille par trois tours de rubans ou de cordons à tablier. Elle travaillait du plus qu'elle pouvait, dans le château et le domaine et s'était de ce fait beaucoup rapprochée de la famille Bodmaël. Elle s'efforçait de conserver intacte toute sa belle énergie ; simplement, de temps à autre au cours de l'ouvrage, elle s'arrêtait, passait sur son front un revers de poignet, regardait le ciel, la campagne, et se demandait comment tout pouvait être si beau, si tranquille, le soleil si brillant quand Gosselin était mourant.

Toutes regardèrent l'homme et son monstre avec méfiance ; sauf Berched qui mit dans son regard de la curiosité et Isaine de l'indifférence, disant seulement à la dame Bodmaël :

– Il faut lui donner à manger et peut-être de l'argent... Je vais chercher quelque chose.

Isaine partie, plus personne n'osa parler. Les femmes les plus âgées s'étaient signées, puis toutes avaient ramassé leur panière, leurs jupes dans l'autre main, avaient abandonné le linge. Berched et sa mère étaient restées sous le pommier à observer les visiteurs étranges.

L'homme ne bougeait pas. Il avait rabattu sur ses yeux les bords du couvre-chef mou et bosselé, qu'il portait sur un chaperon d'un vermeil si vif et si neuf, qu'il tranchait avec l'ensemble vestimentaire. Il semblait somnoler. L'animal ne bougeait point non plus. Le sieur Bodmaël vint se planter devant eux :

– Qui es-tu ? D'où viens-tu ? Comment es-tu entré ?

L'homme releva la tête, ouvrit des yeux d'un bleu si transparent qu'ils semblaient de cristal, chassa de son visage mince et anguleux une mèche grise et quelques mouches. Se levant, il s'inclina profondément.

– Votre porte était ouverte, messire. Mon nom est Lucas. Lucas de Piouvallec. Sachez toutefois que d'ordinaire on me dit « vous ». Je suis prêtre de mon état et pour l'heure colporteur et montreur de raretés... Les aléas de la guerre, monseigneur !

Renan de Saint-Blin, qui s'était approché, les dents serrées sur un trio de gros clous, car il réparait le socle démantelé d'un mannequin de quintaine, un marteau à la main, avança cette mise en garde :

– C'est un faux prêtre ! Ne l'écoutez pas, messire Even !

L'intendant haussa les sourcils, imprima à ses lèvres charnues un rictus amusé, gonflé d'intérêt :

– Et qui te dit, Renan, qu'il est faux ?

Saint-Blin cracha ses clous :

– Je l'ai rencontré ce tantôt, en revenant de la chapelle où l'on travaille à reconstruire. La bête du démon qu'il promène a fait faire un écart à mon cheval, qui a failli s'y rompre les jambes et moi le cou ! Et puis, en passant près du calvaire, à la croisée, vers Kerrud, l'homme s'est signé. Les vrais prêtres ne sont pas tant pieux !

Le régisseur et tous les curieux qui se trouvaient là entonnèrent des rires. Tout à la fois encouragé et vexé par cette hilarité, Renan de Saint-Blin, qui pour une fois se débauchait de paroles, proposa tout à trac :

– Faut l'enfermer.

Léna Bodmaël haussa les épaules, regarda ses mains comme on lit dans un livre, trancha d'une voix mal affermie :

– Messire Saint-Blin a peut-être raison, mon ami. Enfermons-les toujours ; nous verrons plus clair quand messire Miliau reviendra.

Bodmaël soupira, trouva la solution sage, fit conduire au cachot l'intrus et son compagnon. Léna Bodmaël était un peu tournée de la décision qu'elle venait de prendre sans l'avis d'Isaine, qu'elle sentait trop lointaine pour lui demander de trancher. Il y avait des choses... qui la gênaient dans ce château, dont elle n'avait osé faire part aux maîtres car ils étaient bien trop concernés. Elle en parlait avec son époux quand ils étaient seuls. Berched leur racontait des choses qui les faisaient s'entre-regarder. Ils tombaient d'accord. Mais que faire ?

Renan aussi se sentait responsable de cette décision. Le silencieux, le timide, le grognon Saint-Blin, avait prononcé plus de mots qu'il n'en prononça jamais. Quelqu'un avait été de son avis, avait suivi son conseil. Pas l'habitude ! En grande agitation, il allait et venait près de la porte charretière de la première enceinte, scrutant le chemin qui sortait du bois, loin devant, à la fois impatient et plein d'appréhension. Il n'y avait que Miliau Le Hac, ici, à savoir les choses, à pouvoir à sa guise débrouiller ou embrouiller les situations, à décider pour tous et chacun de la bonne voie à suivre. Qu'il revienne donc ! Il était parti depuis trois jours...

Enfin, rêveur, au pas, ses chiens escortant Le Noir, le seigneur de Trézhuel arriva, vers lequel son écuyer se précipita :

– Venez vite, messire ! Il y a un homme dans les geôles.

Even Bodmaël lui emboîta la parole avec cet air à la fois respectueux et impénétrable qu'il avait toujours :

– Oui, messire. Un prêtre avec un ourson.

Trézhuel les toisa du haut de sa selle et le grand doute hautain qui marqua sa physionomie dénotait furieusement avec les exclamations et les rires des gardes de la porte – qui avaient laissé passer le vagabond avec son « monstre » sans penser à mal, ni à ce que le claque-patin pût être un ratichon ! Avec une nonchalance affectée, Miliau mit pied à terre, agrippa Renan de Saint-Blin et l'intendant, les rapprocha avec tant de force et de violence, qu'on l'aurait dit soucieux de les faire rentrer dans les corps l'un de l'autre. Sa voix vibrait, explosait, investissait la cour ; il prenait feu comme un arbre sec sous la foudre :

– Il y a des mois, messire Bodmaël, que je cherche par toute la Presqu'Ile jusqu'en Normandie, en Vendée, un prêtre qui me pourrait marier sans y trop regarder de près et avant que mon père ne revînt ! Il en tombe un du ciel dans ma cour et vous le claquemurez comme un coquin patenté ! Qu'il est peut-être mais dont j'ai besoin !

Miliau hurlait ; Renan tremblait tel un bœuf qu'on mène à l'abattoir ; Even perdait le souffle :

– Mais...

– Sortez-le de là, bougres de crétins ! Ou c'est vous que j'enferme ! Qu'il soit mené aux étuves, conduit à ma table ; qu'on lui donne à manger, à boire, et qu'on lui ouvre toutes grandes les portes de la chapelle !

– Et... l'ours, messire ?

– L'ours aussi !

Quand il rejoignit Isaine dans la grande salle, il avait l'air si bouleversé qu'elle le lui fit remarquer. Alors il parla sans réfléchir pleinement aux conséquences qu'engendreraient ses dires. Il parla pour se venger sur Isaine de tout ce qu'il venait de subir, de voir et d'entendre au cours de son voyage à

Krell. L'état de profonde révolution intérieure dans lequel il se trouvait le poussa à l'odieuse cruauté.

Saisissant Isaine aux épaules, lui relevant d'un doigt le menton, il prit un air contristé, parvint à se faire pâlir, à se tirer des larmes des yeux. Elle était plus blanche que lui et durement demanda :

– Quoi ?

– Gosselin est mort.

Si elle n'était pas tombée, c'était parce qu'au fond d'elle elle le savait déjà et que Miliau la tenait étroitement. Cependant, elle s'étonna de ne pas mourir à l'instant.

Elle avait eu beau, pour ne pas se dessécher d'angoisse, ne pas être tentée de retourner « là-bas », s'absorber dans des tâches matérielles, aussi dans la prière, était advenu ce qui était à venir. Miliau illustra sa déclaration brève par ceci :

– Le loup était enragé. Notre cousin fut atteint par le mal. Brenda me l'a raconté : sa fin fut affreuse ! Jusqu'au sommet du donjon, jusqu'au fond des écuries où les chevaux s'en affolaient, on l'entendait hurler sa douleur grande !

C'était pure et abjecte invention, bien sûr. Mais la pauvre fille n'en pouvait rien savoir ! De ce que lui révélait son frère, en qui elle avait toute confiance, pour qui elle était toute affection, elle demeura horrifiée au-delà de toute expression.

– Cela doit bien faire sept ou huit semaines, continuait Miliau impitoyablement. Je n'osais pas te le dire. Je ne veux plus que tu pleures !

Sept ou huit semaines ! C'était quelques jours après qu'elle l'ait vu... Mon Dieu ! Cela n'était guère étonnant. Ainsi, Brenda n'avait rien pu faire ? Pourvu qu'on n'accuse pas Brenda ! Non... à cause de la rage... Comment n'était-elle pas morte ce même jour ? ! Juste à l'instant où il cessait de vivre ! Horreur sans fond et sans nom. Presque plus de douleur ni de chagrin, tellement ils sont violents !

Quand il la vit détruite, hors de résistance, Miliau sut qu'il tenait Isaine à sa merci : il pourrait bientôt, très bientôt, lui parler du mariage. Leur mariage. Il venait d'assassiner Gosselin encore une fois ; son crime manqué, il l'inventait.

Il l'étreignait et la sentait mollir, s'alourdir entre ses bras, comme quelqu'un qui s'endort ou qui meurt. Il lui murmurait, et le murmure montant devenait psalmodie, cantique, mais sans joie :

– Je ne suis pas ton frère, Isaine, tu le sais. Je te le prouverai bientôt. Je t'épouserai. Tu ne peux pas rester seule en ce monde. Tu finiras par oublier Gosselin de Kerrud. Tu n'as aucune idée de l'homme qu'il était ! Tu n'as pas eu le temps de t'en rendre compte, de l'admettre. Il ne t'a jamais aimée, puisqu'il en a épousé une autre, qu'il connaissait d'avant. Il a pris son plaisir, seulement, là où il l'a trouvé ! Promis n'importe quoi pour avoir la paix, quand il a vu et su que tu étais fille noble ! T'a bercée d'illusions ; quelque temps... dans l'idée de jouir encore de toi !

Elle faiblissait toujours. Elle ne pleurait même plus et il la devinait toute prête à rendre les armes, à se soumettre, à accepter tout ce qu'il lui proposerait ou intimerait de faire. Il lui avait fait tout le mal possible, alors qu'il ne lui voulait pas de mal. Il l'avait brisée, alors que sa seule ambition, l'unique mission qu'il s'était toujours donnée en ce monde, était de la protéger, de la conserver intacte. Il l'aimait.

Isaine vit donc désormais le prêtre vagabond et son ours aller et venir à leur guise dans le château et le domaine. Quand l'homme de Dieu la croisait, son regard transparent la glaçait et son sourire ambigu ressemblait à une moue de dédain ou d'écœurement, que deux rides profondes mettaient entre parenthèses.

Isaine sentait que cet étrange pèlerin tenait entre ses mains, qu'il avait singulièrement petites et blanches, la part la plus conséquente et la moins gaie de son existence ; et elle se surprenait à préférer la compagnie du gros quadrupède velu et ses « Hon ! Hon ! » débonnaires.

Lucas de Piouvallec était sans doute un de ces cadets de famille, qui avait embrassé la prêtrise – ou qu'on avait forcé d'embrasser, car il semblait bien mal l'étreindre ! Son sang avait dû un jour se mettre à crier un peu trop fort et pas les mots qu'il aurait fallu, pour qu'il se retrouvât à courir les routes avec un ourson et quelques lés d'étoffe roulés sous le bras ou jetés sur l'épaule... Il possédait du reste de fort beaux tissus, dont il fit cadeau à Isaine « pour son mariage », dit-il, en s'inclinant de cette même façon à la fois cauteleuse, déférente et railleuse qu'il avait eue quand Miliau, le premier jour, avait dit en lui présentant Isaine :

– Ma fiancée.

Elle prit donc les étoffes, remercia, et se fit faire un vêtement pour la cérémonie. Pour cela, elle demanda l'aide de quelques femmes, celles qui avaient fait la robe magnifique pour la fête de Vives.

Il fallut faire vite.

Le troisième soir qui suivit l'arrivée de Lucas de Piouvallec, Miliau vint lui dire qu'elle se tînt prête pour la minuit. L'heure prévue pour la cérémonie ne l'étonna guère : depuis la nouvelle de la mort de Gosselin, plus rien ne l'étonnait. Miliau – qu'elle avait encore du mal à ne pas appeler « mon frère » – lui aurait fait épouser l'ours de Lucas, qu'elle aurait posé sa main sans trembler sur la grosse patte rêche et griffue et serait ainsi montée à l'autel !

La robe fut finie juste à temps et Berched cassait entre ses dents le dernier fil du dernier point, quand Léna Bodmaël vint dire que messire Miliau s'impatientait et que la demoiselle devait s'apprêter à venir.

Ce qui fut fait. Elles s'y mirent toutes. Mais sans un rire, sans un chant, de ceux qui accompagnent d'ordinaire les préparatifs de noce : quand on attife la fiancée, on est joyeux ; là, non. C'était un respect tremblant qu'on éprouvait. C'était une immense pitié, faite d'admiration et d'incompréhension.

– Tu es belle, dit Berched avec gravité, lorsque tout fut fini.

Et il y avait dans la voix de l'enfant un infini regret : qu'on pût être belle à ce point-là et pour rien ni personne ! Cela, malgré son jeune âge, Berched l'avait bien compris. Peut-être parce qu'elle avait été là le jour de la fête à Vives. Peut-être parce qu'elle était fine et sensible. Ou que, tout simplement, elle aimait suffisamment Isaine pour voir dans son cœur.

Isaine descendit à la grande salle où devait l'attendre Miliau. Seules, Léna et Berched l'accompagnaient. Les autres femmes étaient restées en haut, en arrière, bras ballants. Elles la regardèrent sortir, firent ensemble un pas puis deux, pour la voir descendre, s'enfoncer dans un avenir qu'elle acceptait de corps, mais refusait de tout son cœur, de toute son âme. Si fort, si désespérément, qu'on entendait à chaque pas cette âme se lamenter, grincer tel un gréement de navire que la tempête malmène.

Lorsqu'elle se montra sur le seuil de la salle, Miliau eut un sursaut, ainsi que Renan de Saint-Blin, Even Bodmaël et Rennequin de Ferveyant, qui se trouvaient avec lui. Jusqu'aux chiens, qui émirent de sourds grognements.

Ce n'était pas une fiancée, qu'ils voyaient s'avancer, souriante, sur les dalles jonchées de fleurs printanières ; c'était une veuve. Et son blême visage n'évoquait tellement rien, que Miliau eût à cet instant préféré y lire le désespoir ou la haine !

La jupe était de velours noir, broché de larges feuilles, qui ressemblaient à l'acanthe, avec au bas un large ourlet de soie couleur de nuit sur lequel tombait le voile, noire fumée flottant en volutes lorsqu'elle faisait un mouvement. Le corps de robe était de soie et le surcot de même velours que la jupe, doublé de menu-vair. Point de bijoux, point de fard. Au moment de prendre le poing de Rennequin de Ferveyant, qui devait la conduire, elle rabattit son voile sur son visage aux cheveux tirés, dont la tresse unique battait ses reins, le voile obscur faisant apparaître, ceignant sa tête, une couronne de fleurs multicolores qu'avait confectionnée Berched et qu'elle n'avait pas osé lui refuser. L'œuvre de l'enfant était la seule note de gaieté, d'éclatante espérance dans cette monophonie de deuil. Le contraste en était si saisissant, si pathétiquement beau, qu'il tirait des larmes.

Miliau reçut cette image poignante de celle qu'il aimait tel un affront, et sous le choc, il vacilla.

Des chevaux attendaient dans la cour. Personne autour. Mais tout le monde derrière les huis ou les fenêtres, à regarder. Dans « la noce », personne ne parlait ni ne riait, mais on se hâtait. Miliau était fébrile, les traits d'un homme que sa conscience tourmente, que son destin poursuit au galop. Bouleversé.

Il n'était guère loin de minuit. On avait allumé des torches. Isaine, en enfourchant Heureuse, refusant l'aide de Miliau, leva les yeux au ciel pour demander à Dieu de lui garder force et courage ; et son cœur se serra : se haussant dans ses édredons de nuages, la fixant d'un œil de feu sans éclat, sans chaleur, il était là, de nouveau, à mornement éclairer son malheur : le soleil des loups ! Elle fut prise d'une peur soudaine, irraisonnée, déraisonnable ; une de ces peurs qui vous consument d'un seul coup et vous laissent égarés. Elle baissa précipitamment la tête, d'autant que sa vision, à travers le brouillard noir du voile, donnait à la lune rousse une couleur, un rayonnement bien plus sinistres que la plus terrifique des réalités.

Il fallut chevaucher jusqu'à la chapelle, et l'on eût dit d'un cortège funèbre, de quelques funérailles de fée, qui s'acheminait ainsi entre les troncs trapus et moussus des chênes.

La chapelle naguère ruinée, aujourd'hui restaurée, était ouverte à pleines portes et de ses deux battants se répandait à grosses vagues une clarté ; des grandes eaux de lumière, qui repoussaient les ténèbres à pleins flots, éclaboussaient les buissons d'alentour et jetaient aux arbres de grands baquets de teinture vive, qui dégoulinait des branches et rosissait les jeunes feuilles.

L'on mit pied à terre, toujours en silence.

Isaine ne voyait plus rien, n'entendait plus rien.

La chapelle était à l'intérieur aussi touffue que le bois et les cierges y flambaient en baliveaux serrés. Elle était noire de monde. Tous debout. Tous immobiles et silencieux. Tous tenant à la main une torche, un flambeau, une chandelle. On avançait dans les flammes et plus on avançait, plus le taillis de feu, derrière, se refermait.

Miliau, Renan, Rennequin, d'abord surpris, se sentirent mal à l'aise. Isaine pleurait, le cœur soulevé d'une émotion indicible : c'étaient tous les gens de la forêt. Des charbonniers, des bûcherons, des brigands peut-être. Elle vit Brenda, et puis Géraude avec le Nan. Sérieux. Silencieux et la mine triste.

Le prêtre vint. Il promena sur l'assistance un lent regard blanc, puis sur Miliau de même, plein d'interrogation. Le seigneur de Trézhuel haussa les épaules et enjoignit assez brusquement Lucas de Piouvallec de commencer son office.

Rennequin et Renan se tenaient près des fiancés, la main à l'épée, maintenant entre eux et la horde étrange, qui sur leurs flancs et leurs arrières se resserrait inexorablement, un semblant de protection, une anxieuse vigilance. Les trois Bodmaël, eux, s'étaient fondus dans la foule et ne paraissaient pas autrement effrayés ; simplement, ils contemplaient ces gens avec intérêt et surprise.

– Ego, do corpus meum, prononça d'une voix forte et presque en colère Miliau de Trézhuel.

A cet instant précis, et avant qu'Isaine ait eu le temps de prendre souffle et de fermer son cœur pour répondre : « Recipio », la porte de la petite chapelle céda dans un fracas de fin du monde.

XXIV

Requiem pour un faussaire

La foule, sans un son, s'écarta telle la mer devant Moïse. Un cavalier fou furieux, lance en avant, avec laquelle il s'était ouvert le sanctuaire, et qu'il jeta, brisée, aux pieds des assistants, galopa jusqu'au chœur après avoir tiré son épée avec laquelle il moulinait, fauchant les flammes, étêtant les cierges, émondant autour de lui tout ce qui portait lumière, éveillant des cris où, très curieusement, on distinguait plutôt la joie que la panique.

Il écumait, ce centaure du Diable, surgi de nulle part, menaçant le prêtre de son épée contre laquelle celui-ci brandissait une grande croix de fer forgé. Belle image du Christianisme combattant la païenne épée celte ! Edifiant symbole du Dieu fait homme, cherchant à écraser la Vouivre !

Lucas de Piouvallec hurlait :

– Sais-tu, énergumène, que pour semblable forfaiture tu mérites le bûcher et l'enfer ?

– Tu seras pendu, curé, de marier pour de l'or une dame que j'aime ! J'y aurai ta compagnie, en enfer !

Miliau, pris de male-rage, se démenait comme un forcené pour échapper à ceux qui le maintenaient, ceux de l'assistance, qui s'étaient refermés sur lui sans violence, mais inexorablement le noyaient.

Rennequin et Renan se battaient à grands « ahans » et grands tintements contre Geoffroy Guillaume et Garin Jeandeleur.

Isaine avait comme cessé de vivre. Le trop grand bonheur est comme la trop grande peine : il suffoque, il prive de réaction immédiate. C'était trop d'impossible pour qu'elle y crût encore. Elle ne pouvait détacher ses yeux, qui ne cillaient même plus, de ce furieux ressuscité répandant le chaos autour de son immense cheval cabré.

La voix d'arbre en courroux tonnait sous les humbles voûtes du petit sanctuaire.

Ce grand corps tant aimé, qu'elle croyait six pieds sous terre, était-il ressorti du tombeau pour lui porter secours, qu'il se démenât si fort ? Jamais elle n'aurait imaginé qu'un mort pût avoir tant de colère ! Elle s'abandonna, sans forces, aux mains qui l'emportaient. Elle tenta de regarder en arrière pour s'assurer qu'elle n'avait pas rêvé, mais ceux qui la tenaient la pressaient :

– Vite, damoiselle, vite !

On la hissa sur un cheval, qui vraisemblablement était le sien ; quelqu'un sauta en croupe derrière elle, qui la maintint fermement, fit partir la monture. C'était Even Bodmaël.

Gosselin vivant ! Alors tout n'était que... Elle se sentit prise d'un vertige, qui lui fit laisser aller sa tête contre la poitrine de l'intendant en même temps qu'une décharge incroyable d'énergie la faisait se redresser toute, à l'intérieur.

Son existence durant, elle avait fait confiance à un homme, elle n'avait eu que lui d'horizon, d'affection, de soutien : Miliau de Trézhuel. Un faussaire ! Un menteur ! Un fou !... Les murailles s'effritaient et croulaient de toutes parts, de ce qui avait été sa vie ; mais aussi sa prison, son cachot. A un esprit plus faible que le sien, cette découverte, ce subit éveil, eût causé d'irréparables brèches. Mais elle avait ressource de forces.

Heureuse galopait maintenant dans le bois noir. Elle allait et se faufilait, guidée par la voix d'Even. Isaine se rendit bientôt compte qu'un autre cheval allait derrière eux. C'était Léna et Berched. La famille Bodmaël l'avait prise en charge. Que cherchaient-ils, ces braves, à lui épargner ? Où l'emmenaient-ils ?

★
★ ★

Miliau s'était servi de la foule pour se couvrir. Ainsi font parfois les vieux loups rusés pour échapper aux chasseurs ; quand la meute les a débusqués, harcelés au taillis, ils sortent de leur repaire, mêlés aux chiens. Ainsi les hommes ne peuvent tirer sans risquer d'atteindre leurs bêtes. Ensuite, la course peut reprendre. Mais le vieux loup a gagné du temps, a saisi un espoir de sauver sa vie. Ainsi fit Miliau de Trézhuel.

Isaine était perdue. Définitivement, il le savait. Même s'il la reprenait par force, elle « lui » était perdue. Il l'avait tout de suite su quand elle avait paru, si belle, si endeuillée, si lointaine... Plus jamais elle ne serait ni sa sœur ni personne. Perdue ! Son trésor de toujours, sa petite fille précieuse, sa force et sa joie trouble... fini ! Fini ! Cela le mettait dans un état de peine extrême.

Mais il était un autre état, qui le maintenait en projets, en complots, en idées foisonnantes : Gosselin vivant, Gosselin vainqueur, Gosselin en juste colère avec pour lui pas un regard, pas un geste, pas un mot. Ni reproche ni vengeance. Rien. Le pire de tout : l'indifférence. Qui fait de vous un rien, même pas un mort – car les morts on les pleure ou on les évoque –, un « inexistant ».

Alors il se dit, Miliau Le Hac de Trézhuel, que s'il avait perdu la partie, s'il avait perdu la confiance, la tendresse d'Isaine, il restait à ce jeu de haine d'autres parties encore. Ce serait désormais un combat à mort. Gosselin Daouën, Miliau Le Hac ; c'était un de trop sur cette terre : il « fallait » qu'un des deux disparût. Il « fallait » qu'un des deux tuât l'autre.

Dépris soudain de la cohue des gens de la forêt, il tira son épée, qu'il leva avec un hurlement de défi, de dépit et de rage, contre le grand cavalier, toujours bataillant avec le prêtre.

– A mort, Kerrud ! brailla-t-il. Et sa voix s'effritait, se craquelait de désespoir, plus, bien plus, que de volonté mauvaise. A mort !

Guingamor, surpris, fit un écart, buta contre une marche de l'autel et bouscula Miliau dans ce mouvement. Gosselin, lui, avait repoussé d'un même élan Lucas de Piouvallec et sa grande croix, et s'apprêtait à parer le coup de taille meurtrier qui venait sur lui. Il vit son cousin, déséquilibré par le faux pas du cheval, tenter de se rétablir, basculer en arrière et s'effondrer avec un râle lent après que sa tête eut brutalement heurté le coin de l'autel en granit nu.

Cependant, Miliau n'avait pas lâché sa Tubelle, essayait de se relever pour reprendre le combat. Son grand œil sombre, beau, s'ouvrait sur un vaste étonnement, tandis qu'avec lenteur il essuyait d'une main un sang épais, ruisselant de ses narines. Gosselin avait sauté de selle et venait à lui, l'épée basse, attentive, avec déjà plus d'inquiétude que de méfiance.

– Cousin, dit-il, devons-nous vraiment nous battre ?

L'autre eut un hoquet, lâcha sa lame et se laissa aller au sol, les yeux clos, le souffle haché :

– Non, dit-il. Gosselin, je suis mort.

Et c'était sa voix d'enfant qu'il prenait pour affirmer cela. Une voix douce, triste, sans autre émotion qu'un grand calme ouvert à deux battants sur l'évidence. Gosselin s'agenouilla près de lui et sut qu'il disait vrai.

Le sang, noir, épais et roulant comme une sauce, lui sortait du nez, des oreilles, sous les cheveux aux reflets de plumes nocturnes, empâtait les mots et poissait les lèvres entrouvertes. Sous les paupières, lourdes soudain, le regard abandonnait les choses, se voilait, s'éteignait.

Kerrud, à main douce, lui caressa le front :

– Cousin Miliau... commença-t-il.

Mais il ne savait plus les paroles. Ce crâne déjà glacé sous sa paume, si plein l'instant d'avant de mauvaiseté et de sentiments extrêmes, n'était plus qu'une pauvre boîte d'os, brisée à la pierre de la table sainte.

Miliau eut un sursaut, un soupir courageux, qui faisait penser à la chute rebondissante et vaine, vainement infinie, d'un gravier dans un puits. Il s'agrippa à pleins poings aux poignets de Gosselin, remonta le long du bras comme le long d'une corde, le long d'un filin fuyant, en plein naufrage murmura :

– Gosselin... il faut que je te dise... Et pourtant le cœur me manque et... le temps me presse... Ta mère, Gosselin... Ta mère...

Le souffle, la force, la volonté même lui échappaient. Au bord de mourir, il se battait encore avec lui-même, contre lui-même. Entre bonté et haine, il hésitait encore.

Gosselin le prit à pleins bras et le releva devant lui :

– Ma mère ?

Sa voix était plus dure qu'il ne l'aurait voulu et son geste plus brutal.

– Ta mère vit, affirma Trézhuel à bout de souffrance. Elle n'est pas morte. Je l'ai vue. Elle est...

Sa nuque se ployait sous le poids de cette tête qui brûlait de l'intérieur, où flambait et se mettait en cendres sa vie.

– Où est-elle ?

Gosselin le supplia. Plusieurs fois. Mais il le sentait entre ses bras s'alourdir, s'évanouir, s'échapper.

– Miliau ! Où est ma mère ?

Dans la secousse qu'il lui donna et qui ressemblait à une étreinte, Miliau Le Hac cria :

– Isaine !... Gwenn Daouën est... Non ! Non ! Isaine !

Son visage ruisselait de larmes et de sang. Il sanglotait et Gosselin le reposa doucement sur les dalles froides, le pauvre fiancé mourant. Dans un suprême sanglot, avec un sourire de souffrance infinie, il murmura :

– Tu ne sais pas qui elle est.

Et puis mourut. Et puis rendit son âme à Dieu ou au Diable, bien malin qui aurait à cet instant su le dire !

Gosselin demeurait là, écrasé de controverse, de fatigue, de peine, et autour des deux cousins, ceux qui se battaient encore avaient cessé depuis longtemps, étaient en rond, baissaient le nez et l'épée.

Que voulait dire la dernière phrase prononcée par Miliau ? De qui parlait-il alors ? De Gwenn de Kerrud ? D'Isaine ?... « Tu ne sais pas qui elle est »... Les grands yeux noirs le regardaient toujours, qu'il ferma et maintint brièvement sous ses doigts, avec une prière. Puis il essuya à sa hanche sa main trempée de sang, de larmes, de sueurs ultimes ; se releva lentement. Songeur jusqu'à l'absence, il resta là longtemps, planté et eux autour à se taire. L'épée pointée au sol devant lui, la tête basse et le visage crispé ; ainsi salue-t-on un valeureux guerrier, un preux au soir de sa dernière bataille. Ainsi saluait-il son plus cher ennemi.

Quand il releva la tête, tous avaient quitté la chapelle, petit à petit s'étaient retirés. Ne demeuraient que Geoffroy et Garin, Renan et Rennequin et Lucas de Piouvallec qui, ayant pris de plein fouet la rage de Gosselin de Kerrud dès son entrée tapageuse, s'en trouvait fort mal en point.

Gosselin regarda autour de lui, s'ébroua ainsi qu'on sort d'un rêve, dit à Renan de Saint-Blin et Rennequin de Ferveyant :

– Ramenez mon cousin chez lui, messires.

Rennequin fit un pas, tendit une main :

– Nous avons tous vu, messire Daouën, que vous ne l'avez pas...

Gosselin coupa, le regard dur, la voix cassante :

– Ramenez mon cousin chez lui, messires.

Il entendit encore marmonner quelque chose, qui avait l'air de dire qu'après tout... Il était question de mériter récolte de ce que l'on semait... Que du mal ne pouvait venir que le mal... Et il aurait peut-être souri si, après un rapide coup d'œil circulaire, un grand froid ne l'avait saisi, lui faisant balbutier, livide :

– Où est Isaine ?

Avec un fatalisme qui haussait haut les épaules, Saint-Blin grogna :

– Partie, messire. Partie.

Gosselin était épuisé. Mal remis de ses blessures terribles, il se sentait un vertige mauvais au creux de l'estomac, et certaines cicatrices – quelques-unes à fleur de peau, mais d'autres plus profondes – s'étaient remises à saigner. Allait-il passer sa vie et laisser sa peau à chercher cette femme ? ! A lui courir sus pour qu'elle lui échappât encore au moment où il croyait la tenir ?

Guingamor, mis en joie par ce tumulte guerrier, par toutes ces petites flammes qui dansaient encore çà et là au bout des cierges, satisfait de l'espace soudain rendu libre, caracolait gaiement tout autour de la chapelle en hennissant, pour éprouver sans doute la résonance des voûtes et y faire rebondir les échos. Gosselin le regardait tourner et crut qu'il allait tomber là pour ne plus jamais se relever !

– A Kerrud ! ordonna-t-il d'une voix forte, pour se rendre vaillance et arrêter le cheval, mettre en route les hommes ses amis.

Rennequin et Renan avaient installé leur maître défunt comme ils avaient pu sur un cheval, et s'apprêtaient à faire route, tout penauds et appréhendant le retour prochain d'Onfroi Le Hac en son château.

Lucas de Piouvallec n'avait qu'une idée en tête : reprendre son ours et sa vie d'avant. Aussi, clopinant et rouspétant, il pressait le pas et les choses.

Durant tout le trajet du retour à Kerrud, Geoffroy et Garin chevauchèrent, leurs montures collées aux flancs de Guingamor, afin d'étayer messire Daouën qui donnait tous les signes de vouloir vider les arçons, privé de forces et de sens. Gosselin avait beau leur jeter, les dents serrées sur un malaise qu'il mordait à pleines mâchoires pour le refouler :

« Vous êtes ridicules ! Tout va bien ! », il ne se sentait pas plus vaillant qu'un nouveau-né de deux heures à qui l'on demanderait d'aller courir la quintaine ! « Pourvu qu'Isaine... » s'angoissait-il. Mais il n'osait s'imaginer à fond ce qu'Isaine avait pu ou aurait dû faire ou ne pas faire. Et puis autre chose le turlupinait : Miliau avait-il dit la vérité ? Une invraisemblable, impensable, improbable vérité ! S'était-il libéré, au moment de mourir, d'un secret trop lourd à emporter dans le monde d'au-delà ce monde ? Ou bien avait-il tenu à partir en blessant une dernière fois son cousin, en lui plantant au cœur un doute, un espoir vain ?

Si Gwenn vivait... Mais pour l'heure présente, les mots de l'agonisant ne l'avaient point encore ressuscitée et force était à Gosselin, orphelin depuis si longtemps, de réaliser qu'en cet instant précis, seule Isaine, l'existence d'Isaine, comptait. La voir ! Oh ! La voir maintenant !

Dès qu'ils eurent franchi la porte charretière, ils virent Basilie accourir, qui du plus loin qu'elle put cria :

– Elle est ici ! Elle vous attend, messire Gosselin !

Alors il alla tout à fait bien, descendit de selle d'un saut, qui lui mit au front une rosée de sueur ; gagna le donjon à grandes foulées, en sifflotant.

– L'a pris froid, le merle, on dirait ! lança Garin à l'adresse de Geoffroy. La trille grince un tantinet !

Ils rirent tous les deux et vinrent remercier les Bodmaël pour leur aide précieuse, que dans sa hâte et son grand trouble le sieur Daouën avait omis de saluer.

*
* *

Isaine était assise sur la margelle, au bord de la fontaine au dragon. Elle laissait tremper une main dans l'eau froide et transparente, en cet état d'éblouissement qui succède aux nuits sans sommeil. Elle avait laissé son voile et sa couronne accrochés à une branche, cette nuit, en plein bois, en pleine course.

Elle ne savait pas exactement ce qu'elle allait devenir, mais ressentait seulement pour l'instant l'incommensurable bien-être d'avoir échappé de peu au « pire ». Mais ce « pire », elle le cernait mal.

Elle avait dénoué sa natte et sa chevelure ondoyante et mobile lui faisait une chape de bronze soyeux. Elle n'entendit pas venir Gosselin. Tout à coup, il fut près d'elle. Elle le vit se refléter dans l'eau de la fontaine et sourit :

– Décidément, Gosselin de Kerrud, nous sommes venus en ce monde pour nous mirer dans l'onde des fontaines !

Il posa une main sur son épaule, une grande main tiède qui tremblait, qu'elle eut jusqu'au vertige l'envie de baiser, mais dont elle se dégagea avec un mouvement de tout le corps, qui la repoussa loin de lui en pensée ; et fit retomber la belle main, passer sur le visage si calme, si doux, une ombre de tristesse. Elle en souffrit à en pleurer, mais demeura loin de lui.

– Je vous regracie, Gosselin Daouën, de m'avoir sauvée de ce mariage, qui était honte et mensonge. Je ne sais quoi... ni comment...

Elle se troublait. Sa voix se brisait sur des écueils de sentiments, de sensations, d'impossible, d'incomplet et d'incompréhensible.

– Isaine...

Sa voix était si grave qu'elle l'entendit, dans sa grande lassitude, dans le désir qui montait en elle en marée d'équinoxe, l'entendit lente, écrasant chaque brin d'herbe du jardin, chaque parcelle de chair sur ses os à elle.

Alors, il prononça les mots qu'on ne saisit pas immédiatement, tant ils heurtent l'entendement, tant ils blessent profond, et si profond qu'on n'en ressent nulle douleur. Seulement un choc bref, appuyé, qui tuméfie l'âme sans atteindre les sens :

– Isaine, Miliau de Trézhuel est mort.

Il n'avait pas dit « Miliau », ou « mon cousin », ou encore – stupide entêtement, naïf aveuglement alors – « votre frère ». Il avait annoncé, simplement et nettement, la mort d'un baron de Trézhuel.

Rien, à l'extérieur d'elle, ne frémit à cette nouvelle. Mais un grand, un violent remous, à l'intérieur d'elle, la secoua toute, la retourna toute et la tourna vers Gosselin Daouën, pâle et les yeux limpides, où s'évasaient sans fin des ondes d'effroi :

– C'est toi, Gosselin, qui l'as...

– Non, dit-il en tenant son regard sur le fil brillant et incassable du sien.

Et rien de plus. Rien d'autre. Aucune explication. Elle ne voulait rien savoir d'autre, aucune certitude autre. Elle se détourna de lui sans un mot mais son être chantait, exultait, d'un indicible apaisement.

Ses yeux étaient secs. Et son cœur. Elle ôta de son doigt la jolie bague d'or en croissant aux cornes de rubis, le « petit pain de l'ange gardien », la contempla un instant, ainsi qu'on dit adieu aux choses, et la laissa tomber dans la fontaine, où elle s'engloutit en scintillant, danse légère et inexorable, que contempla le dragon aux ailes déployées, de son œil de pierre grise, aveugle et clairvoyant.

Gosselin s'assit à côté d'elle, lui prit le visage dans ses deux mains. Elle ferma les yeux, serra les dents, lutta de toutes ses forces en s'agrippant à ses poignets, qu'elle essayait d'écarter. « Oh ! Seigneur ! Arrachez ses mains de sur moi ! Seigneur ! Aidez-moi ! » Elle penchait la tête en arrière, pour échapper à l'emprise si douce, si désirée, si redoutée, et dans ce mouvement de recul, ses cheveux s'éparpillaient dans l'onde claire, se mélangeaient aux bulles, jolis poissons fous, écheveaux à broder des mouchoirs de sirènes au fond des océans, des lacs, des sources.

Le soleil dans les feuilles léopardait de lumière l'herbe sous leurs pieds, posait sur leurs épaules des châles de dentelle, sur leurs visages des écus de tendresse, infinie, éperdue.

La voix brisée et les yeux toujours clos, elle lui dit :

– Il fait grand soleil. Il est tard en ce matin. Vous devriez... Il faudrait que vous... Il faudrait...

– Isaine !

Il l'avait saisie par les bras et la tirait vers lui, la secouait comme pour la réveiller. Les lettres de ce nom, son nom à elle, se pressaient, chaudes, et dans la bouche de celui qui les prononçait vibrait quelque chose comme un avant-goût de sanglot. Elle dit encore :

– Je lui avais promis de ne plus revenir. Retournez auprès d'elle, Gosselin. Il le faut.

– Mais... « qui », Isaine ?

Il avait ce ton anxieux, affligé, dont on use pour parler à un fol, à un enfant, à un malade, à un moribond ; alors même qu'on se sait lucide, adulte, sain de corps et d'esprit, avec belle certitude de survivance. Il croyait sans doute qu'elle avait perdu la raison ?

De ce timbre fêlé, qu'elle aurait voulu haut et clair, et qui pressent déjà, loin encore, à peine émergée de l'inconscience une réalité ignorée, à la fois certitude d'erreur irréparable et espoir minuscule, elle chuchota, les yeux sur lui grands ouverts :

– Ton épouse, Alys Siward, dame de Quercus et de Kerrud.

Gosselin la contempla un moment et elle se noya dans ce regard qui, sans lui faire peur le moins du monde, lui parut tout à fait inconnu. Deux larmes coulèrent sur ses joues brûlantes. Alors, il la releva d'un mouvement brusque, la tint un instant devant lui ; sans cesser de la contempler, il murmura d'une voix brisée :

– Mais, idiote, je n'ai pas d'épouse. Je n'en ai jamais eu. A Vives c'était toi que j'épousais. Et c'est toi que j'épouserai. Personne d'autre, Isaine. Toi !

CINQUIÈME PARTIE

Le festin de l'hermine

(Août-octobre 1364)

XXV

La joute des fous

On avait beau tourner et retourner la question pour la faire plus joliment miroiter, les faits demeuraient les faits : Gosselin de Kerrud avait enlevé sa fiancée.

Qu'elle fût légitime ou non, que juste ou non fût son geste, il se devait maintenant de l'épouser dignement et légalement. Isselbert Houarn bénirait cette union. Un vrai, un bon prêtre ; pas un de ceux que l'on paie pour marier de nuit !

Gosselin Daouën convia ses amis les plus chers : Jean de Montfort et Alys de Quercus. Aussi Regnard et Tiphaine de Vives. Il invita Brenda, qui l'avait soigné et guéri ; Géraude et son fils, qui lui avaient sauvé la vie. Et puis les Bodmaël avec Berched, ainsi que tous ceux qui de manière ou d'autre l'avaient aidé à retrouver Isaine, à la ravir à son funeste destin.

Isaine avait repris forces et couleurs ; les courbes de son corps retrouvaient leur grâce pleine. Le bonheur la transfigurait, et lorsque arriva le mois d'août et la veille de ses épousailles, elle n'avait jamais été plus belle ni plus gaie.

Gosselin ne pouvait guère la regarder sans cligner des paupières, ainsi qu'on le fait en face du soleil. Quant à lui, le seigneur de Kerrud, non seulement il ne se ressentait plus qu'à peine de ses morsures, mais il emplissait le château et le domaine de grands rires, de chansons jamais achevées ; enjambées de géant, chevauchées au galop : le corps à pleine vitesse et le cœur à toute joie.

Il avait beau prétendre qu'il n'avait jamais eu l'intention de mourir, il s'en trouvait toujours un ou l'autre pour hausser les épaules, s'esbigner d'un air entendu. Le fait était que dans ce grand énergumène déchaîné en tempête, toute force et toute vie, on avait peine à reconnaître le moribond saigneux, auquel sept mois auparavant le père Isselbert avait administré les sacrements ultimes. Il affirmait volontiers lui-même, avec un de ses rires blancs, qui à l'improviste vous mordaient de joie, que c'étaient ces sacrements qui l'avaient ragaillardi ; on avançait avec des précautions de langage que c'étaient plus sûrement les abracadabras de Brenda la sorcière qui avaient extirpé Gosselin Daouën de sa noire agonie. Bref, on le lorgnait tel un miraculé et l'on disait en dodelinant d'un chef averti que, sur ce grand têtu, la mort s'était limé les crocs.

On ne le voyait plus désormais sans Isaine ni elle sans lui.

Pour le jour des noces, Gosselin fit à sa dame confectionner l'exacte réplique de la robe cramoisie dans laquelle il l'avait vue apparaître, saisi comme tous l'avaient été, au soir de la reconquête de Kerrud.

Ainsi, au bout de presque deux années, ils se retrouvaient intacts, avec seulement entre eux cette épreuve de souffrance, de doute, d'attente, qui avait endurci leur amour. Il faut creuser profond, profond, pour établir les fondations d'une bâtisse à durer mille années !

Isselbert Houarn unit donc ces deux êtres, qui s'étaient si longtemps attendus, fuis, cherchés, dans la chapelle du château par un clair et chaud après-midi bruissant de chants d'oiseaux, de grandes rafales tièdes, de brusques ondées grondantes qui laissaient les choses étincelantes, le ciel éclaboussé de bleu cru, balayé d'or. Après quoi l'on passa à table, ce qui devait durer jusqu'au lendemain matin.

Il était environ l'heure de vêpres. Le repas était déjà bien en train. Un bonheur plein et entier, de tous les sens à la fois, ravissait les convives, ainsi que les nouveaux mariés, lesquels se contemplaient plus qu'ils ne mangeaient et buvaient à la même coupe.

Il était environ l'heure de vêpres et le bonheur de Gosselin eût été parfait s'il ne lui avait à chaque instant fallu, malgré lui, jeter un œil par la salle, y cherchant une absente, une impossible, une essentielle : sa mère. Gwenn Daouën, la chère morte... qui ne l'était peut-être pas.

Depuis quatre mois, il la faisait chercher, en presqu'île et dans toute la Bretagne. Comme il avait lui-même cherché Isaine pendant presque une année. Sans résultat, sans tout à fait y croire, sans vouloir ni pouvoir remuer ciel et terre. A cause de la peur, à cause de la guerre, à cause d'une lâcheté qu'il se sentait parfois devant les cruelles foucades de la destinée.

A qui parler ? A qui ouvrir son cœur, son espoir insensé sur cette révélation ou ce mensonge de Miliau ? A Isaine ? Pour risquer de la troubler une fois encore, de poser un brouillard sur cette paix toute neuve, dont il la voyait rayonnante ? Il couvait donc ce secret œuf d'espoir d'où naîtrait un dragon, une chimère ou... une impossible et incommensurable joie.

Il était environ l'heure de vêpres, quand un visiteur inattendu se fit annoncer.

*
* *

Lorsque Onfroi de Trézhuel revint de Normandie et qu'il apprit par Rennequin de Ferveyant ce qui s'était passé depuis son départ – qu'on avait retrouvé la demoiselle, l'affaire des loups, la fausse mort de Gosselin de Kerrud, la vraie mort de son fils après son mariage manqué –, ce fut un grand, un si grand éclat de rire, que tant s'en fallut qu'on ne l'entendît jusqu'aux portes des châteaux et manoirs du voisinage.

Il crut un moment devenir fou, tant l'histoire semblait invraisemblable. Cette fable grotesque d'un mariage entre frère et sœur n'avait aucun sens ! Miliau avait-il perdu la raison ? Quelle misérable pantomime ! Au sujet de ces noces étranges, personne dans son entourage ne sut ou ne voulut le renseigner plus amplement. Mais dans ce ténébreux magma des circonstances, alors même que tout et tous lui échappaient, Kerrud, de nouveau, se trouvait à sa portée.

Sans Miliau, à quoi bon ?... Miliau... Il n'avait eu que le temps de malmener son amour-propre ! Miliau mort. Et mort si sottement ! Gosselin de Kerrud n'avait peut-être pas porté le fer en sa chair ; mais sans Gosselin de Kerrud, Miliau serait encore vivant.

Qu'Onfroi ne fût point invité aux fêtes d'épousailles, en l'occurrence semblait aller de soi. Mais il était le père de la mariée ! Il irait quand même !

Il fit toilette et grande toilette ; fit atourner ses écuyers de leurs meilleurs habits, les chevaux de même sous leur harnachement d'apparat. Après quoi et avant de partir, il se fit chercher la peau du loup que Géraude avait, à l'aide du poignard de Kerrud qui avait occis le fauve, clouée sur la porte de Trézhuel. Onfroi avait un mauvais sourire, fin comme le fil d'une lame et l'œil fendu pareil, en projet de malveillance, vivant déjà en joie une méchante farce. Il prit la peau devant lui sur l'arçon. A la tête, sous le chapeau à plumes et rabats, une idée allait s'élargissant, comme tache d'huile en soie, prenait corps et aspect net, en pensée, ainsi que l'ombre indécise sortie du brouillard devient un être, un animal, une chose.

Il arriva, suivi de ses gens, à Kerrud en fête, de fort belle humeur ou donnant toutes les apparences de l'être. Ce qui pleurait et criait au fond de ce père, nul ne devait le voir ni l'entendre et ne le verrait ni ne l'entendrait jamais. Se taire là-dessus et agir pour cela. D'un enfant privé de ses parents, on dit qu'il est orphelin ; mais d'un père dont on a tué l'enfant, le fils unique désormais, l'ultime et seul héritier ? Peut-on être orphelin de sa propre chair, ou veuf ? Comment dit-on ? Et d'ailleurs doit-on dire ?

Parvenu au seuil de la salle du festin, il se fit donc annoncer, entra en remuant tout l'air d'alentour, le faisant vibrer de son pas, du timbre éclatant de sa voix :

– Bien que vous ne m'ayez point convié, beau neveu, et vous, ma fille chère, j'ai tenu à vous venir porter mes vœux et ce présent... de noce !

Et ce disant il laissa choir devant les nouveaux mariés la peau du loup au beau milieu de la table du banquet, parmi les mets et les fleurs, les plats et les coupes, où elle vint s'écraser en désordre et fracas, grand fauve mou et malodorant, qui se vautrait sous les yeux des convives effarés.

Isaine, frappée par l'intrusion, la scène étrange, l'image si tragiquement risible, était au bord du rire. Gosselin, d'un mouvement rapide et brusque, presque menaçant, s'était levé pour « recevoir le cadeau » de son oncle. Il se trouvait dans un état d'esprit proche de celui de son épouse avec cependant rien qui sur ses traits crispés ne laissât présumer de la suite immédiate des événements. Avant qu'il ait eu le temps de desserrer les lèvres ou de tenter un geste, Onfroi de Trézhuel reprenait, Saint-Blin se tenant penaud et renfrogné derrière lui :

– Je vous convie tous, gentilles dames, damoiselles et pucelles, gentils seigneurs et vous, messire de Montfort, à vous venir réjouir à trois jours d'ici, en mon château de Trézhuel. Car pour les épousailles de ma fille Isaine, je vous veux donner beau divertissement. Et vous, Gosselin Daouën, mon neveu et gendre désormais, seigneur de Kerrud, je vous défie, en ce jour, pour revanche de la mort de mon unique fils, votre cousin Miliau...

Et sur ce nom, la voix de ce monument d'homme se brisa. Il demeura suspendu ainsi, écartelé d'émotion, Gosselin ne le lâchant ni du regard ni de la voix, parlant pour se rendre justice devant les invités, Isaine droite à ses côtés et sans qu'une paillette de son être ne scintillât pour quelqu'un d'autre que son époux :

– Vous savez, Onfroi Le Hac, mon oncle, que vous n'avez de moi nulle revanche à prendre. Cependant, j'accepte de vous écouter encore.

L'autre avait eu le temps de se ressaisir :

– Vous combattrez, Gosselin de Kerrud, en joute, seul, contre quatre hommes par moi choisis, qui seront mes champions et ceux de feu mon fils. Dieu décidera si j'ai ou non revanche à prendre de vous. Dieu décidera. Vous avez ce jour d'hui et deux autres pour me donner réponse.

Un murmure confus de protestation, d'étonnement, d'intérêt aussi et d'excitation, soulevait l'assistance. Jean de Montfort, convive parmi les convives, lança à Gosselin un regard appuyé de mise en garde ; lequel fit mine de ne rien voir, posa une main sur celle d'Isaine qui s'était accrochée à son bras pour qu'il refusât ou discutât. Mais il prononça très calmement :

– Ni ce jour d'hui ni deux jours pour vous donner ma réponse. La voici, définitive : j'accepte.

Isaine se mordait les lèvres et regardait avec un désespoir plein de reproches, tantôt celui qui pendant plus de vingt années avait été son père, croyait l'être encore, tantôt celui qui depuis quelques heures était son époux.

Cette fois, la salle grondait. Montfort, en silence, désapprouvait, mais à voix forte, promit d'être présent.

Onfroi jubilait et quitta les lieux ainsi qu'il y était venu, virevoltant et enjambant, suivi de Renan, sans avoir accepté de boire même un hanap de vin, que du reste nul ne lui avait proposé.

*
* *

Gosselin entra en lice, ventail levé. Sur son armure de joute, une longue robe de drap à déchiquetures, tissée de l'azur et de l'échiquier de Kerrud. Brodé sur la poitrine, le loup ravissant, écarlate, armé d'or, que personne ne connaissait encore. La robe de Guingamor, elle aussi d'azur, d'or et de sinople, ondulait autour de ses flancs énervés.

Tout à l'heure, en l'aidant avec Garin à revêtir son armure, Geoffroy lui avait dit :

– Tu n'as rien perdu de ta valeur, de ton grand talent d'autrefois. N'aie confiance qu'en toi et en ton cheval. Prends garde cependant : ces gens ne me disent rien qui vaille ! Apprête-toi à quelques mauvais coups, hors des règles, qu'il te faudra parer sans pour autant déroger. Bonne chance, Gosselin Daouën ! Dieu te garde !

Et Garin dans un souffle :

– Gardez-vous, messire : leurs lances sont armées d'acier ! Y vont pas rire, ces gars-là ! Du sang, y veulent ! Votre sang, messire Gosselin ! Gare !

Montfort alors s'approcha :

– Refuse, Gosselin. Il est encore temps !

– Non, messire Jean !

– Ils vont te massacrer !

Kerrud un moment considéra ses quatre adversaires, dont il ne voyait pas les visages, puis baissa les yeux vers le comte de Montfort. Il avait cet air obstiné qui plaisait à Jean d'ordinaire mais aujourd'hui lui faisait peur :

– Ils ne me massacreront pas !

Messire de Montfort s'en alla rejoindre ses gens et la toute neuve dame de Kerrud dans la tribune pavoisée, où se tenait également Onfroi de Trézhuel, le faciès distendu d'un large sourire, accompagné de Rennequin de Ferveyant et de Renan de Saint-Blin. Tous les gens du château étaient massés derrière les barrières de rondins, peintes de couleurs vives.

Une invraisemblable foule était accourue de tous les environs pour assister à la curée, car Le Hac n'avait pas craint de répandre la nouvelle des joutes, l'histoire de Gosselin, d'Isaine et de Miliau.

Gosselin parcourut d'un lent regard l'assemblée et se sentit pris au piège. C'était un décor digne des grandes joutes légendaires d'Arthur, roi des Celtes, qu'on avait dressé là ! Seulement, ce n'était pas le beau rire clair du fantasque Lancelot qu'il entendait derrière lui : c'était le spectre de Miliau, qui dans son dos ricanait, se moquait.

Un premier coup de trompe résonna.

Les quatre cavaliers de Trézhuel caracolaient de front dans l'enceinte, avec des hurlements de sauvages et déjà de victoire. Geoffroy, qui tenait la bride de Guingamor, expliqua :

– Tous des scélérats ! Des petits seigneurs félons ou déchus, plus ou moins chefs de bande ! Ne reculent devant aucun crime ! Ont perdu – si tant est qu'ils l'aient jamais eu – le sens de l'honneur. Ils travaillent par la force et la cruauté, pour de l'argent sale. Encore une fois, Gosselin, défie-toi d'eux !

Gosselin ne répondit rien. Il s'amusait à observer le phénomène. La foule déchaînée accompagnait et portait les quatre mauvais chevaliers de ses cris. Ils regagnèrent leurs places et Gosselin à son tour s'avança, fit lentement le tour du champ, ventail toujours levé et portant l'écu de Kerrud, son loup rouge dans l'azur. Quelques injures, quelques quolibets et sifflets en grêle, et tout de suite après, ceux de Kerrud braillant d'une seule gorge, d'un seul poumon, mis en voix par Basilie Jeandeleur :

– Kerruuuuuud !

Le sourire d'Isaine, si beau, si triste, si plein de volonté et d'amour, lui insuffla un courage sans bornes. Il vint arrêter son cheval devant elle, abaissa sa lance, les yeux rivés à ceux de sa jeune femme, qui en tremblant se leva, dégrafa sa ceinture de soie verte et or, qu'elle noua en pennon [1] à la lance. La foule vociférait, trépignante de joie, au comble de l'excitation.

Gosselin revint auprès de Garin. Les cris se muèrent en rumeur d'impatience, puis en murmures d'attente contenue.

Le deuxième coup de trompe retentit.

Gosselin rendit l'écu à Garin, qui lui tendit le bouclier

1. Flamme triangulaire garnissant la lance.

bleu, peint du loup de gueules aux griffes et aux dents couleur de soleil. Gosselin abaissa son ventail et s'avança en bordure de lice. En face de lui, le premier des quatre jouteurs s'apprêtait aussi.

Il était vêtu de pourpre, sur une armure éclatante ; son immense cheval bai de même. Il portait un bouclier peint en pourpre uni, à son cimier arborait une tête de vautour dont le bec crachait une banderole de soie blanche, brodée de la devise : « Point sans moi. »

Au troisième coup de trompe, les deux adversaires s'élancèrent. Au point précis de la rencontre, le chevalier pourpre s'écarta avec un rire et Gosselin, furieux, frappa le vide, déroutant Guingamor, qui se cabra. La foule hurla de joie.

Cette première feinte était de mauvais augure. Il entrevoyait la suite : chacun allait ainsi le ridiculiser et l'épuiser, jusqu'au dernier, qui certainement cueillerait sa vie au bout de sa lance, dérisoire et offerte, tel un œil de poisson à la pointe d'un couteau !

Ils reprirent leurs places, puis repartirent sus l'un à l'autre. Gosselin avait pensé un moment ralentir son allure, en vue d'une seconde échappée de l'autre ; mais il se ravisa et grand bien lui en prit : cette fois, le chevalier violet ne l'évita pas. La rencontre se fit dans un fracas épouvantable. Gosselin eut l'impression que tous ses os craquaient et se retrouva en bout de lice, toujours monté, les oreilles bourdonnantes.

Il mit un certain temps à s'orienter, à voir nettement les choses. L'autre gisait au sol, inerte, un tronçon de lance dans le col, coincé sous le heaume défoncé, d'où le sang s'échappait à petits jets réguliers, abondant, ajoutant à l'ensemble de la pourpre chatoyante.

On enleva le corps, tandis que la foule manifestait sa vive émotion. On devait se contredire quelque peu, car certains spectateurs s'invectivaient avec véhémence.

Le deuxième chevalier était vêtu d'or et d'argent en losanges et portait sur son bouclier à fond d'or une épée d'argent, à son cimier un plumail blanc et jaune. Le brutal trépas de son compagnon avait dû le contrarier et lui donner à réfléchir, car il ne feinta pas. La rencontre fut dure, mais sans autre dommage que deux lances brisées. On repartit donc l'un contre l'autre.

Gosselin avait pris un tel élan, qu'il lui sembla qu'il allait traverser le champ et la foule avant que son bras n'ait eu le temps d'abaisser la lance. Il en eut le temps cependant : le chevalier jaune et blanc bascula dans un infernal tintement de ferraille, tandis que l'écu et la lance de Gosselin volaient en éclats et qu'il vacillait sur sa selle avec l'impression qu'on lui arrachait les deux bras, que son échine se brisait tout net par le milieu du dos. Il rejoignit Garin en reprenant son souffle à grand-peine, releva son mézail avec un gémissement. Son bras gauche n'était plus que de la douleur, qui naissait de l'épaule et descendait en vrilles brûlantes jusqu'aux doigts, inertes, qui refusaient d'obéir. Il haleta :

– Garin, ce ne sont pas des jouteurs mais des bourreaux d'abattoir, des tueurs !

– Votre bras, messire ?

– Rien. Brisé, sans doute. Il n'a pas tenu.

C'était le bras qui avait été pris dans les mâchoires du loup, une nuit de lune et de glace, sept mois auparavant.

Mais l'autre larron dans la lice s'était relevé. « A mort », avait dit Onfroi. Ce serait donc à mort.

Gosselin, en toute lucidité, se voyait de bien minces chances de survie. Mais Isaine veuve à l'issue du combat, cela il ne pouvait l'envisager. Il laissa Guingamor aux soins de Garin et Geoffroy, incapables d'un mot d'encouragement, tant la tristesse et la vanité de la situation leur étreignaient le cœur et leur poignaient la gorge.

Avec un effort et un grognement de douleur, Gosselin tira son épée Morrigane, formula en son esprit une rapide et fervente prière et s'avança vers son adversaire.

XXVI

Le cinquième cavalier

Les lames se heurtèrent. Kerrud se battait des deux mains, pour additionner ses forces, sans autre protection que la vigilance extrême ; avec des poussées de souffrance qui le faisaient crier. Ses cris libéraient toute son énergie, multipliaient sa vigueur et sa pugnacité ; imposaient aux assistants un silence, à Isaine un frisson.

Elle se mordait les lèvres au sang, serrait les poings à s'en entrer les ongles en chair, priait à s'en éclater le cœur, à en importuner Dieu.

Gosselin ne se sentait plus agir. Il était glacé, comme sorti de lui-même, dévoré de violence ; avec une seule, unique, obsédante volonté : vivre. Il se regardait combattre et celui qu'il voyait faiblissait de corps, à chaque coup reçu, à chaque coup donné. Le souffle lui manquait, ses jambes fléchissaient, son cœur s'affolait ; seul son esprit demeurait vif.

« Un coup encore, pensa-t-il dans un éclair, un coup seulement et je meurs. »

C'était ainsi. Rien à changer, rien à faire.

Alors soudain, en face de lui, l'homme de fer, d'or et d'argent s'affala tout d'une pièce et sans crier gare, ainsi qu'une armure vide. Au sol, il remua bras et jambes, cliqueta de tous ses rivets, gratta le sable et l'herbe avec mécontentement et ne bougea plus. Par les trous du bassinet sourdait un jus écarlate. Sa chute de tout à l'heure avait été mortelle, qui à première vue était apparue comme bénigne : de même que Miliau dans la chapelle, il s'était tué tout seul.

Gosselin recula en reprenant sa respiration voracement, à grands hoquets. Montfort demanda un arrêt. Il l'obtint.

Brenda se faufila parmi la cohue jusqu'aux écuyers furieux et soulagés, grinça quelques rires, tout en palpant le bras de l'indestructible seigneur de Kerrud.

– Pas grave, assura-t-elle, mais je vais te faire gueuler. Cramponnez-le, vous autres, qu'il n'aille pas m'écraser de colère aux barrières !

Et d'assener au blessé un formidable coup de poing pour une si petite personne, juste où il fallait pour lui faire vomir une bordée de jurons à refroidir le soleil, remettre la charpente du membre démis à sa juste place.

– Voilà, tu peux retourner te faire démolir, conclut la bonne femme en tournant les talons.

Gosselin prit ensuite une grande lampée d'eau qu'il recracha, et se remit en selle. Car le troisième coquin en bout de lice s'impatientait, la foule délirait et la trompe sonnait la reprise des joutes.

C'était un petit homme, mais qui paraissait tout en nerfs, de même que son cheval blanc. Il arborait un bouclier peint d'une hure de sanglier sur fond de contre-vair, à une face de sable. A son cimier on retrouvait la hure, véritable celle-ci, et qu'il avait dû retrancher du matin à quelque marcassin imprudent.

Garin donna à Gosselin une nouvelle lance et une autre targe. La douleur de son bras s'était dissoute dans la grande et violente science de Brenda, mais ce jeu commençait à lui manger les nerfs. A la vue du sanglier qui lui évoqua la mort de Gurval son père, il fonça, tandis que dans la foule on s'était mis à se battre pour de bon, car les choses ne tournaient pas du tout comme on l'avait escompté.

Trop rapide, trop monotone, trop meurtrier ! Ce Kerrud était un champion, assuraient certains ; c'était le diable, clamaient les autres. Ses adversaires ne valaient rien, rétorquait-on d'autre part. Et tandis que les plus prudents avançaient que le jeu était truqué, les plus téméraires affirmaient que Dieu était avec le rouquin. On se passionnait, on s'échauffait, et quant aux femmes de l'assistance, elles étaient tout à fait convaincues, quel qu'ait pu être leur choix au début, et leurs cœurs battaient à l'unisson pour ce géant meurtrier.

Gosselin piqua des deux ; avec un grognement de hargne, désheauma son adversaire, lui emportant la moitié du visage, tandis que la lance du défiguré lui frôlait l'épaule, lui arrachant un cri bref. Le chevalier au sanglier tangua en bramant sur sa selle, puis vint s'effondrer en bout de lice.

La foule manifesta avec emportement sa désapprobation. C'était une faute grave, en joute, que de désheaumer son adversaire et, toute sympathie retournée, on demandait l'exclusion du grand loup rouge à l'échiquier et que soit proclamée la victoire du camp opposé.

Mais dans ce jeu de cirque, sans autre règle ni loi que la violence, il était hors de question d'espérer quelque justice. Sans laisser à Gosselin le temps de reprendre haleine, le dernier cavalier se catapulta sur le terrain, faisant voler derrière lui des mottes de terre herbues.

A cet instant le soleil, vif, aveugla Gosselin, qui frappa presque au hasard. C'était un colosse à l'armure étincelante qui venait sur lui, le cimier nu, muni d'un bouclier d'argent à trois tourteaux de sinople. Une violente secousse, de nouveau le bout du champ. Tous deux étaient en selle et sans grief aucun. A la seconde lance, il en fut de même.

Alors, au milieu des vociférations de la multitude mécontente, Onfroi de Trézhuel se leva et hurla :

– Le heaume, Kerrud ! Pour sanction de ta faute ! Montre-nous ton visage et je t'accorde une troisième lance !

Tout le monde murmura et Jean de Montfort s'interposa. Trézhuel brailla :

– Deux lances encore si tu acceptes !

Le murmure de la foule s'enfla et devint rumeur lorsque Gosselin, lentement, remit son bouclier et sa lance brisée à Garin. On attendait, croyant qu'il capitulait. Lorsqu'il retira ses gantelets, on hurla de joie : il se rendait !

Il tendit les gantelets à son écuyer et tout aussi lentement défit les lanières de cuir du bassinet. Le prenant des deux mains, il le retira et le donna à Garin ; remit les gantelets, reprit le bouclier et une lance neuve.

Un vaste silence s'était fait. Tous, brusquement, étaient frappés de mutisme et de stupeur. Onfroi se rassit avec un mauvais rictus de jouissance, siffla entre ses dents :

– Regardez bien, tous ! Regardez-le bien : plus jamais tel visage n'aura ! Les marques qu'il y portera seront celles de l'infamie ! Cette infamie, sa laideur la clamera à tous ! Et sa honte le suivra comme une chienne !

Garin balbutiait en trépignant :

– Mais y sont fous ! Mais y sont fous !

Isaine se dressa, toute blanche, déchira le silence intégral qui avait suivi la prophétie de Trézhuel, cri de la mouette que la flèche de part en part transperce :

– Gosselin ! Non !

Mais il venait de nouer autour de son front la ceinture de soie de sa dame, montrant bien ainsi que c'était pour l'amour d'elle et son honneur qu'il commettait cette folie.

Le tumulte des voix dans les rangs de l'assistance avait repris.

Les deux cavaliers se firent face, se figèrent, puis de néant aiguillonnés, partirent au galop. Gosselin vit la pointe d'acier recourbée en croc, celle-là même qu'avait tantôt évoquée Garin inquiet, pointée vers son visage et n'eut que le temps de rejeter la tête de côté. La ceinture de soie fut arrachée par l'épine de fer et Gosselin, avec un long gémissement, la face ruisselante d'un liquide chaud et visqueux, les yeux aveuglés d'une bouillie noire percée d'étincelles crues, sentit son crâne éclater.

Il n'entendit pas Garin et Geoffroy lui crier d'arrêter. Il n'entendit pas la cohue supplier elle aussi qu'on cessât. Il ne vit pas Isaine, roide et blême, se dresser la bouche ouverte, cramponnée à la frêle barrière des tribunes, Montfort derrière elle la tenant aux épaules pour l'empêcher de fléchir.

Il n'entendait plus rien, ne voyait plus rien. Sa tête était une cathédrale, bruissante de mille carillons. Sa lance était entière. Il ne savait ni pourquoi ni comment il parvenait encore à la tenir. Il fit volte-face, laissa retomber sa tête, puis lentement la releva, bouche béante noyée de jus salé, ouvrant désespérément les yeux sur un grand vide crémeux.

Un cavalier, tout là-bas, avançait au pas lent et régulier de sa monture... Là-bas, où cela ? Qui ? Etait-ce une femme, était-ce un songe ? Etait-il mort, qu'il vît des anges ?... Il prit un siècle et peut-être même toute l'éternité pour tourner la tête. Derrière lui, au bout de la lice, loin, il distinguait vaguement la masse du cavalier énorme qui lui avait arraché du front la ceinture d'Isaine, le talisman, la couronne d'amour. Alors il s'ébroua comme un chien qui sort de l'eau ou qui vient de se battre, pulvérisant autour de lui une buée de gouttelettes rousses, mélange de sang et de sueur, et l'on aurait dit que ce brasier de chevelure jetait des étincelles.

L'ombre à cheval, qu'il avait cru voir, et qui n'était pas son adversaire de tantôt ni aucun autre, avançait toujours. Lentement, sans s'émouvoir ni paraître rien voir de ce qui se passait autour d'elle. L'ombre était blanche, toute blanche. Robe, manteau, guimpe et voile qui frôlait la croupe du coursier.

– Va, dit-elle, je te suis.

L'avait-il vraiment entendue ? Avait-elle parlé, cette ombre ? Avait-elle souri, ainsi qu'il lui parut ? Il obéit, fit volter son grand rouan à la robe échiquetée, qui repartit au galop.

Avec un hurlement qui sonnait telle la joie, il percuta l'homme, qui ne s'attendait pas à le voir revenir et qui, les bras levés en signe de victoire, tomba d'un bloc, les reins brisés sous son cheval.

Dans son élan, Gosselin rejoignit Garin et Geoffroy, leur jeta sa lance, se précipita sans avoir ralenti son allure vers son épouse, toujours raidie à la barrière et Montfort derrière elle.

Elle tendit une main vers lui ; tout le bras, mais ce fut sans le regarder. Il fut si près bientôt, que sur la belle tête encapuchonnée de Guingamor leurs doigts se joignirent. Et toujours elle regardait ailleurs, devant, autre chose, quelqu'un d'autre, et son visage rayonnait. Ni étonnement ni joie intense, ni frayeur, et pourtant tout cela à la fois. Jean de Montfort voyait la même chose, sans émotion autre que la contemplation de l'insolite, de l'inattendu. Onfroi se tassait sur son siège, s'y enfonçait et paraissait y maigrir, y fondre, y vouloir disparaître ; blême était son visage et blême tout son être, aurait-on dit, ce qui était chez cet homme une rareté. Lui si plein de sang, de fougue, de vivacité et de bruit, n'était plus que vide et silence. Bouleversé au-delà de toute expression était le seigneur de Trézhuel, et quand il ferma les yeux, se les couvrit d'une main qui tremblait, Gosselin tourna la tête, tenant toujours Isaine, dont l'étreinte sur sa main se resserrait, essuyant à son front une coulée de sang tiède qui gênait sa vue.

Elle était là, tout près, si proche que les deux chevaux sans étirer le cou se humaient aux naseaux, au chanfrein, faisaient connaissance hors du consentement ébahi des hommes.

La foule des spectateurs, le groupe des écuyers et des sonneurs de trompe, de ceux qui sur la lice ratissaient la terre mise en chaos, tous remuaient en houle et commentaient en murmure de vagues l'apparition du singulier personnage.

A l'instant de la reconnaître, la fière cavalière, Gosselin entendit, plus blanche et froide que neige, la voix d'Onfroi Le Hac :

– Morte. Tu es morte...

– Je n'étais morte que pour ceux qui firent mal. Je vivais dans les cœurs. Et je vivais sur terre.

D'une seule voix, douce et pleine d'amour, Gosselin et Isaine la saluèrent ainsi :

– Dame, ô, ma Dame !

– Mère, ô, ma mère !

Elle leur sourit et ce sourire portait toutes les caresses, tous les émois, toute la lumière du monde.

– Messire de Montfort, prononça la belle voix grave plus jamais et depuis si longtemps entendue, Messire de Montfort, je vous salue, moi, Gwenn Daouën, autrefois dame de Kerrud, aujourd'hui et pour tous, Mère Azénor, abbesse de Sainte-Rivanon. Je vous salue et vous prie de me dire, et aussi à mes enfants chéris...

S'interrompant et le vent dans ses vêtements de brouillard, elle tendit vers le jeune comte attentif, entre deux longues mains pâles, un coffret d'argent au couvercle ciselé.

– Reconnaissez-vous ces armes, Monseigneur ? demanda-t-elle.

– Oui, Dame. Ce sont celles de mon père. Ce sont les miennes. Le Cygne de Montfort.

– Isaine, douce, prononça alors la dame Blanche, cette boîte d'argent t'appartient. Elle est à toi, prends-la. Dans la cassette, tu trouveras des lettres qui te diront qui tu es, qui fut ton père et qui ta mère.

Le teint d'Onfroi de Trézhuel avait viré au gris de cendre. Il se leva en chancelant et quand son écuyer Ferveyant et Saint-Blin voulurent le soutenir, il les repoussa avec violence, un grognement de fauve blessé à mort. Puis il quitta la tribune sans regarder ni saluer personne et rentra en son château.

Isaine et Gosselin avaient dépris leurs mains et la jeune dame de Kerrud reçut le coffret de celles de Gwenn Daouën. Gosselin et sa mère se faisaient visage, où coulaient des larmes de félicité ; ils se contemplaient sans pouvoir parler. Serrant sur son cœur la précieuse boîte, Isaine murmura :

– Je savais, Dame, que vous reviendriez. C'est si beau de vous voir tous les deux et si juste...

– Amis, dit Jean de Montfort, nos destins à tous sont étroitement tissés ; c'est ainsi de toujours, même si nous n'en savions rien : pour moi, je vous ai au cœur et de nouveaux liens n'y pourront rien changer. Tous les soleils se lèveront : les vôtres sur vos vies, et sur la Bretagne. Il me faut aujourd'hui vous quitter et j'en ai peine. Mon armée est faite. Nous finirons cette guerre. C'est à t'attendre, Gosselin Daouën, beau frère. Bientôt.

De la foule qui avait passé les barrières, envahi la lice, monta alors une grande clameur :

– Montfort duc ! Montfort duc ! Longue vie ! Longue vie au cygne d'outremer !

*

* *

Lorsque, les adieux faits, Gosselin parla de rentrer à Kerrud, sa mère lui dit :

– Passons cette nuit ici. Beau fils, il est une affaire qu'il me faut traiter avec votre oncle.

Elle ne savait plus tout à fait les mots de l'affection, ou n'avait pas encore eu le temps de les réapprendre. Entre l'enfant de sept ans qu'elle croyait mort, et cet homme si grand et qui ressemblait si fort à son cher Gurval défunt, elle ne parvenait pas à faire un lien, elle se sentait troublée. Agréablement, profondément. Et ce trouble la rendait timide. Et cette timidité lui faisait la voix sèche, quand elle l'aurait voulue soumise tendrement. Et pour lui de même quand il lui assura :

– Mère, je vous y assisterai.

– Avec votre oncle seul.

Le sourire doux démentait le ton ferme, l'implacable détermination.

Gosselin obtempéra, non sans appréhension et l'on s'installa à Trézhuel, pour la grande joie de Berched Bodmaël, pour la grande crainte de tous.

Seul, Geoffroy Guillaume revint au vieux donjon, avec

Basilie et toute la mesnie ; y fit tenir la garnison sur le pied de guerre.

Gwenn, Isaine, Gosselin, réunis... L'indicible a cela d'absolu, contenu dans le mot même, qu'on ne peut pas le dire. Et le silence parfois fait bien plus de tapage que toutes les joies et les peines débridées, en vociférations, en larmes ou en gestes.

Ils avaient tant à se dire, tant à se questionner, qu'ils demeuraient muets, immobiles en eux-mêmes, attentifs seulement à reprendre le cours du temps là exactement où il fut autrefois barré. Assommés de surprise, submergés d'improbable, ils ne s'apprêtaient à traiter, quand ils reprendraient vie et sens, que l'immédiat et le banal ; l'ordinaire, à mots et gestes ordinaires. Et toute cette simplicité leur procurait une joie si pleine, qu'ils en étaient transformés.

Ils avaient grandi.

Le malheur qui jadis avait incisé leurs âmes, pétri leurs esprits et leur chair, aujourd'hui transmué en bonheur, les remettait au monde comme neufs. Et ces êtres nouveaux, ces personnes inconnues qu'ils étaient devenus à l'instant de l'émerveillement, parlaient avec les mots de tous les jours.

XXVII

La nuit de Trézhuel

La nuit était profonde et jetait en faisceaux par les archères des traits de lune qui blessaient la pierre, y ouvraient des fontaines de lait, des cascades bleutées.

Gwenn leva la tête, une main au mur froid, et en un fugace instant il lui parut entendre, tout là-haut, les cris de sa sœur Rozenn menant au monde un rien. Isaine dans ses bras, si petite, si neuve, si seule déjà qui tout ensemble lui chauffait le cœur et la faisait trembler.

Instinctivement, elle quitta son appui et serra ses bras contre elle, comme si elle y étreignait encore le petit enfant de jadis.

Ce rire, cette voix de tonnerre sur le seuil de la porte ; le brasillement ocré du feu de cheminée qui met des tentures d'or entre elle et l'escalier... cette voix où le vin et la veille font rouler des graviers, ainsi qu'en un ruisseau l'orage : « Que cachez-vous, belle dame, sous ce manteau ?... » Mais la porte de la chambre d'Onfroi de Trézhuel cette nuit était close, éteint le feu, et la voix encolérée de désir de son beau-frère ne résonnait plus que du lointain des temps.

Cependant, elle ne put se retenir de murmurer :

– Ce que je cache, beau seigneur ? Ma revanche encore chaude, de ce que depuis plus de deux fois dix années je la tiens en mon cœur à mijoter pour vous. Ni dague ni miséricorde. Seulement les mots. Le poison des mots !

Ce qu'elle avait infligé de vérité à l'héritier de Trézhuel dans son appartement de Sainte-Rivanon, en mars dernier, elle allait à l'instant en assommer son géniteur.

Elle fit pression sur le loquet de la porte, l'oreille collée au bois. L'huis céda, avec un craquement sec, un grand soupir de charnières. Gwenn entra.

Onfroi Le Hac était allongé par le travers du lit. Il avait dégrafé le col de son pourpoint. Ses paupières étaient closes, dans un faciès cramoisi, ses lèvres entrouvertes sur un râle et le nom de Gwenn, qu'il appelait.

– Je suis ici, dit-elle.

*
* *

Isaine fit deux fois tourner la grosse clef dans la serrure. Elle était dans la chambre où elle avait, ces années écoulées, tant attendu Gosselin. Mais ce soir, pour la première fois, Gosselin y était avec elle.

Dès lors ce n'était plus la même chambre : partout où il posait ses pas, ses regards, ses mains, tout paraissait vibrer, s'élargir, embellir ; les choses se soumettaient avec des ronronnements d'animaux satisfaits ; on eût dit que l'espace avait été créé pour lui ; l'air lui-même sous ses gestes, aux vibrations chaudes de sa voix, s'allégeait, exhalait des effluves capiteux de réalité simple.

Lui, cependant, était inquiet. De savoir sa mère seule avec Onfroi Le Hac, des conséquences que pouvait engendrer une telle entrevue ; d'être dans ces murs, de s'y sentir captif avec toute sa famille et de son plein gré. De connaître le contenu du coffret d'argent, le secret d'Isaine. Insolite, décisive, telle serait cette nuit, il en avait le pressentiment. Il avait mal à la tête, bien plus de ce qui y tournait d'appréhensions que de l'estafilade reçue à bout de lance dans la lice ; le linge blanc qui ceignait son front accentuait son air soucieux.

Isaine avait posé la boîte précieuse sur un coffre près du lit. Il s'agenouilla près d'elle. Ils étaient nus, chair contre chair, deux enfants devant un mystère. Elle saisit le poignard qu'il lui tendait, poussa la lame entre le métal et le petit loquet qui céda aisément. Gosselin posa, très vite, sa main sur le couvercle ciselé :

– Attends ! dit-il à voix sourde, précipitée. Je connais ce geste. Je connais cet objet. Il y a longtemps, très longtemps, il fut pour moi un beau jouet.

Il avait fermé les yeux pour mieux voir le passé, serré les paupières, froncé les sourcils :

– Dedans, il y a de la soie jaune, des lettres de parchemin et des rubans de toutes les couleurs. Ma mère était revenue un matin avec cela dans les plis de sa robe. Elle l'a laissé tomber... Je l'ai ramassé... Tout s'était éparpillé...

Isaine souleva le couvercle. L'intérieur de l'objet était tapissé de soie jaune. Au fond, une lettre était soigneusement pliée en quatre et sur cette lettre reposaient plusieurs parchemins taillés en lanières, roulés serrés les uns dans les autres. Ils supportaient des chiffres.

La lettre était écrite en langue bretonne et portait le sceau d'un grand seigneur de Guérande. Ce grand seigneur avait aimé une dame ; aimé suffisamment pour lui faire un enfant, pas assez pour la garder près de lui.

L'un des rouleaux était scellé, adressé à une certaine veuve Thuriau, à Brest, à qui le comte – car c'était un comte – confiait sa maîtresse et le bâtard à naître. La lettre spécifiait en outre qu'une rente annuelle serait versée à ladite veuve Thuriau, pour peine, charge, nourriture et autres pourvéances nécessaires à l'hébergement de la dame Viviane Cadour et de son enfant. Une somme moins importante revenait à Viviane elle-même pour son entretien et son train personnels.

« Isaine de Trézhuel n'est pas Isaine de Trézhuel », songea la jeune dame de Kerrud. Sa mère se nommait Cadour... Et son père, Jean de Montfort, seigneur de Guérande, demi-frère du feu duc de Bretagne Jean III. Isaine était bâtarde de Montfort, le rebelle châtelain qui contre Jeanne de Penthièvre et son époux de Blois avait mis la Bretagne à feu et à sang, vingt-trois ans plus tôt. Montfort, l'allié de l'Angleterre, l'exécré des Le Hac, le père du meilleur ami de Gosselin...

Mais ce n'était pas cette découverte qui la bouleversait, qui la jeta, tremblante, contre la poitrine dure et douce de son époux. C'était que ce matin d'avril 1341, quand le coffret d'argent était tombé aux pieds de la châtelaine de Kerrud, l'enfant Gosselin en avait soigneusement ramassé et rangé le contenu en désordre, avec les gestes consciencieux et maladroits de son âge. Quelques instants, tel un jouet, Gosselin avait tenu entre ses mains, si petites alors, la clef d'un impensable destin ; les pièces d'une énigme qui n'en n'était pas une encore ; le fil improbable d'un si grand amour ! Gosselin entre ses mains avait tenu Isaine et tout le secret de sa vie.

Ainsi qu'il la tenait à présent ; ainsi qu'il la couvrait de ce vêtement d'amour qu'étaient ses bras, son souffle, son corps tout entier. Ils éprouvaient tant de terreur à penser qu'ils pourraient être à nouveau séparés qu'ils gémissaient, s'agrippaient à pleines poignes, à pleines bouches. Ils basculèrent sur les dalles peintes, froides car on n'avait pas eu le temps d'y éparpiller la jonchée, avec de longs appels plaintifs.

Chaque fois qu'il entrait en elle, c'était comme s'il venait au monde encore une fois. Elle, elle lui chantait à grands cris toutes les joies de l'univers.

Sur ces jeunes corps robustes, toutes les cicatrices s'effaçaient, par ce puissant miracle qu'eux ne les voyaient pas. Bien sûr, la nuit était noire... mais ils se connaissaient si bien !

*
* *

Onfroi ouvrit les yeux. Des yeux larges et brûlants. Toute sa physionomie était ravagée par une singulière terreur satisfaite. Il s'assit au bord du matelas couvert de gros draps et de fourrures animales. Tous ses muscles, son être entier se tendaient irrésistiblement vers la grande femme en robe blanche, que la pénombre rendait spectrale. Ce robuste corps foudroyé à l'instant reprenait force et vigueur pour vibrer d'un élan vers ce fantôme d'amour.

Elle était toujours aussi belle ! Il tendit une main vers elle, tremblante, où brillaient des anneaux, où frisait un brun duvet. Gwenn recula d'un pas :

– Onfroi de Trézhuel, j'ai des choses à te dire.

– Moi aussi, Gwenn Meldoc, qui ne voulut jamais être de Trézhuel !

Il avait laissé retomber son bras. La voix s'était affermie. Le regard avait perdu cette dévotion fiévreuse qu'il avait un moment hébergée ; la flamme qui y brûlait à présent était de rancune, de rancœur.

– Mauvaise journée, Gwenn Daouën, mauvaise journée ! J'ai eu beau faire, il ne m'a pas été donné de le voir mort, ton Gosselin ! Comme son père. Ah ! Son père ! Je haïssais cet homme, tu le sais ! Seulement parce qu'il était aimé de toi, que tu lui appartenais. Je vous imaginais... Vos étreintes... Et cet enfant qu'il t'avait fait ! Que j'ai pris de peine et de joie noire à vouloir l'écraser !... Pour que dix-neuf années plus tard, il renaisse de ses cendres ! Le gueux ! A le voir, j'ai cru voir le père ! Spectres ! Oui, spectres... Le père ! Gurval Daouën de Kerrud ! Je l'ai tué !

Elle se trouva glacée, bâillonnée d'un vertige qui la cloua au mur, à trois pas de la couche où Onfroi jubilait, haletait de mauvaiseté, congestionné :

– Et puis ce n'est pas tout, belle dame ! Après l'avoir assassiné, ton époux, j'ai souillé sa mémoire ! Tu avais à me dire, méchante aimée ; c'est moi qui vais parler !

Elle se collait à la muraille et souhaita s'y dissoudre, y disparaître ; une douloureuse curiosité la maintenait debout.

– Tu te souviens comme je pleurais, quand je te l'ai rapporté de chasse, ton Gurval, les tripes à bas et l'œil vitreux ? C'était de joie, Gwenn Daouën ! De joie ! Tu te souviens qu'outre ce trou au ventre, que lui avait ouvert le porc, il portait à la tête, sur l'arrière du crâne, une plaie ? J'ai dit à tous que c'était une pierre sur laquelle, par le choc de l'animal, il était en tombant venu donner ? C'était bien une pierre. Mais pas de celles qu'on trouve dans nos bois. Non !... Regarde, Gwenn, ma belle, parmi mes armes, là... dans ce coin près de la cheminée...

Elle détourna son regard vers l'endroit de la chambre qu'il lui avait désigné et dans ce frêle mouvement, tout son être grinça. C'était, tout près d'elle, posée sur le dos d'un gros coffre, à côté de l'épée, de la hache et du bouclier cabossé, une arme étrange. On l'aurait dite exhumée des âges d'avant les âges, d'avant l'histoire des hommes, quand ils marchaient encore voûtés et demi-nus. Une arme redoutable : un silex pointu, emmanché à la manière d'une pioche, fixé au frêne ciré de crasse et de sueur par un lien de cuir solidement croisé. L'arme d'un sauvage !

– Elle est jolie, hein, ma petite pierre à crâne ? Ah ! Ah ! Ah !... Il était à cheval, l'épieu au poing, à poursuivre le porc. Et moi derrière lui, qui le tenais de près. Les sangliers faisaient grands ravages cette année-là ! Le temps d'une chasse, on oublie la guerre, les querelles entre parents, les dissensions politiques... Pas moi ! Gurval frappa le porc mais ne le tua point. Moi, derrière, je frappai Gurval. Il tomba sans un cri. Tout étonné, il était, ton cher époux ! Tout ébaubi... et tout mort. Après, j'ai laissé la bête se venger sur lui du mauvais coup qu'il lui avait porté. Je n'ai plus eu qu'à servir moi-même le gibier, du haut de ma selle, avec mon épieu.

Terminé. Et puis jouer le chagrin. Pauvre beau-frère ! Pauvre Gurval de Kerrud !

Il rit encore, mais si fort et méchamment, que cette grosse secousse d'hilarité faillit provoquer un nouveau coup de sang.

Gwenn, dans une cuve d'épouvante, s'enlisait. Elle se laissa glisser le long du mur jusqu'aux dalles où elle s'assit, incapable de tenir sur ses jambes, les yeux écarquillés sur le silex meurtrier, la bouche sur un sanglot muet.

Quand la crise fut passée, Onfroi se rehaussa en grognant sur les coussins où il s'était affalé et poursuivit d'une voix essoufflée :

– Elle te plaît mon histoire, je crois. Belle dame blanche, tourment de mon cœur, cruelle ! Souviens-toi encore : cette femme qu'un an plus tôt on avait trouvée dans la feuillée du Bois d'Angus, avec toute son escorte...

– Onfroi de Trézhuel, tu ne mérites pas le nom d'homme ! Cette femme portait un enfant. Je l'ai pris. Et je te l'ai donné ! Donné ! Donné ! Isaine ta fille est l'enfant de cette femme et du comte Jean de Montfort, ton ennemi. Isaine, ton remords éternel ! Ta damnation sur terre ! Je te souhaite de vivre cent ans, pour souffrir et souffrir encore, chaque fois que tu la verras ! Chaque fois que tu entendras prononcer son nom !

Gwenn ne s'appartenait plus, et pourtant elle était maintenant apaisée. Elle s'était relevée d'un bond, avait franchi d'un saut, comme en rêve, les trois pas qui la séparaient du lit, s'y était assise sans en avoir conscience et, avec une force insoupçonnable chez une femme, avait saisi l'homme allongé, qu'elle avait dressé contre elle. Elle lui avait parlé en plein visage, front contre front, d'une voix qui n'était plus exactement la sienne, rauque et affreusement calme.

Lui, les râles qui lui sortaient des lèvres étaient d'exécration et d'extrême humiliation. La sueur lui dégouttait par tout le corps et il sentait tous ses poils et ses cheveux se hérisser sur lui. Toute sa vie, à cause de cette femme, qui aujourd'hui le tenait en ses poings, n'avait été qu'un lamentable échec. Il était en son pouvoir. Du premier jour où il avait croisé son premier regard. Rien n'avait servi à rien. Elle, elle seule, menait le jeu. Il n'était qu'un pantin au bout des beaux doigts de Gwenn Daouën de Kerrud.

Tout le mal qu'il lui avait fait, elle le lui avait rendu au centuple, bien avant qu'il commençât.

Peut-on mourir d'un orgueil dépecé à coups d'ongles ? Peut-on mourir de honte ? Non. Hélas ! Le pire était qu'en cet instant il se sentait le corps et la tête à vivre ces cent ans qu'elle venait de lui jeter tel un sort !

La fièvre le prit à la cervelle et il crut qu'il devenait fou. Il pleurait comme un enfant :

– Tu es morte, Gwenn. Depuis tant d'années, tu es morte. Et je t'aime encore. Je t'aime encore.

Elle le lâcha avec un tel geste de dégoût, un tel regard de mépris, qu'ils eussent fait rentrer sous terre tous les chênes du Bois d'Angus.

Elle se leva, remit de l'ordre dans ses vêtements, avec des gestes sûrs, lents. Elle sourit et dit gentiment :

– J'oubliais de te dire, Onfroi : tu as un fils. Notre fils. Adieu.

Et lui tournant le dos, elle marcha vers la porte.

Un pourceau qu'on égorge crie bien moins fort et bien moins laidement que ne le fit le seigneur de Trézhuel à cette nouvelle :

– Où est-il ? Qui est-il ? Reviens !

Elle ouvrit la porte, sortit, referma la porte, à clef, laquelle elle glissa, rugueuse, lourde et froide, sous sa chemise.

– Reviens !

Elle s'engagea dans la spirale de l'escalier. Onfroi derrière elle, ainsi qu'autrefois il était dans ses façons de faire, attaquait le bois d'huisserie à coups de hache. A grands « ahans » et renforts d'imprécations.

Au tapage qu'il fit, on accourait de tous côtés. Ceux qui montaient croisèrent la dame et s'écartèrent sur son passage, devant son sourire énigmatique et noble.

Isaine et Gosselin, vêtus, armés, prêts à partir, l'attendaient deux étages plus bas. Elle n'eut qu'un mot : « Vite ! » Gosselin la saisit par un bras, Isaine par l'autre et ils se faufilèrent au pas de charge jusqu'à la cour où Garin attendait avec les chevaux harnachés et les hommes de Kerrud, en selle.

– Mon Gosselin, c'est la fin de Trézhuel ou la nôtre ! dit la dame blanche.

– Il me semble, oui, répondit son fils en serrant dans sa main le pied qu'il lui mettait à l'étrier.

Le ton était léger, le regard grave, l'ensemble de grande complicité.

Ils enfourchèrent les montures, qu'ils talonnèrent.

Au donjon, Onfroi menait son gros chahut. Il avait eu raison de la porte. Debout sur la passerelle de pierre, haute comme un viaduc, sur laquelle à l'instant son exécrable parentèle détalait, il beuglait, vacillant, la hache au poing :

– Prenez-les ! Tuez-les ! Apportez-les-moi ! Je veux voir leurs trois têtes garnir mes linteaux ! Qu'on me les tue ! Qu'on me les...

Il bavait, tanguait sans pouvoir progresser d'un pas tant sa rage le secouait. Sa voix se brisa net sur cet ordre inachevé ; il s'effondra d'une masse, terrassé.

– Une fois, j'ai vu un bœuf mourir comme ça, dit Garin. Son cœur, de colère, avait éclaté.

– Tais-toi ! cria Gosselin. Fonce !

Les cavaliers de Kerrud, lancés au galop dans la cour, voyaient se rapprocher à toute allure le cordon des gardes hérissé de piques tendu entre eux et la porte de la première enceinte, close évidemment.

Gosselin, Garin, Isaine, tous trois l'épée au poing, allaient en tête. Gwenn, pressée de toutes parts pour sa protection, venait au centre de la formation. Elle serrait dans sa main une dague que son fils lui avait confiée, bien décidée à vendre chèrement cette tête dont Onfroi Le Hac voulait se faire un ornement architectural.

– Sang-Dieu ! Garin ! Si nous passons, je te fais chevalier ! hurla Gosselin en éperonnant Guingamor.

Ils se jetèrent en avant et le choc fut aussi violent qu'inévitable. Ils ferraillaient durement, impitoyablement, dans une demi-pénombre où pleuraient les yeux rouges de quelques torches fichées dans la muraille.

Garin dans la mêlée avait choisi deux gars énergiques. Avec eux, il monta dans la tourelle portière neutraliser les gardiens de la machinerie.

Isaine se battait bien ; comme un homme, comme elle l'avait appris.

Autour de Gwenn, ses défenseurs s'étaient déployés en cercle, les queues de leurs chevaux tournées vers la dame, grande fleur batailleuse dont elle était le cœur. Quelques pétales tombèrent, avec un grand fracas et des hennissements, contraignant Blanche Daouën à jouer du poignard et des talons pour sa sauvegarde.

Garin revint avec à la cuisse un profond coup de taille, qui le faisait jurer et redoubler d'ardeur.

Gosselin faisait tournoyer Guingamor à la seule force des jambes. Il luttait des deux mains. A l'épée, à la masse d'armes, il tranchait, assommait, leur ouvrait un passage vers les lourds battants de chêne cloutés qui s'étaient entrebâillés.

– Le feu ! cria quelqu'un. Le feu !

Ce fut ce qui les sauva. Cette fugace distraction, ce sursaut de panique provoqués par le cri chez les gens de Trézhuel. Fallait-il courir au puits et sauver le château, ou bien exécuter les ordres du maître, que du reste on n'entendait plus ? Gosselin et les siens mirent à profit cette hésitation. Ils se ruèrent par l'étroite issue que leur offrait la porte.

Des volutes noires et rousses bouffaient aux fenêtres du donjon où dansaient des lueurs. Ce fut ce qu'Isaine aperçut en jetant un coup d'œil par-dessus son épaule, en pleine fuite. « Deuxième étage, pensa-t-elle. C'est la chambre de Miliau... » Et son cœur se crispa.

– A Kerrud, compagnons ! brailla Gosselin en brandissant Morrigane.

Comme un seul homme, ils franchirent au grand galop,

dans un bruit de tonnerre, arrachant l'herbe, la terre, les cailloux aux fers des sabots, l'espace entre les deux enceintes.

Sur le pont baissé, se tenaient Even Bodmaël, Rennequin de Ferveyant et Renan de Saint-Blin. Ils n'eurent que le temps de bondir se plaquer contre les parois de l'arche. Quand la troupe des fuyards ne fut plus qu'un brouillard de poussière, qu'un lointain grondement, Rennequin fit remonter le pont. Renan bougonna :

– Dieu vous garde, les Daouën.

Even lui frappa l'épaule pour signifier qu'il approuvait. Ils revinrent vers le château d'où ne jaillissait déjà plus ni flammes ni fumée, à part celle des torches que l'on voyait sillonner l'avant-cour.

*

* *

L'horizon sur le jour levait sa longue paupière quand on parvint en vue des créneaux de Kerrud. Chacun y était à son poste. Tout et tous étaient prêts, ainsi que Gosselin en avait la veille prévenu Geoffroy Guillaume, à essuyer une éventuelle attaque du sire de Trézhuel.

Toute la compagnie s'engouffra à l'abri des murs. Quand ils eurent repris leur souffle, Gosselin dit devant tous :

– Garin Jeandeleur, je te l'avais promis, tu l'as mérité : je vais te faire chevalier. Maintenant.

Garin devint blême, balbutia :

– Messire Gosselin... je croyais que c'était pour rire...

– Crois-tu que ce soit chose qu'on dise pour rire ? Je te permets de ne pas t'agenouiller, à cause de ta blessure.

Il tira Morrigane, toucha du plat de la fière lame chaque épaule de son écuyer, prononça à voix sonore :

– Au nom de Dieu, de saint Michel et de saint Georges, sois preux, Garin Jeandeleur.

La colée qu'il lui appliqua ensuite sur la nuque fut si rude que Garin chancela et faillit choir, des étoiles sautillant devant ses yeux.

– Pour l'amitié ! rit Gosselin.

Et les deux hommes s'embrassèrent. On faisait silence autour d'eux, tant l'émotion était forte. Tandis que les femmes et le père Isselbert soutenaient Basilie à demi pâmée de félicité, trois écuyers furent désignés parmi les jeunes de la mesnie. Ils devraient servir, défendre et accompagner en guerre les chevaliers Daouën, Guillaume et Jeandeleur.

*
* *

Onfroi Le Hac ne vint pas assaillir Kerrud. Rétabli après la crise qui l'avait renversé et un moment tenu vaincu, ce diable d'homme était allé rejoindre Charles de Blois et Bertrand Du Guesclin.

Mais dans l'après-midi qui suivit la tumultueuse nuit de Trézhuel, on vit venir un cavalier. Quand il se présenta à la porte, Gosselin alla ouvrir lui-même. Enlevant de selle une petite fille aux cheveux mouillés de bruine, il la tint dans ses bras :

– Berched ! Qu'est-ce qui se passe ?

Elle baissait le nez, tortillait sa jupe :

– Le feu, hier, c'était moi. J'ai peur d'être battue.

XXVIII

Aux chances de la guerre, à la volonté de Dieu !

ISAINE s'éveilla. C'était au début de septembre. Elle flottait en ce lieu de temps et d'espace, vague et bienheureux, où l'on n'éprouvait pas encore le poids du chagrin, le fardeau de la journée et de toutes celles à venir. Il faisait nuit encore et aucune aube ne paraissait s'annoncer.

Tout était silence et obscurité, illusion de douceur et de bien-être, qui d'un coup se déchira : le croc d'or d'une chandelle mordit la pénombre, dévoila et mordilla le corps des choses.

Gosselin était tout près d'elle, debout contre le grand lit fourré de couettes, où tout à l'heure il lui avait fait l'amour. Beau comme saint Georges ou saint Michel, vêtu de cuir et de fer, Morrigane au côté, il lui caressa d'un doigt les lèvres pour l'éveiller tout à fait. Froide, dure était la peau du gant, impitoyable ce poing, qui venait d'écraser son cœur. Elle s'accrocha à lui, mais ses ongles trop tendres glissaient sur la carapace étincelante de cette poitrine chérie :

– Gosselin ! Emmène-moi !

– Isaine, amour, je ne puis.

Oh ! Cette guerre maudite qui l'enlevait à elle, qui l'arrachait à elle ! Qui le prenait peut-être pour ne plus le lui rendre !... Elle aurait voulu s'évanouir, pour ne plus tant souffrir ; elle aurait voulu que s'immobilisât le temps, pour jamais, pour le garder toujours. Ou bien être déjà demain et commencer à l'attendre...

– Quand reviendras-tu ?

– Je reviendrai.

Il la détacha de lui, la déposa sur les coussins déjà froids de la couche désertée, ainsi qu'en un tombeau. Il l'abandonna au brûlant poison de ses larmes amères et se hâta, sans un dernier regard, vers la cour où Garin et Geoffroy l'attendaient avec les écuyers près des chevaux sellés et d'un mulet chargé de vêtements et de vivres.

Isaine ne se jeta pas à la fenêtre pour les voir s'éloigner : elle n'en avait pas la force. Comme il lui manquait déjà !

Avec un aboiement caverneux qui lui noua la gorge, le pont-levis, dans un brame de chaînes, vint aborder la muraille. Elle ferma les yeux, les mains à plat sur son cœur en pleurs, au doux de cette poitrine meurtrie de toutes les caresses qu'elle ne recevrait plus, de toutes les bouches d'enfants qu'elle n'aurait peut-être plus de lui. Dans la chambre seigneuriale, sous le dais imposant des courtines et de l'ombre, Isaine gisait.

C'était au début de septembre.

*
* *

Jean de Montfort, en juillet, en août, avait recruté, en Angleterre et en Bretagne, des hommes à se faire une armée. Après quoi, il alla mettre le siège devant Auray, qui était à Blois depuis le début de la guerre, belle ouverture sur la mer, dans le golfe du Morbihan.

Le vieux duc Charles était malade. Mais dès qu'il sut Auray assiégée, en grand danger d'être prise, il rassembla ses barons de Bretagne, vassaux, amis et parents, afin de lui porter secours. De France, lui vint une aide importante, en armes et soudoyers. En grands seigneurs aussi : Auxerre, Joigny, Châlons et... Bertrand Du Guesclin.

Depuis la fin de mai, régnait un nouveau monarque : Charles, cinquième du nom, longtemps régent du royaume durant la captivité de son père en Angleterre au lendemain de la navrante défaite de Poitiers.

Très tôt mis au fait des préparatifs de son rival, Jean de Montfort, pour enfler son armée, appela à son aide le Prince de Galles, qui en soutien lui envoya John Chandos. De son tuteur Edouard III, il reçut d'Angleterre le concours de Robert Knolles ; et d'Hughes de Calverley.

Ainsi, à peu de chose près, les deux armées ennemies se trouvaient-elles à égalité en nombre, ayant chacune à sa tête un capitaine illustre : Bertrand Du Guesclin pour l'armée franco-bretonne, John Chandos pour l'armée anglo-bretonne.

Montfort, une fois encore, fit demander qu'on négociât la paix, le partage du duché. Charles de Blois, pendant tout le temps des pourparlers, cet hiver 1363-1364, ne s'était pas montré, ni Jeanne de Penthièvre son épouse, qu'on ne vit pas une fois.

Après Evran, on avait cru à la paix. Si bien qu'on avait dispersé les troupes. Les négociations continuaient. Mais au jour de définitivement sceller ce traité de partage, Charles de Blois refusa. Propos arrogants, déclaration de guerre.

Le parti de Blois la voulait cette guerre, confiant absolument dans l'issue d'une lutte nouvelle. Dès lors, avec certitude, la grande seigneurie de Bretagne, groupée autour de Charles, animée de l'esprit de Jeanne de Penthièvre, se considérait triomphante.

Le parti de Montfort était essentiellement constitué par la petite noblesse.

Guingamp, Lamballe, tenaient pour Blois ; Guérande, Hennebont, pour Montfort. Traditions locales. Mais le peuple du duché, brisé, fourbu, de cette guerre interminable, épouvantable, ne désirait qu'une chose : qu'elle cessât. Un duc, un autre, quelle importance ? Pourvu qu'on vécût en paix !

Charles, seul, eût sans doute accueilli cette requête pacifique de Montfort. Mais Jeanne de Penthièvre, indomptable et furieuse, jeta son époux à la bataille, soutenue par les grands barons de France et de Bretagne.

– Que Jean de Montfort déguerpisse d'Auray, fut-il répondu au messager de la paix. Qu'il s'en retourne et demeure dans son Comté de Montfort-L'Amaury, où nul n'ira plus lui chercher noise. Mais qu'en Bretagne jamais ne reparaisse, sinon gare ! Qu'il déguerpisse de devant Auray ! Faute de quoi, sous quatre jours, bataille lui sera livrée ! Et rudement ! Quatre jours !

C'était au soir du 24 septembre.

Charles et son armée passèrent, à trois lieues d'Auray, la nuit du 27 au 28 septembre. Les assiégeants se tenaient sur un plateau, à la rive droite du Loch. Charles de Blois, avec ses quatre mille compagnons d'armes et partisans, emprunta pour gagner Auray la rive gauche de la rivière.

Chacun se trouvait ainsi d'un côté et d'autre de l'eau, « Bretons d'Angleterre » et « Bretons de France ».

Montfort et les siens étaient postés, près de la forêt de Rostevel, sur les coteaux bordant la plaine marécageuse où coulait le Loch. A l'ouest, un plateau dominait la plaine. Blois s'établit sur la rive opposée.

Jean de Montfort renouvela ses propositions pacifiques. Refus. Evidemment. Durant la nuit, il y eut escarmouches.

Dimanche 29 septembre, peu après le lever du soleil, Charles de Blois et son armée passèrent le Loch à gué, sans rencontrer aucune difficulté. Le gué passé, tous mirent pied à terre et laissèrent les chevaux. Puis marchèrent vers la colline où se tenait Montfort. C'était là opération délicate, ardue, en armes et armures, de gravir cette hauteur. Dangereuse aussi, car si l'ennemi se portait à les en empêcher, jamais ils n'y parviendraient. Il ne pourrait y avoir bataille que si les deux armées se retrouvaient face à face.

Quand les Franco-Bretons eurent laborieusement gravi la pente qui menait au plateau où siégeait l'ennemi, lequel les laissa faire sans broncher, ils se déployèrent en une ligne vaste.

L'armée anglo-bretonne était, elle, rangée plus au sud, son flanc droit appuyé contre un village. Une demi-lieue à peu près séparait les deux troupes adverses.

Le silence était grand sur l'étendue rase, poussiéreuse, bourrelée de touffes et de buissons rugueux. Il manquait le souffle, l'impatience cliquetante et bourrue des chevaux. Il manquait ce « haut-voir » et cette force, cette vitesse, que l'on se sent au corps, au cœur, au bras, lorsqu'en bataille on est en selle. L'homme est petit sans son cheval. Petit et faible ; lourd aussi. Surtout l'homme d'armes, le combattant. Il devient lion alors, avec pour secours sa seule force unique et sa grande rage de cœur.

Du Guesclin avait divisé l'armée franco-bretonne en quatre corps. Le premier commandé par lui-même, composé de petits gentilshommes bretons. Dans cette bataille [1] fut Onfroi de Trézhuel, avec Rennequin de Ferveyant et Renan de Saint-Blin.

Le second corps d'armée était composé de Français, avec à sa tête les comtes d'Auxerre et de Joigny.

Charles de Blois lui-même commandait la troisième bataille, avec autour de lui les noms les plus illustres de l'aristocratie bretonne : Rohan, Léon, Avaugour, Rochefort, Dinan, Malestroit... et d'autres.

Le quatrième corps constitua la réserve et reçut quatre chefs.

Du côté des Anglo-Bretons, John Chandos avait lui aussi partagé son armée en quatre divisions, composée chacune de huit cents à mille hommes. La première était commandée par Robert Knolles, la deuxième par Olivier de Clisson ; la troisième avait à sa tête Montfort et Chandos.

1. Ici, a le sens de corps d'armée.

Dans la bataille de Montfort, se trouvait Gosselin de Kerrud avec Garin Jeandeleur. Geoffroy Guillaume se tenait dans la bataille d'Olivier de Clisson.

La quatrième division, qui constituait la réserve, était aux ordres d'Hughes de Calverley.

On tenta bien encore de négocier, comme toujours. Mais en vain... comme toujours.

Charles de Blois leva une main en gant de fer, se campa sur ses jambes de fer :

– Plutôt que de laisser en proie à de telles misères, à de telles angoisses, mon peuple dont j'ai si grand-pitié, je préfère m'en remettre aux chances de la guerre, à la volonté de Dieu, et je veux combattre pour le défendre. [1]

Et tout, ce jour-là, se fit et advint « par la volonté de Dieu ».

---

1. Cité par Arthur Le Moine de la Borderie, dans *Histoire de Bretagne*, T. Troisième, p. 589, éd. Joseph Bloch, imprimeur-éditeur à Mayenne, 1975.

XXIX

La geste de Gwenn

– MA Dame Blanche, dit Isaine, j'ai lu les lettres du coffret. Je sais le secret. Comme Gosselin le sait, mon époux chéri. Et Monseigneur Jean de Montfort, qui est...

– Chut ! fit Gwenn avec douceur. Nous dirons les mots plus tard. Quand nous saurons l'issue de leur guerre, quand ils seront revenus. Ce soir, nous prierons pour eux. Voici ma geste, Isaine, et voici ton histoire...

« Rozenn de Trézhuel, ma sœur jumelle, ce printemps 1341, se trouvait en mal d'enfant. Comme elle arrivait sur son terme, je me rendis auprès d'elle pour l'assister. J'allai seule de Kerrud à Trézhuel ; j'en avais l'habitude et en ces temps les sentiers étaient sûrs. J'étais à la moitié du chemin, dans le Bois d'Angus, cette parcelle entre les deux fiefs, longue comme un ruban et partiellement en friche, où se trouve la chapelle. Je ressentis l'urgence de m'écarter dans le sous-bois, pour satisfaire un besoin naturel. J'y étais occupée, lorsque j'entendis un gazouillis que je pris d'abord pour celui d'un oiseau. Mais il était déjà tard, il faisait presque nuit et il est bien rare, même en avril, que les oiseaux chantent la nuit.

Je me hâtai donc, cherchant dans les taillis, ma lanterne à huile dans un poing, la bride de mon cheval dans l'autre. Ce fut parmi les jeunes fougères en crosses et les vieilles feuilles de l'an passé que je découvris une femme couchée.

« Je m'agenouillai près d'elle, pensant lui venir en aide, car cette femme avait mis au monde un enfant, là, dans la forêt. Elle sanglotait à fendre l'âme et je vis en approchant mon lumignon qu'elle portait à la tête une plaie profonde, que l'on distinguait mal à cause de ses cheveux épais. Les cernes bleus autour des yeux sans éclat, les lèvres brunes, comme aspirées par la bouche dans un ultime et vorace besoin d'air, de vie, ainsi que les mains glacées aux doigts gourds, montraient assez à quelle extrémité la pauvre se trouvait.

« Au geste de pitié que je fis vers elle, la blessée battit faiblement des paupières, s'agrippa à mon poignet, rassembla en gerbe tout ce qui lui restait de souffle, ordonna d'une voix extrêmement faible : "Silence. Toujours silence." Elle me montrait un objet. C'était un coffret d'argent au couvercle ciselé d'un cygne et d'autres symboles héraldiques. Ses doigts se relâchèrent, le regard s'éteignit tout à fait. Elle était morte.

« Je saisis l'enfant, que j'emmaillotai d'un bout de jupon déchiré sur sa mère, en me signant et en balbutiant la prière des défunts dont je mélangeais tous les mots. Je couvris comme je pus la malheureuse de son manteau de voyage, emportai le bébé et le coffret.

« La nuit était inquiétante, rouge. Une nuit de sang. Sang du ciel et de la terre, ruisselant au firmament par une plaie ronde, ouverte avec une arme de cuivre et d'or : lune d'avril, froid mensonge des divinités, illusion, soleil aveugle, soleil obscur, sans rayonnement ni chaleur.

« Toi, mon enfant de la lune rousse, Isaine, ma paix, ma joie et mon remords ; toi, ma petite âme, tu t'étais endormie, confiante, bercée par le trot du cheval. »

Gwenn se tut un moment. Les deux femmes ne se regardaient pas. Seulement leurs mains se tenaient, sans étreinte, juste ce qu'il fallait à ces deux cœurs pour savoir qu'ils battaient la même mesure d'amour. Gwenn poursuivit son récit :

– J'arrivai au château de Trézhuel, l'enfant dissimulée contre moi. J'appréhendais qu'elle ne se mît à vagir. Mais elle se tut et personne ne prit garde à moi. Je m'engageai dans l'escalier. Trois tours de spirale pour atteindre la chambre de Rozenn. Au dernier tour, une ombre massive me masqua la chevelure pourpre de la torche murale, qu'un courant d'air ébouriffa. Je me sentis devenir froide, dure ; pierre parmi la pierre, quand la voix habituellement tonnante d'Onfroi de Trézhuel se fit presque murmure pour oublier de me saluer, me barrer le passage : « Que cachez-vous, belle dame, sous ce manteau ? Outre des appas qui mettent depuis toujours, rien qu'à les imaginer, mon sang à bouillir ? ! »

« A sentir son haleine, ce n'était pas seulement son imagination concupiscente qui lui mettait cette nuit le sang à bouillir ! Il s'approcha dangereusement du paquet vivant que j'étreignais, fit mine de me saisir par la taille. J'eus alors si peur, que plus morte que vive je m'entendis gronder : "N'oubliez jamais, Onfroi de Trézhuel, que j'ai un époux." Toute la physionomie d'Onfroi exprima d'un coup une franche colère, à laquelle se mêlait bien pire : l'envie. L'envie cuisante d'un être plein de fougue et... d'amertume. Le violent emballement des sens mais aussi la convoitise rageuse jusqu'à la haine des biens d'ici-bas et, si possible, des biens d'autrui.

« Son recul, sa soudaine réserve, n'auraient été que d'un instant, si de l'étage supérieur la voix déchirante, suraiguë de son épouse n'était venue bruyamment rappeler que le travail d'enfantement avait commencé. Onfroi leva la tête avec un curieux orgueil dégoûté, rentra dans l'encoignure de la porte, affichant le terrible mépris des hommes mauvais ou lâches, que terrorise et confond cette grande inconnue : la femme.

« Je mis à profit ce retrait pour m'élancer à l'assaut des

dernières marches, tandis qu'heureusement couverts par les hurlements de la dame en gésine, des hoquets de saine colère jaillissaient de sous mon manteau.

« Avant de se fondre dans l'atmosphère dorée de la pièce où ronflait un feu de chêne, le seigneur de Trézhuel lança avec une ironie pleine de rancœur : "Il a beaucoup de chance, le grand Gurval !" Puis, en se versant une lourde rasade de vin vermeil dans un hanap d'argent, il ajouta mais pour lui seul : "Finira bien par passer, sa chance !" Cette phrase bougonnée dans les vapeurs du vin et de l'insomnie, qui sonnait du mauvais timbre d'une menace, je l'entendis à peine, puis l'oubliai. J'entrai dans la chambre où Rozenn venait tout juste de s'évanouir.

« Brenda était là, qui me jeta par-dessus son épaule un regard perçant, chargé de circonspection. La grande habitude qu'elle avait des enfants en partance d'existence lui avait fait savoir avec certitude, dès que j'avais franchi le seuil, que je n'étais pas seule. Brenda savait bien que ce n'était pas la pauvre chose chétive, sanguinolente et noirâtre qu'elle tenait entre ses mains, qui venait d'émettre ce vigoureux appel à la vie et à ses joies ! "L'enfant de Trézhuel est mort, dit-elle tout simplement. Pas la plus petite envie d'essayer ce monde-ci ! Bien inspiré de ne pas avoir tué la mère, petite charogne !" Brenda empaquetait le minuscule cadavre pour le jeter, tout en rivant ses yeux durs au fond de mon crâne. "C'était un gars, prononça-t-elle avec un calme qui sonnait faux, et le vôtre ?" "Une fille", dis-je seulement en lui tendant le bébé pour qu'elle le couchât dans le berceau.

« Je dis à Brenda, d'un ton que je m'efforçais de rendre sévère : "Tu n'as rien vu. Rozenn de Trézhuel est accouchée cette nuit d'une fille. Tout s'est bien passé. La mère elle-même ne s'est rendu compte de rien. Cette petite est sa fille. Tu m'entends bien ?" Pour toute réponse, Brenda émit un grognement sourd, à la semblance de ceux des chiens, quand ils sont mécontents ou bien que les alarment une odeur incertaine, un son inhabituel. C'était un parfum d'insolite que Brenda reniflait. Elle demanda d'un ton brusque : "Où avez-vous volé le bébé, Gwenn Daouën ?" Il n'y avait dans sa voix ni crainte ni respect. Elle s'adressait à moi, dame de Kerrud, ainsi qu'à une égale. Sa seule question était une accusation. Je serrai ses vieux vêtements poudreux dans mes deux poings et dis encore : "Tu n'as rien vu, Brenda, et tu vas te taire. Ferme ta mémoire, ta bouche voue-la au silence et moi je n'aurai pas à prononcer publiquement le mot qui t'enverrait en enfer !" "Le mot ?" s'étonna Brenda. J'ai soufflé dans son oreille buissonnée de poils : "Sorcière." Elle s'est dégagée avec un ricanement serein.

« Rozenn faisait mine de s'éveiller. J'insistai : "Jure-moi, Brenda." "Et sur quoi veux-tu que je jure ? Sur la Bible ? Sur la Croix ? Ou sur les cornes de Satan ?" Puis, se penchant sur l'accouchée, elle dit : "Dame de Trézhuel, vous avez une fille."

« Soulagée, je m'assis au chevet de ma sœur. Alors seulement, je le vis.

« Il était adossé contre la porte. Il me fixait. C'était sur moi deux mares d'ombre, comme deux cataplasmes tièdes, lénifiants. Il était si petit que la première ferrure du lourd battant de chêne passait derrière sa tête. La découpe en volutes du fer forgé lui faisait deux cornes de bélier. Petit mâle noir, cornu et méchant ! Il avait tout vu, tout entendu, l'enfant aîné de Trézhuel, l'héritier : Miliau.

« Un enfant si jeune pouvait-il comprendre toutes les choses ? Celui-là avait sept ans, avait tout compris et se souviendrait. Mais s'il parlait, le croirait-on ?

« Plus tard, j'ai quitté Rozenn endormie. L'enfant en chemise m'a suivie dans l'escalier, jusqu'à la salle où le petit jour mauve s'installait en trottinant. Je me suis retournée et je lui ai fait face. Il était immobile. Il se taisait. Il ne cillait pas et je me noyais dans ce regard d'enfant, qui n'exprimait aucun sentiment déchiffrable, comme dans un étang de poix. Il s'enfuit, brusquement. Ses pieds nus clapotaient sur les dalles comme ceux des jeunes palmipèdes maladroits dans les flaques à marée basse. Bien après que j'eusse quitté Trézhuel, j'avais l'impression qu'il me suivait encore.

« Quand je parvins au Bois d'Angus, je vis qu'il grouillait de monde. Gurval, mon époux, était là, avec des bûcherons, des gens d'armes. Un forestier avait retrouvé la pauvre femme assassinée, au matin plus qu'à moitié dévorée par les bêtes sauvages. Il avait donné l'alerte. Gurval et ses compagnons avaient découvert d'autres cadavres. Tous des hommes, que leurs cottes de mailles avaient protégés des crocs prédateurs. Une dame et son escorte, qui avaient été attaqués. Des brigands plutôt que des fauves : l'absence de chevaux, de bagages, d'armes, évoquait la rapine. On fit des trous, on y poussa les dépouilles, que l'on couvrit de feuillages, de branchages. L'enquête allait être délicate, ennuyeuse, car la tragédie s'était déroulée sur une terre indivise. Un événement aussi inattendu que dramatique se chargea cependant de faire oublier l'affaire du Bois d'Angus.

« Tandis que nous reprenions le chemin de notre donjon, mon époux et moi, nous avons entendu... une cloche. Puis une autre. Une autre encore et enfin toutes les cloches à la fois. Lents battements tristes. Timbre clair de l'église du hameau de Kerrud, voix fêlée à la chapelle du vieux château. Plus loin, portées par le vent, celles des autres villages : Brodenn, Lescuven, Ruzavel. Plus loin encore, Crozon, Rostudel, Saint-Hernot, Camaret... Elles ne se répondaient pas ; elles jacassaient toutes à la fois, prises de panique. Certaines criaient tocsin, leurs voisines pleuraient glas ; d'autres carillonnaient d'impatience, de dépit. Consternées, voilà ce qu'elles étaient les cloches, ce matin du 1er mai 1341 ! Toutes ces campanes étaient devenues folles furieuses ! C'était comme si toute la Presqu'île, toute la Bretagne, d'un coup, s'était prise de folie. Toute la Bretagne, oui !... Gurval et moi, nous nous sommes regardés. Nos doigts, d'instinct, se joignirent. Un laboureur venait vers nous en courant.

Arrachant son chaperon qu'il tritura entre ses mains, il dit, l'air égaré : “Le bon duc Jean est mort.”

« La mort du duc Jean provoquait l'étonnement et la consternation. Pour la plupart, il n'était qu'une entité invisible, mais auréolé de la magie du pouvoir, ce qui lui conférait une quasi-immortalité. Défunte cette idée d'homme, on se sentait perdu et un peu comme trahi. On avait, tout au long de son règne, qui fut de vingt-neuf années, surnommé Jean III “le bon duc”, comme avant lui on avait surnommé son père Arthur et son aïeul Jean, deuxième du nom. Quand on a été rodé à tant de “bontés” se succédant, quand on vit depuis tant d'années dans un duché paisible et florissant, on ne peut s'empêcher de redouter que la “bonté” à venir ne soit moins “bonne” que la précédente !...

« Ce fut plus tard, au cours du dîner, que j'entendis parler du comte de Montfort. “Le comte de Montfort est-il possesseur de la châtellenie de Guérande ?”, demandai-je. Car j'avais lu les lettres de la cassette d'argent et un grand doute venait de me saisir. Gurval Daouën me répondit : “Oui. Une châtellenie bien modeste. Le duc Jean a toujours tenu à ce que son frère fût écarté du pouvoir, maintenu dans une humilité qui risque aujourd'hui de devenir source de revanche. Mais, ma mie, qu'avez-vous ?” Pour rassurer mon époux, ne pas éveiller de soupçons, je répondis qu'on me pardonne, que j'allais prendre un peu de repos. Je m'enfermai dans ma chambre, mon petit Gosselin avec moi, qui avait cinq ans, et je relus les pièces du coffret. Aucun doute possible : ce sceau était bien celui de Jean, comte de Montfort, châtelain de Guérande, héritier présumé de la couronne ducale... peut-être prochain duc de Bretagne ! Dans mon émotion, j'ai laissé tomber la boîte. J'ai dû m'appuyer au mur car un vertige m'avait prise, qui me faisait perdre l'équilibre : l'enfant que j'avais la nuit passée trouvée dans le Bois d'Angus, cette enfant bien vivante que j'avais confiée à une mère qui n'était pas la sienne et qui n'en savait rien ; cette fille minuscule était bâtarde de Montfort ! Si celui-ci affirmait sa prétention, somme toute légitime, au gouvernement du duché...

« Gosselin avait ramassé le coffret et me le tendait. Je fus tentée de jeter dans le feu de la cheminée les lettres et leur coquille précieuse ; qu'elles partent en fumée, que le silence retombe sur cette histoire. Comment garder un aussi lourd secret sans qu'un jour, par son poids même, il ne vous tombe des lèvres ? Qui m'aiderait à porter ce fardeau ? Personne. Même pas Gurval.

« Je venais de comprendre les mots ultimes de Viviane Cadour, la morte du Bois d'Angus, ta mère. Et du même coup cette évidence qui me faisait mal : même Gurval ne devait pas savoir. J'étais seule dans cette affaire et y devais demeurer seule. Epreuve, mission ou seulement hasard ? Dans l'ignorance et l'inquiétude de ce que réservait l'avenir au duché, à nous tous, Kerrud et Trézhuel, je devais conserver et cacher, pour toi, le coffret aux lettres : ce modeste butin était ton héritage, ta possession, les preuves uniques de ta véritable identité. Je sus qu'un jour tu aurais besoin de moi, de ce que je savais. Que là serait la condition de ton bonheur.

« Ce fut à Miliau Le Hac que je confiai le secret, en mars dernier... »

Isaine eut un violent sursaut, ne put articuler une parole : Miliau savait ! Miliau savait que Gwenn Daouën était vivante et il ne lui avait rien dit ! Miliau savait qui était Isaine de Trézhuel et il ne lui avait rien dit ! Mais c'était dans l'ordre du désordre de Miliau ; il avait fait tant de mensonges ! Il lui avait même appris en pleurant que Gosselin était mort quand il ne l'était pas, alors...

« Ma rencontre avec Miliau, mon neveu, fut à l'origine un hasard. Quand je sus le nom de ce voyageur, qui demandait à passer la nuit à l'abbaye, je chancelai. La surprise, l'émotion, la gêne farouche entre lui et moi, tu peux aisément les concevoir.

« Quand je l'eus accueilli, il me révéla qu'il allait t'épouser, qu'il désirait pour ce faire les preuves de ta naissance. Il me demanda en outre que j'agisse de manière à vous léguer le château de mon père, Krell, les droits sur le domaine ; il voulait vous y installer tous deux. Il m'apprit la mort de ma sœur Rozenn, de mes neveux ; me donna des nouvelles de son père, fort vagues du reste. Il ne me parla pas de Gosselin. Ni pour me dire qu'il était vivant et revenu à Kerrud depuis deux années. Ni pour me dire en quel état il se trouvait alors, entre vie et trépas, grâce à lui et à ses chiens !

« Quand il me quitta, il savait tout de toi et de ta vraie ascendance. Il était bouleversé à l'extrême. Tant, que j'eus presque à ce moment une faiblesse d'affection à son endroit. Le traître m'embrassa avec douceur et respect, me promit de revenir avec toi, vos épousailles accomplies, afin que je te remette le coffret et que nous traitions ensemble des affaires de Krell. Il ne revint pas. Moi qui ignorais les événements d'ici, moi retirée du monde et vivant entre des murs de paix et de quiétude recueillie, j'avais depuis vingt ans presque oublié que l'humanité n'était que turpitudes et malheurs. Les premiers temps, je ne m'inquiétai pas. Les mois passant, je commençai à me poser des questions de plus en plus harcelantes. Finalement, je décidai de venir moi-même jusqu'à Trézhuel vous remettre le coffret et les clefs de Krell.

« En passant le Bois d'Angus, je me promis de ne pas tourner la tête vers Kerrud. Je savais qu'à un endroit, entre les troncs des chênes, on en voyait les toitures du donjon. Je ne pus résister. Je regardai. Alors je vis l'étendard, cette espèce de chien rouge ajouté au blason, qui sautait dans l'azur, et j'ai su que c'était lui. Qu'il était revenu. Je suis tombée de ma jument comme une masse et suis restée longtemps privée de sens. Puis je suis repartie vers Trézhuel, m'acquitter de ma mission, en proie à tous les doutes, toutes les questions, toutes les douleurs et toutes les joies mêlés. Quand je le vis, au bout de la lice, en plein combat, avec ses cheveux rouges et son visage sanglant, je crus voir son père. Mon cœur, Isaine, sautait comme un écureuil fou, d'une branche d'amour à une autre branche d'amour ! »

Isaine se leva d'un bond, resta plantée debout, les poings serrés, si bouleversée de tout ce qu'elle vivait et entendait depuis des jours, qu'elle eût voulu crier grâce. Gwenn lui prit la taille et la rassit à côté d'elle, sur le banc de pierre du jardin, gémissante et tremblante. Oh ! Gosselin ! Comme elle avait besoin de lui ! Tant était vaste le vide qu'avait en partant laissé son époux ! Elle n'en distinguait les limites qu'à travers le brouillard des larmes.

– Je sais à quoi tu penses, dit Gwenn en fixant la porte bleue du jardinet où se trouvait le tombeau de Gurval de Kerrud. Tu te dis : « S'il meurt, je mourrai. » C'était ce que je croyais moi aussi, pour celui qui dort là, derrière cette porte. C'était ce que je crus lorsqu'on me le rapporta du bois, plus blanc que neige et le cœur à demi arraché du corps par la bête noire. J'ai hurlé tout un jour sur cette dépouille chérie, telle louve à la lune. Pas hurlé assez fort pour que Dieu m'entendît et m'emportât avec le seigneur de Kerrud mon époux. Quand j'ai cessé mes cris et repris mon souffle, je n'étais plus que la moitié d'une âme mais il me restait l'autre moitié pour aimer mon fils. Et puis, un an plus tard, on m'extirpa de sous la peau ce qui me restait d'âme en m'enlevant Gosselin.

– Ainsi ce fut votre âme, qui en tombant de vous vous fit si blanche... La privation d'amour, bien sûr, c'est pire que mourir ! J'étais donc si peu pour vous, que vous m'avez abandonnée ?

Gwenn de Kerrud la regarda et il y avait dans ce regard tant d'impuissante tendresse qu'Isaine eut honte de sa question. Elle serra les mains de la dame et chuchota en baissant la tête :

– Pourquoi ?

– Parce qu'Onfroi Le Hac m'avait violentée et que, n'ayant plus personne à aimer, je ne pouvais non plus désormais m'aimer moi-même. Mon beau-frère était revenu blessé de

La Roche-Derrien, où l'année 1347 il y avait eu bataille et défaite pour le parti de Blois. Onfroi était blessé et furieux. Il ne voulait personne d'autre que moi pour le soigner.

« Je m'occupais de lui, de son épouse, ma sœur, de ses enfants, de tout dans ce château qui était le mien et qu'il m'avait pris. Comme il m'avait pris mon fils. Comme il m'avait tué mon fils. Je le haïssais, Isaine ! Je le haïssais, crois-moi, bien plus qu'un cœur humain peut supporter de haine ! Et j'ignorais alors qu'il avait de même assassiné mon époux et ta mère ! Seuls mon horreur du meurtre ou bien le hasard d'une occasion manquée m'empêchèrent d'oindre ses plaies de poison ou de lui planter une dague au corps !

« Un après-midi, au plus fort de l'hiver, de désir hors de sens et du vin épicé qu'il avait bu, fondu de déraison, il se jeta sur moi. J'eus beau me battre et me débattre, il me réduisit à merci et me prit à immédiate rançon. Quand enfin je lui échappai, je courus m'enfermer dans la chambre la plus haute du donjon, me disant et répétant que j'avais toutes raisons de désirer mourir. Je ne suis point de celles qui s'ôtent la vie par désespoir car j'ignore ce sentiment. Mais je voulus m'enfuir et qu'on crût que c'était pour toujours.

Isaine, à l'annonce de tous les crimes de celui que pendant toute sa vie elle avait cru son père, ne tressaillit qu'à peine. Elle était horrifiée, point surprise.

– Dame, qu'avez-vous fait ?

– Tout s'accomplit très vite, j'y réfléchis à peine. J'ouvris la fenêtre, y lançai un hurlement de bête qui soulagea mes nerfs puis m'enfuis par la galerie secrète, au fond de la cheminée, qui conduit au souterrain puis à la forêt. Je suis allée jusqu'à Ruzavel. Là, avec une pierre d'un collier, j'ai acheté un cheval et son propriétaire avec, pour qu'il ne parle pas de m'avoir vue vivante. Il m'a tenu compagnie et protection jusqu'à l'abbaye de Sainte-Rivanon. Il y resta une année avec nous, comme jardinier. Il est mort très douloureusement d'une épine de rosier qui lui empoisonna le doigt. Moi, je suis devenue Sœur Azénor. Puis Mère Azénor... Que te dire de plus ? Que je faillis brûler vive en passant le feu pour ouvrir le passage dans le mur ? Que je manquai cent fois périr de froid ou d'autre manière en traversant le bois avec mon compagnon ? Que durant tout le voyage puis le temps écoulé je ne quittai pas un instant le coffret d'argent de Viviane Cadour ? Quelle importance ? ! J'étais morte, Isaine ; morte et sans âme.

Ce qu'elle ne lui disait pas, c'était ceci : qu'en automne de 1348 elle avait mis au monde un garçon qui fut nommé Guy. Qu'on le lui avait enlevé dès qu'il fut sevré. Qu'elle ne l'avait jamais revu, bien que régulièrement elle en eût des nouvelles par l'intermédiaire des moines de Saint-Guénin où il vivait. Qu'il avait seize ans, était fort instruit, serait clerc, et qu'elle ne l'aimait pas. Si elle avait à Onfroi révélé son existence, c'était pour blesser le seigneur de Trézhuel. Par vengeance. Comme il avait blessé à mort Gurval de Kerrud.

Elle souriait vaguement, mais son œil restait grave. La nuit était si avancée que d'une heure à l'autre on verrait poindre l'aube. Elles avaient parlé toute la nuit, sans ressentir ni le besoin de manger ni celui de dormir, ni le froid de la rosée qui sur elles scintillait.

Basilie Jeandeleur était déjà levée. Elle vint à elles avec des pelisses et un visage d'inquiétude.

– Un homme dort dans la grange, dit-elle. Un voyageur. Il a dit qu'une grande bataille se préparait, près d'Auray. Il a dit que les choses sont allées de sorte qu'on se battra dimanche, au jour de Saint-Michel... Dimanche...

Sa voix se fêla, s'érailla comme de quelqu'un qui pleure.

– C'est aujourd'hui, prononça Gwenn Daouën très bas.

Et les trois femmes demeurèrent ainsi debout, se resserrant l'une contre l'autre, sans se plus rien dire ni se regarder. Leurs yeux fixaient les fenêtres, qui pâlissaient. Et de ces trois cœurs montaient trois prières. Une seule prière.

XXX

Le bras de Saint-Michel

Le soleil s'élevait dans la nue bleutée, fourrée à ras de terre, au bord des landes d'ajoncs où bientôt il chaufferait les vipères, de blancheurs cotonneuses que rebrodaient des rosés, des irisés, des orangés, tendres. Ce matin, comme tous les matins du monde, le soleil s'en venait à la course lente ; mais ce soir, quand il viendrait plonger son feu dans l'écume verte de l'océan, quand ses derniers rayons auraient allumé les premières étoiles, il n'y aurait plus en Bretagne qu'un seul duc. Et peut-être la paix. Ce prodige allait s'accomplir dans la peine et le sang ; les magiciens étaient plus de sept mille, environ quatre mille hommes de chaque côté, sous chaque bannière à l'hermine plain, bannières jumelles et pourtant ennemies mortelles, acharnées, depuis vingt et trois années !

Tous, chevaliers, grands barons et écuyers, se tenaient en vis-à-vis. Ils avaient fini de marcher et l'on eût dit que ce fût pour toujours, qu'un sortilège les eût fixés ici, à jamais, dans le scintillement de leurs armets, de leurs gaines de fer, le chatoiement des cottes d'armes blasonnées, des pennons, étendards et plumails. Immobiles et silencieux. La voix aussi, avec le mouvement, Dieu leur avait ravie. Si profond, si complet était ce silence de sept mille cinq cents bouches, de sept mille cinq cents cœurs, que l'on n'entendait plus, dans les bas buissons du plateau dominant Auray, que l'exubérante symphonie des oiseaux, qui saluaient l'ascension de l'astre solaire.

Longtemps, longtemps, les deux rivales se contemplèrent, se mesurèrent. Les nerfs se tendaient sous le doigt du temps ; les cœurs en sourdine battaient, roulaient tels des tambours de charge, mais... nulle charge ne venait.

Gosselin de Kerrud se tenait au flanc de son ami Jean de Montfort, qui par le jeu du destin était devenu son beau-frère. Il se tenait là parmi tous, planté tel un arbre d'acier, la visière levée et les yeux clos, retenu sur lui-même et une joie farouche, une volonté si pleine de vaincre qu'elle chantait en orgues, comme un bonheur rond et parfait, qui à ses poings se concentrait en boules de feu, étreignant la bannière de Kerrud dont l'Echiquier et l'Azur venaient frôler au vent l'Hermine de Montfort. Garin d'un geste lent agrippa la hampe, s'y tint, et Gosselin ouvrit les yeux.

Un souffle montait des sept mille cinq cents poitrines ; un souffle passa, gonfla l'air au-dessus des batailles ; on eût dit des voiles qui s'enflaient, s'enflaient...

Ce fut la division franco-bretonne, menée par Bertrand Du Guesclin, qui soudainement largua les amarres, et portée par la houle de mille gorges libérées et hurlantes, se rua sur la troupe de Robert Knolles : l'aigle noir bicéphale avait pris le vol au cri unique et meurtrier de « Notre-Dame Guesclin ! ».

L'ost de Charles de Blois, au centre, fondit dans le même temps sur celui de Jean de Montfort.

Puis, tout de suite, la bataille des comtes d'Auxerre et de Joigny se jeta à celle d'Olivier de Clisson.

Le choc fut si brutal, si violent, que le ciel s'en parut déchirer, que de tous les buissons à la fois les oiseaux s'éparpillèrent, dansèrent un peu de temps autour du soleil, noires étincelles, grise neige de plumes sur les hommes en furie.

Rumeur, clameur, heurt du fer contre le fer, craquement des membres, ruissellement des peurs : blanc ; ruissellement des coups : rouge ; ruissellement de la lumière sur deux Bretagne à se dévorer : or. Mars, le dieu guerrier revenu sur la terre, aurait pu, en ce jour, en ce lieu, repeindre son blason : « argent, gueules et or ». Tous ces centaures démontés grouillaient comme des fous, se ruaient l'un à l'autre et chacun à sa manière, selon son style et son courage, tentait de mettre fin à vingt-trois ans de guerre. On noyait l'horreur dans l'horreur ; on étanchait le sang dans le sang ; on assenait le mal, à grands coups, au crâne de tous les maux passés.

Au cœur de ce bouillon de haine, la division de Montfort peinait et pliait sous les assauts des hommes de Blois. Le « duc Charles » était entouré des plus grands noms de Bretagne, soutenu par l'absolue certitude de la victoire et du bon droit. Mais ici, au droit, on ne pensait plus. Tuer. Il fallait tuer, rester seul en Bretagne. Tuer Montfort, abattre cette parodie de bannière, cette autre hermine importune, insolente, fausse ! Et Jean, harcelé, reculait, reculait, sentait le monde et la vie lui échapper, filer de ses mains, de son âme même, comme du sable d'or pur qui, au bout du compte, n'eût été que du sable ordinaire. Et mille Bretons reculaient avec lui, pour lui, autour de lui ; ou tombaient. Gosselin grondait de rage, cognait en forcené, Garin agile près de lui, tel un autre lui, et gueulait : « A ma vie ! », le cri de Montfort, absolument comme s'il eut voulu autour de cette vie-là unir la terre entière ! Jean, lui, se voyant tout droit mené à déconfiture, Jean le pacifique, qui jusqu'au dernier instant avait désiré et supplié la paix, se battait comme un lion, avec cette force hors la force que portent le désespoir et le seul instinct de survivre ; et ses grands « ahans » de défense, ses cris de guerre, ressemblaient à des sanglots. Gosselin entr'aperçut l'instant redouté où Jean allait commander le repli. Pire : la retraite. La fuite. L'abandon. Alors toute sa colère se retourna contre son ami et il le rudoya comme plus jamais, s'ils survivaient se dit-il, il n'oserait le faire.

Ils étaient assaillis non seulement par ceux de Charles de Blois, mais aussi au flanc droit par une partie de la division du comte d'Auxerre, qui s'était dédoublée pour se donner plus de poids à écraser Montfort.

– Messire Jean ! Je ne te suivrai pas si tu pars ! Je crèverai ici !

Pendant ce temps, Olivier de Clisson, le visage en sang sous son mézail défoncé, rudoyait avec les siens la seconde moitié de l'armée d'Auxerre, qui semblait pour l'heure aux ordres de Joigny.

Bertrand Du Guesclin et Knolles ne jouaient point non plus de courtoisie, et ces deux fiers brigands protégés des monarques de France et d'Angleterre, avec leurs quelque deux mille batailleurs, se taillaient en pièces hardiment.

– Je crèverais ici et toi avec ! Montfort, nous ne fuirons pas !

Gosselin stimulait ainsi à sa façon les ardeurs guerrières de son ami Jean, et du même coup secouait la pugnacité de ceux qui se trouvaient autour de lui. Mais inexorablement les murailles de chair de la cause montfortiste se fissuraient ; la faille allait bâillante et par elle s'infiltraient, bientôt déferleraient ceux de Blois et d'Auxerre.

Ce fut à l'instant de la rupture et de la débandade qu'un triple secours vint extirper Montfort des ondes assassines, au bord de la noyade.

Chandos tout à l'heure, avec une partie de sa troupe, avait soutenu Olivier de Clisson, méchantement malmené par les Français d'Auxerre et de Joigny, et du coup les défirent et mirent en déroute, appuyés par Hughes de Calverley qui, mettant en marche son armée de réserve, était venu prendre Auxerre et Joigny à revers.

La bataille d'Auxerre débandée, Calverley et ses démons anglais venus à la rescousse, John Chandos de même, Montfort se trouva dégagé, put reprendre espoir et forces.

Clisson, gravement blessé au visage, un œil navré au point de n'y plus voir, n'avait cure de ses maux. Avec les siens, éprouvés mais déchaînés de la même ardeur, il rejoignit la division de Robert Knolles contre le petit ogre Du Guesclin, dont la victoire de Cocherel avait fait un héros.

Calverley le colosse avait lui aussi sauté aux trousses de Bertrand, contournant la bataille de Blois avec ses cinq cents hommes.

La journée toujours s'avançait.

Des hommes tombaient qui ne se relevaient pas. D'autres se tordaient, boitaient, rampaient dans les jambes des combattants dont ils gênaient les mouvements et parfois les faisaient trébucher et choir à leur tour. Diligemment, des ombres venaient ôter les morts du mitan de la bataille, des prêtres s'agenouillaient dans la poussière, distribuaient consolations et sacrements comme oublies en foire. Maintenant, de la clameur de haine et de lutte montaient des pleurs, des râles ; parfois un rire, au bord de la folie.

Bertrand, le vaillant laideron à la force d'hercule, le teigneux petit chevalier de Broons, devenu l'an passé Lieutenant Général du roi de France et qui depuis quelques semaines ne l'était déjà plus, avait beau grogner et éructer son « Notre-Dame Guesclin » de plus en plus enroué, jouer de la hache et de l'épée en même temps, il fatiguait. Et ses hommes avec lui, qu'éreintaient de l'avant et par l'arrière ceux de Clisson, de Chandos et de Calverley. L'aigle de sa cotte d'armes avait perdu une tête et l'homme, trapu et mugissant, le mufle écumant tel taureau en rut, était tout en lambeaux, tout cabossé. A ses côtés, pourfendant et tonnant, noirci du cimier aux solerets par le deuil de son fils, Onfroi de Trézhuel mettait au service de Blois et de Bertrand, auquel il avait de tout temps été fidèle, quelque chose comme ses dernières réserves de haine. Cette haine lui sourdait par tout le corps, lui tombait des yeux, des narines et des lèvres telle une lèpre ; une incurable exécration des hommes, du monde et de lui-même.

Gosselin de Kerrud était dans la bataille de Montfort, avec

Chandos, il le savait, Onfroi, il avait vu l'azur au loup, et l'échiquier. Mais il n'avait pas vu l'homme. Il enrageait de ne point le tenir en face de lui. De ne pouvoir émonder, abattre, débiter en ais, cet arbre de Kerrud qui de toute éternité, semblait-il, lui cachait la forêt de la bonne fortune et de la gloire ! Et du fond de toute cette détestation lui montaient par moments fugaces des brûlances au cœur, qui lui cuisaient les veines, qui lui mettaient la raison à griller : Gwenn vivante ! Gwenn blanche, oh ! si blanche ! Blanche ! Gwenn devant lui aux joutes de Trézhuel ; devant lui... ébloui. Misère ! Damnation ! Dans mille et plus de mille ans, il l'aimerait encore ! Il n'était plus un homme, Onfroi, il était une armure bourrée à en faire grincer les jointures, d'une pâte noire de rancœur, de regrets, de souffrants désirs jamais plus assouvis, avec en son cœur, en sa pulpe amère, un infime et dur noyau de souvenir. « Gwenn, mon adorée ! Mon tourment ! Ma mort ! » Et ce fut alors que, fauchant et massacrant tout autour de lui, il sentit en ses poings vibrer sa lame et face à lui vibrer aussi ces mots :

– Bon chevalier, messire de Trézhuel ! Bon chevalier, homme preux, qui plutôt que de secourir la veuve et l'orphelin, ainsi que l'enjoint le commandement de chevalerie, en fabrique des veuves et des orphelins ! Gwenn de Kerrud : veuve ! Messire Onfroi ! Un enfant dans un ventre : orphelin avant que de naître ! Messire Le Hac ! Assassin !

– Geoffroy Guillaume !

– Oui, beau sire ! Geoffroy Guillaume, ton écuyer de jadis. Tu as expié ta vie durant : c'est bien. Mais aujourd'hui, moi, foi de Guillaume, je vengerai la femme inconnue, la femme du Bois d'Angus. Tu te souviens ? Vermine répugnante !

Onfroi fondait de fatigue. Occis dès à l'instant, il eût pu dormir enfin et c'eût été délivrance. Mais occis par celui-ci, non ! Ils se battaient hors d'eux-mêmes, avaient oublié la bataille. Oublié la bataille, mais Onfroi se souvenait : chaque coup assené par l'épée de Geoffroy Guillaume éjectait une image. C'était sur les derniers jours d'avril 1341. La veille du jour où l'on avait su que le duc Jean III était mort. Onfroi Le Hac, ce jour-là, était allé à Brest, pour des affaires, qu'il avait à y traiter. Accompagné de son écuyer, alors Geoffroy Guillaume, et de quatre gardes armés ainsi que d'un valet, ils s'en revenaient vers le soir quand leur troupe vint à croiser le convoi d'une dame ; une voyageuse en litière, escortée de trois hommes d'armes...

Coup de taille. Esquivé. Rendu. Attaque de nouveau.

– Tu te rappelles, pourriture ?! Une dame jolie, avec de longs cheveux foncés. Elle portait une robe rouge. Rouge comme le sang où tu l'as clouée morte ! Rouge comme la honte qui devrait te masquer la trogne ! Une robe lourde d'un petit à bientôt naître ! Pourceau infâme !

Et pleuvaient les coups. Et neigeaient les souvenirs, cristaux glacés à geler la conscience à jamais engourdie. La robe rouge, les cheveux noirs, flottaient devant ses yeux brouillés de la lassitude du combat et des sueurs qui les venaient inonder et brûler. Ils avaient déjeuné à Brest ce jour-là ; lui, Geoffroy et les autres... Une auberge et du vin, pour arroser et faire passer le déjeuner. Beaucoup de vin. Ils étaient gais sur le retour ; joyeux et pleins de l'envie de jouer, de se dégourdir le corps. Jouer. Ils avaient « joué » avec la robe rouge et les cheveux sombres. Joué avec les escorteurs, qu'on avait joliment massacrés. Geoffroy avait attrapé la femme...

– C'est toi qui l'as prise...

– C'était pour la sauver, pour la défendre, et son petit avec. Elle crevait de peur, la pauvrette ! Elle s'est ensauvée de mes mains et toi !... Toi !...

Hors de lui, Geoffroy leva haut son épée, l'abattit par le travers sur le cou de son adversaire qui chancela, porta sa main à l'endroit du choc et baissa sa lame, interdit :

– Pour la femme du bois, prends ça ! Et pour Gurval de Kerrud, ça !

Et de lui assener un second coup de tranchant destiné à l'autre côté de la tête. Mais son élan fut dévié par la bousculade générale et vint faire éclater la protection de bras à peine plus bas que l'épaule. Craquement de branche qu'on rompt d'un geste sur le genou, cri d'Onfroi, qui vacilla et s'effondra.

– Tu lui courais sus avec ton cheval, ordure ! Elle tombait à chaque pas ; ces yeux qu'elle faisait ! Et toi, tu riais, démon ! Tu l'as frappée au crâne avec ton arme de sauvage, ce caillou emmanché que tu traînes partout avec toi. Tu lui as cassé la tête comme on casse un œuf pour faire l'omelette ! Comme tu as assommé ton beau-frère Daouën, pour que le sanglier qu'il avait navré le puisse achever plus à l'aise et lui tirer les tripes du corps ! Crève ! C'est pour expier moi-même et avoir remise de mes fautes en l'autre monde que j'ai sauvé Gosselin Daouën, quand il était petiot. C'était à lui de t'écraser ! Tant pis ! Crève !

Onfroi ne bougeait plus. Le beau sire de Trézhuel, plein de muscles et de fougue, de rires et de gueule, de panache et de hautaine séduction, ne bougeait plus. Geoffroy, il ne l'entendait plus, ni le fracas du grand combat pour la Bretagne. Il sentait couler hors de lui sa vie, voyait le ciel noircir sous ses paupières entrecloses. « Gwenn », murmura-t-il, et des larmes glacées lui coulèrent aux tempes, jusqu'en les ouïes. Sourd, aveugle, immobile, il se souvenait encore. La femme, dans sa robe rouge, avec sa colline d'enfant sur le dessus, il l'avait laissée au sous-bois... Ses cheveux en écheveaux traînant dans la vieille feuillée sèche et les yeux de lumière des petites fleurs... Rire. Oh ! rire encore, rien qu'une fois ! La litière fut jetée à la mer. Et les chevaux emportés à Trézhuel, qu'on prétendit ensuite avoir achetés à Brest ! Rire. Les hommes penauds, terrorisés, menacés de pendaison, d'écartèlement, de cuisson à feu doux, pour qu'ils ferment les yeux et la gueule sur ce qu'ils avaient vu ! Rire. Et Gurval, le grand Gurval jovial et confiant ! L'abominé !... Rire... Noir et silence. « Gwenn »...

Geoffroy se sentait tout ragaillardi, avec l'impression rafraîchissante d'avoir accompli une tâche pieuse. Ainsi s'était-il senti, lorsqu'il galopait à travers les villages en feu, l'enfant de Kerrud devant lui au garrot ! Libre et fier de lui. Et toutes forces intactes, au point qu'il en aurait chanté, il continuait de défricher et moissonner autour de lui les gens de Bertrand, dont les rangs se clairsemaient. Une aide d'abord timide, puis franche, lui vint de senestre. Un fléau magistralement manipulé. Qui donc ? Tiens donc !

– Alors, bougre de Saint-Blin ? Passé à l'ennemi ! bougonna-t-il joyeusement.

– A mauvais chevalier, mauvais écuyer, grogna Renan tout aussi joyeusement.

– Tape, garçon ! Pour Bretagne, Kerrud et Montfort ! « A ma vie », Sang-Dieu ! « A ma vie ! »

Débandade des vaillants défenseurs de France, de Blois ; Bertrand qui reculait, toujours hachant et tranchant, et rugissant. Bertrand qui reculait ! Sa bataille en déroute ou à terre. Bertrand qui se hâtait et en colère rassemblait autour de sa hideuse petite personne les durs, les purs, les increvables résidus de sa troupe et de celle depuis des heures déconfite d'Auxerre et de Joigny.

Dans le mouvement des combats et le jeu des défaites, toute la bataille avait tourné sur le champ, la lande en plateau piétinée et jonchée, que sillonnait l'éclair de jais des vipères, parmi les serpenteaux et les flaques vermeilles.

Tous ceux de France et de Bretagne encore debout, avec Du Guesclin, s'étaient groupés autour de Charles de Blois. Et tout autour de cette île aux héroïques naufragés, une mer d'ennemis dont les vagues déchaînées en tempête les venaient frapper, rouler, emporter. Toutes les batailles ensemble : les Bretons de Montfort, les Anglais de Chandos, de Knolles, de Calverley et le sauvage assaut de Clisson et des siens.

De la réserve franco-bretonne, on n'avait au long de la journée vu ni la barbe ni un doigt. Ils s'étaient tous venus faire engloutir par le gros de la mêlée, sans comprendre ni jouer leur rôle.

Les serres anglo-bretonnes se resserraient autour de Charles et de Bertrand, qui avaient formé deux petites batailles et ferraillaient sans désemparer.

Les deux hermines flottaient toujours. Il y avait toujours deux Bretagne et le soleil regardait tous ceux-là qui se massacraient du plus haut de son haut : le zénith.

Gosselin fut jeté à terre, crut y demeurer cloué pour toujours, quand il se trouva dégagé et relevé d'un :

– Musez pas, messire ! Faut qu'on les écrabouille et qu'on rentre à Kerrud !

Garin Jeandeleur. Pas le temps de sourire ni de dire merci. Avancer, avancer toujours. Ne pas buter. Ne pas tomber, malgré la fatigue, malgré quelques plaies cuisantes : où ? De quelle gravité ? Aucune idée ! Ne pas tomber... Tomber... Tombée la bannière à l'Hermine, là, devant ! Et tombé avec elle Charles de Blois. A terre ! Charles qui levait une main, la visière de son bassinet, se rendait à merci.

Mais avant la bataille, il avait entre les parties été dit et juré que si l'un ou l'autre des deux prétendants à la couronne ducale tombait, nul ne le prendrait à rançon. Seule la mort, de Charles ou de Jean, pourrait désormais régler le sort de la Bretagne, mettre à cette guerre un terme. Définitif.

La main de Charles retomba. Un coustilier rapide, précis, avait coupé la veine au défaut du bassinet, sous le cou, et la pointe de l'arme en passa jusqu'à terre.

Tout était accompli, joué le sort de la Bretagne, gagnée à Montfort la couronne, à l'instant où frappait la main au poignard. Ce fut pourtant, sur le moment, seulement un des épisodes du combat. Hormis pour ceux qui avaient vu tomber et mourir Charles, rien n'était encore conclu et la lutte continuait.

Quand Bertrand Du Guesclin apprit la chute et la fin de son suzerain, il redoubla de vigueur et de violence, fendit et étripa de plus belle. Tant qu'il lui resta une arme, il combattit. Puis l'arme, à force de cogner et de cogner encore, et d'accuser les coups, se brisa, se tordit. Quand John Chandos l'eut de tous les côtés fait envelopper et cerner, quand il n'eut plus que ses poings et à son poing ce moignon d'acier encore chaud et teint des chocs, aux lèvres qu'un grand halètement de bête forcée et rompue, il regarda de son petit œil encaissé et mauvais les Anglais à la curée et se rendit.

Jean serait duc de Bretagne. Mais il n'en savait rien. Il se battait toujours, l'hermine de sa cotte d'armes trouée et baillante, le ventail levé pour respirer plus à son aise.

Jean avait gagné la bataille, mais il n'en savait rien.

Jean, l'homme de paix, avait fini sa guerre, mais il n'en savait rien. L'astre pouvait descendre et plus tard, plonger dans l'océan.

Quand Montfort se vit à la victoire et tous ses ennemis débandés ou occis, il demeura un moment sur place, entouré de ses capitaines. Chacun portait sa bannière et ils s'agenouillèrent sous les couleurs flottantes, malmenées par la bataille, tachées ou lacérées, mais hautes et bien droites aux poings des écuyers ou des seigneurs eux-mêmes. Ils s'agenouillèrent sur la lande, dont la terre avait bu tant de sang que des insectes saouls s'y traînaient en zézayant. Ils se mirent à genoux, se recueillirent et rendirent grâces à Dieu de leur avoir donné victoire.

Anglais et Bretons revenaient par petits groupes avec des prisonniers, des armes et parfois des chevaux qu'ils avaient pris aux enclos en bas de la colline, après avoir poursuivi les vaincus en sauve-qui-peut. Certains se sauvèrent, mais nombreux furent ceux qui ne le purent.

Jean parcourut des yeux les bannières tandis que ses chevaliers et capitaines autour de lui se pressaient pour le louanger. Il en manquait une : celle de Kerrud.

Gosselin de Kerrud regardait autour de lui ; mais ne voyant plus personne contre qui ferrailler, il s'était arrêté. Il avait perdu Garin et se mit à le chercher, parmi les morts. Point de Garin. Il marchait, marchait, foulait aux pieds des choses innommables.

Il avait ôté son bassinet, ébouriffé ses cheveux tout empoissés de sueur ; une sueur acide, épaisse, aux onctuosités d'huile, où se collait la poussière. Le crâne lui cuisait, où ses yeux étaient à frire et il lui semblait qu'à chacune de ses oreilles on secouait clochettes et crécelles, que le vent y soufflait comme il pleure sur les landes : rauque et peureux. Sur son dos, le bouclier se balançait et tintait, mais il n'avait plus guère ni forme ni couleurs. Les lèvres amères, blanches d'écume, sèches, écailleuses, il aspirait de grandes goulées d'air puant le sang et la charogne. Des corbeaux, des mouettes, venaient déjà par vols entiers planer au-dessus du charnier. Leurs cris se mêlaient, en grave, en aigu. Des oiseaux noirs, des oiseaux blancs : les couleurs de Bretagne.

Dans le creux du bassinet, qu'il tenait d'une main aux phalanges saigneuses, il avait jeté les gantelets. De son autre main écorchée par les mailles, boursouflée de cloques, il poignait Morrigane, dégoûtante de sirop vermeil, son tranchant émoussé, ébréché, qu'il traînait parmi les ajoncs bas.

Son cœur battait, calme. Calmé. Mais les senteurs nauséabondes du champ lui trituraient les entrailles. Recru, il allait ; ses cicatrices, souvenirs des morsures des chiens et du loup, éveillées toutes ensemble le démangeaient à se rouler par terre mais de ce faire il ne se sentait même plus la force ! A chaque pas, les plaques de métal défoncées au combat lui cisaillaient la peau.

Il avait aperçu Geoffroy Guillaume en compagnie de Renan de Saint-Blin ; pour lui, point d'inquiétude. Poursuivant sa macabre exploration, cherchant les armes de sa famille sur les poitrines et les dos étalés çà et là pour y trouver Garin, Gosselin découvrit un chevalier à la cotte or et sable, couché sous un buisson. Trézhuel ! Il s'approcha, rengaina Morrigane, lâcha son bassinet où cliquetaient les gants, tira vers lui le chevalier inerte dont il força le mézail, s'agenouilla et se pencha.

Onfroi Le Hac, les yeux grands ouverts, fixait l'éternité avec cette même hargne de mépris goguenard qu'il avait eue en sa vie. Le rictus de sa bouche, où séchait un sang noir, ressemblait à un rire. Mort, le seigneur de Trézhuel haïssait encore.

Près de lui gisait une épée, ébréchée, rougie. Gosselin ramassa l'arme : c'était Tubelle, l'épée de Miliau. Kerrud pinça les lèvres sur un serrement de cœur. Il posa l'épée sur le robuste corps abattu, y croisa les mains inertes de l'oncle. Il voulut reclore les paupières écarquillées sur une arrière-vie de tumulte, peut-être sur l'Enfer. Il n'y parvint pas. Alors il recouvrit le gisant du grand pavois timbré aux armes de Trézhuel. Enfin, Gurval de Kerrud était vengé, et combien d'autres ? Mais qu'il était difficile de pardonner ! Gosselin s'arracha cependant ce pardon du fond du cœur et se releva en chancelant.

– Rennequin de Ferveyant est mort, dit Garin Jeandeleur en se signant devant la dépouille du seigneur Le Hac.

Gosselin haussa les épaules, mais seulement dans sa tête car le geste lui faisait mal. Il étreignit son ami, le tint embrassé contre lui comme pour ne pas lui laisser le temps de tomber lui aussi en morceaux parmi ces morceaux d'hommes.

Guingamor se tenait à quelques pas, l'œil sombre, vexé sans doute qu'on l'ait laissé hors la bataille ; il faisait tournoyer et fouetter sa longue queue noire pour chasser les mouches qui en essaims bleutés avaient surgi, attirées par les cadavres. Guingamor et le cheval de Garin. Alors ils allèrent rejoindre messire de Montfort.

XXXI

Les chevaucheurs de grande joie

On était au début d'octobre, dans ses tout premiers jours. Gosselin Daouën, Geoffroy Guillaume, Garin Jeandeleur tardaient à revenir.

A Kerrud, on les attendait ; avec derrière les fronts, sous les paupières mobiles, aux lèvres tiraillées de brefs sourires crispés, une indicible angoisse, dissimulée. Avec, dans les gestes quotidiens, de brusques immobilités.

De l'aube jusqu'à nuit close, des femmes sortaient du château, venaient sur le chemin, puis restaient là, plantées dans le vent, sous l'averse ou le soleil rosé, tendues, inquiètes. Leurs jupes, leurs capes gonflées, leurs coiffes envolées, toutes voiles dehors, toutes étoffes claquantes, elles attendaient. Fragiles et redoutables. Elles scrutaient les confins du brouillard jusqu'à ce que leurs yeux, ébahis de lassitude, vissent s'avancer des mirages de cavaliers. La plus sotte génisse, échappée de l'enclos, un troupeau de porcs remuant des poussières, un nuage en passant, une ombre, un rien, faisaient rebondir tous ces cœurs d'un élan nouveau, leur mettaient aux bras de vastes embrassements, aux jambes de folles courses, essor tout de suite brisé dans la consternation.

Personne.

La nuit, chacune faisait mine de dormir, pour ne point effrayer ses compagnes d'anxiété ; mais elles veillaient encore, écoutaient, tous les sens en alerte.

Rien. Personne. Les vieux murs retentissaient de silence.

Isaine, elle, depuis longtemps, ne trouvait plus de repos. A bout de forces parfois, elle tombait dans des sommeils subits, des abîmes sans rêves, d'où elle remontait éperdue, les yeux, la bouche, et jusqu'à l'âme, béants sur cette hantise que chaque heure passant semblait vouloir confirmer : « Si Gosselin ne revenait pas ? »... A cette pensée, obsédante, qui peu à peu s'enfonçait dans son esprit et sa chair, y devenait certitude, tout en elle n'était plus que cendre et glace. Sans lui, sans Gosselin, comment tirer ces jours, ces nuits, ces arpents d'existence noire à parcourir, une pierre au cœur ?

La dame Gwenn elle-même ne parvenait plus à la rassurer ; sur le visage pourtant serein de cette mère aimante, aimée, elle ne savait lire encore et toujours que sa propre terreur, que son inconsolable peine, son terrible abandon, son furieux espoir.

Elle n'osait plus lever les yeux sur le donjon : il l'écrasait d'absence, de souvenirs et de tous les demains... Sur rien ni personne, plus jamais elle ne lèverait les yeux si Gosselin ne revenait pas !

Cette nuit-là, le sommeil la fuyant, elle déambulait sur le chemin de ronde. Les hommes du guet la regardaient passer, la saluaient. Celle qu'ils ne pouvaient pas voir, c'était aux côtés d'Isaine de Kerrud leur dame, l'Isaine de jadis, l'enfant libre, le lutin du vieux château, la petite aux longues tresses, qui sursautait aux frôlements d'ailes de son ange gardien. Il n'y avait qu'elle pour la savoir ; et pour sentir aussi, tout au fond de sa chair, cet autre enfant, qui, dans son infime existence, dans son sommeil de pulpe et d'amour, venait de bouger. O, si peu, mais si absolument, que la peur et la peine s'en trouvèrent effondrées. Avec un vertige puissant, une bouffée de joie amère, lui vinrent au visage une chaleur et des larmes.

Elle fit vers le donjon quelques pas incertains. Gwenn Daouën l'attendait à la porte, alarmée de trouver en s'éveillant d'un songe le lit vide à côté d'elle. Blanche était blanche dans sa vêture nocturne : le visage, la chemise longue, les pieds où bouillonnait l'ourlet, les mains que sur sa poitrine elle croisait. Sur le manteau cramoisi qui, en plis de sang, lourds, tombait de ses épaules, sa chevelure lâchée mettait une coulée de neige. Elle aussi attendait Gosselin.

Isaine traversa la passerelle pour la rejoindre. Elle se sentait une telle faiblesse qu'elle devait s'appuyer à la rampe de bois, que les planches sous elle fuyaient. Elle se laissa glisser le long de la pierre froide du mur jusqu'aux dalles du seuil.

Quand elle revint de son malaise, Gwenn avait sur elle refermé ses bras, murmurait d'une voix grave où tremblaient une instinctive gaieté, une tendre sollicitude :

– Isaine Daouën, dame de Kerrud, prends courage. D'où souffres-tu ?

– De « lui », répondit-elle.

Elle s'illumina d'un sourire radieux pour ajouter :

– Mais que cette souffrance est douce !

Et en même temps qu'elle affirmait tant de douloureuse douceur, elle posait les mains de la Dame Gwenn sur son ventre : sous le velours de la robe, il s'arrondissait et palpitait.

A cet instant, le brame émouvant d'une trompe tomba du sommet de la vieille tour et il parut que fort loin dans la nuit un cor lui répondait.

Alors ce ne fut plus dans tout le château, à travers les cours, le long des coursives balayées de souffles, qu'un gigantesque piétinement, qu'un bal ardent de fourmilière, qu'un croisement et un entrelacs de lumières promenées à pleins poings ; et tandis que la trompe du guetteur reprenait son appel, ce cri jaillissait de toutes les bouches, de toutes les gorges, du fond des cœurs impatients et craintifs :

– Ce sont eux ! Ce sont eux qui reviennent !

Isaine bondit sur ses pieds, courut aux écuries. Dans sa hâte, dans sa joie sauvage, dans sa peur aussi, elle enfourcha

Heureuse sans la seller. Toutes deux en avaient l'habitude. La cavale prit le galop, Isaine agrippée à sa crinière.

L'adorable fardeau ne lui pesait plus. Le minuscule Kerrud qui poussait en elle avait su avant tous que Gosselin revenait ! Gosselin ! Il était tout son souffle et sa vie en ce monde !

Il faisait profondément nuit. Elle martelait cette nuit de son galop d'espoir féroce, jetée en avant, échevelée, fouettée, précipitée dans cette rage qui la faisait crier dans sa course :

– Il faut que tu reviennes, Gosselin ! Il faut que tu reviennes ! Maintenant !

Alors elle entendit que du fond de la nuit, que du fond du tumulte de son être, un autre galop montait. Oui ! Il venait, il approchait, force indomptée, indomptable. Heureuse le savait, le sentait, qui hennit en allongeant encore sa foulée.

Isaine serrait les dents, écarquillait les yeux sur une lueur qui volait à sa rencontre, toujours plus près, toujours plus vive. Le battement des sabots était devenu tonnerre.

Ils se croisèrent sous l'arceau de feuillage, là où le chemin tournait, juste avant le sentier de la Vieille Tombe. Ils se croisèrent en pleine vitesse, sans le temps d'un regard, avec seulement un cri de victoire, d'abandon, et Isaine sentit sur sa joue le souffle brûlant de la torche que le cavalier brandissait.

Ils firent volter les chevaux et revinrent l'un vers l'autre, ainsi qu'à la joute.

Il avait jeté la torche, elle le voyait à peine ; Heureuse et Guingamor se cabrèrent, puis au pas décrivirent des cercles l'un autour de l'autre.

Eux, retenant d'une main leurs montures, cherchaient de la deuxième à se saisir ; leurs doigts se tendaient, s'agrippaient, se lâchaient, touchaient une chevelure, caressaient un visage, empoignaient au hasard l'étoffe de leurs vêtements. Tout cela sans un mot, hors d'haleine ; et les chevaux toujours tournoyaient. Entre deux assauts de leur émotion, si le souffle leur revenait, ils se criaient comme des injures, mais avec une infinie tendresse, une passion qui les mettait en pleurs :

– Isaine !

– Gosselin !

Lequel des deux, soudain, repartit au galop dans le sentier de la Vieille Tombe ? Pas besoin de dire : « Viens ! » : ils se suivaient, se précédaient, puis tombèrent, enlacés, gémissants, luttant délicieusement. Affamés, assoiffés l'un de l'autre, ils se harcelaient de caresses, pleuraient de désir impatient, s'arrachaient cette écorce d'étoffes qui les entravait, avec des rires et des râles mêlés. Quand enfin leurs chairs se rejoignirent, ce fut avec un cri unique, d'une seule voix : le glaive d'une jouissance immédiate, aiguë, les transperça, les cloua ensemble sur la bruyère mouillée, foudroyés. Puis la sublime douleur, le bonheur infini, infiniment partagé, les roula dans ses vagues, longtemps.

Des brumes à ras de terre montaient des landes et des bois. Plus bas, sur la route en lacets, c'étaient des chansons, le couinement aigre d'un biniou, toute une cavalcade que nimbait l'or des torches, où flottaient en couleurs les bannières et les flammes, que le vent par bouffées, par caprice, élevait jusqu'à eux.

Apaisés, heureux, ils revinrent à Kerrud.

Leurs chevaux allaient flanc contre flanc, au pas lent, afin de leur laisser en toute paix radieuse savourer leur bonheur.

Isaine et Gosselin se tenaient embrassés encore ; elle, alanguie contre la poitrine de son époux, se laissant bercer par les pulsations de cette vie essentielle ; lui, un bras autour d'elle, protégeant cette autre vie, à naître, qu'elle hébergeait.

Sur le grand pont-levis et devant le château, ce n'étaient que rires, larmes et accolades. Et la musique.

Derrière Gwenn Daouën et Basilie Jeandeleur, tous ceux de Kerrud se pressaient, avec les petits, avec les chiens. Ceux qui revenaient, c'étaient Geoffroy Guillaume, Renan de Saint-Blin, Garin Jeandeleur. Il y avait aussi Alys Siward, qui avait quitté Quercus pour leur mener un bout de route ; Regnard et Tiphaine de Vives, pimpants et bien atournés, tous les deux sur un gros cheval. Il y avait les Bodmaël, avec Berched.

Il y avait les hommes qui s'étaient battus pour Kerrud ; et puis les ombres pâles, discrètes, de ceux qui étaient morts sur le champ de bataille, à Auray, et qui se faufilaient parmi les vivants en grosse joie. Tous s'écartaient devant le seigneur Daouën et sa dame bien-aimée, qui revenaient chez eux.

A toutes les fenêtres du donjon, à chaque créneau du rempart, des torches, des flambeaux, des chandelles. Kerrud rutilait sur son rocher ; rajeuni, il pleuvait sa lumière sur l'océan, qui dans sa clémence de géant la lui renvoyait en gerbes.

Il faisait nuit, mais le sifflet clair des oiseaux annonçait un nouveau jour.

Table

Achevé d'imprimer en février 1995
sur presse CAMERON
dans les ateliers de B.C.I.
à Saint-Amand (Cher)

N° d'Édit. : 470. — N° d'Imp. : 1/530.
Dépôt légal : mars 1995.

Imprimé en France